tascabili

Virginia Macgregor

Quello che gli altri non vedono

Traduzione di
Chiara Baffa

GIUNTI

Titolo originale:
What Milo Saw

First published in Great Britain in 2014 by Sphere

www.giunti.it

Via Bolognese 165 – 50139 Firenze – Italia
Piazza Virgilio 4 – 20123 Milano – Italia

Prima edizione: novembre 2014
Prima edizione tascabile: ottobre 2016
Prima ristampa: febbraio 2017

Per le due persone che mi hanno amato tanto
da trasformarmi in una scrittrice:
mia madre e il mio caro marito, Hugh.

1

Milo

Milo se ne stava seduto davanti al computer, sul ballatoio, mentre la manichetta dei pompieri strisciava su e giù per il vialetto. Gli avevano appena dato il permesso di rientrare in casa.

«Voglio una lista di case di riposo» disse la mamma.

«Nonna non può restare fino a Natale?»

Si trattava in realtà della nonna del papà, quindi della bisnonna di Milo, ma per tutti era semplicemente «la nonna».

Milo si voltò a guardare le lucine di Natale attorcigliate intorno al corrimano della scala che portava alla stanza della nonna. L'idea gli era venuta quando l'aveva vista in difficoltà con l'interruttore della luce.

La mamma gli prese la testa tra le mani girandola verso di lei e disse: «No».

«Ma...»

«Non insistere» disse la mamma, facendo il gesto di sigillarsi le labbra con due dita. «Non insistere.» Fra tutte le frasi del mondo, era la sua preferita.

«Dài, mamma... L'incendio è stato colpa mia, dovevo scendere a controllare.»

Ed era la verità. Ogni mattina, quando la nonna scendeva col suo passo felpato dalla stanzetta in mansarda fino alla cucina e si preparava una tazza di tè con latte e zucchero, era compito di Milo assicurarsi che andasse tutto bene. Se ne stava a letto drizzando le orecchie, attento ai seguenti rumori:

1. Il rumore della tazza scozzese della nonna, mentre la sfilava dal porta-tazze.
2. Lo schiocco del coperchio del barattolo che conteneva le bustine di tè.
3. Il tintinnio delle posate quando apriva il cassetto per prendere il suo cucchiaino preferito, quello in vero argento, con il manico un po' storto.
4. Il bollitore che si riempiva (anche se di solito Milo cercava di farlo la sera prima, perché la nonna aveva i polsi deboli e faceva fatica a reggere il peso di tutta quell'acqua).
5. Il *tic* dell'interruttore del bollitore.
6. Un attimo di silenzio.
7. E poi l'acqua che si riscaldava, il vapore che spingeva contro il coperchio, le bolle che cominciavano a sciabordare come in mare, e poi il *tic* di quando l'acqua bolliva.
8. A volte, dopo il punto 3, la nonna si dimenticava che c'era il bollitore, apriva l'anta in cui erano riposte le padelle, riempiva d'acqua un pentolino e accendeva il fornello. In quel caso, Milo sapeva che doveva saltare giù dal letto e scendere di sotto. Avevano una cucina a gas, e alla nonna non era permesso usarla.

Milo non sapeva perché quel giorno non avesse sentito il rumore dell'anta delle padelle. Forse era ancora insonnolito, o forse la nonna era stata super silenziosa, ma quando gli era venuto quello sfarfallio nel petto che gli diceva che la nonna aveva bisogno di lui, mentre Amleto stava già guaendo dal garage perché aveva inalato parecchio fumo, era stato troppo tardi: la cucina era in fiamme.

«Controllare la nonna non è compito tuo» disse la mamma.

Si chinò e gli baciò i capelli. Lo faceva sempre: lo sgridava e poi gli dava un bacio. Odorava di bruciato e di profumo appiccicaticcio e di sonno.

«Quando avremo risolto questa cosa, ti lascerò tenere Amleto in casa» aggiunse.

Milo si infilò sotto la scrivania e accarezzò Amleto tra le orecchie. L'unico motivo per cui si trovava al piano di sopra era perché il fuoco l'aveva spaventato. Milo non sopportava che Amleto dovesse stare in garage tutto solo: il garage era freddo e umido e non c'erano finestre. Nessuno dovrebbe vivere in quelle condizioni. Ma se Milo avesse dovuto scegliere tra liberare Amleto dal garage e far restare la nonna con loro, avrebbe scelto la nonna. Amleto sarebbe stato comprensivo.

La mamma guardò lo schermo del computer alle spalle di Milo. «Niente di lussuoso, Milo, alla nonna non piacerebbe.»

Così Milo provò a cercare su Google *case di riposo non lussuose*, ma Google non afferrò il concetto e rispose: *risultati relativi a case di riposo lussuose.*

Dopo aver depositato la nonna al sicuro sul vialetto, spalancato la porta del garage, fatto uscire Amleto dalla gabbia e averlo affidato alla nonna, Milo era rientrato in casa e aveva urlato: «Al fuoco! Al fuoco! Mamma! C'è un incendio!».

La mamma si era precipitata giù dalle scale e fuori di casa, con il viso struccato, bianco e gonfio. Quando aveva visto la nonna, non le aveva chiesto come stava e non aveva detto che era contenta che Amleto si trovasse al sicuro fuori dal garage, né aveva detto bravo a Milo per aver salvato tutti quanti. Aveva solo ripetuto la stessa frase, sbraitando:

«Questa è la goccia che fa traboccare il vaso. La goccia che fa traboccare questo cavolo di vaso!».

Milo e la nonna sapevano bene cosa significassero la goccia e il cavolo di vaso: significavano che la nonna doveva andare in casa di riposo.

La mamma colpì lo schermo del computer con un'unghia. Aveva lo smalto rosa scheggiato. «Queste stanze sono troppo grandi» disse. «La nonna ci si perderebbe.»

Così Milo cercò case di riposo con stanze piccole. Ma poi gli venne in mente tutta la roba che la nonna teneva in mansarda, tipo la cornamusa del bisnonno e la sua uniforme, le scatole di lettere che le aveva scritto e la mappa di Inveraray, la foto della sua barchetta per pescare e la radiolina, e pensò che forse si sarebbe voluta portare tutto con sé.

«Non viene fuori niente.» Magari, se le avesse fatto capire che lo stava asfissiando, lo avrebbe lasciato in pace.

«Oh, Milo, per l'amor del cielo.» La mamma guardò verso la stanza della nonna, in cima alle scale, e si grattò un puntino rosso sul collo. Poi si chinò e gli sussurrò: «Trova qualcosa di economico».

La mamma scrisse la parola ECONOMICO sul retro di una busta e gliela piazzò proprio davanti, perché non ci fosse neanche un'ombra di dubbio. Milo passò le dita sulla scritta; aveva premuto la matita sul foglio con così tanta forza che al tocco le lettere sembravano in rilievo.

«Devo preparare del tè per i pompieri.»

Ancora con la camicia da notte addosso (quella svolazzante che somigliava alle tendine della cucina, o meglio a com'erano prima di prendere fuoco e ridursi in brandelli neri sul pavimento di linoleum), la mamma scese in fretta al piano di sotto. Milo sentì lo sportello della credenza che si apriva e il rumore del pacchetto dei biscotti integrali. Visto che il bollitore di plastica si era squagliato, si chiese come avrebbe fatto a scaldare l'acqua per il tè.

Milo non avrebbe permesso che la mamma rinchiudesse la nonna in una casa di riposo. L'avrebbe lasciata fare e poi lei si sarebbe calmata e avrebbe capito che il posto della nonna era esattamente lì, nella piccola soffitta che papà le aveva rimesso a nuovo, e che Milo era la persona più indicata per prendersene cura. Poi avrebbero trascorso un Natale come si deve, tutti e quattro: Milo, la nonna, Amleto e la mamma.

Passò in rassegna la lista di case di riposo sullo schermo. Avevano tutte dei nomi da vivaio, tipo *Casetta tra le ghiande* e *Boschetto dei pettirossi* e *Collina dei faggi* e *Cacchette di uccelli*. L'ultima se l'era inventata lui.

Milo cercò *case di riposo non economiche* su Google e attese che si caricasse la pagina.

«Trovato niente?» chiese la mamma dal piano di sotto.

L'odore di bruciato aveva impregnato il tappeto e le tende e i muri, e Milo sentiva un pizzicore in fondo alla gola.

Tossì e urlò: «Quasi!».

«Bene, quando trovi qualcosa dammi i numeri di telefono, così fisso qualche appuntamento.»

Milo non rispose.

Sopra la sua testa, le assi del pavimento scricchiolarono e si sentì lo scroscio dell'acqua nelle tubature. Sperò che la nonna si ricordasse di chiudere il rubinetto. Appena finita quella stupida lista, sarebbe salito a dirle che non avrebbe mai permesso alla mamma di cacciarla di casa. Avrebbe escogitato un piano per assicurarsi che potesse rimanere con loro, e non solo per Natale.

2

Lou

Lou chiuse gli occhi. Sentì che Milo stava trattenendo il fiato, percepì il brusio dei suoi pensieri, lo vide che strizzava gli occhi guardando lo schermo. Da quando gli avevano diagnosticato la malattia, si era allenata a vedere il mondo come lo vedeva lui, come se spiasse da un piccolo foro. Era buffo, mentre tutto scivolava via, sapere che quello che Milo vedeva si faceva più nitido e chiaro.

Poi il ticchettio delle sue piccole dita sulla tastiera. Bastava quello a trovarle una nuova casa: un impercettibile ticchettio.

Quel mattino il suo cuore era molto affaticato. Avrebbe dovuto prepararlo meglio, aiutarlo a capire che era giunto il momento che lei se ne andasse.

Lou riaprì gli occhi, si alzò e andò ad affacciarsi alla finestra della camera da letto. Guardò Sandy, in mezzo al vialetto, la camicia da notte che si sollevava e le mutandine troppo strette che le segnavano i fianchi abbondanti. Uomini con pesanti stivali e cappelloni gialli puntavano i piedi ritirando le manichette, guardando le sue cosce livide e piene di cellulite.

Il signor Overend, dall'altro lato della strada, scostò le tendine della camera da letto. Dormiva sempre quell'uomo: o dormiva o spiava o fischiettava. Erano cinque anni che fischiava quel motivetto, ma Lou non era mai riuscita a riconoscerlo.

E poi le ciabatte di Sandy sul pavimento della cucina, *tip-tap*, *tip-tap*, come se stesse ballando. Sempre esibizionista quella ragazza. Adesso stava strillando qualcosa a Milo dal fondo della scala, cercando di fargli fare quello che avrebbe fatto Andy, se fosse stato lì.

Lou inspirò. Era incredibile quanto fosse arrivato lontano quell'odore di fumo umidiccio, di truciolato carbonizzato, di plastica fusa. Si guardò le mani e le rigirò a palmo in su: la linea della vita era interrotta da striature di cenere.

Le sfregò una contro l'altra e immaginò che Milo la prendesse in giro: *come criminale non saresti un granché, nonna. Ti lasci dietro troppe tracce.*

Sperò che, per una volta, Milo non si fosse accorto di quello che aveva combinato.

Dopotutto era la cosa giusta da fare, o no? Un gesto definitivo, qualcosa di esagerato, per convincere Sandy a mandarla via. Ed era giusto anche per Milo: badare a lei gli portava via già troppo tempo.

Ci aveva messo un po' a trovare i fiammiferi. E non era stato facile azzeccare l'angolazione giusta per accenderne uno, con quelle stupide, goffe dita che si ritrovava. Ma la fiamma era divampata dalle sue mani come un uccello, spostandosi sull'angolo di carta assorbente che pendeva dal rotolo, un uccello bianco, poi un uccello nero con ali di carta, e poi piume di cenere grigia che le svolazzavano attorno.

Subito dopo, la mano di Milo nella sua, morbida come un impasto, la stava portando fuori.

«Non è niente nonna, va tutto bene.»

Lou andò in bagno e si fermò davanti al lavandino. Aprì il rubinetto e guardò l'acqua che le scorreva tra le dita e spariva nel tubo di scarico.

Gli occhi le bruciavano. Una lacrima cadde sul dorso della mano.

Caro, caro Milo.

Sentì di nuovo la sua voce che diceva: «Non piangere, nonna».

Lou si osservò riflessa nello specchio. Vide le fiamme che divampavano tutto intorno alla sua testa. Com'era stato possibile?

Un incidente. Sì, era stato un incidente, così aveva detto ai pompieri.

Il fornello a gas. Proprio così.

«Mi ero dimenticata che avevamo il bollitore» aveva scritto sul suo blocchetto, ancora senza voce. «Stupida, sono una stupida.» E poi, girando la manopola al massimo, un fruscio improvviso, un pezzo di carta assorbente troppo vicino al fuoco.

Un incidente, sì.

«Dirò a mamma che sono stato io» aveva detto Milo, sapendo come avrebbe reagito sua madre. E poi le aveva messo una pillolina bianca nel palmo della mano. Non se ne dimenticava mai, nemmeno in una mattinata come quella.

Ore di attesa nel vialetto freddo.

L'ululare del camion dei pompieri. Il tonfo di stivali pesanti, un esercito che inondava la casa. E poi di nuovo dentro, trentadue gradini per arrivare in cima alle scale, oltre la stanza di Milo, oltre le lucine di Natale che aveva attaccato per lei e poi su, su, su fino alla sua cameretta sotto il tetto, come Raperonzolo.

3

Milo

Una settimana dopo, Milo assicurò la cintura della nonna sul sedile posteriore e poi si sedette accanto a lei.

Le mise il blocchetto con la matita sulle ginocchia, nel caso volesse scrivere qualcosa mentre facevano il giro delle case di riposo. Milo non aveva mai sentito la nonna parlare correttamente, ma si ricordava ancora il suono della sua voce. E anche quando non gli scriveva niente sul blocchetto e non era seduta vicino a lui, le sue parole gli tornavano in mente, dolci e chiare.

«No, non dietro, Milo» disse la mamma. «Mi servi davanti, per far funzionare quel marchingegno.» Con la mano accennò al navigatore satellitare sul parabrezza. Milo cercò lo sguardo della nonna, ma lei era distratta. Se ne stava seduta con le mani in grembo e guardava fuori dal finestrino.

Quando, qualche ora prima, era salito in camera sua per aiutarla a vestirsi, l'aveva trovata con quello stesso sguardo assente. «Tornerai per Natale» le aveva promesso, mentre le srotolava i gambaletti lungo i polpacci. Lei, però, si era limitata a fissare le linee dei suoi palmi aperti.

Una volta sceso, aveva evitato di dire alla mamma che c'era una macchia d'acqua sul tappeto perché la nonna aveva lasciato il rubinetto aperto.

Milo raccontava alla mamma la metà delle cose che sapeva sulla nonna.

Per esempio, che si alzava nel cuore della notte e andava in camera sua a dirgli che partiva per la luna di miele in Grecia e che il bisnonno la stava aspettando.

O che a volte tremava così forte che temeva si sarebbe incurvata tanto da sbattere la testa nell'angolo del comò, e che sarebbe svenuta.

La nonna aveva sul mento una striscia appiccicosa di marmellata. Avrebbe dovuto pulirla con il suo tovagliolino prima di uscire di casa.

«Per prima visitiamo quella più bella» disse la mamma, facendo l'occhiolino a Milo.

Milo inserì il codice di avviamento postale della prima casa di riposo sulla lista. Poi infilò il braccio dietro il cambio e il freno a mano e mise la mano su quella della nonna.

Le sue dita rugose tremolavano sotto le sue.

La mamma per un pelo non andò a sbattere contro la vecchia Volvo parcheggiata davanti alla casa del signor Overend. «Quella stupida macchina occupa un sacco di spazio e nessuno la usa mai. Dovrebbero portarla allo sfasciacarrozze.»

Milo alzò lo sguardo e vide un'ombra sfocata alla finestra della camera da letto del signor Overend. Si chiese da quanto tempo il signor Overend non si mettesse al volante della sua auto; per dirla tutta, si chiese da quanto tempo il signor Overend non uscisse di casa.

Inclinò la testa e si concentrò sull'immagine prodotta dalla piccola "O" del suo campo visivo, e si sentì fortunato di non dover vedere proprio tutto. Così, per lo meno, del cielo grigio e dei marciapiedi grigi e degli alberi senza foglie, grigi anche loro, coglieva solo una minima parte.

Quelli che riuscivano a vedere tutto insieme dovevano sentirsi sopraffatti dal mondo. Milo, invece, doveva solo muovere la testa, mettere a fuoco qualcos'altro e far finta che le parti brutte non esistessero.

Ripensò a quel giorno di gennaio in cui se ne stava seduto nell'ambulatorio del dottor Nolan. Gli piaceva la sensazione di stare su quella grande sedia, col poggiatesta alto e tutte quelle macchine che facevano fare strane cose ai suoi occhi. La stanza era sottoterra e non aveva finestre. Le pareti erano piene di poster che illustravano com'era fatto un occhio all'interno: il dottor Nolan, mentre spiegava cosa non andava negli occhi di Milo, indicava i nervi, le vene e i muscoli, che tutti insieme sembravano una mappa della metropolitana di Londra, ma più disordinata. E poi aveva mostrato a Milo l'immagine di una luna arancione dicendo che le sue retine avevano quell'aspetto, che le zone arancione chiaro erano la ragione per cui riusciva a vedere solo una parte del mondo, la parte nel forellino. A quel punto la mamma aveva iniziato a piangere e il dottor Nolan era andato in bagno a prendere dei fazzoletti; ma Milo non riusciva a distogliere lo sguardo da quella luna arancione. Era bellissima.

Milo si appoggiò al sedile e alzò gli occhi verso le cime degli alberi. Non vedeva l'ora che arrivasse l'estate. Avrebbe portato Amleto a fare delle passeggiate nel parco che, insieme alla mansarda della nonna, era il suo posto preferito al mondo. Aveva richiesto un certificato per Amleto, per dimostrare che non aveva malattie tipo l'afta epizootica, mortale per le pecore e le mucche di tutte le fattorie del circondario. Anche se nelle fattorie intorno a Slipton non c'erano né pecore né mucche.

Mentre oltrepassavano le grandi cancellate nere del parco, Milo premette il naso contro il finestrino. Dietro il cartello con la scritta VIETATO, posta dentro un cerchio rosso con un cane nero accovacciato su una pila di cacca fumante, un uomo con i capelli arruffati e la pelle bruna era inginocchiato su un sacco a pelo.

Si mise le mani sulle orecchie, poi si chinò in avanti fino a toccare terra con la fronte. Stava facendo la sequenza del «Cane che guarda in basso» del DVD di yoga della mamma. Per via dei suoi occhi, Milo non poteva praticare i normali sport, quindi ogni tanto la mamma gli faceva fare yoga con lei. «Non vorrai mica che ti vengano le maniglie dell'amore come a tuo padre» gli diceva, dandogli un pizzicotto sui rotolini morbidi all'altezza dei fianchi. Ma erano mesi ormai che non facevano yoga, da quando il suo papà se n'era andato, e adesso le maniglie dell'amore della mamma erano dieci volte quelle di papà.

Milo si voltò indietro, strinse un po' la mano della nonna e sussurrò «Guarda» indicando il parco con la testa.

Quando la nonna vide l'uomo che faceva gli esercizi, sollevò leggermente gli angoli della bocca.

«Girati e concentrati sul marchingegno» scattò la mamma. «Devi dirmi dove svoltare.»

Alla mamma non piaceva la voce femminile del navigatore. Papà diceva che era sexy e che lo accendeva, come il pulsante di avvio del computer, pensava Milo. Adesso Milo aveva tolto l'audio, e le indicazioni le dava con la sua voce.

«Tra seicento metri girare a destra.» Usò un tono basso, come quello degli annunci alla stazione, solo che nessuno sentì quanto era bravo perché un aereo in quel momento stava passando sulla sua testa, sovrastando le sue parole. Vivere a Slipton era così: ogni cinque minuti ti perdevi qualcosa, perché c'era un Boeing 747 che squarciava il cielo. L'ora di punta era il momento peggiore.

«Che cos'hai detto?» urlò la mamma mentre superava l'incrocio.

4

Milo

Passarono l'ora di pranzo seduti in macchina fuori dal negozio Poundland, a masticare panini in offerta, con la nonna che sonnecchiava sul sedile di dietro. Fino a quel momento, alla mamma non era piaciuto nessuno dei posti della lista di Milo.

«E questo?» chiese la mamma, puntando l'unghia smaltata di rosa sull'ultimo nome della lista: *Casa Nontiscordardimé*.

Sperando che la mamma non lo notasse, Milo aveva scritto il nome dell'ultima casa di riposo in fondo all'elenco, con la grafia più piccola e striminzita possibile. Era l'unica che gli piaceva, così aveva pensato di aggiungerla: se la nonna doveva proprio andarsene di casa, allora era meglio che finisse in un bel posto. Ciononostante, era combattuto. Se piaceva anche alla mamma, non sarebbe più riuscito a convincerla a riportare a casa la nonna.

Nella galleria fotografica della *Casa Nontiscordardimé*, gli anziani sorridevano e non sembravano particolarmente raggrinziti, e non andavano tutti in giro col deambulatore. Ogni cosa appariva pulita, ordinata e nuova, e c'erano diverse immagini di un bellissimo giardino. La nonna adorava i giardini. E quando Milo aveva telefonato per fissare l'appuntamento, gli aveva risposto un'infermiera gentilissima che li aveva invitati a venire a trovarli senza problemi; si sarebbe occupata lei stessa di fargli visitare il posto.

«Mamma, è troppo caro...» Milo si girò verso la nonna e si ricordò che, anche addormentata, lei sentiva tutto. «Non credo che ti piacerebbe, mamma.»

Ma la mamma aveva già messo in moto la macchina. «Andiamo a vedere.»

E invece le piacque.

Le piacque l'infermiera con l'uniforme bianca e i denti scintillanti, con i capelli grigi tirati indietro, che ignorò completamente Milo e la salutò come se si conoscessero già. E le piacque il fatto che, dopo nemmeno cinque minuti dal loro arrivo, l'infermiera Thornhill le avesse illustrato il «Piano di rateizzazione *Nontiscordardimé*». Nessuna delle altre case di riposo offriva vantaggi del genere.

«Le verrà addebitata una percentuale minima di interessi, ma almeno non sarà obbligata a pagare tutto in una volta. Un bel sollievo.»

Gli occhi della mamma si illuminarono.

La nonna e Milo camminavano qualche passo dietro di loro.

Vista da dietro, l'infermiera bianca sembrava uno scheletro: alta, ossuta e spigolosa. Quando si muoveva ci si aspettava di sentire lo scricchiolio delle ossa. Il suo aspetto non corrispondeva affatto alla voce che aveva al telefono.

Nonostante fossero in un luogo pubblico, Milo non lasciò la mano della nonna.

«Come direttrice, io vivo qui alla *Nontiscordardimé*, perciò sono disponibile notte e giorno.»

Tutto era di un bianco accecante, proprio come l'infermiera: le pareti, le porte, il pavimento.

«Siamo una piccola comunità molto accogliente.»

La mamma continuava a voltarsi dicendo: «Non è carino?». I suoi occhi si strinsero in due piccole fessure scintillanti. «È vicinissimo, così puoi venire a trovare la nonna ogni volta che vuoi.»

Milo non rispose, la nonna non stava ascoltando.

In fondo al corridoio comparve una donna anziana; portava sottobraccio un vecchio mangiacassette, da cui usciva a tutto volume una musica che sembrava quella canzone di Bob Marley che papà metteva sempre in macchina. La vecchietta batteva il bastone a tempo di reggae.

La nonna alzò la testa di scatto.

«Chi è quella?» chiese Milo. Era la cosa più interessante che avesse visto fino a quel momento.

«Vogliate scusarmi.» L'infermiera Thornhill si affrettò lungo il corridoio.

Per via del problema agli occhi, Milo aveva sviluppato un udito eccezionale. Mentre l'infermiera Thornhill si allontanava strascicando le ciabatte di plastica sul pavimento, la sentì borbottare: «Che imbecille, sa benissimo che non può stare qua fuori».

Milo guardò attraverso il suo forellino: mentre l'infermiera Thornhill si avvicinava, la vecchia si girò e cominciò a camminare nella direzione opposta. Aveva un viso sorridente e gentile, le guance paffute e una pelle scura e lucida come una castagna. Inclinando la testa, però, Milo vide che dietro il vestito aveva una macchia umida. L'infermiera Thornhill prese la donna per il gomito e la portò oltre un angolo del corridoio.

«Deve volerci un bell'impegno» disse la mamma «per prendersi cura di tutti questi pazienti.»

Dopo qualche minuto, l'infermiera Thornhill tornò.

«È la signora Moseley, le piace andarsene in giro» sospirò. «Una cara signora» disse a labbra strette.

Passando davanti alle cucine, la nonna lasciò la mano di Milo e si avvicinò alle porte a vento.

«Cosa c'è, nonna?» disse lui, chiamandola.

Lei si alzò in punta di piedi e si affacciò all'oblò.

«Nonna?» Milo si mise accanto a lei, chiedendosi se la gente vedeva il mondo come lo vedeva lui, quando si affacciava da quelle finestrelle.

Un uomo dalla pelle scura, con occhi neri e capelli ricci, era in piedi davanti a una pentola di acqua bollente. Cantava una canzone in modo sgraziato, a ritmo troppo veloce, con una voce che a Milo ricordò quella di una riproduzione a velocità aumentata. Ma le parole che pronunciava non erano in inglese, e neanche in altre lingue che Milo avesse mai sentito.

Il viso della nonna si ammorbidì e per la prima volta dall'incendio smise di avere lo sguardo assente. Chiuse gli occhi e cominciò a oscillare, ascoltando l'uomo che cantava.

«Milo, che stai facendo? Porta qui la nonna!» urlò la mamma in fondo al corridoio.

Milo pensò che in un posto del genere non si dovesse alzare tanto la voce. Guardò l'infermiera bianca per vedere se era arrabbiata con la mamma, ma stava sorridendo, mostrando i dentoni immacolati. Quel sorriso gli ricordava gli attacca-e-stacca che gli regalavano da piccolo, quelli in cui puoi spostare la bocca e le sopracciglia e i baffi, e creare delle facce sbilenche e deformi.

Quando la nonna e Milo le raggiunsero, la mamma disse: «Allora è deciso: la nonna si trasferisce lunedì».

Lunedì? In pratica, dopodomani? Milo pensava di avere ancora un sacco di tempo per escogitare un piano per far cambiare idea alla mamma.

«Non avete delle liste d'attesa?» chiese all'infermiera. In quasi tutti i posti carini che aveva trovato su internet c'erano liste d'attesa. «O dei moduli da riempire?»

L'infermiera scosse la testa. «Nelle case di riposo *Nontiscordardimé*, accogliamo sempre i nuovi clienti a braccia aperte.»

«Cliente» era la parola con cui il direttore della banca chiamava la mamma quando andava a chiedere un prestito per il centro estetico che aveva allestito nel capanno in cortile e per pagare il mutuo. Era colpa di suo padre se la mamma aveva bisogno di soldi.

«Tuo padre se l'è squagliata ad Abu Dhabi con l'Amichetta» gli aveva detto la mamma un pomeriggio del giugno scorso, appena era tornato da scuola. E l'Amichetta – ancora peggio – era incinta e il papà aveva prosciugato il conto cointestato sostenendo che i soldi erano tutti suoi; poi aveva detto che Sandy doveva trovarsi un lavoro per guadagnare qualcosa, una volta tanto. Il che non aveva semplicemente peggiorato le cose, le aveva fatte precipitare.

A pensarci bene, l'Amichetta aveva una voce simile a quella del navigatore satellitare. Magari era per questo che suo padre la preferiva alla mamma.

«E papà?» chiese Milo. «Non dovremmo sentire cosa dice lui?»

Un altro aereo passò rombando sulle loro teste. L'insonorizzazione alla *Nontiscordardimé* era peggiore di quella di casa.

La mamma usò il boato dell'aereo come scusa per fingere di non aver capito.

Milo parlò più forte. «Dobbiamo dirlo a papà, la decisione spetta anche a lui.»

Sapeva di essere insistente e che alla mamma questo non piaceva, ma la nonna in effetti era la nonna di suo padre. Era stata lei ad avere cura di lui quando era piccolo e i suoi genitori lavoravano a Edimburgo; ed era stato lui a prenderla con sé quando i suoi avevano detto che erano troppo vecchi per star dietro a un'altra vecchia. Suo padre le voleva bene, e capiva anche quanto Milo gliene volesse.

Milo sapeva che non era giusto, ma a volte pensava che sarebbe stato meglio se la mamma fosse andata ad Abu Dhabi e il papà fosse rimasto a Slipton.

«Tuo padre ha altro da fare» sbottò la mamma. Poi porse la mano all'infermiera Thornhill, continuando a ringraziarla, cosa che a Milo sembrò abbastanza stupida, visto che erano loro a pagare perché ospitassero la nonna.

«Gli animali domestici sono permessi?» chiese lui.

L'infermiera abbassò lo sguardo e il suo sorriso appiccicato le cadde dalla faccia, precipitando a terra.

La mamma strattonò il braccio di Milo.

«No, mi dispiace» disse l'infermiera Thornhill.

Se la nonna doveva vivere in quel posto finché Milo non avesse trovato un modo per tirarla fuori, gli sarebbe piaciuto che almeno potesse tenere Amleto.

La mamma non lo sapeva, ma Amleto passava un sacco di tempo in mansarda con la nonna. Quando lei aveva freddo, lui lo sentiva e le si accovacciava accanto, e quando faceva cose strambe tipo mettere il sapone per il corpo sullo spazzolino (ritrovandosi la bocca piena di schiuma per ore) o portarsi la radio in bagno (lì aveva rischiato di rimanere fulminata), Amleto grugniva e guaiva finché lei non si rendeva conto di quello che stava facendo; oppure Milo sentiva il grugnito e saliva a risolvere la situazione.

Era stato Amleto ad accorgersi per primo dell'incendio. Aveva l'olfatto di un segugio, e al primo sentore di fumo aveva guaito finché Milo non si era svegliato, era sceso al piano di sotto e aveva trovato la nonna in piedi davanti ai fornelli.

Oltretutto, con Amleto la nonna non si sarebbe sentita sola tra quelle pareti bianche, in mezzo a quella gente bianca con i denti bianchi e le uniformi bianche e le scarpe bianche che strisciavano sul pavimento.

«Secondo me abbiamo trovato il posto perfetto per la nonna. Tu che dici, Milo?» gli chiese la mamma in macchina, sulla strada di casa. «Lo sai che ci sono case di riposo *Nontiscordardimé* in tutto il Paese?»

Milo alzò le spalle. Gli sembrava una cosa un po' sospetta, sapeva più di McDonald's che di un posto in cui vivere. Prese la mano della nonna e la strinse più forte che mai.

5

Tripi

Stupido cibo inglese! pensò Tripi mentre toglieva dal fuoco la pentola delle patate lesse.

La portò al lavandino e rovesciò le patate nello scolapasta. Il vapore gli salì fino al viso. Fece un balzo all'indietro, versando un po' d'acqua sul pavimento.

«Dio santo, stai attento!» L'infermiera Thornhill lanciava quelle parole come fossero mattoni. «Pensavo che fossi un cuoco professionista!»

Tripi *era* un cuoco professionista. Quello che gli mancava era la preparazione professionale per pelare, tagliare e bollire patate ventiquattr'ore al giorno. Patate con carne dura come cuoio fatto seccare al sole. Patate con stufato annacquato e riscaldato direttamente dalle scatolette che l'infermiera faceva arrivare da chissà dove. Patate con verdure precotte, dello stesso colore delle uniformi dei ribelli in Siria, verde sbiadito come il muschio. Faceva del suo meglio per valorizzare gli ingredienti, ma c'era un limite al suo talento.

Ripensò al Four Seasons di Damasco – ai candelabri, al ristorante zeppo di turisti, al capocuoco che gli aveva insegnato a fare meringhe perfette. Aveva anche scritto una lettera di raccomandazione per aiutarlo a trovare lavoro in Inghilterra. «Un giorno verrò a mangiare al tuo ristorante» gli aveva assicurato. Credevano di avere tutto il tempo che volevano per salutarsi, invece quelle erano state le ultime parole che lo chef aveva detto a Tripi.

«Non possiamo permetterci errori, Tahir» sentenziò l'infermiera Thornhill.

Tahir era il suo vero nome, quello ufficiale, ma in Siria lo chiamavano tutti Tripi. Così l'aveva battezzato la sorella minore quando aveva scoperto che in inglese *to trip* significava inciampare. «Come fanno le persone imbranate» aveva detto. «La gente coi piedoni che inciampa in continuazione. D'ora in poi, ti chiamerai Tripi!» Quando aveva alzato lo sguardo dal dizionario, gli occhi marroni le brillavano.

«Mi dispiace, infermiera Thornhill.» Tripi si mise ad asciugare l'acqua con della carta assorbente.

«Mi serve il tuo indirizzo» ribatté lei, appoggiando un modulo azzurro accanto al lavandino e indicando una colonna di caselle vuote.

Il vapore che saliva dal colapasta fece increspare gli angoli del foglio. Tripi guardò le parole con gli spazi vuoti accanto: *via, città, Stato, recapito telefonico*. C'erano anche altre caselle, tipo *assicurazione sanitaria*, ma l'infermiera Thornhill disse di non considerarle.

Il suo indirizzo. L'erba bagnata che gli faceva scricchiolare le ginocchia quando si chinava per pregare. Il cielo grigio compatto che ingoiava il sole e risuonava del rombo degli aeroplani. Chiuse gli occhi e pensò a Damasco. I toni rossi e viola del *suk*, il profumo del caffè purissimo, fumante nelle brocche di vetro, la sua sorellina seduta su uno sgabello in cucina che gli raccontava cosa aveva imparato quel giorno a scuola.

«Tripi, hai sentito cosa ho detto?»

Tripi aprì gli occhi e annuì con foga. «Sì, sì, il mio indirizzo. Glielo farò avere.»

Guardò l'infermiera bianca e magrissima mentre tornava verso le grandi porte della cucina. Quando l'aveva vista per la prima volta, era rimasto colpito: una donna così pulita e precisa e impeccabile, che stava dedicando la sua vita agli anziani. Era dispiaciuto per lei, costretta a vivere nella casa di riposo in un piccolo appartamento, senza un marito né una famiglia.

Prima di andarsene, l'infermiera Thornhill si girò a guardarlo con i suoi occhi chiari, sbiaditi.

«E non voglio più sentire quelle canzoni straniere. Ai nostri ospiti non piacciono.»

Mentre l'infermiera usciva spingendo le porte, Tripi ripensò al visetto tondo e rugoso che si era affacciato all'oblò, e poi alla faccia del bambino che era comparsa subito dopo. Loro, sentendolo cantare, avevano sorriso.

6

Milo

Un tonfo.

Milo spalancò gli occhi.

Poi uno schianto.

Amleto, con le orecchie all'insù, si arrampicò sulle coperte e puntò le zampette sul petto di Milo.

Le assi del pavimento scricchiolarono al piano di sopra. Un pezzetto di intonaco si staccò dal soffitto e cadde su un orecchio di Amleto. Milo lo soffiò via e gli diede un bacio.

E poi Amleto e Milo rimasero ad aspettare.

Era un gioco che facevano con la nonna: drizzare bene le orecchie e cercare di isolare più suoni possibile. L'aveva inventato la nonna quando Milo era tornato dal primo appuntamento con il dottor Nolan, l'oculista.

«Dobbiamo perfezionare gli altri sensi» aveva scribacchiato sul suo blocchetto.

La teoria della nonna era che se Milo fosse riuscito a sentire rumori, odori e sapori, a riconoscere al tatto le superfici meglio di chiunque altro, e in più avesse seguito l'istinto, avrebbe compensato tutte le cose che si perdeva nella visione periferica.

Milo strizzò gli occhi e si concentrò sui rumori.

Un tonfo, come quello di un libro pesantissimo che cade per terra.

Lo scricchiolio di passi che percorrevano la mansarda da un lato all'altro.

Una cerniera che si apriva e poi si richiudeva.

E poi un altro colpo.

E dopo un sospiro: non fatto apposta per attirare l'attenzione – la nonna non diceva mai niente ad alta voce – ma un sospiro grande e pieno, di quelli che risuonano nella testa e nel cuore, tanto che lo sentirono anche Amleto e Milo.

Lui si strofinò gli occhi e guardò la finestra. Fuori era ancora buio e i lampioni, con la loro luce arancione, ronzavano.

«Forza.» Milo prese in braccio Amleto. «La nonna ha bisogno di noi.»

Passò furtivamente davanti alla camera della mamma, fermandosi un secondo per controllare che stesse dormendo. Subito dopo la partenza di suo padre, Milo la sentiva sempre scendere le scale e girovagare per la cucina, sentiva il sibilo dello sportello del congelatore che si apriva e poi si richiudeva con un rumore sordo, e poi il ronzio bassissimo del televisore del soggiorno. La mattina dopo la trovava addormentata sul divano, con un cucchiaio e un barattolo vuoto di gelato appoggiati sul tavolino, in mezzo a una pozza appiccicaticcia. Non lo faceva da un po', ma a volte le capitava ancora qualche giornata storta.

Quando capì dal ritmo del respiro che la mamma dormiva, Milo cominciò a salire le scale che portavano in mansarda. Mentre le lucine di Natale si accendevano a intermittenza, entrando e uscendo dal campo visivo dei suoi occhi stanchi, sentì uno sfarfallio nel petto: era il segnale che anche la nonna sentiva lo stesso sfarfallio, e forse era per questo che non riusciva a dormire, faceva tutto quel baccano e sospirava così tanto.

Milo non poteva sopportare il pensiero che quella potesse essere l'ultima notte in cui saliva le scale per andare a trovarla, e che molto presto a occuparsi di lei ci sarebbe stata quell'infermiera con la divisa bianca, i denti bianchi e il sorriso di plastica.

Bussò piano alla porta, aspettò un secondo e poi entrò.

Passò in rassegna tutta la stanza, muovendo la testa di pochi centimetri alla volta.

Sembrava che fosse esplosa una bomba. Sul pavimento erano sparse tutte le cose della nonna: la cornamusa e la mappa della Scozia, il quadretto della baia di Inveraray in cui era cresciuta e che aveva dipinto lei, la foto del nonno con la divisa militare e tutti i vestiti, le scarpe e i libri. I cocci del vaso preferito della nonna, quello giallo, punteggiavano il tappeto come schegge di una mina. E in mezzo, come uno di quei kamikaze sopravvissuti allo scoppio, di cui parlavano ogni tanto al telegiornale, c'era la nonna, i capelli bianchi per aria, gli occhi vitrei e sbarrati.

«Va tutto bene, nonna.» Milo si avvicinò, le prese la mano e la portò a letto. Stava tremando. «Ecco.» Le mise Amleto sulle ginocchia. «È anche meglio della borsa dell'acqua calda.»

Milo sistemò le dita della nonna sul corpicino caldo di Amleto e le accarezzò il dorso della mano. La sua pelle era sottile come la carta velina e copriva a malapena le linee viola delle vene, simili a ragnatele.

Lei alzò gli occhi e rilassò un po' il viso.

«Aspetta solo un minuto» disse Milo. Le baciò la testa e andò in bagno.

Aprì l'armadietto, mettendo a fuoco una boccetta per volta. Ce n'era una con le pillole rosa che la nonna prendeva perché aveva troppo zucchero nel sangue. Era magra come i bambini della squadra di calcio della scuola, praticamente si nutriva solo di frollini e tè dolcissimo, e le piaceva succhiare le zollette di zucchero, così il dottore aveva decretato che *era a rischio*. C'era anche una boccetta di pillole verdi e bianche, che in teoria servivano a farla dormire. Il dottore aveva detto che potevano andar bene anche per calmarla nel caso fosse entrata in stato confusionale. A parte qualche occasione particolare, Milo evitava di darle quelle pillole perché la intontivano: si spegneva e non sembrava più lei.

Passò alla boccetta successiva. Le pillole magiche che sbrogliavano i pensieri nel cervello della nonna, che spesso partivano in mille direzioni diverse facendole dimenticare dove si trovava e cosa doveva fare e, a volte, perfino chi era Milo. Prese l'ultima boccetta e svitò il tappo facendo cadere una pastiglia nel palmo.

Tornò in camera e mise la pillola bianca nella mano della nonna, le diede un bicchiere d'acqua e andò a prenderle il blocchetto che lei teneva sul davanzale della finestra.

Il cielo si stava schiarendo, adesso era grigiastro, e nell'aria si diffondeva un cinguettio simile a quello di un uccellino, ma più acuto e umano.

Amleto schizzò via dalle gambe della nonna, atterrò sul letto e cominciò ad arrancare sopra il materasso, in direzione della finestra. Milo lo prese in braccio ed entrambi guardarono fuori.

Alla luce della luna crescente, sottile come un anello di cipolla, si scorgeva il signor Overend affacciato alla finestra. A volte Milo si chiedeva se il signor Overend fosse un fantasma che solo la nonna poteva vedere. Il signor Overend premette le labbra e fischiò. Gli piaceva imitare gli uccelli all'alba.

«Eccolo di nuovo» disse Milo.

La nonna sembrò non aver sentito.

Milo appoggiò il blocchetto sulle gambe di lei e si guardò intorno. C'era un gran caos e non sapeva proprio da dove cominciare.

«Stavi facendo le valigie, nonna?»

Lei annuì.

«Non c'è bisogno che ti porti proprio tutto.»

La nonna non cambiò espressione, né scrisse niente sul blocchetto.

Milo si avvicinò e si accucciò vicino a lei. «Starai via solo per un po', finché non trovo un modo per farti tornare. Portati solo le cose necessarie, come se... Come se stessi andando in vacanza, nonna. Devi viaggiare leggera, fai entrare tutto in una borsa sola.»

La nonna aveva ancora un'espressione confusa. A volte le pillole sbrogliatrici ci mettevano un po' a funzionare.

«Adesso faccio tre mucchietti, nonna.»

Milo prese il blocchetto della nonna, scrisse *Via* su un foglio, *Qui* su un altro e *Forse* su un terzo, li strappò e glieli diede.

«Adesso, nonna, ti indico le tue cose una alla volta e tu puoi alzare il foglietto corrispondente per farmi capire dove metterle.» Milo sorrise. «È come uno di quei giochi che facciamo di solito.»

Milo pensava che alla nonna sarebbe piaciuto fare un gioco, ma lei si incupì, le vennero le guance rosse e gli occhi umidi. Probabilmente si era stancata cercando di fare le valigie da sola. Milo aveva provato ad aiutarla qualche giorno prima, ma lei non riusciva a decidersi su cosa portar via e cosa lasciare lì, così si era ridotta all'ultimo minuto e aveva voluto fare tutto da sola; adesso era distrutta. Un riposino le avrebbe fatto bene, ma purtroppo adesso non era possibile: l'indomani sarebbe partita prestissimo per la casa di riposo, e se la mamma avesse scoperto che le valigie non erano pronte si sarebbe arrabbiata e le avrebbe fatte lei, e la nonna non avrebbe avuto voce in capitolo.

Milo intravide le zampe posteriori di Amleto e la coda arricciata sbucare da sotto il letto; lo trascinò fuori e lo riappoggiò sulle gambe della nonna, che si mise a ridere. Sembrava già più in forma.

«Allora, iniziamo dalle cose necessarie.» Milo indicò la biancheria intima della nonna. I mutandoni sformati, i reggiseni con un sacco di cinghie e gancetti e le calze spesse color carne.

La nonna sventolò *Via*.

«Lo vedi che ci divertiamo?»

Milo tirò fuori il vecchio valigione della nonna, fatto di pannelli di cartone irrigiditi e angoli rinforzati, lo aprì di scatto e cominciò a piegare con cura le mutande.

Amleto si accucciò sulla sacca morbida della cornamusa della nonna; mentre lei si appassionava al giochino alzando i vari foglietti, Milo si appassionava al ritmo della piegatura e disposizione degli indumenti.

«Per Natale sarai di nuovo qui, nonna» le disse. «Vedrai.»

Ficcò dentro la valigia le scarpe e le calze.

«E mentre sei via, cerca di divertirti. Ci saranno altre persone della tua età, credo.»

Sospirò e si guardò intorno. La stanza della nonna cominciava a sembrare un po' più ordinata.

«E poi verrò a trovarti ogni giorno. Non sarà così diverso, giusto, Amleto?» Milo sentì che cominciava a tremargli la voce e baciò la testa di Amleto, cercando di far scendere il nodo che gli si era formato in gola. «E ti porterò pure Amleto, anche se quella stupida infermiera ha detto che gli animali non possono entrare.» Milo ispezionò il tappeto guardando dal suo forellino, raccolse uno alla volta i cocci del vaso e andò a buttarli nel cestino della spazzatura.

La porta si spalancò di colpo.

Amleto squittì e cominciò a correre in tondo.

Milo vide la nonna abbassare le spalle.

«Ma che diavolo...?»

Da dove era accucciato, Milo intravedeva vagamente la porta e l'orlo della camicia da notte svolazzante della mamma, le sue cosce gonfie e pallide, le pantofole rosa e le unghie dei piedi con lo smalto scheggiato.

«Stavo solo aiutando la nonna...»

La mamma non lo degnò di uno sguardo e si girò verso la nonna.

«Lou, sono le cinque e mezza del mattino, Milo dovrebbe essere a letto. Tra poche ore deve andare a scuola.»

Lei alzò le spalle.

«Non è colpa sua» disse Milo, sentendosi avvampare le guance di colpo. «Non avrebbe bisogno di fare nessuna valigia, se tu non la stessi cacciando di casa.»

Tra di loro calò un profondo silenzio. Perfino Amleto smise di schizzare da una parte all'altra. L'unico rumore era il fischio sommesso del signor Overend, che stavolta non era simile a quello di un uccellino, ma somigliava a una sirena.

«Vai in camera tua, Milo.»

Lui prese Amleto in braccio. «No, noi restiamo qui con la nonna.»

La nonna scribacchiò qualcosa sul blocchetto. Milo si accorse che le dita le tremavano, e quando fece per guardare cosa aveva scritto vide che le lettere erano tutte sbilenche. Si avvicinò e lesse ad alta voce: «Per favore… non… litigate».

«Non stiamo litigando» sbottò Sandy. «Sto solo dando delle istruzioni a mio figlio, istruzioni che farà bene a seguire, se non vuole…» Si mordicchiò l'unghia del mignolo. «Se non vuole che gli proibisca di venire a trovarti dopo la scuola.»

Milo sentì il calore salire dalle guance alle orbite degli occhi. Il forellino si restrinse. Adesso riusciva a vedere solo le stupide labbra della mamma, cattive e arricciate. Non bastava che lo mandasse a scuola, impedendogli quindi di stare accanto alla nonna mentre si trasferiva nella casa di riposo, adesso stava anche minacciando di impedirgli di andare a trovarla. Se le cose stavano così, avrebbe fatto lo zaino e se ne sarebbe andato a vivere con la nonna alla *Nontiscordardimé*. Così imparava.

La nonna sollevò il pezzo di carta con su scritto *Via* e guardò Milo.

Lui sbatté le palpebre.

«Vuoi che me ne vada, nonna?» Gli tremava la voce.

Lei annuì lentamente.

«Bene, per una volta siamo d'accordo» disse la mamma. «E vedi di riportare quel maiale in garage.»

Milo strinse Amleto al petto e si diresse verso le scale. Stava per sbattere la porta, ma poi cambiò idea. Scese i gradini con passo pesante per far credere che stesse tornando in camera sua e poi risalì di soppiatto, molto lentamente. Si inginocchiò sulla moquette e spiò dalla piccola fessura della porta socchiusa.

«Deve abituarsi a non averti intorno» disse la mamma, spingendo via la valigia. «Ci è sfuggita di mano, Lou, questa idea di volersi occupare di te.»

Milo vide che la nonna, con gli occhi lucidi, scriveva qualcosa sul blocchetto, ma era troppo lontano per riuscire a leggerlo.

Strinse i pugni. Se aiutava la nonna non era perché lei gliel'avesse chiesto, ma perché voleva farlo lui. E magari se per un attimo la mamma avesse smesso di piangersi addosso, di pensare al padre e all'Amichetta e avesse invece iniziato ad aiutarlo a badare alla nonna, ecco, magari lui sarebbe stato meno in pensiero.

«Forza, Lou, è ora di dormire.» La voce della mamma uscì più affabile di quanto si aspettasse. Poi accarezzò i capelli della nonna: una cosa che non faceva mai davanti a Milo. Le sfilò il blocchetto dalle dita, lo appoggiò sul davanzale della finestra, le sollevò le gambe e gliele sistemò dritte nel letto. Stirò bene il lenzuolo e rimboccò la coperta in modo che aderisse bene intorno al corpo, come un tempo faceva con Milo. Sembrava passato un secolo da allora.

Milo si strofinò gli occhi. Per fare le valigie della nonna aveva sforzato al massimo la vista, ma non voleva andar via, non ancora.

Guardò di nuovo dallo spiraglio.

Sua madre era seduta sul letto accanto alla nonna e le teneva la mano, proprio come aveva fatto lui poco prima.

«La *Nontiscordardimé* è una bella casa di riposo, Lou. Si prenderanno cura di te come si deve.»

Milo avvertì uno sfarfallio, come quello che aveva sentito salendo le scale e guardando le lucine: chissà, magari la mamma stava provando la stessa cosa.

Lei si lasciò scappare un sospiro. «È meglio così, meglio per tutti.»

Dal forellino, Milo vide che la nonna chiudeva gli occhi e faceva sì con la testa.

Per un tempo che sembrò infinito, sua madre rimase ad accarezzare la mano della nonna in attesa che si addormentasse. Restò così a lungo che anche a Milo venne sonno, e a un certo punto ebbe paura che la mamma lo trovasse addormentato fuori dalla porta con Amleto che gli strofinava il musetto sul braccio, così si alzò con molta attenzione, cercando di non far rumore, e se ne tornò in camera sua.

A letto, mentre stringeva Amleto, sentì i passi della mamma al piano di sopra. Stava finendo di fare le valigie.

Le sue parole gli fluttuarono davanti agli occhi, tremolanti e confuse come la scrittura della nonna:

Meglio... è... per tutti... meglio... così...

Forse, se fosse rimasto a fissarle abbastanza a lungo, avrebbe cominciato a crederci.

7

Milo

«Milo...»

La voce della signora Harris andava e veniva.

Dietro le palpebre chiuse, Milo vedeva la nonna seduta in poltrona. Le pareti bianche della casa di riposo la costringevano in uno spazio sempre più piccolo. Se solo la mamma gli avesse permesso di non andare a scuola e aiutare la nonna a sistemarsi.

«Milo Moon, sei ancora tra noi?» La voce della signora Harris era diventata più acuta.

Un dito picchiettò tra le sue costole. «Svegliati» sibilò Nadja attraverso l'apparecchio per i denti.

«L'abbiamo perso di nuovo» annunciò Stan dai banchi più indietro.

Dalla classe arrivò qualche risatina, tutti sghignazzavano eccetto Nadja, ma solo perché non voleva mettersi nei guai.

«Basta così, Stan» disse la signora Harris.

Da dietro, qualcuno diede un calcio alla sedia di Milo. Riusciva a sentire la puzza di sudore acre di Stan da sotto i vestiti sporchi. Era nell'aria, mescolata al profumo dolce di Nadja, all'odore delle piante pestilenziali che la signora Harris teneva sul davanzale delle finestre e alla polvere pesante alzata dai ventilatori montati sul soffitto.

Sentì che stava per vomitare.

«Milo?»

«Mi scusi.» Si tirò su con la schiena, fece un bel respiro e si strofinò gli occhi.

La signora Harris entrò nel suo campo visivo, i gomiti larghi, le mani sui fianchi, la testa piegata da un lato.

«Stavo dicendo, Milo, che ho stampato i risultati del test e li ho messi dentro delle buste, così potete portarli a casa e farli vedere ai genitori.»

Milo si sentì morire. L'ultima cosa di cui aveva bisogno era sentire le prediche della mamma sulla scuola.

«Vuole che le distribuisca, signorina Harris?» chiese Nadja con la schiena dritta come un righello e il nasino appuntito all'insù.

Prima che la signora Harris potesse rispondere, Nadja si era già alzata spingendo indietro la sedia e mettendosi sull'attenti. Milo e Nadja si dividevano il banco da due in prima fila: Nadja perché l'aveva chiesto e Milo perché la signora Harris pensava che così avrebbe visto meglio la lavagna. I suoi genitori le avevano spiegato tutta la faccenda della retinite pigmentosa, ma sembrava che lei non avesse colto il semplice principio che più lontano sei da una cosa, meglio la vedi attraverso il forellino. Oltre al fatto che, se tutta la classe è seduta dietro di te, diventi un bersaglio molto facile.

Milo mise la lettera nella cartella.

«Raccogliete le vostre cose, sistemate le sedie sotto ai banchi e mettetevi in fila ordinati davanti alla porta.»

Milo strizzò gli occhi e guardò l'orologio. Mancava ancora un'ora alla fine delle lezioni e il cielo stava già scurendo. Erano ore che la nonna si trovava alla *Nontiscordardimé*.

«Vedete di comportarvi bene, Quinta! Dobbiamo fare una buona impressione all'agente Stubbs.»

Da settembre avevano già ospitato pompieri, spazzini e paramedici. Gli incontri facevano parte della loro formazione di buoni cittadini («e non è mai troppo presto per pensare a cosa farete da grandi» aveva detto la signora Harris). Il problema era che Milo sapeva già che avrebbe fatto schifo in uno qualsiasi di quei mestieri. Un pompiere che manca il fuoco sparando acqua oltre le mura della casa, o uno spazzino che raccoglie solo metà della spazzatura, o un paramedico che non si accorge che c'è un'altra persona distesa per strada con una gamba rotta. Bisognava vederci bene per non commettere gravi errori, deludere la gente e farsi licenziare.

L'aula per la lezione era una specie di capanno prefabbricato senza vere pareti di mattoni e un tetto solido. C'erano delle sedie disposte in un'unica fila e una vecchia televisione su una mensola. L'agente Stubbs era in piedi di fronte alla classe, con la sua uniforme nera e il cappello blu con la banda a scacchi bianchi e azzurri, il giubbotto antiproiettile blu, la cravatta blu e le spalline sempre blu, la camicia bianca e il giubbotto giallo fosforescente con il walkie-talkie appuntato al petto e tutta la roba che gli pendeva dalla cintura tipo il manganello, le manette, una vera pistola e altre cose per catturare i criminali.

Man mano che entravano, dava agli allievi delle etichette adesive su cui scrivere i nomi.

«Buonasera.» La voce del poliziotto era così bassa e nitida che la classe si zittì all'istante. Perfino Stan chiuse la bocca per un secondo. Milo pensò che gli sarebbe piaciuto parlare con una voce che avesse quell'effetto. «Sono l'agente Stubbs e oggi vi spiegherò cosa potete fare per aiutare la polizia a rendere Slipton un luogo più felice e sicuro. Per prima cosa, vi farò vedere un breve video.»

Dalla classe si levò un brusio di eccitazione. Non era capitato quasi mai che la signora Harris proiettasse dei film.

L'agente Stubbs intimò il silenzio alzando le mani e si schiarì la voce. «Quella che state per vedere è la ricostruzione di una scena del crimine. Voglio che guardiate il filmato il più attentamente possibile. Una volta finito, vi farò delle domande.»

Lo schermo si accese sfarfallando.

Milo mise a fuoco e si concentrò su quello che vedeva dal forellino. I televisori gli piacevano, con la loro cornice chiara e definita: rispetto alla vita vera erano più facili da guardare.

Alla fine del video l'agente Stubbs mise in pausa sul fotogramma di una vecchietta con una retina per capelli che stava in piedi sul marciapiede davanti a un centro della Protezione Animali.

«Allora, vediamo se tra di voi c'è qualche detective in erba» disse l'agente Stubbs. «Avete notato qualcosa?»

«Quel tipo ha messo una mano sulla borsa della vecchietta» gridò subito Stan.

«Alzate la mano, per piacere» disse la signora Harris.

L'agente Stubbs strizzò gli occhi per leggere la targhetta di Stan. «Ok, grazie Stan. Hai ragione, questo è quello che è successo. Ma io stavo cercando qualche particolare in più.»

Milo era felice che il poliziotto avesse rimesso Stan al suo posto. Il crimine che era stato commesso lo avevano visto tutti, non ci voleva certo un detective.

Tutti cercarono di intervenire.

«Aveva i baffi...»

«Era alto...»

«Non è vero...»

«Alzate la mano, per favore, ragazzi.»

«Aveva una maglietta grigia.»

«Non era grigia, era bianca.»

«Occhi azzurri...»

«No, verdi...»

«Scarpe Adidas...»

«La vecchietta aveva la parrucca...»

«Ma che dici...»

«Sì, ce l'aveva...»

«No, non è vero...»

«Ragazzi, uno alla volta, per cortesia.»

«C'era un altro tipo all'angolo della strada, davanti alla macelleria "Da Bill". Quasi un metro e novanta, capelli color topo, vent'anni e qualcosa, un neo sulla guancia, scarpe di pelle marroni, jeans neri scoloriti, una felpa rossa col cappuccio. Era il palo.»

La classe ammutolì.

Tutti guardarono Milo.

Le sopracciglia della signora Harris si alzarono così tanto che Milo temette che superassero l'attaccatura dei capelli.

Un sorriso si dipinse sulla bocca dell'agente Stubbs.

«E questo giovanotto chi sarebbe?» chiese alla signora Harris.

«Oh, si chiama Milo. Milo Moon.»

«Be', a quanto pare hai buon occhio, Milo.»

Dalla bocca di Stan uscì una pernacchia, ma stavolta nessuno rise.

Milo non capiva cosa ci fosse di tanto incredibile. Era facile: bastava cercare la cosa che secondo te nessun altro avrebbe notato. Era un gioco che aveva già fatto un milione di volte con la nonna: si affacciavano alla finestra della soffitta e guardavano in strada, cercando di notare i dettagli che l'altro aveva tralasciato. Come il gioco in cui si doveva stare ad ascoltare: anche questo faceva parte del corso che la nonna aveva inventato per aiutarlo con il problema agli occhi. Facevano lo stesso con gli odori, e a volte anche con i sapori, tipo provare a individuare tutti gli ingredienti dei vassoietti precotti che la mamma infilava nel microonde.

Prima che uscissero, l'agente Stubbs consegnò a ognuno il suo biglietto da visita e disse che nel caso avessero domande su come diventare un poliziotto – o se mai avessero notato qualcosa di strano per le strade di Slipton – potevano chiamarlo.

Quando fu il turno di Milo, l'agente Stubbs lo fermò e gli disse:

«Tu hai un vero talento, Milo. Nelle nostre forze abbiamo bisogno di ragazzi come te».

Stan si intrufolò da dietro. «Non passerebbe l'esame medico.»

«Prego?» chiese l'agente Stubbs. Era chiaro come il sole che Stan non gli piaceva.

«È cieco come una talpa» disse Stan. Tutti gli allievi della scuola elementare di Slipton sapevano che Milo aveva dei problemi agli occhi, per quanto lui si sforzasse di nasconderlo.

Le guance dell'agente Stubbs si tinsero di un rosso quasi violaceo.

Milo sentiva che gli occhi gli andavano a fuoco. Agguantò il bigliettino da visita del poliziotto, lo seppellì in fondo alla cartella, scappò lungo il corridoio e uscì dal cancello della scuola, buttandosi nel plumbeo pomeriggio di dicembre.

8

Milo

«Nonna, nonna!» Milo fece irruzione nella stanza della *Nontiscordardimé*, buttò la cartella accanto al letto e si accovacciò davanti alla sua sedia. Anche se il panorama non era un granché, era felice che avesse una sedia vicino alla finestra. Guardare fuori le piaceva molto.

«Nonna.» Le prese la mano. Sembrava più pesante del normale e non ricambiò la stretta. «Oggi a scuola è venuto a parlarci un poliziotto, ha detto che sono bravissimo a trovare le cose e mi ha dato il biglietto da visita.» Milo tirò fuori il biglietto dalla tasca e lo mise sotto il naso della nonna.

Ma la nonna non aprì gli occhi. Anzi, non si mosse proprio.

«Nonna?»

Le scrollò delicatamente un braccio e accarezzò la parte interna del polso nel punto in cui si vedevano le vene blu scorrere sotto la sua pelle bianca. La nonna non aveva il sonno pesante. Di solito, quando Milo veniva da lei in soffitta, lo sentiva salire le scale e si faceva trovare ad aspettarlo con gli occhi spalancati, pronta ad ascoltarlo e a scrivergli le sue risposte sul blocchetto. Non dormiva così profondamente neanche di notte.

Milo la osservò da vicino. La nonna aveva la testa penzoloni, il mento appoggiato sul petto. Le palpebre sembravano incollate e il respiro era pesante e profondo.

«Nonna?» Provò a scuoterle di nuovo il braccio. Lei si mosse leggermente, buttò la testa all'indietro, e uno sfarfallio le attraversò per un secondo le palpebre. Poi si addormentò un'altra volta.

Forse è molto stanca per il trasloco, pensò Milo.

«Volevo anche farti vedere questa lettera, nonna» disse, guardando la sua cartella. «Non sono andato tanto bene ai test.»

Ma non c'era niente da fare. La nonna restava muta. Era meglio tornare in un altro momento.

9

Sandy

Sandy buttò giù con un sorso d'acqua una delle pillole bianche e blu, quelle per la dieta, e prese il blocchetto accanto al telefono. La scrittura era quella di Milo, le lettere più precise che avesse mai visto. Il dottor Nolan aveva detto che sarebbero capitati casi del genere, che per alcune cose sarebbe stato pulito e preciso, e altre, invece, gli sarebbero sfuggite del tutto.

Samantha ha annullato l'appuntamento per la ceretta.

Era la terza volta che capitava, quella settimana. Ed era Natale, un periodo in cui di solito la gente doveva fare la fila per farsi depilare.

Sentì che Milo apriva e richiudeva la gabbietta di Amleto nel garage. Non le diceva una parola da quando aveva portato Lou alla *Nontiscordardimé*. Accese la televisione sul bancone della cucina; i bottoni si erano fusi e una patina di grasso ricopriva lo schermo.

«Siete pronti per l'avventura della vostra vita? Iscrivetevi a un'escursione su un cammello attraverso il deserto più caldo del mondo...»

Sandy fissò la sabbia dorata del Sahara. Non sarebbe stato male un po' di caldo.

A ventisette anni non era mai salita su un aereo, non aveva nemmeno mai lasciato l'Inghilterra. Quando era incinta di Milo aveva guardato dei documentari sulle mamme adolescenti, senza però riuscire a identificarsi con quelle ragazze che passeggiavano per quartieri residenziali con le loro carrozzine. Ma era andata proprio così: era rimasta incinta troppo presto e si era persa delle cose. Aveva detto a Andy che aveva paura di volare: qualcosa poteva andare storto facendo precipitare l'aereo. Ma adesso, con tutto quello che era successo, il pensiero di salire su un aereo non la spaventava affatto. Anzi, pensò che magari non sarebbe stato così male infilare la sua vita in una valigia e sparire tra le nuvole.

Milo tornò dal garage con Amleto in braccio. Sandy nascose la boccetta con le pillole nel cassetto dei coltelli.

Rispetto a qualche mese prima, quando l'avevano portato a casa, Amleto era già raddoppiato di taglia. Quando Andy l'aveva regalato a Milo, a giugno, qualche giorno prima di partire per Abu Dhabi, Sandy aveva protestato: «Non se ne parla, lo rimandiamo indietro».

Ma Milo aveva giurato che Amleto sarebbe rimasto piccolo. «Piccolissimo, come questi» aveva detto, mostrando a Sandy delle foto su internet. Un musetto bagnato, delle zampette rosa, una coda a cavatappi. «Non ci darà nessun fastidio, ci penso io, promesso.»

Milo si prendeva sempre cura di tutto.

«Ti faccio un toast» disse Sandy.

Milo non rispose. Infilò il naso nel manto peloso di Amleto, attraversò la cucina senza dire una parola e lo portò di sopra.

Fin dal primo giorno, Andy era sempre stato molto più bravo di lei con Milo. Non si incaricava delle operazioni di routine tipo comprare le scarpe e presentarsi ai colloqui con gli insegnanti e portarlo dal dentista e, nell'ultimo anno, anche agli esami optometrici del dottor Nolan, ma capiva come rendere felice suo figlio. Poi però era andato via, lo aveva abbandonato.

E adesso lei gli aveva tolto anche Lou. Milo pensava che fosse tutta colpa sua, lo leggeva nei suoi occhietti acuti e concentrati.

«Sono creature abitudinarie» le aveva detto Gina la settimana passata mentre le massaggiava le cosce con la crema anticellulite. «Si abituerà al fatto che siete solo voi due.» Gina aveva mandato sua madre alla *Nontiscordardimé* il Natale prima.

Sandy tostò due fette di pane, le spalmò di burro mentre erano ancora calde e poi le cosparse di crema di Marshmallow dopo essersi leccata le dita. L'aveva comprata per viziarlo un po', o forse per consolarlo. Ma di cosa? Di aver perso le persone che amava? Di essere costretto a vivere con lei?

Mise i toast sul piatto preferito di Milo, quello coi maialini volanti disegnati sul bordo, e glielo portò su.

10

Milo

Milo sentì del trambusto fuori dalla porta. Il tonfo sordo di qualcosa sul tappeto e poi i passi pesanti della mamma giù per le scale. Attese di sentire lo scalpiccio delle sue ciabatte sulle mattonelle della cucina e poi andò ad aprire la porta.

Erano due toast, sistemati sul suo piatto preferito, quello che la nonna gli aveva comprato a Slipton, all'ufficio della Protezione Animali su High Street. Respirò l'odore della crema dolce di Marshmallow che si squagliava sul burro caldo, e sentì i muscoli della pancia contrarsi.

Amleto si avvicinò trotterellando e con il musetto umido gli diede una spinta sulle caviglie. Milo guardò i toast, deglutì a fatica e richiuse la porta.

Guardò in giro per la stanza. Era la stessa di sempre, solo che mancava la nonna.

Osservò la cornamusa e l'uniforme dei Royal Argyll Sutherland Highlanders del bisnonno, appesa nel guardaroba. A volte la nonna la indossava per scherzo e, se non fosse stata di una taglia troppo grande, sarebbe potuta passare per un vero soldato.

Anche Milo un giorno se l'era provata, ma i polsi, la vita e le caviglie ci ballavano dentro. «Quando sarai grande ti starà giusta giusta, Milo» gli aveva scritto la nonna sul blocchetto. Ma il bisnonno era un uomo imponente, probabilmente più imponente di quanto Milo sarebbe potuto diventare.

Mentre si guardava intorno pensò che era felice di aver convinto la nonna a portarsi dietro solo pochi oggetti. Presto sarebbe tornata, non aveva senso far fare un viaggio a vuoto a tutte le sue cose.

Tirò fuori la lettera della scuola dalla tasca posteriore dei pantaloni. Gli sarebbe piaciuto trovare la nonna sveglia quando era andato a trovarla alla *Nontiscordardimé*, avrebbe tanto voluto leggergliela. Sapeva che la nonna non avrebbe avuto reazioni esagerate, non avrebbe sgranato gli occhi e non avrebbe scosso la testa e cominciato a mordersi l'unghia del mignolo o a sospirare come se stesse arrivando la fine del mondo. L'avrebbe ascoltato e avrebbe scritto: «Nella vita c'è molto altro, al di là degli esami», per poi passare a raccontargli del suo bisnonno, di che soldato eccezionale fosse stato e di quanto fosse intelligente e gli piacesse leggere cose tipo Shakespeare, anche se aveva lasciato la scuola molto presto senza aver preso il diploma. Quando non le tremavano le mani, la nonna era davvero veloce a scrivere, quasi più veloce di quanto non fosse la maggior parte delle persone a parlare.

Milo strinse forte Amleto, tirò fuori la lettera dalla busta e sussurrò i risultati degli esami nelle morbide orecchie del porcellino: quelli di matematica nell'orecchio nero e quelli di inglese nell'orecchio bianco.

Una volta finito, sprofondò il viso nella pelliccia di Amleto e chiuse gli occhi.

Quando Milo si risvegliò, fuori era buio. Amleto era accoccolato nell'incavo del suo gomito. Stando attento a non disturbarlo, Milo lo prese in braccio e si alzò. Il corpicino abbandonato di Amleto, forse per via del sonno, pesava più di quanto immaginasse. La mamma diceva continuamente che stava diventando grassissimo, anche se Milo le aveva spiegato che stava seguendo le istruzioni sull'alimentazione che aveva trovato su internet. E poi lei, sempre a «ruminare» biscotti, era proprio l'ultima a poter parlare.

Milo si avvicinò alla finestra anteriore della casa. Sul davanzale c'era uno dei foglietti del blocco della nonna, su cui enormi lettere maiuscole formavano un messaggio: SILENZIO, PREGO. A volte lo attaccava alla finestra per il signor Overend, che viveva dall'altro lato della strada e passava tutto il tempo a ciondolare per casa in pigiama, fischiettando. Ma a volte fischiava davvero forte, e quasi copriva il rumore degli aerei.

Alla nonna piaceva guardare gli aerei, e le piaceva osservare la città. Da lassù si vedeva la strada principale, il campanile della chiesa, il canale, i magazzini del supermercato e l'uscita dell'autostrada. Si vedevano anche il parco, le cime degli alberi e i sentierini bianchi al chiaro di luna.

Milo vide lo sfarfallio della torcia del guardiano del parco che stava facendo il giro per chiudere i cancelli. Chissà come sarebbe stato rimanere chiuso là dentro per l'intera notte. Dormire sotto il cielo con tutti quegli alberi che oscillavano sopra di te.

Tornò in mezzo alla stanza, appoggiò Amleto a terra e si stese accanto a lui sulla moquette, alla luce delle stelle. Amleto si raggomitolò di nuovo nel suo gomito e nella testa di Milo risuonò il motivetto che il bisnonno suonava con la cornamusa e che aveva insegnato alla nonna prima che lo spedissero in Corea. Da quando era comparsa nella sua vita, cinque anni prima, la nonna aveva insegnato a Milo a suonare, ma ultimamente aveva avuto difficoltà a respirare e aveva dovuto prendersi una pausa dalle lezioni. Anche suo padre sapeva suonare, ma adesso suo padre non c'era.

Milo guardò in alto e sentì che la luna stava brillando da qualche parte, oltre il buchetto della sua visuale. Si concentrò sul cielo nero e alla fine vide una stella che gli faceva l'occhiolino.

Sperò che anche la nonna la stesse guardando.

11

Tripi

In Siria, nessuno mette gli anziani nelle case di riposo. Vivono con le loro famiglie, si siedono e raccontano storie e mangiano *baklava* e bevono caffè nero, fortissimo in bicchieri di vetro.

Tripi avrebbe voluto dire alla signora che neanche lui avrebbe mai mangiato quelle patate, bianche come la sabbia della Siria, e nemmeno il pezzo di manzo filaccioso affogato in quella pozza di sughetto marrone. Avrebbe voluto dirle che un giorno le avrebbe preparato un banchetto come quelli che facevano per i ricconi del Four Seasons di Damasco.

Il terzo giorno di lavoro di Tripi stava volgendo al termine e l'infermiera Thornhill era stata troppo indaffarata per chiedergli di riempire le caselle vuote sul modulo azzurro, il che gli dava un altro po' di tempo per cercarsi una casa.

Mentre attraversava il parco, Tripi si nascose dietro il cespuglio di alloro e aspettò che il guardiano chiudesse tutti i cancelli. Poi stese il sacco a pelo e disse le sue preghiere, in ritardo sul tramonto del sole. Quando inspirava, i polmoni gli facevano male; il freddo gli era già entrato dentro. Di notte, mentre dormiva, sentiva che tra le costole gli si formavano lastre di ghiaccio.

A Damasco poteva accadere che la temperatura scendesse molto al di sotto dei 10 gradi. E quando arrivava il freddo, a volte arrivava anche la neve. In primavera, quando pioveva, cadevano gocce grosse e cristalline che andavano a gonfiare i fiumi e a far girare le ruote di legno e le pale dei mulini, così da far scorrere acqua pulita per tutta Damasco. Qui la pioggia era sottile, sporca e fredda. L'unico calore arrivava dagli incubi di Tripi, che sognava sempre la stessa cosa: il viso di Ayishah in quella torrida giornata di luglio.

Tirò fuori la fotografia della sorellina di dodici anni e la osservò. Aveva la metà dei suoi anni, eppure a volte gli era sembrata lei quella più grande. Pregò che fosse al sicuro, che un giorno potessero riunirsi su quell'isola in cui gli unici colpi di pistola arrivavano dalle televisioni che tutti avevano in soggiorno.

L'ultimo giorno che avevano passato insieme a Damasco, Ayishah gli aveva dato una cartolina della regina che aveva comprato a una delle bancarelle del *suk*.

«Guarda!» gli aveva detto, passando un dito sui capelli della regina. «Se è lei che comanda, dev'essere un bel posto.»

Tripi sfilò la cartolina dal sacco a pelo e la guardò per l'ennesima volta: le perle alle orecchie e intorno al collo, quegli occhi dolci e comprensivi e un sorriso che non lasciava trasparire più di tanto. Anche lui voleva credere che quello fosse un bel posto. Ma non ne era così sicuro. Se la regina era così anziana, non aveva forse il compito di assicurarsi che le persone della sua età potessero vivere in un ambiente adeguato?

«È qui!» La luce di una torcia gli baluginò in faccia. Il guardiano del parco era tornato e con lui c'era un altro uomo.

Tripi si ficcò la foto in tasca, sgusciò fuori dal sacco a pelo e si mise a correre verso i cancelli.

«Fermo!»

Due fari potenti lo accecarono.

Quando i suoi occhi si abituarono alla luce, vide il guardiano e un poliziotto. Entrambi avevano gli occhi piccoli e cattivi.

«Lo sapevo che c'era un barbone» disse il guardiano.

«È ora di cambiare casa.» Il poliziotto si fece avanti. «Ecco il numero di un rifugio per senzatetto» e mise un biglietto nella mano di Tripi.

Un indirizzo di Londra. Tripi non voleva tornare in quel posto.

«Questo parco appartiene al comune» aggiunse il guardiano. «Non puoi stare qui.»

Ma come poteva l'erba appartenere a qualcuno?, pensò Tripi. L'erba, gli alberi e il cielo.

Tornò al cespuglio e raccolse il sacco a pelo e lo zainetto di Ayishah, che si era portato dietro dal giorno in cui si erano separati, per i due mesi in cui aveva camminato lungo il confine siriano alla sua ricerca, e durante quelle settimane a Londra, a caccia di un lavoro. E adesso anche in quel posto.

Il poliziotto lo spinse fuori dal cancello e i tre uomini si fermarono alla luce arancione del lampione.

Il guardiano si avvicinò al viso di Tripi, l'alito che sapeva di birra. «Non sei di queste parti, vero?»

Tripi aveva notato la faccia con cui lo guardavano le persone quando camminava per Slipton. I suoi vestiti logori, la pelle troppo abbronzata per le nuvole inglesi.

«Dovresti chiedergli il permesso di soggiorno, Stubbs» incalzò il guardiano. «Scommetto che è un clandestino.»

Il cuore di Tripi sobbalzò.

Il poliziotto si stropicciò gli occhi; sembrava stanco.

«Vai in quel centro» disse. Poi si girò verso il guardiano. «Lì controlleranno i suoi documenti.»

Tripi si chinò leggermente in segno di saluto e si incamminò, contando i battiti del cuore e i passi sul terreno e concentrandosi sulle volute bianche che gli uscivano dalla bocca.

«E stai lontano dal mio parco» gli urlò dietro il guardiano agguerrito.

12

Lou

Lou aveva la testa appesantita dal sonno, come se fosse circondata da una nebbia fittissima.

«Nonna… Nonna… Mi senti?» La vocina di Milo si insinuava a intermittenza tra i suoi sogni. «A scuola è venuto un poliziotto. Ha detto che sono bravissimo a trovare le cose.» Aveva cercato di risvegliarsi, di rispondergli, ma la nebbia era troppo densa.

Milo si muoveva intorno a lei, piegandole i vestiti e mettendoli a posto nell'armadio, sistemando il contenuto del suo beauty case sulla mensola sotto lo specchio.

E poi il suo bacio, proprio accanto all'orecchio.

«Meglio se ti lascio dormire, nonna. Tornerò domani. Ti verrò a trovare tutti i giorni.»

Le aggiustò la coperta sulle ginocchia, rimboccandola come si fa a una bambina.

«Tornerai a casa molto presto. L'incendio è stato un incidente, nonna, poteva succedere a chiunque.»

Quando finalmente aprì gli occhi, la stanza era deserta.

E adesso era nella sala con tutte quelle donne anziane.

Era come incatenata a una di quelle morbide poltrone e avvertiva il caldo mormorio della signora Moseley, la donna giamaicana che si sedeva accanto a lei tutto il pomeriggio e ascoltava il suo registratore. Musica dell'isola, un posto dove le noci di cocco crescono sugli alberi e l'acqua è così trasparente che riesci a vederti le dita dei piedi.

Lou sbatté le palpebre.

Il vestito della donna, che si era alzata, era macchiato sul retro.

Poi c'erano le altre.

La signora Foxton, che raccontava a un poliziotto immaginario del vetro rotto nel suo conservatorio. «Delinquenti» ripeteva.

La signora Wong, che urlava chiedendo del riso. «Ho allenato la squadra olimpica di ginnastica» diceva, restando bloccata con la schiena malmessa mentre si accovacciava.

La signora Turner, che nascondeva le patate e i piselli mollicci nella tasca del grembiule.

La signora Swift, che sembrava sempre truccata con i colori a cera. «Posso truccare anche te» si era gentilmente offerta. Ma Lou non si era mai truccata nell'arco della sua vita. Il sole e il mare e l'aria erano tutto ciò di cui la sua pelle aveva bisogno.

La signora Sharp, che giocava a Angry Birds sull'iPad che le aveva regalato il nipote. «Li ho beccati, quei piccoli bastardi!» urlava.

E la signora Zimmer, che se ne stava tutto il giorno a dormire davanti alla televisione.

Dormire non era una cattiva scelta in un posto come quello, pensò Lou. E anche lei si sentiva stanca, davvero stanca, più stanca di quanto non fosse mai stata.

Dal fatto che le chiamavano «signore», Lou suppose che fossero tutte sposate, o che almeno lo fossero state. Così, a parte l'infermiera Thornhill e una giovane assistente, l'infermiera Heidi, Lou era l'unica donna non sposata di tutto l'edificio.

Compresa lei, erano in totale otto vecchiette. Ma l'infermiera Thornhill non aveva detto che c'erano nove ospiti? «Nove ospiti,» aveva specificato a Sandy «una grande famiglia felice.»

Lou pensò che le prime cose a svanire piano piano sarebbero stati i nomi e i numeri.

Sprofondata nella poltrona, non si sentiva più le gambe. Allungò il collo per riuscire a vedere la striscia di cielo scuro sopra gli alberi. La finestra era troppo bassa per guardare le stelle.

Almeno gli aerei continuava a sentirli.

«Si sforzi di mangiare qualcosa» le disse l'infermiera Thornhill. «Non possiamo permetterci nessuno spreco.»

E poi quel ragazzo così carino, con gli occhi marroni e le mani delicate, che profumava di terra e fiori e cielo. «Shh!» Si mise un dito sulle labbra, un gesto che le fece pensare a una preghiera. «Non lo dico all'infermiera Thornhill» le sussurrò.

Portando via il piatto inciampò nei suoi stessi passi.

Non avvertendo più alcun movimento nella stanza, i sensori avevano spento le luci. Il ronzio proseguiva imperterrito, come una mosca che va a sbattere contro una lampadina rovente.

«È sicura di non volere che la riportiamo in camera?» le aveva chiesto l'infermiera Heidi.

No. A Lou piaceva il buio, la quiete della spiaggia mentre guardava le onde.

«Va bene, allora tiri il cordino rosso se le serve qualcosa.»

I cordini pendevano da tutte le parti come i fili di una marionetta.

Lou si sentiva gli occhi pesanti. La mente le scivolò via come acqua sugli scogli.

Quando si risvegliò, la sala era fredda e silenziosa. L'ombra di un uomo incombeva su di lei. Sforzò gli occhi nello smarrimento del buio. Era un infermiere? No, non aveva l'uniforme ed era anche lui vecchio. Quando si chinò su di lei, notò una chiazza di calvizie simile allo zucchetto degli ebrei. Il suo collo profumava di limoni.

«Se vuoi che ti aiuti ad alzarti devi darti una spintarella» le disse, tirandole le dita.

Spintarella? Le piaceva quella parola.

Annuì. Sì, adesso voleva tornare in camera sua, nella sua stanzina sotto il tetto, e guardare Slipton, con Milo che dormiva al piano di sotto.

«Va bene» rispose lui. «Al mio tre, allora...» Pronunciava le consonanti con un accento mediterraneo.

«Uno...»

Cercò di sollevare il suo peso morto, le gambe addormentate.

«Due...»

Lou prese un respiro e raddrizzò la spina dorsale.

«Tre...»

L'uomo tirò.

Spinse il peso sulle gambe, sentì il busto che le cadeva in avanti e precipitò tra le sue braccia. La pancia morbida di lui premette sulla sua, il contatto del corpo di un uomo. Lou arrossì nell'oscurità.

«Torni in camera sua, Petros.» Era l'infermiera Heidi. «L'infermiera Thornhill gliel'ha detto mille volte che non è compito suo.»

«Sì, sì» disse lui. Ma poi si sporse in avanti e sussurrò all'orecchio di Lou. «E invece lo è.» La presa per il braccio e la condusse verso la porta. «È compito mio, eccome.»

13

Milo

Il martedì, dopo la scuola, Milo tornò a trovare la nonna. «Non puoi andare a trovarla ogni giorno» aveva detto la mamma. «Dovresti passare un po' di tempo con i tuoi amici.» Ma la mamma non capiva: la nonna era sua amica e lui non voleva passare il tempo con nessun altro. E comunque il giorno prima l'aveva trovata addormentata, quindi non contava.

Si mise in bocca il cioccolatino del quattro dicembre. Dietro aveva trovato l'immagine di tre uomini che attraversavano il deserto sui cammelli.

Mancavano ventuno giorni a Natale: aveva meno di un mese per riportare a casa la nonna.

Per strada, Milo si fermò a pensare su una panchina lungo il canale. Gli piaceva molto guardare l'acqua, così come guardare il cielo, perché non aveva bisogno di inclinare la testa, l'immagine cambiava da sola. Un nuovo colore, un rametto, un pacchetto rosso di patatine, un'anatra di passaggio, il riflesso di un aeroplano che spuntava dalle nuvole. Suo padre e l'Amichetta e il bambino nella pancia dell'Amichetta se n'erano andati su uno di quegli aerei. Era andato a controllare gli orari delle partenze su internet e aveva ipotizzato la traiettoria dell'aereo, poi era rimasto a guardare il cielo chiedendosi se suo padre potesse vederlo, un puntino di fronte a casa sua.

Milo non era mai stato al mare, ma sapeva che gli sarebbe piaciuto starsene a guardare le onde per ore e ore. Prima che si trasferisse da loro, la nonna aveva vissuto vicino al mare, in Scozia. Sul suo blocchetto gli aveva scritto che lei e il bisnonno avevano giocato tante volte con le onde, anche in pieno inverno. Ecco perché le piaceva tanto fare il bagno nella vasca. «Da queste parti è la cosa che più si avvicina a nuotare» aveva scritto. E aveva ragione, Slipton era quanto di più lontano dal mare ci potesse essere.

Magari avrebbe trovato qualcuno che tenesse compagnia alla nonna mentre lui era a scuola e la mamma era impegnata con le clienti nel capanno, una specie di babysitter, ma per gli anziani. Così non avrebbe provato a fare le cose da sola, finendo per incendiare la cucina o allagare il bagno. Doveva trovare i soldi, però. Poteva mettere un annuncio in bacheca da Poundland, il negozio in cui si vendeva tutto a una sterlina, offrendo servizi informatici. Le persone gli chiedevano sempre di aiutarle con il computer, come la mamma quando gli aveva chiesto di fare una ricerca sull'Amichetta e poi gli aveva detto di cancellare la cronologia prima che suo padre lo usasse, oppure a scuola la signora Harris, che non lo accendeva mai perché diceva che rovinava il cervello, ma voleva scoprire cosa dicevano di lei le mamme su *mammeinazione.com*, il sito su cui si lamentano di quanto fanno schifo gli insegnanti e tramano per farli licenziare.

Dondolando i piedi sotto la panchina, urtò qualcosa di morbido con la suola della scarpa. Si mise a quattro zampe e strisciò sotto le assi di legno. C'erano un sacco a pelo arrotolato e due zaini. Qualcuno si doveva essere seduto in quel punto e poi doveva aver dimenticato tutto lì.

Uno zaino era grande e azzurro e l'altro piccolo e rosso con un fiocchetto giallo intorno a una delle bretelle.

Andando alla *Nontiscordardimé*, si sarebbe fermato a lasciarli all'Ufficio oggetti smarriti di Slipton. Milo si dimenticava continuamente scarpe, calze, portapranzo e libri (qualsiasi cosa restasse fuori dal suo buchetto visivo); Keith dell'Ufficio oggetti smarriti sapeva che doveva mettere da parte qualsiasi cosa avesse il suo nome sopra: *Milo Moon* era scritto a grandi caratteri neri con un pennarello indelebile su qualsiasi cosa possedesse. A volte Milo si chiedeva se non dovesse scriverselo anche sulla fronte, nel caso finisse per perdersi anche lui.

«Milo Moon?» Una Skoda color verde acido accostò al marciapiede.

Milo si voltò di scatto.

«Milo, sono qui» disse la voce.

Guardò alla sua destra. La testa della signora Harris si affacciò dal finestrino.

«Tutto bene?» gli chiese l'insegnante. «Ti vedo molto carico.» Con la testa indicò la sua cartella e poi i due zaini e il sacco a pelo.

«Sto andando a trovare la nonna» rispose Milo, riprendendo a camminare.

«Non vive più con voi?»

Milo scosse la testa. La maestra fece una pausa.

«Mi dispiace.» Tossì. «Devo parlare con la tua mamma dei risultati del test.»

Durante la ricreazione la signora Harris fumava in macchina. Aveva più rughe della nonna, e secondo Milo avrebbe già dovuto essere in pensione da secoli. Una volta le aveva chiesto quando avesse intenzione di lasciare le elementari di Slipton, e lei gli aveva risposto di farsi i fatti suoi. La nonna diceva che la signora Harris continuava a insegnare perché aveva bisogno dei soldi per comprarsi tutte quelle sigarette.

«La mamma lo sa già» disse Milo, avvertendo improvvisamente il peso delle borse che stava trasportando. «La chiamerà lei.»

La signora Harris gli si avvicinò con la macchina. Milo sentì la puzza di fumo stantio e percepì una scia verde al confine del forellino. Le macchine di quel verde giallastro gli facevano sempre venire in mente il colore del muco. Caccole su quattro ruote.

«È importante» insisté lei alzando la voce roca.

«La mamma ha da fare, tra poco è Natale. La chiamerà presto.»

«Che ne dici se passo io da casa vostra?»

Milo si avvicinò alla macchina e guardò la maestra negli occhi. «Alla mamma non piace essere disturbata quando ha clienti, turba l'energia.»

«L'energia?»

«L'energia positiva di cui hanno bisogno per rilassarsi.»

Riprese a camminare.

«Dobbiamo parlare delle alternative...»

Milo richiamò alla mente la canzone della cornamusa del bisnonno e la voce della signora Harris sfumò via.

Quando arrivò, trovò la nonna in camera sua, seduta accanto alla finestra a guardare il cielo grigio. Non sembrava la stessa di prima, sembrava una di quelle sagome raffiguranti un attore che hanno nei negozi di DVD.

Milo lasciò cadere gli zaini e il sacco a pelo a terra, le appoggiò una mano sulla spalla e le diede un bacio vicino all'orecchio. Gli piaceva la sensazione che lasciava sulle labbra il contatto con la perla fredda dell'orecchino. Ma stavolta era fredda anche la sua pelle, molto più di quando era a casa.

Si girò verso di lui. Tra le sopracciglia aveva una ruga profonda come una crepa.

«Nonna? Cosa c'è?»

Nei suoi occhi si rifletteva la luce pallida che proveniva dalla finestra. Era come se fosse volata via, pur essendo ancora nel suo corpo.

La nonna si diede una spinta per alzarsi, ma non ci riuscì, così Milo la aiutò negli ultimi sforzi, sorreggendole i gomiti con le mani.

Si avvicinò al tavolo e scribacchiò qualcosa sul blocchetto. Per la prima volta Milo si accorse che le tremava la mano destra: di solito era la sinistra. Aveva una scrittura molto irregolare. «Devo...»

«Nonna?»

Continuò a scrivere. «La barca.» Disegnò una grande imbarcazione. «David...» La nonna non parlava da quando il bisnonno era morto, ed era ormai passata un'infinità di tempo, ma a Milo non dava fastidio. Si divertiva a scrivere i bigliettini, soprattutto quando la mamma era nella stessa stanza e non sapeva cosa si dicevano, tipo «Hai visto Amleto?» (Milo), «Dovrebbe essere in garage, no?» (Nonna), e poi la nonna disegnava uno smile che faceva l'occhiolino e tutti e due cercavano di non farsi scoprire guardando il rigonfiamento sotto il piumone.

La nonna andò verso la porta, usando vari mobili come appoggio: la spalliera di una sedia, una cassettiera. Poi si alzò sulle punte e sfilò dall'appendiabiti la sciarpa di lana, quella che aveva fatto a maglia ai tempi in cui le sue dita facevano ancora il loro dovere. Ne aveva fatta una anche per Milo, di un bell'arancione acceso, il suo colore preferito. Si avvolse la sciarpa intorno al collo, così stretta che Milo temette potesse strozzarsi.

Le si avvicinò e le mise una mano sulle sue: anche quelle erano fredde.

«Nonna, perché non ti siedi un po'?»

Per un attimo lo fissò come se non l'avesse mai visto prima. Milo sentì un tonfo sordo nel petto. Forse l'infermiera Thornhill si era dimenticata di darle la pillola sbrogliatrice.

«Nonna, sono Milo.»

Aveva gli occhi ancora vitrei e lontani, e continuava a rigirarsi l'anello di fidanzamento che portava all'anulare.

Gli scrollò via la mano, si allungò a prendere il cappotto, combatté con le maniche per infilarselo, poi si arrese e aprì la porta lasciando che le pendesse tutto storto dalle spalle.

Milo sentì una fitta alla fronte: erano mesi che non la vedeva così.

Cercò di prenderle un braccio, ma lei lo scacciò di nuovo, stavolta con più veemenza.

La nonna era minuta e ricurva, addosso non aveva un filo di grasso e le sue ossa pesavano meno di Amleto quando l'avevano adottato; Milo non capiva da dove prendesse tutta quella forza.

Fossero stati a casa, avrebbe saputo cosa fare: accendere la radio per distrarla e chiudere la porta a chiave per non farla uscire o cadere dalle scale o finire sotto qualche macchina. Poi le avrebbe dato la cornamusa del bisnonno chiedendole di insegnargli a suonare: Amleto li avrebbe accompagnati con i suoi grugniti perché amava molto la musica, la nonna avrebbe riso e sarebbe tornata a stare bene.

Milo era l'unico a sapere di quei momenti in cui la nonna si perdeva dentro se stessa. Alla mamma non aveva raccontato niente, tanto non avrebbe capito. Già sosteneva che con lei *non aveva tempo neanche per respirare*, e diceva anche di peggio quando chiacchierava con Gina nel capanno.

La nonna continuava a trascinarsi in giro per la casa di riposo. Doveva trovare qualcuno che lo aiutasse a ricondurla verso camera sua.

Era ancora molto lontana dalla porta d'ingresso, così Milo si arrischiò a lasciarla sola per qualche minuto.

Cominciò a perlustrare in fretta i corridoi bianchi, cercando chi potesse dargli una mano, ma sembravano spariti tutti. I suoni dei vari programmi televisivi si accavallavano di stanza in stanza: si andava dalla sigla di *Beautiful* alla televendita, in cui qualcuno promuoveva l'acquisto di una collana d'oro, alla voce del presentatore di quel programma sulle lune di miele che la mamma guardava sempre. In un'altra camera qualcuno strillava come un bambino chiedendo del riso e in un'altra ancora la voce di un telecronista sportivo urlava: «Li abbiamo ripresi, quei piccoli bastardi!». Da una terza stanza arrivava una vocina stanca che implorava: «Non può… Non può… costringermi a fare il bagno».

Milo aveva sperato che, una volta cresciuto, nessuno l'avrebbe più costretto a fare niente.

La signora Moseley, quella che si portava in giro il mangiacassette con la musica reggae, gli passò accanto.

«Hai bisogno di aiuto?» gli urlò sovrastando la musica.

Sopra le labbra e sotto il mento le spuntavano dei peli neri, come quelli che a volte crescevano anche alla nonna e che Milo tirava via con le pinzette. «Tipico,» gli scriveva lei «ho passato anni a cercare di farmi crescere la barba per far colpo sui pescatori di Inveraray, e adesso che vivo lontano dal mare arriva la peluria.»

«No, grazie» disse Milo.

La signora Moseley era gentile a offrirgli il suo aiuto, ma temeva che con lei la nonna si sarebbe confusa ancora di più. Sentì odore di pipì arrivare dalla sua camicia da notte e pensò di suggerirle di comprare quei pannoloni per anziani che aveva visto in farmacia, ma magari la signora Moseley non si rendeva conto di puzzare di pipì e si sarebbe solo offesa.

Andò a bussare alla porta che l'infermiera Thornhill aveva indicato durante la loro prima visita, dicendo: «Sono a disposizione giorno e notte».

Non rispose nessuno.

Diede un paio di colpi più forti, poi vide che la porta era fermata solo da un chiavistello. La spinse e si affacciò.

La prima cosa che sentì fu un'ondata di calore. In quella stanza c'era più caldo che in tutto il resto della *Nontiscordardimé*. Poi avvertì sotto le dita la consistenza vellutata dei ghirigori di una carta da parati: era color prugna.

A una parete era appesa una foto dei grandi magazzini Harrods di Londra. A giugno il papà aveva portato Milo nel reparto animali domestici, per cercare un collarino per Amleto. L'Amichetta era andata con loro e si era rivelata bravissima a scegliere collarini: ne aveva scelto uno di velluto nero, dicendo che era perfetto per Amleto, che s'intonava con le chiazze dello stesso colore dandogli un'aria elegante. Milo sapeva che avrebbe dovuto odiare l'Amichetta, ma lei di solito era abbastanza gentile, soprattutto quando gli parlava di Amleto, cosa che la mamma faceva solo per lamentarsi di qualcosa. Suo padre gli chiedeva sempre di non dire alla mamma che l'Amichetta li accompagnava nei loro giri, e che forse era una buona idea continuare a comportarsi come se la odiasse, perché in caso contrario la mamma si sarebbe arrabbiata ancora di più.

Accanto alla foto di Harrods era appeso un articolo di giornale con l'immagine di un ragazzo e, sotto, delle date che probabilmente indicavano la sua morte; vicino a lui il volto di... Era forse l'infermiera Thornhill, quella lì? Molto più giovane, ma con la stessa fronte squadrata e la divisa da infermiera, anche se l'uniforme nella foto era sporchissima, niente a che vedere con quella bianca e inamidata che indossava alla *Nontiscordardimé*.

Anche il suo sorriso sembrava diverso, meno ingessato.

Milo si avvicinò per guardare meglio. Sabato 17 dicembre 1983. *Bomba dell'IRA ad Harrods*.

Poi la sua attenzione si spostò verso un massiccio lampadario che pendeva dal soffitto. Era come quelli che si vedono a volte nei film, in cui la luce si rifrange in un milione di diamanti. In fondo al corridoio notò una bottiglia di champagne riversa sul pavimento.

«Infermiera Thornhill!» gridò.

Nessuna risposta.

Milo si chiedeva se fossero mai esistiti un signor Thornhill o dei piccoli Thornhill, ma non riusciva a immaginarsi l'infermiera con una famiglia propria.

Tese bene le orecchie, ma non sentì alcun movimento nell'appartamento, così chiuse la porta e proseguì.

A un certo punto trovò un vecchio seduto sulla moquette, intento a riparare il cardine della porta della sala comune. Milo era indeciso sul da farsi, ma l'uomo non sembrava il tipo di persona che potesse dargli consigli, quindi passò oltre.

Poi si ricordò della loro prima visita, di quello che la nonna aveva visto oltre la porta a vento, e si diresse spedito verso la cucina.

Anche stavolta il ragazzo stava cantando in quella lingua dal ritmo cadenzato che Milo non capiva e pelava patate a tempo di musica.

Milo spinse la porta e lo raggiunse.

«Mi scusi?» disse, con un colpetto sulla schiena del cuoco.

L'uomo si voltò.

«Mia nonna...» cominciò Milo, affannato. «Non sta... Non sta tanto bene.»

Il cuoco posò il pelapatate e si pulì le mani al grembiule.

«Fammi vedere» rispose.

Milo lo condusse oltre la porta e lungo i meandri dei corridoi che portavano alla stanza della nonna. Il cuoco aveva un odore strano, pensò, non come quello delle persone che non si lavano, più simile a un giardino dopo la pioggia.

Trovarono la nonna in piedi fuori dalla sala, che fissava il dipinto di una barca da pesca sballottata da enormi onde schiumose. A Milo faceva venire in mente il quadretto che aveva la nonna a casa, quello della barca che usava per pescare e guadagnarsi da vivere. C'era anche il vecchietto con il cacciavite e il cappellino giallo, e anche lui guardava il dipinto.

«Nonna?» la chiamò Milo. «Stai bene, nonna?»

L'uomo entrò nel perimetro del suo forellino come se sapesse degli occhi di Milo. Emanava un aroma di limone, come il succo che usciva spremendo quegli agrumi di plastica che la mamma comprava perché costavano meno di quelli freschi. E aveva i polsini della camicia tutti logori.

«Stavo solo parlando con la signora di questo quadro.» Aveva un accento straniero, come il cuoco, ma il suono delle sue parole era dolce.

Doveva aver dato una mano alla nonna a mettersi il cappotto, perché non le pendeva più da tutte le parti.

La nonna si voltò a guardare Milo; nei suoi occhi era ricomparsa la luce azzurra. Tornò a concentrarsi sul dipinto.

«Quando sono arrivato mi sono portato dietro i miei quadri» disse l'uomo. «Ho chiesto se potevo appendere questo e non mi hanno mai risposto, quindi l'ho fatto da solo.» Sistemò l'inclinazione del dipinto. «Era il preferito di mia moglie.» Seguì il movimento delle onde con il dito tutto imbrattato d'olio.

La nonna guardò l'uomo come se avesse detto qualcosa di estremamente interessante.

Lui si girò e porse a Milo una mano grande e bruna. «Mi chiamo Petros.»

«Io Milo» e per un attimo si sentì come se fossero a una festa e si stessero presentando, invece che in quella casa di riposo fredda e bianca.

Ma Milo non voleva sembrare troppo ansioso di conoscere Petros. Sebbene gli fosse grato per l'aiuto, voleva fosse ben chiaro che badare alla nonna non era compito di Petros, così la allontanò dal dipinto. L'uomo capì al volo, perché subito ricominciò a occuparsi della porta.

Mentre sorreggeva la nonna per l'altro braccio, Tripi mormorava un motivetto, e la cosa la fece sorridere. A Milo non dava fastidio che Tripi lo aiutasse.

La sistemarono sulla sedia accanto alla finestra e poi Milo andò a cercare delle pillole nel suo beauty case. Se le lasciò cadere nel palmo della mano e le contò. Come immaginava, non ne aveva presa neanche una da quando se n'era andata da casa. Versò un po' d'acqua nel bicchiere dello spazzolino e gliene portò una.

«Devi ricordarti di queste, nonna» disse mentre la guardava bere a piccoli sorsi dal bicchiere. «Una al giorno.»

La nonna annuì, ma Milo sapeva di dover trovare un modo migliore per assicurarsi che lo facesse. La mamma per un periodo aveva preso delle pilloline rotonde, e le aveva messe in un contenitore con su scritto L, Ma, Me, G, V, S, D, per non dimenticarsene neanche una. Magari poteva portare alla nonna una scatolina con un piccolo scompartimento per ogni giorno della settimana.

Il cuoco andò verso la porta.

«Grazie per l'aiuto» disse Milo, e si chiese se dovesse fare un inchino come si usava con i cinesi, anche se Tripi sembrava un tipo di straniero diverso.

Il ragazzo sorrise, poi socchiuse gli occhi concentrandosi su qualcosa alle spalle di Milo. Guardò il sacco a pelo e i due zainetti, quello azzurro e quello rosso, e la sua pelle scura da marroncina diventò beige come le caramelle mou che piacevano alla mamma.

«Li ho trovati...» cominciò a dire Milo. «Lungo il canale.»

Tripi andò dritto verso lo zaino rosso. Aprì la lampo, sbirciò all'interno e poi lo richiuse con un sospiro di sollievo.

«Che succede qui?» L'infermiera Thornhill piombò nella stanza. «Tahir, perché non sei in cucina?»

«Sono venuto a cercarla nel suo appartamento, ma non l'ho trovata» disse Milo. Sembrava decisamente più gentile in quella foto da giovane, ai magazzini Harrods.

L'infermiera Thornhill guardò Milo con gli occhi sgranati: «Cosa hai fatto?».

«La porta era aperta.»

«Non puoi entrare nella mia abitazione privata» brontolò. «Capito?»

La faccia dell'infermiera Thornhill diventò viola come la sua morbida carta da parati.

«Ma aveva detto che era a disposizione...»

L'infermiera Thornhill non lo stava ascoltando. Aveva spostato lo sguardo da Milo a Tripi e gli stava urlando contro.

«Non ti è permesso ficcare il naso negli affari dei clienti. Torna al lavoro» ordinò indicando la porta.

Tripi lanciò un'occhiata al sacco a pelo e allo zaino e poi a Milo, abbassò la testa e se ne andò. Milo cambiò la visuale del suo forellino e seguì Tripi mentre percorreva il corridoio con passo goffo e pesante.

«Mi stava aiutando» spiegò Milo.

L'infermiera Thornhill lo ignorò. Si piantò i pugni nella vita ossuta, guardò la nonna dall'alto in basso e disse: «Se ha bisogno di aiuto, schiacci il bottone». Indicò un pulsante rosso sulla parete accanto alla sua sedia. «Le ho già fatto vedere come si fa.» Afferrò la mano della nonna, le fece allungare il dito indice, la strattonò fino al bottone e glielo fece premere finché non si illuminò. «Ecco» disse. «Non voglio ripeterglielo un'altra volta.»

La sua voce spazientita ricordò a Milo quella della signora Harris quando beccava gli alunni a saltare da un banco all'altro durante la ricreazione.

Milo sapeva bene che spesso bisognava far vedere le cose alla nonna varie volte prima che si ricordasse da sola come funzionavano, ma non gli piacque il modo in cui l'infermiera Thornhill le aveva stretto il dito, e nemmeno il segno bianco che le aveva lasciato sulla mano.

Rimase con la nonna finché non si addormentò, anche se non ci volle molto. Quando si chiudeva in se stessa in quel modo, tutta l'energia che aveva in corpo si volatilizzava.

Nella stanza a quanto pareva non funzionava il riscaldamento, così le mise una coperta sulle ginocchia, le diede un bacio sulla guancia e poi raccolse la cartella, il sacco a pelo e i due zaini.

«Ciao, nonna» sussurrò. «La prossima volta ti porto Amleto. Ti terrà al caldo.»

14

Tripi

Mentre riscaldava i dadini di agnello in una grande casseruola, Tripi aggiunse qualche spicchio dell'aglio che aveva comprato al minimarket sulla strada principale. Alle persone anziane l'aglio faceva bene, rinforzava il sistema immunitario. E magari quello slavatissimo agnello in scatola avrebbe avuto un sapore diverso da quello della grigia nuvolaglia inglese. Tripi sentì i passi dell'infermiera Thornhill che rientrava in ufficio. Posò il cucchiaio di legno e si appostò alla porta, in attesa che passasse il nipote della signora Moon.

Guardando il ragazzino che si avvicinava, Tripi pensò che aveva la stessa corporatura della nonna: ossa sottili, come i passeri che piluccavano le briciole fuori dall'hotel di Damasco.

Nonostante il bambino guardasse nella sua direzione con gli occhi azzurri spalancati, non sembrò rendersi conto della presenza di Tripi.

Gli fece un cenno. «Milo?»

Milo inclinò la testa e sbatté le palpebre.

«Queste cose sono tue?» gli chiese Milo porgendogli lo zainetto di Ayishah.

Tripi annuì.

«Non volevo rubarle, pensavo che qualcuno le avesse dimenticate. Le ho trovate sotto la panchina sul canale.»

Tripi annuì di nuovo. «È la mia casa.»

Non aveva mai detto a nessuno che viveva per strada, che dormiva sulle panchine del parco, lungo i canali, sugli autobus. Ma si fidava di quel bambino, gli piaceva il modo in cui aveva tenuto la mano della signora Moon mentre la faceva sedere.

Milo sgranò gli occhi. «Vivi sul canale?»

Tripi si premette un dito sulle labbra. «È un segreto.» Indicò con la testa lo stanzino delle infermiere.

Milo annuì deciso, poi gli mormorò in risposta: «E non hai freddo?».

Tripi alzò le spalle. «Un pochino.» Tossì con una mano davanti alla bocca e si indicò la gola. «Il vento mi si infila qui» disse, agitando le dita intorno al pomo d'Adamo. «E qui» aggiunse, indicandosi le orecchie. A ogni suo movimento, il bambino spostava leggermente la testa.

«Perché non vivi in una casa vera?»

«Come dicono qui in Inghilterra? È una lunga storia.» Tripi guardò la porta della cucina. «È meglio se torno al lavoro. Ancora patate, sempre patate!»

Milo annuì e posò il sacco a pelo e gli zaini sul pavimento.

«Potresti riportarli dove li hai presi?» gli chiese Tripi. «Non posso tenerli qui.»

«Sotto la panchina?»

L'uomo annuì.

«Ok.» Milo si riprese tutto, poi guardò Tripi un po' perplesso. «Sei del Medio Oriente? La signora Harris ci ha detto che si dice così se uno viene da parti del mondo in cui fa caldo e c'è la sabbia e la gente va in giro con le lenzuola addosso.»

Tripi sorrise. Da quando era arrivato in Inghilterra, era il modo più gentile in cui gli si erano rivolti. «Sì... Vengo dalla Siria.»

«Non vorrei farmi i fatti tuoi, ma se io fossi in te non andrei in giro con tutti questi zaini.»

Era una cosa che Tripi aveva già sentito: Arabi + zaini = terroristi.

«Potrebbero metterti in prigione.»

«Grazie, Milo. Lo terrò a mente.»

Dietro di loro si udì uno stridere di zoccoli di gomma. Tripi guardò l'infermiera Thornhill mentre si avvicinava, alle spalle di Milo.

«Se ti trovo un'altra volta fuori dalla cucina, considerati a rischio.» Questo gli aveva detto, quando l'aveva sorpreso con la signora Moon e il piccolo Milo. Non gli aveva spiegato cosa volesse dire «a rischio», ma non prometteva niente di buono. Tripi non poteva perdere il lavoro: era la sua unica possibilità di trovare una casa, richiedere asilo politico e ritrovare Ayishah.

«È meglio se vai» mormorò Milo. «Prima di metterti nei guai.»

Tripi annuì e corse incerto lungo il corridoio.

«Grazie» gli urlò Milo. «Per aver aiutato mia nonna.»

15

Sandy

Sandy guardò il conto. Una caparra di 100 sterline, 150 se non veniva saldato entro la fine della settimana. Quell'infermiera si era scordata di specificare che per i ritardi sui pagamenti c'era una sanzione.

Addentò un biscotto con cioccolato al latte e spazzò via le briciole dalla lettera.

Case di riposo Nontiscordardimé: Siamo qui per servirla.

Solo perché vi pago per farlo, pensò Sandy. Un bruciore rosso le salì dalla gola. Accese la TV.

«Santa Lucia è uno splendido paradiso insulare…»

Si sedette su uno sgabello e guardò lo schermo polveroso. Magari Milo sarebbe andato con lei. Magari se fossero vissuti in un posto caldo e bello, le cose tra loro sarebbero andate meglio.

«Qui, all'ombra delle palme ondeggianti, i tuoi problemi svaniranno…»

Sandy chiuse gli occhi e assaporò la dolcezza del cioccolato al latte che le avvolgeva il palato.

Poi squillò il telefono.

Aprì gli occhi e afferrò la cornetta.

«Pronto?»

«Salve.»

Sandy assunse il suo tono da salone di bellezza. «Prego, con chi parlo?»

«Sono Al McCloud.» La voce aveva un forte accento scozzese.

Quel nome era appuntato sul blocchetto dei messaggi da mesi. Uno dei parenti di Andy che si era trasferito al sud e cercava un posto dove vivere. Aveva chiamato senza preavviso, un mese dopo la partenza di Andy. Avrebbe pagato l'affitto, aveva specificato. Lei non gli aveva detto che Andy non viveva più in quella casa, non sopportava il pensiero di tutti i pettegolezzi che avrebbero fatto su in Scozia i suoi familiari. «Lo sapevo che non avrebbe combinato niente di buono con quella, è una del sud» ecco cosa avrebbero detto. Ma si era conservata il nome e il numero di quell'uomo, forse sapendo già da allora che la nonna si sarebbe dovuta trasferire.

«Mi ha lasciato un messaggio in segreteria. Diceva che aveva una stanza da affittare.»

L'accento scozzese. A letto, mentre si addormentavano abbracciati, a volte Sandy chiedeva a Andy di parlarle «in scozzese»: «Buonanotte e sogni d'oro» le sussurrava lui con il suo accento. Sentirlo parlare con quella voce glielo faceva sentire più vicino, come se fosse l'unica persona a sapere sia da dove venisse sia chi fosse diventato. Forse, se fossero tornati a vivere in Scozia, nel paesino sul mare dov'era cresciuto, le cose tra loro avrebbero funzionato. Forse la famiglia di Andy gli avrebbe perdonato la sua fuga. Forse lassù Milo sarebbe stato più felice.

«Potrai fare immersioni nell'acqua cristallina...» La presentatrice era in spiaggia, con un bikini rosso striminzito. «Oppure startene in pace al sole...»

«Ho bisogno di un posto dalla fine di questa settimana» disse Al.

Sandy tornò con lo sguardo alla TV, le montagne verdi appuntite e i lunghi tratti di spiaggia bianca. Era buffo che il suo nome venisse da *sand*, sabbia, ma lei non avesse mai sentito il calore di una spiaggia sotto i piedi. Immaginò Andy e Angela che camminavano mano nella mano sul bagnasciuga, ad Abu Dhabi.

«È ancora lì, signora Moon?»

«Per favore, chiamami Sandy. E diamoci del tu» disse lei.

Percorse la cucina con lo sguardo. Sperò che la fuliggine dell'incendio e la confusione non sarebbero stati un problema per lui. O gli aerei che sfrecciavano sulla casa. O il maialino che grugniva in garage. O Milo che si aggirava per casa con il suo carico di rabbia per lei.

Sentì che le si stringeva il petto. Non era pronta ad avere in casa un estraneo che si sarebbe impicciato della sua vita.

«Ti pagherò due mesi in anticipo» assicurò lui.

«Be'...»

«In contanti.»

Sandy guardò la lettera della *Nontiscordardimé* sul bancone della cucina.

Fece un bel respiro. «Bene, direi che possiamo trovare un accordo.»

16

Milo

Milo avvicinò gli occhi all'orologio e guardò le grandi lancette scure, sperando che la signora Harris cogliesse il gesto.

«Milo, mi stai ascoltando?» Si piegò per incontrare il suo sguardo, ma lui aveva abbassato gli occhi sul pavimento. Era una delle cose positive della retinite pigmentosa: potevi togliere dalla visuale le persone che ti infastidivano.

Era venerdì, e la signora Harris l'aveva trattenuto oltre l'orario delle lezioni *per fare una chiacchierata su cosa era andato storto agli esami.*

Se la chiacchierata fosse proseguita oltre, avrebbe perso l'orario delle visite alla *Nontiscordardimé.*

«Come ti ho detto l'altro giorno, se non sento la tua mamma prima del fine settimana dovrò passare io da casa vostra.»

Milo immaginò la signora Harris, con il suo completino grigio e i capelli a caschetto, che entrava nella cucina di casa, nera e affumicata, con la mamma in pantaloni della tuta che mangiava biscotti e guardava il solito programma sulle lune di miele. Meno male che la signora Harris puzzava di fumo: non fumare era un punto a favore della mamma.

L'insegnante si alzò e combatté un attimo con la frangia che le si era afflosciata sulla fronte.

«Tra poco cominceremo con gli esami sull'ascolto e l'esposizione orale, e se ti impegni puoi alzare la media dei voti dello scritto.»

La sua voce aveva il suono della cornamusa del nonno quando la suonavi dopo mesi ed era ancora fredda. Stridula, fastidiosa. «Penso che il tema ti piacerà.»

Milo odiava parlare di fronte alle persone.

«Farete un discorso sul vostro animale domestico preferito.»

Con il telefonino che gli aveva regalato suo padre, Milo aveva scattato delle foto ad Amleto, poi a scuola aveva fatto delle stampe a colori e le aveva attaccate su tutti i suoi raccoglitori e sui libri. Le ragazzine della classe erano impazzite.

«Che bestiolina originale» aveva detto la signora Harris.

Milo concentrò i suoi occhi su uno dei denti ingialliti della maestra. Ogni volta che parlava sembrava che dovesse caderle dalla bocca. Ecco un altro punto a favore della mamma: aveva i denti belli. Per i suoi clienti, nel capanno faceva anche dei trattamenti di sbiancamento, quindi per lei erano gratis.

«Sono sicura che avrai un sacco di cose da dire. Dovrai *informare*, *spiegare* e *descrivere* al pubblico come ti prendi cura del tuo maialino e ti assicuri che lui viva nelle migliori condizioni possibili per il suo benessere. Vedrai che sarà più facile che scriverlo.»

Ultimamente, per un esame, Milo aveva disegnato un'eclissi lunare anziché scriverne, perché secondo lui era un modo migliore di svolgere il tema: *Descrivi un'esperienza straordinaria*. Non che avesse mai assistito veramente a un'eclissi lunare, ma aveva guardato dei video su YouTube e suo padre gli aveva promesso che un giorno sarebbero andati insieme a vederne una in Australia, perché lì erano più frequenti.

Parlare di fronte a un pubblico faceva gonfiare la lingua di Milo come se non ci fosse abbastanza spazio in bocca, gli sudavano i palmi delle mani e le gambe gli diventavano di ricotta. Mentre parlava sentiva i bambini che ridacchiavano ai margini sfocati del suo piccolo foro, perché sapevano che potevano farlo senza problemi, come quando la signora Harris si girava di spalle per scrivere alla lavagna. E comunque, in confronto alla nonna, lui già parlava tantissimo. Se lei poteva permettersi di non parlare proprio, Milo non vedeva perché avrebbe dovuto fare addirittura un discorso di fronte a tutta la classe.

Milo non riusciva a inventarsi nessuna scusa per il test di matematica, a parte che a guardare troppo a lungo i numeri gli facevano male gli occhi.

«Non posso rifare l'esame scritto?» chiese.

«Devi farli tutti e due, Milo. I tuoi voti di inglese e matematica ci preoccupano un po'. Dovremo prendere in considerazione...» E poi si fermò. «Ho davvero bisogno di parlare con la tua mamma.»

Mentre imboccava Crescent Way, sentì che il fischio del signor Overend era un po' più alto del normale. Nonostante se ne stesse ore e ore alla finestra con indosso solo il pigiama, il signor Overend sembrava non avere mai freddo. In quel momento teneva tutto il busto fuori dalla finestra e stava guardando una motocicletta parcheggiata davanti a casa di Milo. Quando lo vide, scosse la testa e continuò a fischiettare. Che personaggio: se c'era qualcuno che andava rinchiuso in una casa di riposo, quello era lui.

Milo guardò la moto e sperò che la mamma avesse trovato un nuovo cliente. Gli uomini a volte venivano a farsi depilare il petto o il fondoschiena. C'era anche la Mercedes piatta e rossa della signora Pelosetta. Il suo vero nome era Gina, ma la mamma la chiamava signora Pelosetta perché le cresceva peluria su tutto il corpo, anche sopra il labbro superiore. Milo aveva chiesto perché a quel punto non si radeva come faceva suo padre, ma la mamma aveva detto che in quel modo i peli sarebbero rispuntati ancora più spessi e neri e che sarebbero anche aumentati di numero. Forse la mamma aveva due clienti e la cosa l'avrebbe fatta felice.

Milo entrò in cucina, buttò a terra la cartella e si mise a cercare Amleto. Che il maialino ormai vivesse in casa faceva parte dell'accordo che aveva preso con la mamma. Finché la nonna viveva alla *Nontiscordardimé*, Amleto poteva stare in cucina.

Ma Amleto non era in cucina. E neanche in corridoio o sotto le scale o nel bagno del piano di sotto. Non riuscendo ancora a salire le scale, non era possibile che fosse arrivato in camera di Milo.

«Aveva promesso» mormorò Milo tra sé e sé.

Guardò in giardino e vide la fiammella di una candela alla finestra del capanno.

«Uno di questi giorni andrò a raccontare della mamma alla signora dell'ufficio della protezione animali» borbottò Milo mentre entrava in garage.

Amleto era proprio lì, rannicchiato in un angolo della gabbietta, ad aspettare che arrivasse Milo a salvarlo. Ma c'era anche qualcos'altro: impilate in un angolo, svettavano delle scatole di cartone. Da quella in cima sbucava la cornamusa della nonna.

Gli occhi di Milo cominciarono a bruciare.

Tirò fuori Amleto dalla gabbia, si arrampicò sul congelatore e si allungò a prendere la cornamusa. Poi uscì di corsa dal garage e passando per la cucina infilò la porta sul retro e attraversò il prato bagnato diretto al capanno.

Spinse la porta.

«Milo!» La mamma, con una mano stretta intorno a una striscia depilatoria incollata alla coscia marrone della signora Pelosetta, gli lanciò un'occhiataccia. Pelosetta era giamaicana, la sua pelle del colore delle gocce di cioccolato al latte nei biscotti della mamma. «Quando c'è qualcuno, devi bussare.» La sua espressione oscillava tra l'alterazione per l'arrabbiatura e il tentativo di sorridere alla signora Pelosetta.

«Hai messo via tutte le cose di nonna» urlò Milo con la cornamusa in mano. «E hai di nuovo chiuso Amleto in garage.»

Amleto fece un verso che sembrava sottolineare le sue parole.

La signora Pelosetta si coprì le cosce con un plaid e la mamma si alzò dal suo sgabello girevole.

«Milo» disse, con la voce bassa e calma. «Adesso chiedi scusa alla signora Downe e poi torna in camera tua. Ne parliamo più tardi.»

«Mi scusi...» Milo avrebbe voluto dire *Signora Pelosetta*, ma la mamma non poteva permettersi di perdere un altro cliente. «Mi scusi, signora Downe.» Poi spostò lo sguardo sulla mamma e attese di mettere a fuoco i suoi occhi così che sapesse che stava guardando proprio lei. «Ma non mi sto scusando *con te*.»

Amleto gli si contorse tra le braccia. Milo girò i tacchi e sbatté la porta del capanno, anche se si trattava di una sottilissima asse di legno che non fece poi un gran rumore.

Rientrato in casa, salì le scale e andò dritto verso la stanza della nonna. Avrebbe rimesso tutte le sue cose al loro posto.

Quando arrivò al ballatoio vide che la mamma aveva tolto anche le lucine di Natale dal corrimano.

Amleto starnutì. C'era un odore strano, un misto tra deodorante, calzini sporchi e cartone ammuffito. Milo ripensò con nostalgia al profumo di albicocca della nonna, quello che si faceva arrivare da Parigi perché il bisnonno gliel'aveva regalato il giorno del suo diciassettesimo compleanno.

Milo chiuse gli occhi per concentrarsi sui rumori: musica e voci, a volume più alto di quello degli aeroplani.

Fece gli ultimi gradini di corsa, spalancò la porta e si fermò sulla soglia per spostare la testa a piccoli tratti e cogliere il quadro completo.

In un angolo troneggiava un enorme schermo al plasma. Dalla televisione usciva la voce del telegiornale a tutto volume; qualcuno blaterava di una guerra, mentre dietro si intravedeva un mucchio di persone ammassate sotto dei tendoni, zaini e buste di plastica e asini.

La musica proveniva da uno stereo sul davanzale della finestra: una cosa stonata e urlata che non suonava affatto come le dolci armonie della cornamusa.

Milo spostò nuovamente la testa e vide un tizio steso sul letto della nonna con indosso gli stivali e una giacca di pelle nera chiusa fino al mento. Aveva la barba incolta e dei capelli neri a spunzoni.

Milo rimase pietrificato.

Amleto grugnì sotto il suo braccio.

Dalla cornamusa uscì un flebile lamento.

«Stavo per dirtelo...» disse la mamma comparendo alle sue spalle senza fiato. «Ma sei tornato tardi da scuola.»

Il tizio si mise a sedere sul bordo del materasso senza lenzuola e passò in rassegna con lo sguardo intorpidito Milo, Amleto, la cornamusa e la mamma, che stringeva ancora in mano la striscia depilatoria piena di peli che aveva appena strappato dalla coscia della signora Pelosetta.

«Abbiamo bisogno di soldi, tesoro» spiegò lei, allungandosi ad accarezzare i capelli di Milo.

Milo si scrollò di dosso la sua mano e si precipitò al piano di sotto.

«Milo, dove stai andando?» La mamma gli corse dietro.

Arrivato al portone, Milo si voltò e disse: «Ti sei sbarazzata di papà e adesso pure della nonna. Ti risparmio la fatica di sbarazzarti anche di me». Uscendo, sbatté la porta. E stavolta fece un bel rumore.

17

Milo

Milo appoggiò a terra la cornamusa e bussò al portone della *Nontiscordardimé* con tanta violenza da fargli male i polsi. Amleto lasciò uscire un flebile guaito.

«Shh!» sussurrò Milo. «Devi stare muto come un pesce, altrimenti non ci fanno entrare» brontolò, ficcandosi Amleto ancora più in fondo alla giacca.

Dopo un po' sentì il rumore fastidioso degli zoccoli dell'infermiera Thornhill, che aprì la porta e abbassò la testa per guardarlo.

«Se non ti apre nessuno, vuol dire che siamo chiusi» disse.

Chiusi? A sentirla sembrava la direttrice di un negozio, non di una casa di riposo.

Milo raddrizzò la schiena. «Sono venuto a trovare mia nonna.»

«Temo che questo non sia possibile. È meglio se torni domani.» L'infermiera Thornhill fece per chiudere il portone, ma Milo lo bloccò con un piede.

«La nonna vorrà vedermi.»

Amleto emise un guaito.

L'infermiera Thornhill riaprì il portone.

«Cos'è stato?»

Milo tossì. «Non respiro bene» disse, indicandosi il petto. «Ho l'asma.» Inspirò. «Posso entrare e vedere mia nonna, per favore?»

L'infermiera Thornhill si incollò alla faccia uno dei suoi sorrisi di plastica, lo stesso della loro prima visita alla *Nontiscordardimé*.

«Sono sicura che capisci che in certe ore del giorno i nostri ospiti hanno bisogno di riposare.» Si fermò. «Ed è meglio che non vedano nessuno, neanche i loro cari.»

Milo mise a fuoco. In fondo al forellino riusciva a vedere solo un corridoio lungo e buio. Erano appena scoccate le quattro e sembrava già tutto chiuso per la notte.

«Come dicevo, puoi tornare domattina e sarai il benvenuto.»

Milo capì che non l'avrebbe spuntata, così ricambiò il sorriso di plastica e fece dietrofront.

Al diavolo quello che diceva l'infermiera Thornhill: non aveva il diritto di tenerlo lontano dalla nonna, non quando la nonna era l'unica persona che gli rimaneva. Non quando la nonna aveva bisogno di lui.

Aspettò finché la donna richiuse la porta, poi raccolse la cornamusa e fece il giro dell'edificio. Doveva esserci un altro modo per entrare, una porta che qualcuno si era dimenticato di chiudere, un'uscita antincendio o almeno una finestra.

Quando arrivò alla porticina che dava sulle cucine, aveva la fronte imperlata di sudore e i vestiti zuppi. I piedi gli scivolavano nelle scarpe.

Sentì Tripi che cantava la stessa canzone del primo giorno, quando erano andati a dare un'occhiata al posto. Milo spinse la porta e sentì il petto rilassarsi un po'. Tripi gli dava le spalle, intento a rovesciare resti di ravioli mollicci, spezzatino filaccioso e purè grumoso in uno dei cestini. Milo attraversò la cucina come un lampo: se non si fosse fatto vedere, non avrebbe fatto finire Tripi nei guai per averlo fatto entrare, disattendendo gli ordini della Thornhill.

Il salottino più elegante, quello per i visitatori, era chiuso a chiave, come sempre, ma ora anche i corridoi erano al buio, e così anche il vecchio atrio dove gli anziani mangiavano e guardavano la TV.

«Milo?»

Milo sobbalzò. L'infermiera Heidi volteggiava verso di lui con la sua divisa bianca come se fosse una fatina: la preferiva di gran lunga all'infermiera Thornhill.

«Perché è tutto chiuso?»

Heidi si guardò intorno nervosamente. «Oggi si va a letto presto.»

«Ma non è ora di andare a letto.»

L'infermiera Heidi abbassò la voce. «L'infermiera Thornhill è arrabbiata.»

«Per cosa?»

Heidi scosse la testa. «Non dovrei dirti niente.» E poi, a scoppio ritardato, si rese conto. «Ma come hai fatto a entrare?» Si avvicinò a Milo. «E cos'hai sotto il cappotto?»

«Non importa. Ma perché l'infermiera Thornhill è arrabbiata e c'è il buio più completo? Dove sono tutti?»

«Sono in camera. Stanno dormendo.»

La casa di riposo era avvolta da un silenzio inquietante.

«Non è ora di dormire» ripeté Milo.

«Non le è piaciuta la cena.»

Milo ripensò ai ravioli viscidi che Tripi aveva appena buttato. Non li avrebbe mangiati neanche lui.

«La signora Moseley ha dato vita a una rivolta.»

«Sei sicura? La signora Moseley non saprebbe da dove si comincia per dare vita a una rivolta.»

L'infermiera Heidi alzò le spalle. «È così che ha detto l'infermiera Thornhill, che la signora Moseley era la fomentatrice.»

Tutta quella storia non aveva alcun senso.

Milo ricominciò a camminare, diretto verso la stanza della nonna.

«Non dovresti essere qui, mi farai finire nei guai» bisbigliò Heidi. «Torna indietro!» Cercava di mantenere la voce bassa ma sul finale le uscì un sibilo acuto e stridulo.

Milo ignorò la sua voce e tirò dritto. Doveva vedere la nonna e scoprire cosa stava succedendo.

La nonna era seduta nella poltrona vicino alla finestra, con la testa penzoloni.

Milo si inginocchiò accanto a lei e le prese la mano facendola trasalire. Guardò meglio e vide che intorno ai polsi aveva dei segni. In fondo allo stomaco avvertì una sensazione di nausea.

«Come te li sei fatti questi, nonna?»

Lei provò ad aprire gli occhi, ma la testa le ricadde sul petto a peso morto. Non l'aveva mai vista così intorpidita alle quattro del pomeriggio.

Appoggiò Amleto sul letto della nonna, andò a prenderle il blocchetto e la matita e glieli mise in grembo.

«Tieni, nonna, scrivimi cosa è successo.» La scosse dolcemente, cercando di svegliarla.

La nonna aprì di nuovo gli occhi per qualche secondo e tentò di prendere la matita tra le dita, ma non riusciva a stringerla e la lasciò cadere sul pavimento.

«Non fa niente, nonna» disse lui, abbracciandola e stringendola a sé. La nonna era sempre stata piuttosto magra, ma adesso le ossa le spuntavano dalla pelle: riusciva a sentirle anche attraverso il maglione. «Non fa niente» ripeté, inspirando il profumo di albicocche che il suo collo emanava. «Ti ho portato Amleto e anche la cornamusa del nonno.»

Aspettò una risposta, ma lei non disse niente.

«Adesso ti preparo una tazza di tè, nonna. E puoi anche mangiare qualche biscotto al burro, così ti tiri un po' su.»

Milo aveva trovato un bollitore da viaggio di seconda mano al negozio che raccoglieva proventi per la Protezione Animali, ma non poteva permettersi di pagarlo, così la commessa aveva accettato in cambio la torcia che suo padre gli aveva regalato il Natale passato. Milo l'aveva poi impacchettato insieme alla tazza a fantasia scozzese della nonna, qualche bustina di tè e un po' di latte, e aveva comprato un pacchetto di biscotti al burro da Poundland. Non sembravano granché, ma meglio di niente. Poi aveva sistemato tutto nella stanza della nonna, creando una piccola postazione con l'occorrente per il tè. Aveva aggiunto anche una scatolina per le pillole con i giorni della settimana che aveva trovato in farmacia. Guardando il vassoio, però, notò qualcosa di strano.

Qualcuno aveva messo per ogni giorno due pillole in più, di quelle bianche e verdi che il medico le prescriveva quando non riusciva a dormire o bisognava farla calmare. La nonna odiava l'effetto che le facevano, quindi non poteva essere stata lei. Inoltre, aveva già finito tutte le pillole dello scomparto, perciò se quel qualcuno, chiunque fosse, aveva aggiunto dei sonniferi alla dose giornaliera, probabilmente lei li aveva presi senza accorgersi di niente. Per forza era così rimbambita.

La testa di Milo si riempì di pensieri velocissimi. Ecco perché non volava una mosca anche se era così presto: l'infermiera Thornhill doveva aver dato quei farmaci a tutti gli anziani.

Estrasse le pillole bianche e verdi dalle altre caselline e andò a buttarle nel water, poi tornò indietro e diede alla nonna un bacio sulla fronte.

«Non preoccuparti, nonna» le bisbigliò tra i capelli. «Troverò un modo per tirarti fuori.» Le sistemò la copertina sulle ginocchia, raccolse Amleto e la cornamusa e scivolò fuori dalla stanza.

18

Sandy

«L'orario delle visite è passato» disse l'infermiera Thornhill piazzandosi sulla soglia della *Nontiscordardimé.*

Sandy si sentì come se fosse tornata a scuola e qualcuno l'avesse trascinata dalla signora Horn, la direttrice. «Se non ti metti sotto, Sandy, sarai uno scarto della società.» Alla fine, ci aveva quasi preso.

«Lo so.» Sandy si morse l'unghia del mignolo. «Lo so. Mi stavo solo chiedendo se Milo fosse venuto a trovare la nonna. Posso...» Sandy allungò il collo per guardare alle spalle dell'infermiera Thornhill, ma la donna le bloccò la visuale con il proprio corpo. Era incredibile lo spazio che riusciva a occupare una donna così scheletrica.

«Suo figlio non è qui.»

«Lei non capisce. Milo è...»

Come poteva spiegarle che il suo bambino di nove anni era così arrabbiato con lei che era scappato da solo in strada? Che avrebbe preferito che Sandy se ne fosse andata e che fosse stato suo padre a rimanere? E che l'unica persona oltre a suo padre che era riuscita a farlo felice era la nonna, quindi il posto dove probabilmente aveva cercato rifugio era proprio quello?

«Capisco che possa essere doloroso» disse l'infermiera Thornhill sorridendo con i suoi denti bianchi. «Abituarsi all'assenza di una persona amata è una fase attraverso cui passano tutti i nostri clienti.» Inclinò la testa di lato. «Ed è per questo che è così importante stabilire dei limiti.» Fece una pausa. «Perché non torna domattina?» Poi si sporse in avanti e abbassò la voce. «E magari può portare con lei anche il saldo della retta.»

L'infermiera Thornhill chiuse il portone prima che potesse ribattere.

Sandy si fermò sul marciapiede e alzò gli occhi verso le finestre. Per un attimo credette di vedere il viso di Lou attaccato al vetro. *Era la soluzione migliore*, si era detta, Lou aveva bisogno di un aiuto professionale. Ma adesso, con Milo così arrabbiato, Sandy non era più così sicura.

Si appoggiò all'inferriata della *Nontiscordardimé*. Le sbarre di metallo si conficcarono nel camice da estetista, premendole contro le spalle. Lo aveva indossato per Gina, la sua ultima cliente. Il resto del tempo preferiva la comodità di felpa e pantaloni della tuta. Una volta era orgogliosa della sua divisa, di quanto la facesse apparire professionale. «Sembri una dottoressa» le diceva Andy, baciandola e sollevandola da terra. Sotto non aveva nient'altro che un reggiseno e la pancera, qualsiasi altra cosa avrebbe aggiunto volume. Le donne che andavano dall'estetista volevano essere servite da una persona in forma, che tenesse alla sua silhouette. Una persona che sapesse tenersi un marito.

Sandy tirò fuori dalla tasca un pacchetto di sigarette. Si concedeva di fumare esclusivamente fuori casa.

Ripensò a quel disastro e sentì una fitta alla testa.

Milo furioso.

Gina abbandonata nel capanno a metà della depilazione.

E chissà cosa aveva pensato il nuovo inquilino quando Milo gli era piombato in camera in quel modo. Al doveva rimanere: con un mese di affitto in mano forse sarebbe riuscita a convincere la banca che poteva farcela a pagare le rate del mutuo. E c'era anche da saldare la retta della *Nontiscordardimé*, prima che l'infermiera Thornhill cominciasse ad aggiungere gli interessi.

Sandy soffiò il fumo verso le nuvole e maledisse la luna. Dannatissimo Andy, che l'aveva lasciata da sola con tutte quelle grane. Sperò che la bambina che aveva avuto con l'Amichetta si rivelasse un vero demonio.

«Buonasera.» Un uomo fece un cenno a Sandy e scese i gradini della *Nontiscordardimé* trotterellando, fino a inciampare sull'ultimo. Poi raddrizzò la schiena e guardò la luna. «Non è bellissima?» chiese.

Sandy fece spallucce e spense la cicca sotto la scarpa. L'uomo svettava sopra di lei. Si guardò le scarpe da ginnastica: da quando aveva smesso di portare i tacchi?

Una nuvola passò davanti alla luna. Il cielo si squarciò e qualche goccia di pioggia cadde sugli avambracci nudi di Sandy, come minuscoli dardi gelati. Milo faceva fatica a vedere bene con la pioggia, «come la televisione quando non prende» le aveva spiegato. L'elettricità nell'aria inghiottiva i rumori a cui di solito si affidava per orientarsi.

L'uomo si piazzò di fronte a Sandy e chinò la testa su di lei. «Le sue labbra… sono blu.»

«Come ha detto?»

«Ha freddo.» Si tolse il giubbotto, un k-way verde di quelli che si possono appallottolare e chiudere in un sacchetto. Sandy li aveva visti da Poundland, impilati, in colori fluorescenti. «Prenda questo» disse lui porgendoglielo.

«No, sul serio…»

«Insisto.»

Sandy sentì la pioggia sulla fronte. Un tempo non sarebbe mai uscita di casa senza ombrello, terrorizzata dalla possibilità che i capelli perfettamente stirati con la piastra si potessero increspare.

Ma dall'estate aveva già disdetto tre appuntamenti dal parrucchiere. Non riusciva ad affrontare le donne che frequentavano quel posto, gli sguardi che si lanciavano attraverso gli specchi quando credevano che non guardasse.

«Una signora deve stare al riparo» continuò lui.

Aveva dei grandi occhi marroni che risaltavano nel suo viso, e delle ciglia per cui le clienti di Sandy avrebbero fatto carte false.

Sandy prese il k-way verde, lo infilò sopra il camice da estetista e si coprì i capelli con il cappuccio. Un uomo che le dava la sua giacca: quand'era l'ultima volta che Andy l'aveva fatto?

L'uomo si era già avviato per la strada quando Sandy lo chiamò: «Come faccio a restituirglielo?».

«Non c'è bisogno» urlò lui, di spalle. «È un regalo.»

Sandy si voltò per andarsene, mentre la pioggia cadeva intensamente. Non sapeva dove altro guardare, ma non poteva tornare a casa finché non avesse trovato Milo.

Quando girò l'angolo della via principale, la Mercedes rossa di Gina le passò accanto, sfrecciò su una pozzanghera e la superò, inzuppandola dalla testa ai piedi.

19

Tripi

Tripi era seduto sulla panchina a guardare il canale. Tremava: forse non avrebbe dovuto dar via il suo k-way, ma quella donna sembrava così triste che non era riuscito a trattenersi.

Per un attimo, nelle increspature della luna riflessa nell'acqua, gli sembrò di vedere il volto di Ayishah uguale alla foto di scuola che conservava, solo che in quelle pieghe il suo viso sembrava prendere vita. Gli sorrideva come aveva fatto l'ultimo giorno che l'aveva vista, quando ancora credevano che ce l'avrebbero fatta. A un'ora di cammino dal confine con la Turchia, a un'ora dalla libertà. «Tutto andrà per il meglio» lo aveva rassicurato lei.

Tripi addentò il panino al salmone che aveva rubato alla casa di riposo. Il giorno di visita mettevano in tavola cibo buono. L'infermiera Thornhill aveva ordinato a Tripi di mettere via le torte e i panini appena gli ospiti fossero andati via. «Sono furbi, quelli lì» aveva detto, indicando con la testa gli anziani nel salone. «Lasci la roba fuori un secondo di più e ci si avventano come avvoltoi.»

Mentre mangiava il panino, Tripi tirò fuori il dizionario tascabile dallo zainetto di Ayishah e lesse le varie definizioni di *avvoltoio*. Le prime due descrivevano il grande uccello predatore che già conosceva: grandi ali sotto un manto di piume nero, becco appuntito e ricurvo. Ma fu la terza definizione che lo fece pensare all'infermiera Thornhill: *persona o animale che caccia rapacemente, solitamente avido e spregiudicato*, e poi andò a cercare quella lunga parola, *spregiudicato*, e lesse: *senza scrupoli*. Pensò che l'infermiera Thornhill doveva aver consultato male il dizionario.

In un momento in cui non guardava, aveva avvolto qualche panino nei tovagliolini di carta e li aveva portati alla signora Moon. Da quando era arrivata, non l'aveva vista mangiare niente.

Tripi richiuse il dizionario e accarezzò la copertina. Era di Ayishah, le piaceva molto imparare nuove parole e frasi; se le appuntava sulla copertina e negli spazi vuoti in cima alle pagine. Facevano a gara a chi trovava i modi di dire più interessanti in inglese.

«La maestra ha detto che il mio tema era *fatto a modo*» gli diceva lei a volte. Adorava quella frase: voleva dire che era tutto perfetto. «Quando saremo in Inghilterra, faremo tutto *a modo*.» Tripi ripensò ai suoi occhi marroni scintillanti e a quanto si era preoccupato di non riuscire a proteggerla da tutti gli uomini che si sarebbero innamorati di lei.

Tornò all'acqua con lo sguardo, cercando di nuovo Ayishah, ma stavolta vide la faccia del bambino che strizzava gli occhi. Aveva la pelle bianca come la luna.

Tripi si voltò e lo vide che teneva in braccio – possibile? – un maialino. E quello strumento scozzese così buffo, la cornamusa.

Forse il freddo gli aveva congelato il cervello. Sbatté gli occhi, ma quando li riaprì il ragazzino era ancora lì, con il maialino e la cornamusa.

Allora Tripi si rese conto che il piccolo Milo stava piangendo: grosse gocce gli scendevano lungo le guance. Ayishah aveva pianto una volta sola. Non il giorno in cui i genitori li avevano abbandonati, quando lei aveva dieci anni e Tripi ventidue. Non il giorno in cui era tornata da scuola e gli aveva raccontato che la sua migliore amica non aveva risposto all'appello e che la maestra aveva detto che non sarebbe più tornata. Aveva pianto quando non si era classificata al primo posto al test d'inglese a scuola; era sicura che la Regina l'avrebbe scoperto e che sarebbe rimasta delusa.

Milo tirò su con il naso. «Posso sedermi sulla tua panchina?»

Tripi si mise a ridere. «È di tutti la panchina.»

Milo si sedette, sistemò la cornamusa tra i piedi e accarezzò l'orecchio al maialino.

«Non dovresti essere a casa?» chiese Tripi.

Milo scosse la testa.

«Ma i tuoi genitori saranno preoccupati.»

«Non è vero.»

«Lo saranno di sicuro.» Tripi ripensò ad Ayishah e a quanto stava in ansia quando sapeva che era in strada di notte, soprattutto in quegli ultimi mesi prima di partire. Anche se a Slipton la guerra non c'era, quel bambino era più piccolo di lei.

Milo si sfregò le guance con il dorso della mano. «Papà se n'è andato e mamma si preoccupa solo dei soldi e del suo stupido salone di bellezza e la nonna ha qualcosa che non va e non mi fido dell'infermiera Thornhill, non mi pare che si prenda cura degli anziani nel modo giusto.»

Come Ayishah, pensò Tripi, *questo bambino vede troppe cose.*

«Tua nonna non vorrebbe che te ne andassi in giro di notte» disse.

Milo inclinò di nuovo la testa e osservò il viso di Tripi. «Ma tu sei qui, e stai bene.»

Tripi scosse la testa. «Devo trovare una casa, altrimenti perdo il lavoro. E qui non sto bene, fa freddo.» Tossì e si indicò il petto.

Milo tirò di nuovo su con il naso. Tripi gli diede il suo fazzoletto e Milo soffiò forte.

«Pensavo che solo gli anziani avessero fazzoletti come questo» disse Milo, ridandoglielo fradicio e appallottolato.

«Mio padre pensava che se avevi un fazzoletto di lino eri un gentiluomo.»

«Non sai mai quando potrebbe capitarti di asciugare le lacrime di una ragazza» si ricordò le sue parole.

Da come il bambino arricciò il naso, Tripi capì che Milo ancora non vedeva le ragazze come persone a cui offrire un fazzoletto.

«Conosco una casa dove potresti vivere, è rosa.»

«Una casa?»

«Sì, una casa all'angolo del corso principale.»

«Dev'essere cara, se è sul corso principale.»

Milo scosse la testa. «Sarebbe gratis.»

Tripi aggrottò la fronte mentre ripassava la traduzione delle parole per assicurarsi di aver capito bene.

«Gratis? Non capisco...»

«L'ho sentito alla radio della nonna. Se nessuno vive in una casa per secoli e secoli, uno può occuparla. Io ci passo davanti ogni giorno mentre vado a scuola e il grande Mike, il tipo che ci viveva, non si vede in giro da più di un anno.»

«Cosa vuol dire "occuparla"?»

Milo si mise a ridere.

«Che c'è di così divertente?»

«Lo dici come se fosse una parolaccia. Le persone che occupano sono come te, non si possono permettere di pagare l'affitto o di comprare una casa. Trovano delle case vuote e ci vanno a vivere, e se non li scopre nessuno possono anche restarci anni e anni.»

Tripi sentì di nuovo l'umidità che si infiltrava nei suoi polmoni. «Finché non li beccano?» Scosse la testa. «Non posso avere guai con la polizia.»

«Ma non ti beccheranno, non qui. La polizia fa schifo in questo paese. L'anno scorso qualcuno è entrato nel capanno della mamma e ha distrutto le luci sul lettino per la lampada e la polizia non ha ancora scoperto chi è stato. Comunque, ci sarò io a fare la guardia.»

Ma il poliziotto aveva trovato Tripi nel parco e l'aveva buttato fuori.

«Non lo so» ripeté. «E se quell'uomo, il grande Mike, torna?»

«Mamma dice che il grande Mike è andato in Thailandia a conoscere Lalana, la moglie che ha ordinato per corrispondenza e che poi deve aver deciso di rimanere perché vivere in Thailandia è più bello che vivere a Slipton.»

Ordinare una moglie per corrispondenza? Era forse un'usanza inglese? Magari Tripi ne avrebbe trovata una più facilmente di quanto non pensasse.

«Una casa vuota...» Tripi scosse di nuovo la testa, ma stavolta non era per la preoccupazione, quanto per la meraviglia. Che finalmente avesse trovato il modo di mettersi un tetto sopra la testa? *La casa di un inglese è il suo castello.* Era così che si diceva?

Milo si alzò. «Se prometti di tenere Amleto e la cornamusa della nonna, ti faccio vedere dov'è.» Sulle guance del bambino le lacrime si erano asciugate, e i suoi occhi scintillavano.

«Adesso?»

Milo annuì.

«Ok» disse Tripi.

Poi guardò il porcellino con un orecchio bianco e uno nero e il musetto lucido e bagnato e ripensò al verso del Corano che diceva che i maiali erano impuri. Ai musulmani non era permesso mangiare maiale, ma non stava scritto da nessuna parte che non si poteva vivere con un porcellino, giusto? *Se non approvi dovrai perdonarmi, Allah.*

La villetta rosa si ergeva all'angolo di una stradina in fondo al corso principale. In Siria le case erano spaziose, piatte e basse, qui invece erano strette e svettavano verso il cielo.

«Dobbiamo forzare la porta» disse Milo, lanciandosi contro il portone con le sue spalle esili.

Tripi si guardò intorno, preoccupato che l'agente di qualche sera prima potesse vederlo.

«Forse è meglio provare dal retro» suggerì Milo. «Le porte di servizio sono sempre meno resistenti.»

Tripi si infilò dietro Milo in un buco nella recinzione del cortile: c'erano erbacce e lunghi fili gialli congelati come aculei, un capanno con la finestra rotta, cicche di sigaretta sul patio.

Milo raccolse una pietra. «Devi rompere il vetro della porta di servizio per aprirla» disse, porgendo la pietra a Tripi.

«Perché io?»

«Perché adesso è casa tua.»

Tripi non si era mai introdotto in casa di nessuno. Prima di comprare i documenti falsi per uscire dalla Siria non aveva mai infranto la legge.

Nei documenti c'era scritto che lui e Ayishah avevano uno zio inglese che li aspettava a Londra.

«Sì, è il fratello di nostra madre» dicevano a chiunque incontrassero.

«Sì, siamo mezzi inglesi.»

Ovviamente i geni del padre avevano avuto la meglio, ed era per questo che avevano la pelle così scura. «Ma sì,» assicuravano a quelli che si prendevano la briga di chiedere «c'è del sangue inglese nelle nostre vene.»

Che scelta avevano? Le bombe cadevano fuori dalla porta di casa, e in ogni caso Tripi non credeva nei confini, nelle decisioni che stabilivano dove alcuni potevano vivere e camminare e dove altri invece non potevano entrare. Secondo Tripi, il mondo era di tutti, e i problemi cominciavano proprio quando la gente ergeva muri, costruiva barricate e chiudeva le porte a chiave.

Forse era così anche per le case, pensò Tripi. Forse, finché esistevano persone che non avevano dove dormire, le case dovevano essere considerate una proprietà condivisa.

Sollevò la pietra e la lanciò con forza.

Dentro, la casa era fredda come all'esterno. Ammassati negli angoli c'erano dei mobili rotti e un tappeto umido che odorava di muffa, le pareti erano crepate e dai vetri esili delle finestre penetravano spifferi.

«Lo vedi?» disse Milo. «Non ci vive nessuno da secoli.»

Tripi poggiò a terra il suo zaino e quello di Ayishah e stese il sacco a pelo sperando che si asciugasse un po'. Poi andò verso il caminetto e i suoi occhi si illuminarono. Un fuoco era tutto ciò di cui quella casa aveva bisogno, adesso poteva riscaldarsi.

Amleto schizzava freneticamente da una parte all'altra del soggiorno, annusando gli angoli della stanza. Milo posò su una vecchia sedia la cornamusa che, afflosciandosi, emise un sibilo, come un vecchietto che si sedeva su uno sgabello nel *suk*.

«Hai un altro sacco a pelo?» chiese Milo a Tripi. «Ne ho uno a casa, ma non è che muoia dalla voglia di tornarci...»

«Vuoi restare qui?» Tripi guardò il bambino.

«Sì. Facciamo che sto con te finché quello stupido inquilino non se ne va.»

«Stupido inquilino?»

«Mia mamma ha messo un tizio nella stanza della nonna per fare più soldi, e lui ha rivoluzionato tutto.»

Tripi scosse la testa. «Devi tornare dalla tua mamma, Milo. Sarà in pensiero.»

Milo diede un calcio a una piega del tappeto. «Sono io che ho trovato questo posto. Dovresti almeno farmi rimanere.»

Tripi si avvicinò al ragazzino. «Ho un piano.»

Milo inclinò la testa e piantò gli occhi azzurri in quelli di Tripi, che proseguì: «Per stasera vai a casa, e provi a spiegare a tua madre che questa cosa dell'inquilino ti fa molto arrabbiare. Io intanto resto qui con la cornamusa e il maialino».

«Ha un nome, Amleto.»

«Con Amleto. Se domani sera la situazione non è migliorata, puoi tornare qui e rimanere con me.»

Era una tattica che Tripi usava anche con Ayishah le volte in cui faceva la testarda.

«Non so.»

Tripi raccolse il maialino e lo sollevò. «Che ne pensi, Amleto?» Se lo avvicinò all'orecchio e annuì. Amleto toccò il naso di Tripi con il musetto bagnato. «Sì... Sì... Mi sembra di capire che sei d'accordo.» Tripi guardò Milo. «Anche Amleto la pensa come me, dice che dovresti andare a casa e tornare domani.»

«Guarda che non sono un bambino piccolo» disse Milo, alzandosi.

«No di sicuro. È per questo che adesso ti comporti come un adulto e torni a casa; te la dovrai sudare un po'.»

«Sudare?»

«Farai uno sforzo in più.»

Milo fece cenno di sì con la testa, ma continuò a fissare il pavimento.

«E se comunque non sono felice neanche domani, posso tornare?»

«Promesso.»

Tripi osservò il ragazzino mentre usciva dalla porta di servizio e attraversava il giardino. Poi appoggiò Amleto sul tappeto, si pulì le mani ai pantaloni e si guardò intorno. Non era la casa che lui e Ayishah avevano immaginato quando sognavano l'Inghilterra, di certo non era un castello, ma era un inizio.

Tirò fuori il foglietto blu che gli aveva dato la Thornhill e scrisse l'indirizzo. Sperò che l'infermiera non sapesse che quella casa apparteneva all'Uomo con la moglie arrivata per posta che era in Thailandia.

20

Lou

Di nuovo quella nebbia. Milo che appariva e scompariva, armeggiava con le cose, la scuoteva. Le diceva di non prendere le pillole.

Perché era così stanca ultimamente? E perché tutto sembrava così lontano?

Ed era forse Alasdair, suo nipote scozzese, quell'uomo seduto davanti a lei che odorava di pelle e olio per motori, con un'ombra di barba sul mento che le graffiava la guancia mentre la baciava? Poteva mai essere il bambino che aveva nuotato con lei nel mare di Inveraray? Oppure era la sua testa che stava scivolando sottoterra?

A un certo punto aprì gli occhi per un minuto, guardò fuori dalla finestra e vide Sandy. Voleva dire a Milo che sua madre era lì sotto, sul marciapiede, a prendersi la pioggia con quel k-way verde che le stava stretto. Ingrassava ogni giorno, come Amleto. Povera Sandy, non era colpa sua. Mangiava per riempire il buco nero che Andy aveva lasciato. Mangiava per non sentire la freddezza con cui la trattava il suo bambino.

«Ti vuole bene, sai?» aveva scritto sul blocchetto, ma lui aveva strizzato gli occhi e scosso la testa.

«Nonna, se mi volesse bene saresti ancora a casa con noi.»

Doveva dirgli di essere più carino, di cercare di vedere le cose dal punto di vista della mamma.

Ma poi Milo se n'era andato. E Sandy si era allontanata nella pioggia. Magari si sarebbero incontrati sulla strada di casa, aveva pensato Lou.

Nell'aria era rimasto l'odore delle patate bollite, nel water galleggiava ancora qualche pezzetto bianchiccio. Era stata l'ultima spiaggia. Aveva provato a buttarle nel cestino, intervallandole con fogli di giornale, inzuppando i titoli delle notizie del giorno prima, ma l'infermiera Thornhill se n'era accorta, le aveva afferrato i polsi e l'aveva costretta a ripulire tutto.

In quel posto ogni cosa aveva un cattivo odore. Le pareti e i tappeti. Gli anziani. La loro pelle, i capelli, il gas intestinale. L'odore stantio di sonno che proveniva dalla signora Zimmer mentre stava seduta nel salone con il mento penzoloni.

Andò in bagno con le gambe intorpidite e si mise un po' di profumo. Il regalo di Milo dello scorso Natale: una bottiglia grande, di vetro, del mercato.

«Ha lo stesso profumo di quello che ti aveva regalato il nonno?» le aveva chiesto. *Di albicocche?*

Lei aveva annuito e se l'era spruzzato sul collo ormai raggrinzito cercando di non respirarlo. Che bambino dolce.

Passi nel corridoio, così leggeri per essere di un uomo di ottant'anni. Le aveva raccontato che a Patitiri, il paesino sull'isola di Alonissos, ballava con sua moglie ogni sabato sera.

«È un po' giovane, nonna» aveva detto Milo. L'ultima volta che era passato aveva trovato Petros in camera sua.

«Un po' giovane per cosa?» aveva scritto lei sul blocchetto.

Milo era arrossito.

«Voglio dire, se ti dà fastidio, nonna...»

Si preoccupava sempre per lei, dolce Milo.

«Louisa?» Un mormorio dietro la porta.

Petros si intrufolò nella stanza. In mano stringeva un cacciavite e dello scotch di carta. La prima volta che l'aveva visto, mentre martellava una gamba del tavolo nel salone, aveva pensato che fosse il tuttofare della casa di riposo. Aveva sempre qualcosa da aggiustare, come Milo.

«Dobbiamo evitare che entri la pioggia» disse, avvicinandosi alla finestra.

La pelata scintillava alla luce della luna.

21

Milo

Milo entrò in casa e si scrollò la pioggia dai capelli. Le scarpe da ginnastica della mamma non erano al loro solito posto, nell'ingresso. Bene, se non c'era sarebbe stato tutto più facile.

Ecco il piano di Milo: avrebbe detto al tizio che viveva nella stanza della nonna di andar via, poiché adesso che suo padre non c'era più era Milo a prendere le decisioni in casa, e la sua decisione era questa. La mamma si era sbagliata. Aveva dimenticato che la stanza era già occupata, o che comunque lo sarebbe stata a breve. Aveva messo da parte abbastanza soldi di quelli che gli aveva dato la nonna per risarcirlo dell'affitto che aveva anticipato. In ogni caso, quel tipo doveva sparire. Preferibilmente la sera stessa.

Milo avanzò a tentoni lungo il tratto che collegava il ballatoio alla stanza della nonna, poi si fermò dietro la porta a origliare. Dalla televisione arrivavano voci ed esplosioni a tutto volume. La porta era socchiusa, così la spinse appena e spiò dalla fessura. Non riusciva a vedere molto, a parte che il tizio non era più sul letto come qualche ora prima, quando Milo era entrato nella stanza.

Sospinse la porta ancora un po'.

«C'è nessuno...»

Silenzio.

Milo spalancò la porta e fece un giro completo su se stesso per esaminare ogni angolo della stanza. Il pavimento era pieno di quotidiani e la televisione era ancora sintonizzata sul canale che mandava notizie ventiquattr'ore su ventiquattro. Davanti alla telecamera c'era un reporter con un giubbotto antiproiettile, e dietro di lui il cielo era attraversato da lampi bianchi. L'inviato abbassò la testa e disse: «Gli scontri proseguono senza tregua per le strade di Damasco...».

Le mensole della nonna erano stracolme di libri e documenti, e sul davanzale c'era uno dei piattini da tè della mamma pieno di mozziconi. Milo lo appuntò mentalmente. La mamma odiava il fumo, predicava sempre alle clienti che avrebbe seccato loro la pelle e fatto venire le rughe e i denti gialli come quelli della signora Harris. Aveva anche detto a Milo che le sigarette le avrebbero uccise tutte, come avrebbero ucciso lui se mai si fosse azzardato a provarne una. Alle elementari di Slipton c'era qualche bambino che si nascondeva tra gli alberi per fumare, ma Milo non era mai stato invitato, quindi forse sarebbe vissuto un po' di più.

Milo si guardò intorno in cerca di altre prove.

Scoprì con sorpresa che il bagno della nonna era vuoto. Non c'erano lo spazzolino, né il rasoio, né il bagnoschiuma. Quando tornò in camera e aprì il guardaroba trovò soltanto un paio di jeans scoloriti e una felpa grigia. Niente pantaloni, niente calze. E sul letto non c'erano piumone, lenzuola o coperta: solo il materasso, senza altro.

Quella stanza più che una camera da letto sembrava un ufficio.

Milo raccolse il libro che il tipo aveva lasciato sul sacco a pelo. Sulla copertina c'era un motociclista con la giacca di pelle. Sulla schiena aveva scritto *Hell's Angels, California del Nord*. Il nome dell'autore era stampato in arancione: Hunter S. Thompson. La mamma diceva che quelli che guidavano le moto erano dei delinquenti, quindi come mai ora aveva fatto entrare in casa quel tizio? Milo sfogliò il libro: note a margine, e poi qualcosa tra le pagine. Un mucchietto di fotografie.

Le esaminò, strizzando bene gli occhi per assicurarsi che quello che stava vedendo fosse la realtà e non la sua immaginazione che riempiva i vuoti, come faceva a volte quando aveva la vista stanca. Si avvicinò le foto agli occhi e si sentì avvampare le guance.

Non stava immaginando proprio niente.

«Sì!» sibilò Milo tra i denti. Se mamma le avesse viste, mai e poi mai avrebbe permesso a quell'uomo di vivere con loro.

Milo nascose le foto sotto il maglione della divisa della scuola.

Poi qualcuno sbatté il portone.

Sentì la mamma che si levava le scarpe al volo, s'infilava le pantofole e strascicava le ciabatte sulle piastrelle della cucina. Milo prese un bel respiro e scese al piano di sotto.

La mamma si era fermata in cucina, in piedi. Sul pavimento di linoleum, ancora grigio e sporco dal giorno dell'incendio, si stava formando una pozza.

«Oh Milo, grazie al cielo!» Gli corse incontro, gli gettò le braccia zuppe al collo e lo strinse così forte che pensò che volesse fargli uscire tutta l'aria dai polmoni. Le foto gli si schiacciarono sul petto.

E puzzava di fumo. La mamma non puzzava mai di fumo.

Quando lo lasciò andare, vide che aveva la faccia gonfia, gli occhi tremolanti e le guance bagnate. Poteva essere per via della pioggia, ma Milo temeva fosse altro. Dopo che suo padre se n'era andato, il viso della mamma aveva avuto quell'aspetto per settimane.

Milo fece un passo indietro. «Che ti sei messa?»

La mamma abbassò lo sguardo sul k-way verde acido, lo stesso colore della caccola-mobile della signora Harris. Per qualche ragione gli sembrò di riconoscere quel giubbotto, ma non riuscì a capire perché.

«Ah, questo? Niente, niente.» Se lo sfilò e lo appese alla spalliera di una sedia.

Sul seno della mamma c'erano delle chiazze bagnate, nei punti in cui la pioggia era penetrata attraverso la divisa da lavoro.

«E perché puzzi di fumo?»

Lo sfogo sul collo della mamma diventò un po' più scuro.

«Ah, sì?» Si annusò la manica. «Sarà una cliente.»

Peccato che nel capanno avesse appeso un gigantesco cartello rosso che diceva: «Vietato fumare».

Milo tirò fuori le foto da sotto il maglione. Adesso che lei si sentiva in colpa era un buon momento.

La mamma si sedette al tavolo della cucina e iniziò a massaggiarsi il collo, poi vide un foglietto e gli occhi iniziarono a tremarle ancora di più.

«Oh no, per favore, no.»

Milo si avvicinò e da dietro di lei lesse il biglietto della signora Pelosetta. Aveva una scrittura grande e irregolare:

Ho aspettato che tornassi. Un'ora intera, Sandy. Temo che dovrò rivolgermi altrove. Gina.

La signora Pelosetta era l'unica cliente che le rimaneva.

«Che ci pensi qualcun altro a depilare quel culo peloso» sbottò la mamma, e poi si tappò la bocca con una mano. «Scusa, Milo.»

Dagli occhi della mamma cominciarono a sgorgare delle lacrime, e stavolta non si trattava sicuramente della pioggia. Poi lasciò cadere la testa tra le mani e affondò le dita tra i capelli crespi per l'umidità.

«Non so come farò a pagare le bollette, Milo» disse, asciugandosi le guance.

«Tornerà, mamma, nessuno vorrà occuparsi di tutti quei peli.»

Milo si ricordò di una volta in cui era entrato nel capanno e la signora Pelosetta era stesa sul lettino da massaggio con le cosce per aria. Più tardi, la mamma gli aveva spiegato che siccome Pelosetta stava andando in vacanza in Giamaica, che era il posto da cui venivano la sua mamma e il suo papà, avrebbe dovuto indossare un bikini e non poteva avere peli che spuntassero da tutte le parti. Questo gli fece venire in mente le foto che aveva trovato in camera della nonna. Se le infilò di nuovo sotto il maglione; le avrebbe fatte vedere alla mamma un'altra volta, quando la sua faccia non fosse stata così gonfia e umidiccia.

Una moto rombò in strada, si fermò fuori dalla porta e qualche secondo dopo il campanello suonò.

Milo non voleva confessarlo alla mamma, alla nonna e a nessun altro, ma ogni volta che suonavano alla porta lui sperava che fosse suo padre che era tornato a casa perché si era stancato dell'Amichetta. Oppure, da una settimana, che potesse essere la nonna. Per quanto non sarebbe mai riuscita ad arrivare a piedi da sola.

«Non ho ancora le chiavi.» L'inquilino se ne stava ritto sulla soglia con il casco sottobraccio. Aveva un accento scozzese, lo stesso che Milo ricordava nella voce della nonna.

La mamma tirò su col naso, scivolò dallo sgabello della cucina e andò alla porta.

«Mi dispiace tanto, domani te ne faccio una copia. Milo, vai a prendere le tue chiavi, nel frattempo il signor McCloud può usare quelle.»

«Ma mi servono» protestò Milo.

La mamma lo guardò. Sentì di nuovo il volume delle fotografie sotto il maglione.

«Ho i soldi dell'affitto. Questo mese e il prossimo, come ringraziamento per avermi sistemato in così poco tempo» disse l'uomo. «In contanti.» Ammiccò.

La mamma prese la busta e si lasciò scappare un sospiro enorme, come se avesse trattenuto il fiato per secoli.

«Fuma» protestò Milo.

«Cosa?» chiese la mamma.

«Il signor McCloud fuma.»

«Al, per favore, chiamami Al. Dopotutto siamo in famiglia.»

Milo sbatté gli occhi. In famiglia? Ma cosa stava dicendo? Continuò a parlare.

«Fuma e lascia i mozziconi sporchi nei tuoi piattini buoni.»

«Ah, mi dispiace, ma non trovavo altro.»

L'uomo sorrise e la mamma arrossì leggermente.

«Se preferisci, posso fumare fuori.»

«No, va bene» lo rassicurò la mamma.

Era probabilmente la cosa più ingiusta che Milo avesse mai sentito. Che ne era della storia che il fumo faceva venire le rughe e i denti gialli e alla fine ti uccideva?

«Grazie per il pagamento, lo apprezziamo molto» disse, ricambiando il sorriso.

«E ha lasciato la televisione accesa» insisté Milo.

«Scusate, sono abituato male.» L'uomo alzò le spalle. «Adesso è meglio se vi lascio, stasera vado a letto presto» disse, e cominciò a salire le scale. Non si era tolto neanche gli stivali, e lasciò delle impronte di fango sulla moquette, ma la mamma non sembrò accorgersene.

«Milo, vai a prendere le tue chiavi e portale in mansarda al signor McCloud… Ad Al.»

Mentre Milo faceva i gradini controvoglia, ripensò al suo nuovo amico Tripi, alla casa rosa e a quanto avrebbe preferito vivere con lui.

22

Lou

Petros tirò fuori un sacchetto di carta marrone dalla tasca e lo diede a Lou. Ci aveva disegnato sopra una faccina con la matita. Gli occhi e la mente di Lou si sgombrarono, e per la prima volta da giorni si sentì leggera.

«Sei tu» disse lui, indicando il disegno. «Quando ero in Grecia, facevo ritratti ai turisti per guadagnare qualche soldo» raccontò. «È così che ho incontrato mia moglie. Era inglese, come te.»

Lou si chiese se Petros ci provasse con tutte le anziane della *Nontiscordardimé*. La signora Sharp, quando non imprecava contro gli Angry Birds, a suo modo era bella, con i suoi zigomi alti, e anche la signora Swift aveva un viso dolce e grazioso.

Lou infilò una mano nella busta di carta e ne estrasse una dorata caramella mou.

«Forse piacerebbero anche al piccolo Milo?»

Lou sorrise. Dolce Milo, il suo ometto. Aveva notato che quando trovava Petros in camera il suo sguardo si incupiva.

Abbassò le palpebre e sentì il cubetto burroso che si scioglieva sulla lingua, la grana dello zucchero, il caramello che si attaccava ai denti.

Petros si accovacciò di fronte a lei, facendo scrocchiare le ginocchia. «Devi mangiare, Louisa. Sei tutt'ossa.» Le alzò un polso. Il contatto delle dita di un uomo sulla sua pelle, vicino alle vene.

A quel punto il suo corpo reagì a un impulso che credeva perso da tempo: si allungò in avanti e lo baciò sulla guancia.

Lui toccò il punto in cui l'aveva baciato.

Lo guardava, seduto di fronte a lei con il suo cappellino giallo sfilacciato. Chissà se aveva ancora qualche parente, qualcuno che lo andasse a trovare e gli portasse l'uva e i fiori e qualche bacio.

La porta si spalancò e un'ombra bianca piombò nella stanza.

Petros balzò in piedi.

L'infermiera Thornhill lo vide e la sua bocca si aprì in un sorriso. «Oh, signor Spiteri, non l'avevo vista.»

Perché l'infermiera Thornhill con Petros era più gentile che con gli altri? Perché era un uomo? Lou li aveva visti scambiarsi degli sguardi. Li aveva sentiti bisbigliare in corridoio, fuori dalla sua camera. E perché, se lei era così gentile, lui sembrava comunque spaventato, come un ragazzino intimorito da una maestra aggressiva?

L'infermiera si avvicinò a Petros, gli mise una mano sul braccio e lo accompagnò alla porta. «È ora di tornare in camera, signor Spiteri, deve riposare.»

Quando Petros uscì, il sorriso scomparve dalla faccia della Thornhill. Strappò lo scotch di carta dalla finestra, portando via l'intonaco.

«Le visite da stanza a stanza non sono permesse tra persone di sesso opposto.»

Un uomo e otto donne, e lei aveva comunque escogitato una regola per tenerli lontani.

L'infermiera andò verso il tavolo e sbirciò nella scatolina per le pillole che le aveva portato Milo.

«Dove sono le pillole per il resto della settimana?»

Lou guardò in basso. Ogni giorno aveva la sua pillolina bianca e la sua pillolina rosa. Non capiva cosa le stesse chiedendo la Thornhill.

«Ha messo mano alle sue medicine, signora Moon?»

La nonna scosse la testa.

Anche l'infermiera scosse la testa. «Mentire non è una strategia molto saggia, signora Moon. Deve lasciarci fare il nostro lavoro.» Passò in rassegna l'intera superficie del tavolino. Arricciò il naso, raccolse la busta di carta, sbirciò all'interno, la richiuse accartocciandola e se la ficcò nella tasca. Aveva già portato via il tè e i biscotti al burro.

«Sa qual è uno dei motivi che scatenano il caos, signora Moon?»

Lou non rispose.

«Gliel'ho già detto, signora Moon: uno dei motivi è che i pazienti mangino cibo inappropriato.»

L'infermiera Thornhill spense la luce e uscì sbattendo la porta.

23

Tripi

Lunedì mattina, all'alba, Tripi si lavò le mani e i piedi e portò il sacco a pelo nel cortile sul retro.

Amleto lo seguì trotterellando, sprofondò con tutto il corpo nell'erba gelata e annusò la terra.

Piegandosi in avanti, Tripi premette i palmi al suolo e fece un bel respiro.

«Non è così che si fa.» Milo si era intrufolato nello squarcio della recinzione, aveva attraversato il prato e si era fermato di fronte a lui. Sotto il braccio aveva un fagottino rosa.

Tripi chiuse gli occhi e mormorò: «Mi dispiace, Allah, perdonami». Sapeva che ad Allah quel ragazzino così onesto e leale sarebbe piaciuto.

Tripi aveva deciso di dedicare un po' di tempo ad Allah, di ringraziarLo per la casa e il lavoro e di avvertirLo che adesso poteva concentrare tutte le sue divine energie nella ricerca di Ayishah.

«Milo, amico mio.» Tripi si alzò. Sulle ginocchia aveva due chiazze bagnate.

Milo appoggiò la cartella. «Adesso ti faccio vedere.» Calciò via le scarpe di scuola e srotolò il tappetino rosa. «Ti ho portato questo, per i tuoi esercizi.» Salì sul rettangolo di gomma, intrecciò le mani come se stesse pregando, sollevò le braccia sopra la testa e si chinò nella posizione del Cane con la Testa in Giù.

Amleto si sollevò sulle zampette tozze, corse tra le gambe di Milo e guaì.

Tripi scoppiò a ridere.
«Che c'è da ridere?» Milo si tirò su, il viso paonazzo.
«Non sono esercizi.»
«E allora cosa sono?»
«Preghiere.»
«Su un sacco a pelo?»
«Dovrebbe essere un tappetino, ma ho solo questo.»
«E preghi Gesù?» Milo prese la cartella. «Ultimamente pregano tutti Gesù Bambino.» Alzò gli occhi al cielo. «Credono che così avranno più regali.»
Tripi sorrise. «Prego Allah.»
«Allah? Non è un musulmano?»
Tripi si fece una risata. «Lo spero, sì.»
«Quindi sei musulmano anche tu?»
«Sì, se Allah mi vuole ancora. Non sono stato molto bravo con le preghiere in questo periodo.»
Milo prese Amleto in braccio. «Tra un'ora devo essere a scuola, volevo solo passare a vedere come stava Amleto.»
Tripi arrotolò il tappetino per gli esercizi e lo porse a Milo.
«Lo puoi tenere, la mamma ha smesso di fare yoga.»
«È della tua mamma?»
«Non ne sentirà la mancanza.»
Milo, Tripi e Amleto attraversarono il prato bagnato fino alla porta sul retro della casa rosa.
«L'hai sistemata bene» disse Milo, appoggiando Amleto a terra e guardandosi intorno nel salone.
«Un giorno avrò una casa e una moglie» rispose Tripi. «Come quello che l'ha ordinata per posta.» Osservò una foto di quell'uomo enorme, sulla spiaggia insieme a una donna bellissima.
«Hai una fidanzata?»
Tripi scosse la testa. «Non ancora.» Ripensò alla donna che ave-

va incontrato fuori dalla *Nontiscordardimé*, a quanto gli fosse sembrata triste e a quanto avesse desiderato proteggerla dalla pioggia.

«Magari posso darti una mano» si offrì Milo.

«Davvero?»

«Su internet ci sono un sacco di siti di incontri. Posso farti un profilo.»

«Non credo che troverò una donna musulmana su internet, Milo. Ma grazie.» Tripi ridacchiò. In Siria, prima che saltasse l'elettricità, era lo stesso: internet era Dio, scrivevi un desiderio su Google e lui ti dava una risposta.

«Puoi inserire dei parametri di ricerca» insisté Milo. «Tipo il colore degli occhi o dei capelli o l'età. Sicuramente ci sarà anche una casella per la religione.»

«Ma io sono un po' all'antica, Milo: credo che incontrerò mia moglie mentre cammino per strada.»

«Sul serio?»

«Com'è che la chiamate voi? Una coincidenza. E mia sorella dovrebbe approvare.»

«Hai una sorella?»

Tripi annuì. «Ha qualche anno più di te, credo.»

«Io ne ho nove. Ne faccio dieci il giorno di Natale.»

«Ayishah ha dodici anni.»

Li aveva compiuti a ottobre e aveva passato il compleanno da sola. Tripi deglutì a fatica. «Presto arriverà anche lei, così potrai conoscerla.»

«Dov'è adesso?»

«In Siria, da qualche parte. O vicino alla Siria.»

Milo sgranò gli occhi. «Non lo sai?»

Tripi scosse la testa. L'aveva cercata per più di due mesi, prima di infilarsi sotto la recinzione di filo spinato che divideva la Siria e la Turchia e partire per l'Inghilterra. Da lì sarebbe stato più facile trovarla, aveva pensato: avrebbe potuto chiedere aiuto alle autorità. In Siria nessuno ti ascoltava. Le esplosioni e i colpi di pistola avevano reso sorde le persone. E magari aveva trovato una via di fuga anche lei, magari era già in Inghilterra. «I miracoli succedono ogni giorno» diceva sempre Ayishah. «Ma solo se ci credi.» Così, mentre attraversava la Turchia, poi la Grecia, l'Italia e la Francia diretto a Buckingham Palace, aveva cercato di crederci. Per lei.

«Perché non è qui con te?» chiese Milo.

«Be'...» Tripi si pentì di aver nominato Ayishah. Si fidava di quel piccoletto, ma a volte i bambini dicevano le cose senza pensare.

«Ci siamo dovuti dividere mentre venivamo in Inghilterra.»

«Ha perso l'aereo?»

«In un certo senso.»

«I vostri genitori vivono qui, quindi?»

Tripi scosse la testa. «Non abbiamo più i genitori.»

«Cos'è successo?»

«Sono dovuti andare via.»

Due anni prima che Tripi e Ayishah s'incamminassero verso il confine con la Turchia, all'inizio delle ostilità, i loro genitori erano partiti promettendo che avrebbero trovato un posto sicuro per tutta la famiglia. Non erano più tornati.

«Anche loro sono musulmani?»

«Mia mamma era sunnita e mio padre alauita» disse Tripi. Era il motivo per cui erano fuggiti. Per lo Stato il loro matrimonio era un tradimento alle rispettive fedi, esattamente come quello dei rivoltosi.

«Quindi tu che tipo di musulmano sei?»

«Un po' di entrambi, come Ayishah, e per questo siamo dovuti andare via. In Siria i sunniti e gli alauiti sono in guerra tra loro, quindi in ogni caso eravamo dalla parte sbagliata.»

«A scuola la signora Harris ci ha insegnato che i musulmani odiano gli americani e gli americani odiano i musulmani. Ma non ha detto niente sui musulmani che odiano i musulmani.»

«I musulmani odiano i musulmani più di quanto non odino gli americani. Nel mio paese ora abbiamo grandi problemi, una guerra civile. In quest'ultimo anno è stato ancora peggio, sono state uccise undicimila persone. Ecco perché io e Ayishah siamo fuggiti dalla nostra terra.»

«Undicimila persone. È come se morissero tutti gli abitanti di Slipton, o forse di più. Tutto il paese morto stecchito, come se fosse stato attaccato dagli zombi.»

Tripi guardò gli occhi di Milo che si scurivano come una nuvola sul mare mentre quel pensiero si depositava nell'immaginazione del bambino. Forse non avrebbe dovuto raccontarglielo.

«Una cosa del genere.»

«E perché siete venuti in Inghilterra?»

«Be', mia sorella voleva conoscere la Regina.»

Milo si mise a ridere. «La Regina? Non si può mica conoscere la Regina.»

«Ayishah era sicura che la Regina avrebbe voluto incontrarla. E io volevo vivere su un'isola.»

Tripi era stanco di avere confini da tutte le parti. La Giordania, l'Iraq, il Libano, Israele. Perfino il mar Mediterraneo sembrava appartenere a qualcun altro. *Stretti come sardine?* Non diceva così una delle frasi che Ayishah aveva imparato a scuola? La Siria era un scatola di sardine e Tripi era stanco di stare in quel modo.

«Ti somiglia?» chiese Milo.

Tripi annuì. «Sì, ma è più bella, e ha i piedi più piccoli.» Tirò su un piede, poi un altro, e scoppiò a ridere. Poi gli porse una foto di Ayishah. Il grembiulino celeste, la camicia blu, la sciarpa arancione che sembrava una cravatta: tutte cose che lei adorava.

Milo prese la foto e la esaminò da vicino. «Al telegiornale parlano un sacco della Siria.»

«Sì, alla gente piace sentire le notizie di guerra.»

«Magari qualcuno potrebbe vederla in TV.»

Tripi ci aveva già pensato. Ma cosa poteva fare? Stare seduto di fronte alla televisione tutto il giorno e tutta la notte nella speranza che, per un secondo, la telecamera inquadrasse il viso di una dodicenne?

«Posso prendere in prestito la foto?»

«Non lo so, Milo.»

«Te la riporto velocissimamente. Ho un'idea su come possiamo cercarla.»

Quel piccoletto aveva sempre idee, proprio come Ayishah. Annuì e gli diede la foto, poi lo guardò e attese che Milo mettesse a fuoco i suoi occhi.

«Milo? Non parlare troppo in giro delle storie che ti ho raccontato.»

«La storia di tutti quelli che sono morti nel tuo paese?»

«Sì. E anche le altre cose, soprattutto all'infermiera Thornhill.»

«Ok. Possiamo fare a cambio, anch'io ho un segreto da dirti.»

Milo si accovacciò, aprì la lampo della cartella, tirò fuori un mucchio di fotografie e le porse a Tripi.

«Ho delle foto, ma non sono carine come quella di tua sorella.»

Tripi prese le fotografie e le portò vicino alla finestra. Poi le lasciò cadere.

«Cosa c'è?» Milo si avvicinò e le raccolse.

«Milo, dove le hai prese?»

«È quello che volevo dirti, le ho trovate nella stanza della nonna.»

«Hai trovato foto di donne nude nella stanza della signora Moon?»

«Sì, in camera sua a casa, ma non sono della nonna, sono di Al. Il tipo che si è trasferito, qui.» Gli porse nuovamente le fotografie. «Vuol dire che è cattivo, vero?»

Tripi si voltò dall'altra parte. «Non posso guardarle, Milo.»

«Perché no?»

«Ad Allah non piacerebbe.» Tripi cercò di cancellare dalla sua mente l'immagine di quella donna in ginocchio con il seno proteso in avanti.

«Ah.»

«Molti uomini hanno foto di donne nude, non mi sembra così strano, Milo.»

«No, non è vero.» Milo sfogliò le fotografie. «Hanno giornaletti sporchi, come quelli che il signor Gupta tiene sulla mensola in alto nel negozio. Queste sono foto vere, quindi le ha fatte lui. Sembra proprio il tipo da fare foto così.»

Tripi notò che dietro una delle foto c'erano scritte delle parole. La sfilò dalle altre, stando attento a non girarla. Una data, un orario, un posto e un nome. Ne prese un'altra ed era uguale, erano tutte classificate.

«Dove le hai trovate *esattamente*, Milo?»

«Nel libro di Al. Ho anche scoperto che fuma e che non si toglie le scarpe quando entra in casa. Quando le farò vedere alla mamma dovrà cacciarlo via per forza, giusto?»

Milo sorrise. Aveva uno spazio tra i denti di sotto, e a Tripi si strinse il cuore. Aveva conservato qualcuno dei denti da latte di Ayishah, cinque pietruzze bianche che sbatacchiavano l'una contro l'altra in una scatola di fiammiferi in fondo al suo zaino.

«Non credo che queste foto siano…» Tripi guardò Milo, nove anni. Chissà se ci capiva qualcosa. Sospirò. «Non credo che quell'uomo le usi per se stesso.»

«E allora per cosa le usa?» Il viso del bambino si accigliò.

«Non lo so, Milo, sembra che stia facendo delle ricerche. È un poliziotto?»

«Un poliziotto? No, non lo è.» Milo strappò le foto dalle mani di Tripi e le rimise a posto nella cartella. «Se non se ne va presto, vengo a stare qui da te» disse. «Hai un sacco di spazio.»

«Vuoi proprio che la signora Moon torni a casa, eh?»

Milo annuì.

«E pensi che anche lei lo voglia?»

«Certo che vuole tornare a casa; non lo vorresti anche tu, se vivessi in quel posto orribile?»

Tripi pensò al cibo e al freddo e alla voce brusca e sgarbata dell'infermiera Thornhill, a quando stringeva le braccia degli anziani così forte da lasciargli dei segni bianchi sulla pelle. E poi alla Siria in cui era cresciuto, dove gli anziani potevano rimanere a casa loro, insieme alle loro famiglie.

Milo riprese in braccio Amleto e lo baciò prima su un orecchio, poi sull'altro. «Anche Amleto sente la mancanza della nonna, vero?» Milo si mise l'orologio davanti agli occhi. «Voglio passare dalla nonna prima della scuola» disse. «Le porterò Amleto.»

Tripi pensò alla faccia che avrebbe fatto l'infermiera Thornhill se avesse trovato un maialino nella stanza della signora Moon.

Poi Milo concentrò talmente gli occhi su quelli di Tripi che ricambiare lo sguardo divenne quasi doloroso.

«Mi aiuterai, quindi? A riportare a casa la nonna?»

Tripi pensò a quanto avesse bisogno di quel lavoro: l'ultima cosa che avrebbe dovuto fare era far infuriare la Thornhill. Ma poi guardò nuovamente gli occhi determinati del bambino e penso ad Ayishah.

«Ci proverò, Milo» disse. «Ci proverò.»

24

Milo

Milo uscì dal negozio del signor Gupta e ficcò il fascio di fotocopie in fondo alla cartella. Guardò le lucine sfocate sul corso principale di Slipton e inclinò la testa per vedere bene le forme delle stelle comete e di Babbo Natale con il suo pancione sulla slitta. Erano solo i primi di dicembre e le illuminazioni avevano già un aspetto cadente.

«Quindici giorni a Natale» sussurrò all'orecchio di Amleto. «E saremo di nuovo tutti insieme.»

Che gliene importava se per Tripi le foto non provavano che Al era un pervertito schifoso a cui piaceva guardare le tette delle donne? Milo avrebbe detto ad Al che aveva trovato le foto e che le avrebbe fatte vedere alla mamma. Magari si sarebbe spaventato e sarebbe andato via.

Nel frattempo, avrebbe escogitato un modo per tirar fuori la nonna dalla *Nontiscordardimé*.

Eliminare Al e far ritornare la nonna: una doppia offensiva, come aveva detto la signora Harris quando aveva spiegato la battaglia di Hastings. Nel 1066 Guglielmo il Conquistatore aveva detto ai suoi uomini di lanciare frecce contro i Normanni, di modo che quelli avrebbero alzato gli scudi e poi sarebbe intervenuta la fanteria a conficcare le spade nei loro corpi senza protezione. Milo avrebbe preferito che il test fosse stato sugli aneddoti che aveva imparato nell'ora di storia, piuttosto che sulle parole e sulle somme aritmetiche.

Mentre passava davanti alla fermata dell'autobus, Milo vide un cartellone pubblicitario che lo paralizzò.

Alle case di riposo Nontiscordardimé non ci dimentichiamo nessuno, dicevano le parole di un fumetto disegnato accanto alla bocca dell'infermiera Thornhill.

Sorrideva con i denti bianchi e scintillanti, e anche tutti gli altri nella foto avevano i denti bianchi e scintillanti, come se la mamma li avesse lavati con la candeggina, e la sala comune non era davvero la sala comune: quella della foto aveva dei finestroni che davano su un giardino assolato con le rose di un bel rosa e un'erbetta verde perfetta. E poi c'erano uomini e donne insieme, ma la vera *Nontiscordardimé* non era affatto così – se si escludeva Petros, il tizio che ronzava sempre intorno alla stanza della nonna. E nella foto nessuno aveva le rughe e intorno alle persone c'era un alone bianco come se fossero in paradiso. Gli anziani si sorridevano a vicenda e bevevano il tè in delle tazze bianche, in mano avevano piattini con sandwich al cetriolo e crostate alla fragola e un sacco di altre piccole torte.

Milo pensò che forse la gente faceva sempre così: nelle pubblicità dipingeva le cose migliori di quello che erano nella vita reale, come le case che suo padre vendeva quando lavorava nell'agenzia immobiliare, su High Street. A volte Milo lo accompagnava quando andava a ispezionarle e, per quanto potessero fare schifo nella realtà, nelle foto che faceva papà e che poi ritoccava al computer, sembravano sempre quelle delle riviste della mamma: luminose, splendenti e piene di colori. «Trasformeremo la vostra casa in una reggia» diceva sempre ai proprietari quando andava via.

Milo distolse lo sguardo dal cartellone e proseguì verso la casa di riposo.

Mentre girava l'angolo, ai margini del suo forellino intravide una macchia gialla. Guardò più attentamente. Il cappellino, e, più in basso, Petros. Stava tirando fuori dalla tasca un portafogli di pelle tutto rovinato, poi si rovesciava qualche centesimo nel palmo della mano e cominciava a contarli con il dito. Neanche la mamma aveva abbastanza soldi, ma di certo non si sarebbe messa a contare i centesimi.

Milo non credeva che gli anziani della *Nontiscordardimé* potessero andarsene in giro fuori dalla casa di riposo, non senza un permesso speciale dell'infermiera Thornhill.

Quando entrò nell'edificio, Milo si fermò alla postazione delle infermiere, in attesa della Thornhill: la regola era che prima di andare a trovare un familiare si doveva avvertire un dipendente. Ma poi Amleto cominciò ad agitarsi sotto al suo cappotto, e quando Milo guardò l'orologio vide che la lancetta lunga aveva passato il venti. Se fosse arrivato tardi, la signora Harris avrebbe avuto un argomento di conversazione in più con la mamma.

«Stai fermo, almeno finché non arriviamo alla stanza della nonna» bisbigliò Milo ad Amleto, accarezzandolo sul musetto rugoso. Gli facevano male le braccia: Amleto stava crescendo molto più in fretta di quanto dicevano i grafici sui porcellini che aveva visto su internet. Magari aveva lo sviluppo accelerato.

Dal salone arrivava un tanfo di pane troppo abbrustolito e di porridge, e il volume della televisione era così alto che a Milo cominciò a far male la testa.

«Mentre l'inverno entra nel pieno, la crisi in Siria va peggiorando...»

Siria: il posto da cui venivano Tripi e sua sorella.

Guerra civile, così l'aveva chiamata Tripi, un paese che si rivoltava contro se stesso, come una discussione in famiglia. Milo pensò alla mamma e al papà e alla nonna e a come in un certo senso le due situazioni fossero simili. Anche loro erano in guerra civile e la gente doveva andarsene, come Tripi aveva dovuto lasciare la Siria e suo padre aveva dovuto lasciare l'Inghilterra e la nonna aveva dovuto lasciare la mansarda di casa.

Ma Ayishah sarebbe tornata da Tripi e la nonna sarebbe tornata da Milo, e magari Ayishah sarebbe arrivata in tempo per Natale, così tutti e due sarebbero venuti a casa e avrebbero passato la cena di Natale con la mamma, la nonna e Amleto.

Sembrava che le vecchiette non stessero mangiando né i toast bruciacchiati né il porridge. Tenevano le labbra rugose ben serrate e Milo non riusciva a vedere se avevano davvero i denti bianchi come quelli del cartellone, ma sospettava che sarebbero stati gialli come la maggior parte dei denti degli anziani. La cosa buona era che tutti stavano guardando la televisione. Fece il giro e consegnò a ognuno una fotocopia della foto di Ayishah, dicendo di cercarla in TV e di fargli sapere se vedevano qualcosa.

Quando arrivò alla stanza della nonna bussò, curioso di vedere la faccia che avrebbe fatto appena avesse visto che Amleto era con lui.

Ma mentre apriva la porta l'infermiera Heidi uscì con in mano un fagotto di lenzuola che aveva lo stesso odore dei vestiti della signora Moseley.

Amleto fece un piccolo verso.

«Shhh...»

L'infermiera Heidi si voltò. «Cos'è stato?»

«Niente» disse Milo. «Cosa fa con le lenzuola della nonna?»

«Oh, un piccolo incidente.»

Alla nonna non capitavano incidenti, non quando viveva a casa. Lo chiamava e Milo la aiutava ad andare in bagno.

L'infermiera se la svignò.

Amleto guaì di nuovo, stavolta più forte, e si dimenò così tanto che Milo dovette mollarlo.

«Milo, amico mio!»

Milo si voltò di scatto.

Petros il pittore aprì le gambe, agguantò Amleto, lo prese in braccio al volo e si avvicinò a Milo.

«È tuo questo maialino?» Petros ridacchiò. «Voi inglesi, coi vostri animaletti.»

Milo prese Amleto e lo coprì con il cappotto. C'era di nuovo quell'odore di limoni di plastica. Doveva essere arrivato anche ad Amleto, che arricciò il naso e cominciò a emettere quei piccoli grugniti che faceva ogni volta che non gli piaceva l'odore di qualcosa. O di qualcuno.

«Fossi in te non farei vedere il tuo piccolo amico all'infermiera Thornhill.» Fece sventolare una delle orecchie di Amleto. «Vieni a trovare la bella Louisa?» chiese Petros.

Milo aggrottò la fronte. Nessuno chiamava la nonna in quel modo. Il suo nome era Lou. «In francese vuol dire lupo» aveva scritto sul blocchetto quando Milo le aveva chiesto da dove venisse quel nome. Anche se in francese c'era una «p» alla fine. A Milo era venuta in mente la favola di Cappuccetto Rosso e del lupo che si trasformava in una nonna. La nonna aveva scritto che ai lupi si fa sempre una pessima pubblicità, che erano bellissimi e intelligenti e si prendevano cura l'uno dell'altro e che vedevano cose che agli altri sfuggivano, come capitava a Milo con i suoi occhi speciali.

«E i lupi amano la luna» aveva scritto la nonna. «Quindi, come vedi, era destino che finissi con il tuo bisnonno.» La nonna aveva preso il cognome del bisnonno, anche se non si erano mai sposati.

E questo tizio conosceva la nonna da quanto, cinque secondi?

Milo strinse forte Amleto tra le braccia. Superò Petros, aprì la porta della nonna e la richiuse velocemente dietro di sé in modo che l'uomo capisse che non doveva seguirlo.

25

Milo

Quando Milo entrò nella stanza della nonna, c'era solo freddo e buio. Il letto era disfatto e lei stava dormendo nella poltrona accanto alla finestra. Aveva sperato che dopo averle tolto le pillole che la rintontivano sarebbe tornata in lei, ma sembrava di nuovo stanca. La testa le cadeva in avanti.

Accese le luci, aprì le tende e andò a darle un bacio. Per un attimo lei aprì gli occhi e cercò di accarezzargli la guancia.

«Io lo so di cosa hai bisogno, nonna: un tè bello dolce e qualche biscottino. Così ti svegli.»

Si avvicinò al vassoietto su cui aveva sistemato il piccolo bollitore e la tazza scozzese della nonna, ma il barattolo del tè e la scatola di biscotti al burro erano spariti.

Sapeva benissimo dov'erano finiti: sequestrati dalla perfida infermiera Thornhill. Figuriamoci se voleva che la nonna avesse qualcosa di buono da mangiare e da bere. Probabilmente glieli aveva portati via quando si era rifiutata di mangiare i ravioli viscidi e lo spezzatino filaccioso.

Milo guardò l'orologio. Se non entrava a scuola al più presto avrebbe perso l'appello, ma non fece una piega: quello era più importante.

«Vado a comprarne un po'» disse Milo. «Il negozio all'angolo sarà già aperto.» Andò a cercare il portafogli della nonna nell'impermeabile appeso dietro la porta, ma le tasche erano vuote.

«Dov'è il tuo portafogli, nonna?»

La nonna lo guardò con degli occhi così persi che gli venne da piangere.

Milo sentì un'ondata di rabbia salirgli dalla pancia alla gola. Una cosa era portar via alla nonna il tè e la zuccheriera e i biscotti al burro, un'altra era prendersi il suo portafogli.

«Sei sicura di non averlo messo da qualche altra parte, nonna?»

Lei scosse la testa.

«Non fa niente, lo trovo io.» Le diede un bacio sulla guancia, si riprese Amleto e tornò in corridoio.

Camminando, venne investito dalle voci dei vari canali televisivi. Era sorprendente che l'infermiera Thornhill non avesse ancora bandito la TV, anche se poteva indovinare il perché: serviva a tenere occupati gli anziani e soprattutto a non farli andare in giro. Il signor Todds, il maestro della quinta B che non riusciva a tenere a bada gli alunni, gli lasciava sempre guardare i programmi TV in classe; era l'unica cosa che li faceva stare zitti.

Arrivato alla postazione delle infermiere, Milo appoggiò Amleto sul bancone e suonò il campanello con forza. Voleva chiedere all'infermiera Thornhill di spiegargli perché la nonna era sempre così assonnata, se era per via di tutte quelle pillole che aveva trovato l'altro giorno, e poi voleva che gli spiegasse dov'erano finiti i biscotti e il tè e che facesse qualcosa per il furto del portafogli. Come direttrice della *Nontiscordardimé*, era compito dell'infermiera Thornhill fare qualcosa per ciascuno di quei problemi.

Quando tolse il dito dal campanello, gli cadde l'occhio su un cassetto con un cartellino con la scritta:

PRIVATO

Milo girò intorno alla scrivania e cercò di aprire il cassetto. Era chiuso a chiave, ma sembrava abbastanza cedevole. A volte la mamma guardava Bear Grylls alla TV. Diceva che era sexy, un avventuriero, e che andava in posti fantastici: il tipo di uomo che non ti avrebbe mai piantato in asso. Bear Grylls poteva aprire qualsiasi cosa, perfino una vecchia latta arrugginita di sardine. Così Milo tirò fuori il coltellino tascabile che aveva attaccato al portachiavi, un regalo che aveva ricevuto lo scorso Natale, estrasse le mini pinzette, le infilò nella serratura e aprì il cassetto.

La mamma diceva che Bear Grylls era pieno di risorse; Milo sperava che lo avrebbe pensato anche di lui, se lo avesse visto forzare quel cassetto.

Gli ci volle un attimo per capire cosa c'era dentro. Sbatté le palpebre un paio di volte, si strofinò gli occhi e si chinò a guardare. Dal cassetto proveniva un odore di pelle vecchia. E poi li vide, a dozzine, impilati uno sull'altro: portafogli, borsellini e custodie per carte di credito.

Frugò un po', aprendo le chiusure a scatto e le cerniere. A parte dei vecchi scontrini e qualche fototessera, erano tutti rigorosamente vuoti.

Gli vennero in mente quei film in cui a chi finiva in prigione venivano confiscati gli averi e conservati in un involucro di plastica. Pensò che anche a loro probabilmente fregavano tutti i soldi.

Si guardò intorno rapidamente per controllare che l'infermiera Thornhill non stesse arrivando, poi tirò fuori il telefono che gli aveva dato suo padre, attivò il flash e fece tre foto all'interno del cassetto. Sapeva benissimo a chi farle vedere, e stavolta avrebbe messo la Thornhill con le spalle al muro.

«Vorrei vedere l'agente Stubbs.» Milo si era alzato in punta di piedi per appoggiarsi al tavolo della reception della stazione di polizia di Slipton.

Amleto si accucciò ai suoi piedi. Milo non aveva idea di cosa dicesse il regolamento delle stazioni di polizia sugli animali domestici e sperava che nessuno l'avrebbe notato.

«Non dovresti essere a scuola?» gli chiese la signora al bancone, una donna coi capelli rossi e crespi.

Milo guardò l'orologio sulla parete dietro di lei. La prima ora era già passata quasi interamente. Sarebbe rientrato dopo pranzo dicendo che gli avevano fissato una visita oculistica all'ultimo momento. La signora Harris era abituata alla disorganizzazione della sua mamma.

«È una cosa urgente» disse.

«Non ho dubbi.» La donna non alzò lo sguardo e continuò a scrivere al computer.

«È per mia nonna.»

Con la sedia girevole scivolò fino a uno schedario, aprì lo sportello con uno strattone e rovistò tra i documenti.

Milo ripensò al cassetto PRIVATO dell'infermiera Thornhill, con dentro tutti i portafogli vuoti degli anziani, e gli salì il sangue alla testa.

«Deve ascoltarmi. C'è stato un furto alla *Nontiscordardimé*, dobbiamo fare qualcosa.»

La donna con i capelli rossi e crespi si voltò di scatto.

«Un furto non è urgente.» Tornò al suo schedario.

Milo si sporse ancora un po' sul bancone. Ormai aveva i piedi sollevati da terra.

«Invece è urgente. L'infermiera Thornhill sta rubando tutti i ldi ai vecchietti e li fa andare in camera loro quando non è ora ormire solo perché si lamentano del cibo, che fa schifo, e sono che si lamenterebbe anche lei se la costringessero a man- e poi gli dà delle pillole per farli stare buoni…»

nna alzò una mano bianca scheletrica proprio come faceva

la signora con la paletta fuori dalle elementari di Slipton quando voleva che una macchina si fermasse.

«Perché non vai a casa e lo racconti alla tua mamma? Questo non è posto per un bambino.»

Milo ripiombò a terra con i piedi, atterrando sui talloni. Poi pensò a quello che gli aveva detto l'agente Stubbs: che dovevano tutti tenere gli occhi aperti su quello che succedeva in città, e a quando gli aveva dato il biglietto da visita dicendo che potevano contattarlo in qualsiasi momento. Aveva perfino detto che Milo sarebbe stato una buona risorsa per la forza di polizia. Se fosse riuscito a trovarlo, Stubbs non gli avrebbe detto di andare a casa e di raccontarlo alla sua mamma. L'avrebbe ascoltato e avrebbe chiamato a raccolta un'intera squadra di poliziotti, con i loro cappellini a scacchi blu e bianchi e i giubbotti antiproiettile, avrebbero fatto irruzione alla *Nontiscordardimé* e arrestato l'infermiera Thornhill.

Milo sorrise alla signora con i capelli rossi e crespi e si allontanò dal bancone.

«Grazie per l'aiuto» disse.

Aspettò che si spingesse un'altra volta con la sedia a rotelle fino allo schedario, prese in braccio Amleto e scappò lungo il corridoio che portava agli uffici della stazione.

Non aveva la minima idea di dove cercare l'agente Stubbs, ma si ricordava quello che gli aveva detto la nonna: doveva fidarsi della sua pancia. Inoltre sapeva che se avesse teso le orecchie sarebbe riuscito a isolare la voce bassa e sonora del poliziotto, la stessa voce che aveva zittito la quinta A, perfino Stan.

Milo sbirciò dal vetro di cinque porte diverse prima di arrivare alla sala interrogatori in cui Stubbs stava parlando con un adolescente sprofondato in una sedia, il corpo magrissimo che ballava in una gigantesca felpa grigia e dei jeans di varie taglie più grandi.

«Ecco, mi sembrava di non averti sentito uscire!»

Milo sentì una sfilza di dita ossute che gli abbrancavano le spalle. Si girò di scatto. La donna era così vicina che dal piccolo foro riusciva a vedere solo una macchia rossa sfocata. Poi si ricordò: la donna della reception.

«E che ci fa qui quell'animale?»

«È mio. Posso tenerlo, ho una licenza.»

«Non puoi stare qui. Te l'ho detto, devi andare a casa.»

Milo spostò la sua visuale dalle labbra rosse della donna al vetro della sala interrogatori. Era la sua ultima chance.

«Agente Stubbs!» urlò.

Amleto squittì.

La signora con i capelli rossi e crespi fece un balzo indietro. Milo sorrise tra sé. Forse la sua voce era più simile a quella di Stubbs di quanto pensasse.

La sedia del poliziotto stridette sul pavimento e la porta scattò. Il cuore cominciò a battergli all'impazzata.

Va tutto bene, continuava a ripetersi. *Mi ascolterà. Farà qualcosa.*

Stubbs guardò Milo dall'alto, con la fronte aggrottata.

«È venuto a scuola da noi» disse Milo tutto d'un fiato. «Ci ha fatto vedere il video e io ho risposto giusto.»

Amleto grugnì come se volesse mostrare solidarietà.

La donna rossa fece un passo avanti. «Mi scusi, agente Stubbs, temo che questo signorino si sia fatto prendere la mano. L'ho mandato a casa, ma è riuscito a sgattaiolare ed è arrivato qui. Adesso lo porto via...»

Mise di nuovo le dita ossute sul braccio di Milo, ma lui se le scrollò di dosso.

Fece un profondo respiro. Ora o mai più. «Sono venuto a cercarla perché ha detto che dovevamo venire a parlare con lei se vedevamo qualcosa di brutto a Slipton; ha detto anche che sarei stato un bravo poliziotto perché sapevo vedere le cose e adesso ho visto qualcosa, qualcosa di molto brutto, e per questo sono qui e lei deve venire subito con me alla casa di riposo *Nontiscordardimé*, dove vive mia nonna, perché c'è un'infermiera orribile che ruba i soldi a tutti ed è cattivissima: punisce i vecchietti solo perché le va di farlo e probabilmente spende anche i loro soldi per sé e...»

L'agente Stubbs alzò le mani come aveva fatto in classe quando i suoi compagni esultavano per il video. Milo deglutì per riprendere fiato, ma rimase in silenzio.

«Miranda, me ne occupo io.» Rieccola, quella voce bassa, lenta e pacata.

Miranda arrossì e annuì. «Stavo solo cercando di aiutarla» borbottò.

«E per questo la ringrazio molto. Verrò a portarle un caffè quando ho finito con...»

«Milo. Milo Moon» intervenne Milo tirando un sospiro di sollievo. L'agente Stubbs era dalla sua parte e l'avrebbe ascoltato.

Quando Miranda fu di nuovo alla sua postazione, il poliziotto si girò verso Milo e disse:

«Sono contento di vederti, Milo.» Si chinò. «E questo chi è?» chiese, strofinando la testolina di Amleto.

«Si chiama Amleto.»

Milo si sentì improvvisamente un po' stupido per aver sbottato in quel modo e avergli detto tutto insieme senza prepararsi un discorso. Si ripromise di calmarsi e riparare all'errore. Stubbs lo stava ascoltando, e quella era l'unica cosa che contava. E una volta saputo quello che Milo aveva scoperto sarebbe rimasto molto colpito e anche tutti gli altri sarebbero stati molto orgogliosi di lui, la nonna e perfino la mamma, che per una volta avrebbe pensato che aveva fatto una cosa giusta. Ma soprattutto, la mamma avrebbe capito che era tempo di far tornare a casa la nonna.

L'agente Stubbs si schiarì la voce. «Quanto tempo è che tua nonna si è trasferita alla *Nontiscordardimé*, Milo?»

«Una settimana, forse di più... Non lo so...»

Milo non capiva perché avesse iniziato l'interrogatorio con quell'argomento. Doveva deviare la discussione su cose più importanti.

«Ma non è questo il punto. Non importa se è lì da giorni o settimane o anni. E non è solo lei, sono tutte le vecchiette... L'infermiera Thornhill si è presa i soldi di tutte e...»

Milo deglutì. Stava ricominciando a farneticare.

«E prima viveva con voi, giusto?»

«Sì, ma...»

L'agente fece una pausa. «Ti mancherà molto, no?»

Milo capì dove voleva andare a parare. Lo stomaco gli si irrigidì.

«Non c'entra niente che mi manca.» Sputacchiò le parole, balbettando.

Stubbs si fermò, fece un bel respiro e ricominciò a parlare con un tono più gentile.

«Perché non ti siedi un attimo, Milo?» Indicò un paio di sedie di plastica in corridoio. «Ti vado a prendere qualcosa da bere alla macchinetta.»

Milo scosse la testa.

Stubbs sospirò, infilandosi le dita nella cintura.

«Milo, devi sapere che ci sono delle cose che mentre diventiamo
'lti ci sembrano insensate. Le guardiamo e crediamo di capire
sta succedendo, ma bisogna guardarle in prospettiva.»
lo strinse i pugni. Le unghie gli si conficcarono nei palmi
ıni. La prospettiva non c'entrava un fico secco. Tutto ciò
nava vedere era davanti agli occhi di tutti; l'unica cosa da

fare era capire che era sbagliato e fare qualcosa per rimediare. Del resto, la polizia veniva pagata per questo.

«L'infermiera Thornhill è una colonna portante della nostra comunità. È molto generosa con gli anziani della *Nontiscordardimé.*»

A me pare che siano gli anziani a essere molto generosi con lei.

«Sicuramente c'è una spiegazione plausibile, Milo. Avrà solo conservato i soldi in una cassaforte, così non li perdono e nessuno li può derubare per strada. A me sembra un'idea sensata.»

Una colonna portante della comunità? Ma cosa stava dicendo? Milo non voleva più ascoltarlo. L'agente Stubbs faceva schifo proprio come gli altri adulti. Andare fino al commissariato non era servito a niente. Milo girò i tacchi e cominciò a camminare lungo il corridoio.

«Metteremo a verbale la tua segnalazione, Milo» gli urlò dietro il poliziotto.

Milo ripensò al grande schedario grigio di metallo in cui frugava Miranda. Centinaia di fogli che nessuno si sarebbe mai preso la briga di tirare fuori.

«Vieni a trovarci quando vuoi. E tieni ben aperti occhi e orecchie.»

I passi pesanti di Milo sullo spesso pavimento di linoleum inghiottirono la voce dell'agente. Se c'era una cosa che aveva capito nell'ultima ora, era che da grande non sarebbe diventato un poliziotto.

26

Milo

Milo non poteva correre troppo forte, perché rischiava di inciampare o di non vedere le cose che gli venivano incontro, com'era successo con quel camion una volta, la sera di Natale, così si era abituato a camminare veloce, più veloce di qualsiasi altro bambino della scuola. Ma stavolta non gli importava, voleva solo uscire il più rapidamente possibile da quella stupida stazione di polizia. Mentre si precipitava in strada sentiva gli occhi pesanti e stanchi, come se fossero pieni di una lanugine grigia, e il cuore gli batteva all'impazzata nel petto.

Uno stridore fortissimo.

Milo lasciò cadere Amleto, che attraversò la strada di corsa, continuando a guaire come un pazzo.

Una sterzata a pochi centimetri da lui.

Il rumore del metallo che si accartoccia.

Imprecazioni.

E fiori, centinaia di petali gialli, che dal cielo cadevano sull'asfalto.

«Dannatissimo imbecille, perché non guardi dove vai?»

Qualcuno gli venne incontro. Il tonfo di stivali pesanti.

Milo era rimasto pietrificato in mezzo alla strada.

«Milo?»

Il bambino alzò lo sguardo, strofinandosi gli occhi.

«Cristo santo, Milo, potevi restarci secco.» Quell'accento scozzese.

«Amleto... Dov'è Amleto?» Milo si guardò intorno angosciato. Non riusciva a mettere a fuoco la vista.

Percepì che l'uomo si allontanava da lui, poi sentì un flebile verso.

«Eccolo qui.» L'uomo gli posò Amleto tra le braccia.

Milo guardò in basso e vide il musino spaventato di Amleto. Aveva dei petali gialli sulla testa.

Inclinò il capo. Sul ciglio della strada era rovesciata una motocicletta ammaccata.

«Mi disp... Mi dispiace.»

Dal forellino, Milo focalizzò le mani dell'uomo, che stavano tremando, come quelle della nonna. Poi lo guardò in faccia. Era Al, il tipo che viveva al piano di sopra.

«Stai bene, Milo?» gli chiese.

Milo scosse la testa. Le lacrime gli bruciavano dietro le palpebre. «Nessuno vuole ascoltarmi.»

«No, intendevo se stai bene visto che ti ho quasi investito.»

Milo continuò imperterrito. «Nessuno ascolta mai i bambini. Fanno finta di ascoltarci, ma alla fine dei conti, ogni volta che cerchiamo di dire una cosa importante gli adulti sono tutti uguali.»

«Non ti capisco, Milo. Vieni, intanto tu e Amleto dovete spostarvi dalla strada.»

Al lo prese per il gomito e lo accompagnò alla panchina fuori dal commissariato, poi andò a tirar su la moto e la spinse verso Milo.

«Mi dispiace per la moto» disse Milo, guardando l'ammaccatura concava dove c'era la scritta «Harley» di «Harley Davidson».

«Sopravviverà» lo tranquillizzò Al tirando fuori un pacchetto di sigarette dalla giacca di pelle.

Milo notò che gli tremavano ancora le mani. Al si accese una sigaretta, inspirò profondamente e soffiò una nuvola di fumo verso il cielo scuro. A ogni sbuffo, il suo viso si rilassava un po', e anche le mani. Magari le sigarette non facevano così male, pensò Milo.

«Perché ci sono petali gialli dappertutto?» chiese.

«Stavo portando delle rose alla nonna.»

Milo sobbalzò. «Alla mia nonna?»

«È la nonna di tutti, Milo. O almeno, lo era su al paese.»

Allora era vero. Al era una specie di parente. E sapeva che i fiori preferiti della nonna erano le rose gialle.

«Io sono il pronipote» spiegò Al. «Faccio parte della tribù di Inveraray.» Diede un altro tiro alla sigaretta. «Ora finisco di fumare e ti porto a casa. Così poi mi spieghi cosa stavi facendo in mezzo alla strada, fuori dal commissariato.»

Milo non era ancora sicuro di voler raccontare qualcosa a qualcuno, non dopo quello che era successo con l'agente Stubbs. E non era neanche sicuro di potersi fidare di Al. E non voleva tornare a casa, non se c'era la mamma. Gli avrebbe fatto la predica perché non era andato a scuola. Doveva parlarle quando era calma, prenderla in un momento di buon umore, e raccontarle tutto sulla nonna. Mamma sapeva distinguere le ingiustizie: se la convinceva a credergli, magari avrebbe fatto qualcosa. Raccolse la cartella e se la mise in spalla.

«Devo andare a scuola» disse.

«Sei sicuro di star bene?»

Milo annuì.

Al sollevò la sella della moto, tirò fuori un casco in più e glielo porse. «Per te.»

Milo sgranò gli occhi. «Cosa?»

«Secondo me sei più al sicuro su una moto che sulle tue gambe. Tu che dici?» Al si mise a ridere.

«Ma...»

«Ti accompagno io, è di strada.»

«Vai comunque a trovare la nonna?»

«Certo. Anche se dovrò scusarmi perché arriverò a mani vuote.» Guardò le rose sparpagliate per strada.

«Senti, me lo dici...» cominciò Milo, poi ci ripensò. Fece un gran respiro. «Me lo dici, se vedi qualcosa... Voglio dire, qualcosa che non ti sembra proprio normale?»

Al alzò le spalle. «Certo, Milo.»

Guardando la moto di Al, Milo pensò ai suoi compagni di scuola e a tutti quei ragazzini che avevano gli occhi normali e potevano giocare a calcio e andare sullo skateboard e giocare ad acchiapparello. Ma avrebbe scommesso una mano che nessuno di loro, nemmeno Stan, era mai salito su una motocicletta.

Milo annuì.

«Bene.» Al gli allacciò la cinghia del casco, lo sollevò da sotto le ascelle e lo sistemò sul sellino della moto. Poi si mise il casco e i guanti e si sedette davanti a lui. «Tienimi per la vita, Milo, e segui i miei movimenti.»

Milo strinse le braccia intorno alla spessa giacca di pelle di Al. Aveva lo stesso odore della sua pelle e della mansarda e di tutti i posti in cui doveva essere stato.

Continuava a non piacergli l'idea che Al vivesse nella stanza della nonna, che l'avesse riempita con le sue cianfrusaglie e che adesso l'aria lì dentro puzzasse di fumo. E sapeva anche che c'era qualcosa che non andava in quelle foto che aveva trovato, ma per quei cinque minuti, mentre la moto rombava per le vie di Slipton, con Amleto infilato nel maglione e stretto tra loro due, Milo si scordò tutto: del papà e della mamma e della nonna e di Al e delle sue foto e della perfida infermiera Thornhill. Si scordò perfino dei suoi occhi. Se ne stette lì con Amleto stretto forte forte al petto, chiuse gli occhi, lasciò che il vento gli sferzasse il viso e immaginò, solo per un secondo, di volare.

27

Tripi

Alla *Nontiscordardimé*, Tripi era in piedi di fronte alla televisione della sala e guardava la neve cadere in Siria. Lui e Ayishah erano partiti con sandali e maglietta, pensando di comprare indumenti caldi una volta arrivati in Inghilterra. Sua sorella aveva comunque messo in valigia un maglione di cotone blu per quando le notti si sarebbero fatte più fredde, ma il giorno che erano partiti da Damasco la temperatura era salita a quaranta gradi, così il maglione era rimasto sepolto nella borsa.

Un uomo di un'organizzazione chiamata Save The Children stava parlando di uno dei campi che Tripi e Ayishah avevano visto costeggiando il confine. Con voce triste, l'uomo chiedeva donazioni; l'inverno era freddo, diceva, e i bambini avevano fame.

Ogni volta che Tripi guardava il telegiornale cercava la faccia di Ayishah: i ricciolini ribelli lungo la fronte, le guance che appena rideva diventavano rosa e paffute.

Tripi spostò lo sguardo dallo schermo alle anziane sedute in sala. Anche lì faceva freddo, e il porridge che avevano davanti non era tanto meglio dei grumi di riso grigio che davano ai bambini nei campi alla TV. Guardò Heidi, l'infermiera giovane, che stava cercando di lavar via una vecchia macchia di patate dal vestito della signora Turner. E poi Heidi si accorse che alla signora era colato un po' di porridge sulla tasca davanti del vestito.

«Che stupida» disse l'infermiera.

La signora Turner sorrise come se fosse un complimento.

«Se continua così, andrà a finire che mi rimprovereranno. L'infermiera Thornhill vuole che i suoi ospiti siano puliti.»

«Beccati!» gridò la signora Sharp dalla sua poltrona d'angolo, inclinando l'iPad da un lato.

«Parli a bassa voce, signora Sharp, sta disturbando tutti» la riprese l'infermiera Heidi.

Heidi non sembrava cattiva, ma faceva dei turni lunghissimi che la stancavano e la rendevano molto suscettibile. E doveva far contenta l'infermiera Thornhill per ottenere il diploma, e far contenta l'infermiera Thornhill era un vero lavoraccio.

Non porterò mai Ayishah alla Nontiscordardimé, pensò Tripi. Non voleva che sapesse che alcune parti dell'Inghilterra erano peggiori della Siria. Peggiori perché anche se non c'era una guerra e il cibo non mancava, nessuno sapeva essere gentile.

La signora Wong passò accanto a Tripi con un pezzo di carta in mano. Una fotocopia, la foto di Ayishah.

Aveva detto a Milo di essere discreto.

«Cos'ha qui, signora Wong?» chiese Tripi, sfilandole il foglio dalle mani.

«Milo ci ha detto di cercare la sua amica.»

«La sua amica?»

La signora Wong annuì. «Si è persa in quel posto orribile.»

Dunque era questo che la gente pensava del suo paese. Un posto orribile. E per qualche ragione credevano che una dodicenne di Damasco potesse essere amica di un ragazzino di Slipton.

Tripi sentì i passi dell'infermiera Thornhill dietro di lui. «Dovresti essere in cucina, Tahir, non ti paghiamo per guardare la televisione.»

Restituì il foglio alla signora Wong.

«Mi scusi» borbottò, raccogliendo qualche scodella della colazione per sembrare indaffarato.

«Ho ricevuto il tuo indirizzo» disse lei.

Il cuore di Tripi sobbalzò.

«Quindi adesso vivi su High Street, eh?»

Tripi cercò di tenere in equilibrio le scodelle mentre guardava le sopracciglia sottili dell'infermiera Thornhill inarcarsi, con sguardo indagatorio.

Annuì. «Sto da un amico.»

«Un amico generoso, a quanto pare.»

«Sì.»

«Buongiorno, infermiera Thornhill.» Petros entrò nella sala.

Le sopracciglia dell'infermiera si ammorbidirono. Gli sorrise con i suoi denti bianchi. «Buongiorno, Petros.»

Petros andò a guardare una delle gambe di legno del tavolino.

Tripi non capiva cosa avesse fatto Petros per guadagnarsi i sorrisi della Thornhill, o perché lei gli avesse ordinato di mettere più carne che patate nel vassoio della cena del greco. In ogni caso era felice che il vecchio avesse del cibo. Nella sua stanza non c'erano scorte come in quelle delle donne, che avevano i biscotti e cioccolatini portati dalle famiglie.

«E adesso fila, Tahir. C'è gente che pagherebbe per fare questo lavoro.»

Non per lo stipendio che mi dai, pensò Tripi. Nonostante avesse insistito per sapere il suo indirizzo, la Thornhill si era dimenticata delle altre caselle del modulo. Gli venne il dubbio che sebbene non volesse un senzatetto a lavorare nella sua cucina, non fosse molto preoccupata che potesse essere un immigrato clandestino senza assicurazione sanitaria, non se questo significava risparmiare qualche soldo.

«Heidi, vieni qui, mi devi aiutare a mettere a posto nella sala visitatori» disse l'infermiera Thornhill. «Oggi pomeriggio viene una famiglia.»

La giovane infermiera annuì, si alzò e la seguì a piccoli passi svelti. Tripi cercò di incrociare il suo sguardo mentre gli passava accanto, ma lei teneva la testa bassa.

Ricominciò a guardare la televisione. «Per donazioni e informazioni, chiamate lo 020 70126400.» Forse poteva chiamare l'uomo sullo schermo e chiedergli se aveva visto Ayishah.

«Non dovresti guardare questa roba.» Petros andò alla TV e la sintonizzò su un programma di cucina. «Ti deprimi e basta.»

Guardare gente che cucinava piatti deliziosi quando tutto quello che avevi da mangiare erano patate poteva essere altrettanto deprimente per i vecchietti, pensò Tripi. E comunque dovevano guardare il telegiornale per cercare l'amica di Milo.

«Lei è felice qui, signor Spiteri?» chiese Tripi.

Petros scrollò le spalle. «Cerco di essere grato.» Si mise a ridere, ma era una di quelle risate che ti escono quando non ti viene in mente nient'altro da dire.

«Vi trattano bene? A lei e...» Tripi si guardò intorno. «E agli altri pazienti?»

«L'infermiera Thornhill si prende cura di me, sì. E le signore? Stanno bene.» Si tolse il cappellino e lo rigirò tra le mani. «Io sono l'ultimo che può permettersi di mettere zizzania. Se non sto qui, dove vado? Come te con il tuo lavoro, no?»

«Sì, capisco» disse Tripi. Ma a volte, quando uno vede qualcosa che non va bene, è suo dovere *mettere zizzania*, giusto? Ayishah avrebbe detto così.

28

Milo

Al ripartì con la sua moto tuonante, e Milo si assicurò che nessuno lo stesse guardando mentre si allontanava dal cancello della scuola; non aveva più voglia di entrare. E comunque non avrebbe potuto portare con sé Amleto. Milo aveva sempre pensato che al suo maialino sarebbe piaciuto andare a lezione e imparare nuove cose. La gente pensa che i maiali siano stupidi e sporchi, e che non facciano altro che mangiare e rotolarsi nel fango, ma è solo perché non hanno mai vissuto con uno di loro o letto articoli su quegli animali. Il maiale è al quarto posto tra gli animali più intelligenti del mondo e ha un'elevata capacità di apprendimento, tipo può imparare a giocare al computer muovendo il joystick con il muso, o a spegnere l'interruttore della luce. Se Amleto fosse andato a scuola, magari sarebbe diventato così intelligente da fare i test al posto suo.

Milo tirò fuori il cellulare dalla tasca del cappotto. Il contratto era a nome di suo padre, ma non l'avevano ancora disattivato. Impostò la chiamata anonima e telefonò alla segreteria della scuola.

«Pronto, elementari di Slipton.»

Milo si schiarì la voce e assunse un tono da conduttore TV.

«Pronto, sono il signor Moon, il padre di Milo Moon.»

«Buongiorno signor Moon, come posso aiutarla?»

La signora Higgins non usava lo stesso tono con Milo, né con gli altri bambini della scuola.

«Purtroppo Milo oggi non può venire.»

Amleto sbuffò. «Shhh!» disse Milo.

«Signor Moon? È ancora lì?»

«Sì. Mio figlio si è preso la tonsillite.»

«Oh signor Moon, mi dispiace. Crede che domani starà meglio? Potrà tornare a scuola?»

«Penso di sì, ma vedremo come si sente.»

«Povero Milo.»

«Sì, povero Milo.»

«Allora ci richiami domani per aggiornarci sulle sue condizioni. Nel frattempo parlerò io con la signora Harris.»

«Grazie.»

Milo premette il tasto rosso e scoppiò a ridere. Amleto fece un guaito di approvazione. Non credeva che la sua voce da conduttore funzionasse così bene.

Adesso aveva un po' di tempo per pensare a come tirar fuori la nonna dalla *Nontiscordardimé*, lontano da quel Petros e dall'infermiera Thornhill che la stava drogando per intontirla; e in più le stava anche rubando i soldi. Ma prima di tutto c'era un'altra cosa che doveva risolvere, una cosa che forse poteva riportare la mamma dalla sua parte, così lo avrebbe ascoltato quando le avrebbe raccontato cosa aveva visto.

La casa della signora Pelosetta non era così diversa dalle altre di Slipton, ma lei aveva fatto delle modifiche per farla sembrare più lussuosa, tipo il cancello argentato scintillante alla fine del vialetto che conduceva al portone principale, e delle colonne bianche ai lati della porta. La mamma la chiamava Villa Pelosetta.

La signora Pelosetta faceva la capocameriera a Londra, e per questo doveva sempre essere al meglio della forma. Raccontava sempre alla mamma un sacco di aneddoti divertenti sui suoi clienti, come quello del membro di una tribù Zulu che era andato a cena completamente nudo, a parte una taschina di pelle davanti alle parti intime, e che voleva ballare con lei perché era di colore come lui.

Milo sapeva che la signora Pelosetta era in casa perché non andava mai da nessuna parte senza la sua Mercedes rossa. La mamma diceva che aveva messo da parte i soldi per dieci anni per potersela permettere, e che la amava più di suo marito.

«Sono venuto a scusarmi.» Milo cercò con tutte le forze di non fissare la peluria scura sul labbro superiore della signora Pelosetta.

Lei si tolse gli occhiali da sole e lo guardò dall'alto in basso.

«Sono il figlio di Sandy Moon, ed è colpa mia se mia madre è sparita l'altro giorno. Stava cercando me, non voleva piantarla in asso.»

«Sei il bambino con il maiale?»

«Cosa?»

«L'altro giorno sei entrato con il tuo maialino?»

Milo si era fermato per la strada, sul canale, a prendere una vecchia corda da una delle case galleggianti. L'aveva usata per legare Amleto dietro un vaso da fiori, vicino al cancello della signora Pelosetta, sperando che non cominciasse a uggiolare come un matto.

«Sì, si chiama Amleto.» Milo deglutì. «E anche a lui dispiace di essere entrato nel capanno.»

«Ah... "Le sciagure non vengon mai sole, simili ad avanguardie solitarie, ma ad intere legioni!"»

«Eh?»

«L'Amleto. L'ho studiato a scuola. Vuol dire che le cose brutte arrivano tutte insieme.»

Be', quello era vero.

Vista da vicino, e non dalla porta del capanno o dal finestrino della macchina, la signora Pelosetta sembrava abbastanza giovane. Il collo era un po' rugoso, ma la pelle del viso risplendeva, come se qualcuno la stesse tirando da dietro le orecchie.

«Potrebbe tornare, per favore?» chiese Milo. «Così la mamma può finire... Di fare... Così le può fare i suoi trattamenti?»

La signora Pelosetta si mise a ridere.

«Le farà uno sconto.»

«Perché non entri un attimo, Milo?»

L'idea di entrare nella casa della signora Pelosetta, con quei cancelli giganti e quelle strane colonne, non lo faceva impazzire, ma non poteva tornare a casa prima della fine delle lezioni e ci volevano ancora delle ore, quindi tanto valeva passare lì un po' di tempo.

L'ingresso era rivestito di pietra rosa scintillante; anche senza toccarla, si capiva quanto fosse fredda e liscia. La strada per la cucina era delimitata da palme di plastica conficcate in dei vasi. In fondo al corridoio c'era una scalinata a spirale che sarebbe stata di certo meglio in un castello che in una casetta di Slipton. La cucina sbrilluccicava come l'ingresso, ma era più morigerata, solo lustrini neri e pareti di vetro.

La signora Pelosetta versò a Milo un po' di succo d'arancia, si sedette su uno sgabello piuttosto alto e accavallò le gambe. Milo si mise di fronte a lei e tentò di non guardarle le gambe, pensando a quello che aveva detto la mamma sulla mezza ceretta. Temeva che una gamba fosse liscissima e l'altra piena di peli, e che la signora Pelosetta, accorgendosi che la stava fissando, si sarebbe offesa.

«Allora, Milo, oggi niente scuola?»

«Sono malato.»

«Sei malato?» La signora Pelosetta inarcò le sopracciglia ben definite. Milo si chiese quanto sarebbero diventate grosse se le avesse lasciate crescere come i peli intorno alla linea del costume.

«Mi fa male la gola.»

«Ah.»

Milo annuì e tossì, cercando di simulare una raucedine.

«La mamma non sa che sono qui. Ma dovevo venire a trovarla e spiegarle…»

«Perché tua madre mi ha fatto aspettare un'ora?»

«Gliel'ho detto, è colpa mia.»

«Doveva essere lei a chiamarmi.»

«Si vergogna.»

«Si vergogna?»

«Perché non abbiamo un soldo in banca e deve pagare il mutuo e lei è l'unica cliente che le è rimasta.»

Ci fu un attimo di silenzio in cui Milo si preoccupò di aver parlato troppo veloce o di aver detto troppe cose.

«Capisco, Milo. Tua mamma mi ha detto che avete mandato la nonna alla *Nontiscordardimé*. Anche mia madre è lì, ed è molto caro, non mi meraviglio che lei sia in difficoltà. Ma non è una scusa per…»

«Sua madre vive lì insieme alla nonna?» Milo passò in rassegna mentalmente tutte le vecchiette. Poi capì: la signora Moseley, con la pelle scura e i peli neri che le spuntavano dal mento, doveva essere lei Mamma Pelosetta!

«Se è così cara, perché sua madre non vive con lei nel suo attico?»

«Temo che non sarei all'altezza.» Gli occhi della signora Pelosetta si inumidirono un po'.

«Di cosa dovrebbe essere all'altezza per far vivere sua madre a casa sua?»

«Non è più lei da quando è morto mio padre.»

«Neanche la nonna è più lei, e quando il nonno è morto ha smesso di parlare. Ma non è così difficile starle dietro, quando era a casa ce la facevamo perfettamente.» Milo pensò alla nonna seduta al buio e intorpidita, senza nessuno che si prendesse cura di lei, e gli si strinse la gola. «Sono sicuro che se ci provasse…»

«Per mio marito è un problema che lei stia qui, non c'è spazio per tutti e tre.»

La mamma aveva detto a Milo che la signora Pelosetta era triste perché non aveva figli, ecco perché passava tutto quel tempo a depilarsi e a lavorare a Londra: quelle cose la distraevano. Ma quindi, se la signora viveva lì solo con il signor Pelosetto, di spazio ce n'era a bizzeffe. Molto più che a casa di Milo.

La signora Pelosetta tirò su con il naso. «È il posto più adatto per lei.»

Milo non sapeva se dire qualcosa sul fatto che non era per niente un bel posto: magari si sarebbe arrabbiata ancora di più.

«Ma Dio solo sa se mi stanno mandando sul lastrico. Non faccio altro che firmare assegni per tutti quei trattamenti speciali che devono farle. "Gli extra", li chiama l'infermiera Thornhill.»

Milo ripensò al candelabro nell'appartamento della Thornhill, e alle pareti viola vellutate e alla bottiglia di champagne e al cassetto pieno di portafogli vuoti. Sperò che la mamma non stesse pagando nessun extra.

«Non l'ho mai vista lì» disse.

«Per me è un po' dura, Milo. Andarla a trovare mi rende triste.»

Milo conosceva la sensazione. Inizialmente aveva pensato che andare a trovare la nonna ogni giorno l'avrebbe fatto stare meglio, ma più tempo passava con lei, più la sentiva lontana. Nonostante ciò, trovava il fatto che la signora Pelosetta non andasse mai a trovare la signora Moseley molto triste. E poi, se ci fosse andata, magari avrebbe capito che Villa Pelosetta era molto più bella della *Nontiscordardimé*, si sarebbe resa conto che aveva un sacco di spazio e che mandarla lì era stato uno sbaglio, proprio come lo era stato con sua nonna.

«Quindi tornerà al salone della mamma?»

«Come ti dicevo, Milo, tua madre dovrebbe riconsiderare il suo comportamento con i clienti...»

«Ma non voleva lasciarla lì l'altro giorno, è stata colpa mia. Per favore...»

«Ci penserò, Milo.»

Stava insistendo un'altra volta, e agli adulti non piaceva. Ma doveva dimostrare alla mamma che gli importava dei suoi affari e che capiva che avevano bisogno di più soldi, soprattutto se la nonna fosse tornata a vivere con loro.

La signora Pelosetta lo accompagnò alla porta. Milo fece qualche passo sul vialetto e poi si voltò.

«Signora P...» Milo tossì. «Signora...?» Com'è che si chiamava?

«Sì, Milo?»

«Secondo me dovrebbe andare a trovare la sua mamma. Credo che le farebbe piacere.»

29

Sandy

Sandy era seduta al bancone della cucina, sbocconcellava un biscotto e sfogliava l'agenda del salone. Tutte le pagine erano bianche eccetto gli appuntamenti di Gina, che cominciò a cancellare con la penna. In banca aveva a malapena ciò che occorreva a pagare il cibo, figurarsi il mutuo e i debiti per le attrezzature del salone. Milo aveva bisogno di scarpe nuove per la scuola, e poi le sarebbe piaciuto fargli fare qualcosa di carino, tipo portarlo allo zoo di Londra e al Planetario, divertirsi un po', loro due da soli, e allontanare il pensiero di Lou dalla sua testa almeno per qualche momento.

Sandy tirò fuori un altro biscotto dal pacchetto e si leccò le dita.

E poi quelle maledette foto del bambino che Andy mandava ogni due o tre settimane. Le diceva di farle vedere a Milo, ma appena arrivavano lei le seppelliva nel cestino del signor Overend, dall'altro lato della strada. Andy non aveva idea di quello che stavano passando e non poteva prendersi il lusso di giocare alla famiglia felice.

Sandy allentò il cordino dei pantaloni della tuta, prese un terzo biscotto dal pacchetto e si guardò intorno in cucina.

Aveva messo in conto alcuni danni, qualche strofinaccio bruciato, cose del genere. Ma non aveva considerato un fatto: la cenere era entrata dappertutto, c'erano strisciate di sporco sulle pareti, i tappi delle boccette per le spezie erano pieni di fuliggine e appiccicosi, dentro le tazze c'era uno strato grigio, e in fondo alla gola sentiva sempre come della polvere. La sera prima, la cappa sopra i fornelli si era bloccata, intasata. E il contorno degli occhi di Milo era più arrossato del solito. La compagnia di assicurazioni intanto prendeva tempo, dicendo che dovevano fare ulteriori indagini sulla natura dell'incendio.

Sandy inghiottì l'ultimo pezzo di biscotto. Non gli avrebbe permesso di prendersi la casa. Era casa loro, sua e di Milo.

Appuntato sull'ultima pagina della rubrica c'era il numero dell'appartamento di Andy ad Abu Dhabi.

Inserì il prefisso internazionale, digitò il numero e aspettò.

Dopo un paio di squilli, rispose qualcuno.

Rumore di risate.

«*Marhaba*» disse la voce dell'Amichetta.

«Pronto» disse la voce di Andy.

Altre risate.

«Parlano Andy e Angela» cantilenarono all'unisono.

Dio, l'accoppiata dei loro nomi sembrava quella dei presentatori dei programmi per bambini alla TV. E poi le venne il voltastomaco. «Sandy e Andy» non era poi tanto meglio. Era peggio, a dire il vero. Quando si erano messi insieme, Andy aveva detto: «Lo vedi? Sono parte di te» riferendosi a come il suo nome rientrava in quello di lei. Adesso quella somiglianza sembrava una presa in giro.

«E Bella, la nostra *habibti*» concluse l'Amichetta canticchiando.

Cosa diavolo era una *habibti*?

«La nostra piccolina» aggiunse Andy.

Sandy aveva sempre desiderato una femmina, una bambina a cui poter pettinare i capelli, una sorellina per Milo. Quando erano andati a fare gli esami per scoprire perché non riusciva a rimanere di nuovo incinta, il dottore aveva borbottato qualcosa sulle tube di Falloppio, sostenendo che era già un miracolo che avesse avuto Milo, e che doveva concentrarsi su di lui. E purtroppo aveva dovuto continuare a prendere la pillola per essere sicura di non restare incinta.

«Lasciate un...»

Sandy allontanò la cornetta dall'orecchio e stava per riattaccare quando sentì una voce, stavolta non registrata.

«Pronto?»

«Ciao.»

«Sandy? Sei tu?»

Quindi riconosceva ancora la sua voce. «Sì, sono io.»

«Mi spiace, la segreteria parte troppo presto.»

O magari eri occupato, pensò Sandy. *A fare lo scemo con l'Amichetta mentre la bambina dorme. Scommetto che ti eccita un sacco.*

«Come stai, Sandy?»

«Bene.» Si grattò via una striscia di cenere da sotto un'unghia.

«E la nonna?»

Sandy deglutì. «Oh, come al solito.»

«Ma ce la fai?»

Farcela? Le sembrava di sentirli mentre parlavano di lei seduti sulla loro terrazza assolata con i cocktail in mano: «Povera Sandy, impantanata nella pioggia di Slipton, deve pensare a tutto...».

«Ce la faccio.»

«E Milo?»

«Mmm...»

«A scuola sta andando bene?»

«Lo conosci.»

«Ci piacerebbe farlo venire qui, prima o poi. Gli hai fatto vedere le foto?»

«Ad Abu Dhabi c'è troppa luce per lui, farebbe fatica.»

«Non può mettersi gli occhiali?»

Sandy non rispose. Quant'era che Milo non metteva gli occhiali? E perché non se n'era accorta prima?

«Hai chiamato per qualche ragione, Sandy?»

«Cosa?»

«È solo che...»

«È solo che?»

«Be', abbiamo un po' da fare in questo momento.»

Abbiamo. Noi. Le tornò la nausea. Si morse l'unghia del mignolo fino alla carne e una goccia di sangue affiorò sulla pelle. L'asciugò e si succhiò il dito.

«Volevo solo salutarti. Sapere come andava. Con il bambino, intendo.» Le parole le rimasero in gola.

«Wow, che gentile. Hai sentito, amore?» urlò all'Amichetta. «Sandy ha chiamato per sapere come stiamo, come sta la bambina.»

Sandy allontanò il telefono dall'orecchio.

«Angela sta benissimo, una madre naturale. E sta da dio, è tornata in forma immediatamente, incredibile. Non so come faccia, con tutto il cibo delizioso che gira, credo che abbia un metabolismo molto attivo.»

Sandy addentò la carne intorno al pollice. Metabolismo molto attivo. Probabilmente vomitava tutto appena lui si girava dall'altra parte.

«E come va il salone?» chiese lui.

«Oh, siamo pieni per le feste natalizie, sai com'è.»

«L'agenzia qui sta andando molto bene. Nella zona di Abu Dhabi ci sono grandi proprietà, è molto redditizio, e questo è proprio il momento giusto.»

Sandy immaginò file di ville bianche appollaiate come cicogne sull'acqua calma e cristallina.

Andy continuò a blaterare. «Sai com'è, i neonati sono delle creaturine molto costose.»

Nella sua risata riconobbe una nota di nervosismo che le era familiare.

«Sì, è vero.» *E anche i bambini. E gli anziani.*

«A proposito del Natale... E del compleanno di Milo» disse Andy.

Il compleanno di Milo, un'altra cosa per cui doveva trovare i soldi.

«Pensavo che sarebbe carino...»

La *habibti* ululò in sottofondo. Forse si stava trasformando in un demonio. Sandy immaginò i suoi denti aguzzi conficcati nel capezzolo di Angela.

«Mi dispiace, tesoro... Voglio dire, Sandy. Mi dispiace, Sandy. Devo andare... Il dovere mi chiama.»

Da quando in qua Andy si preoccupava dei suoi doveri?

«Sai cosa, Sandy?» aggiunse lui sospirando. «Lo sapevo che ce la saremmo cavata, io e te. Che avremmo ricostruito le nostre vite.»

A sentir lui sembrava che fossero rimasti coinvolti in una specie di tsunami, una grande calamità naturale fuori dal loro controllo, e che adesso dovessero darsi una bella pacca sulla spalla per aver resistito aggrappati alla scialuppa di salvataggio. Perché non si rendeva conto che era stato lui a mettere una bomba nelle loro vite? Una grossa bomba a forma di Amichetta.

«È meglio se vai, Andy, mi sembra che ci sia bisogno di te.»

Un attimo di silenzio. «Sei sicura di non aver bisogno di niente?» chiese lui.

«Sì. Sono sicura.»

Sandy rimise a posto la cornetta. Poi prese il pacchetto di biscotti, lo lanciò contro il muro, aprì di scatto un cassetto e tirò fuori la boccetta delle pillole dietetiche.

30

Milo

A Milo restava ancora qualche ora prima della fine delle lezioni, così andò al parco. Si sedette sull'altalena con Amleto in braccio, e si mise a osservare una mamma che spingeva il suo bambino su una bici con le rotelle.

La bici nuova, ecco come era iniziato tutto. Una bici vera, da grande, con il sellino abbassato al minimo, così Milo avrebbe potuto tenerla anche mentre cresceva. Suo padre l'aveva nascosta nel garage, dietro un telo di plastica, mentre lui e la mamma continuavano a ripetere che a Natale gli avrebbero regalato dei calzini, e per il compleanno un gilet, e poi si facevano l'occhiolino e si davano gomitate quando pensavano che Milo non stesse guardando. Ma Milo aveva praticamente consumato la foto nel catalogo e conosceva la forma di quella bici nei minimi particolari.

A volte compiere gli anni il giorno di Natale era il peggio del peggio, perché sembrava di fare entrambe le cose solo a metà. Altri anni, invece, sembrava che le festività raddoppiassero di valore.

Un anno prima, Milo era sicuro che, con la nuova bici, quel Natale-compleanno sarebbe stato doppiamente bello.

La bici era cara: Milo aveva visto i numeri scritti sotto la foto. Ma andava bene così, perché all'inizio di dicembre suo padre era tornato a casa con una bottiglia di champagne annunciando che all'agenzia l'avevano fatto direttore; avrebbe avuto più soldi, una segretaria e sarebbe stato a capo di un sacco di gente a cui avrebbe dovuto dire lui cosa fare, e non il contrario. Milo lo sentì dire alla mamma: «Non c'è problema, Sandy, quest'anno possiamo permetterci di spendere un po' di più».

Anche la mamma era emozionata per la promozione di suo padre e aveva proposto di fare la festa di Natale dell'ufficio a casa loro; poi aveva detto che se Milo avesse dato una mano, quella sera sarebbe potuto andare a letto più tardi.

Il giorno della festa, la mamma aveva disdetto tutti gli appuntamenti del salone per concentrarsi e farsi bella e far bella anche la casa. Il papà era tornato prima dal lavoro per spostare i mobili, poi aveva aiutato la mamma e Milo a preparare delle salsiccette arrosto, cosa che dimostrava quanto fosse felice, visto che di solito in cucina non alzava un dito. Aveva arrotolato le salsicce abbrustolite dentro fettine di bacon, ribattezzandole «Maiali con la copertina» per far dispetto a Milo, perché sapeva che per lui i maiali erano gli animali più belli del mondo. La mamma gli aveva perfino lasciato assaggiare un po' del vin brûlé che stava preparando: sapeva di succo ai frutti di bosco, caldo, ma molto concentrato e con qualcosa di piccante che gli fece pizzicare il naso, e qualcos'altro che gli si depositò in fondo alla gola riscaldandogli il petto.

Milo girò come una trottola per raccogliere tutti i cappotti degli invitati e portarli nella camera da letto di mamma e papà; servì da bere alle persone e fece girare i bocconcini di salsiccia. Non aveva mai visto così tanta gente in casa sua. La mamma aveva messo una di quelle compilation sdolcinate di Natale e le persone erano sempre più accalcate e cominciavano a barcollare; qualcuno versò del vin brûlé sul tappeto. Milo era sicuro che la mamma sarebbe andata in bestia, ma invece si mise semplicemente a ridere buttando indietro la testa e dicendo che ci avrebbe pensato il mattino dopo.

L'unica cosa che lo rattristava, quella sera, era che la nonna non partecipasse alla festa. Aveva scritto sul suo blocchetto che preferiva restarsene di sopra e andare a letto presto. Ma con tutto quel trambusto sicuramente non poteva dormire. Dopo la sera della festa di Natale, la nonna non era più riuscita a dormire tanto: si addormentava mentre pranzava e durante le previsioni del tempo, che erano il suo programma preferito, e a volte perfino mentre Milo le raccontava una storia o le faceva fare il bagno; quando si svegliava lo guardava frastornata e diceva cose del tipo: «Andiamo a farci una nuotata? Il mare… è così caldo…».

«Milo, vai a prendere uno sgabello nel salone» aveva urlato la mamma cercando di sovrastare il volume della musica. «Abbiamo finito le sedie.»

La mamma aveva uno sgabello speciale di pelle bianca, con una base argentata e scintillante e le rotelle per poter sfrecciare da una parte all'altra del capanno a prendere i vari prodotti senza doversi alzare mai.

Milo attraversò l'erba gelata. Il frastuono in casa gli aveva fatto girare la testa. Gli sembrò che il capanno di fronte a lui si rimpicciolisse. Lo spazio intorno alla porta si fece sfocato. Si sfregò gli occhi che gli bruciavano un po' e cercò di rimettere a fuoco. Adesso riusciva a vedere solo la porta e il lucchetto che pendeva dalla banda metallica.

La mamma non lasciava mai il capanno aperto. C'erano troppe attrezzature costose, tipo la macchina per la microdermoabrasione (l'aveva provata sul naso di Milo, che era diventato rosa, liscio e lucido) e il lettino per la lampada e le costose creme alle alghe del Mar Rosso. Inoltre l'assicurazione non avrebbe pagato se gli avessero rubato qualcosa quando il salone non era chiuso a chiave.

Quando arrivò alla porta, sentì uno stridore metallico e una risatina stridula, come se qualcuno avesse respirato dell'elio. Si sentiva le gambe molli, forse per via del vin brûlé. Mentre la mamma non guardava, ne aveva bevuto qualche altro sorso direttamente dal mestolo.

Milo fece scattare l'interruttore accanto alla porta e avanzò in direzione del punto in cui di solito la mamma teneva lo sgabello. Per un attimo le luci fortissime lo accecarono e fu tentato di spegnerle, ma poi si accorse che nel capanno c'era qualcun altro. E si rese conto che non era una persona sola, ma due. Due corpi abbrancati sul lettino da massaggio della mamma, i piedi incastrati nell'anello a forma di ciambella in cui, in teoria, andava la testa. Un uomo con i pantaloni calati e le parti intime tutte rosse e rigide e una donna con la gonna alzata. Lo stavano guardando, ma Milo aveva gli occhi che bruciavano e così irritati che ogni cosa era sfocata e non riusciva a riconoscerli.

«Milo? Che ci fai qui?» La voce di suo padre. E sempre suo padre che si alzava e si tirava su i boxer e la donna che si copriva il seno con le braccia. Milo notò l'ingombrante gonfiore nei pantaloni del padre e ripensò a quello che aveva detto quella volta che anche a Milo era venuto quello stesso gonfiore: che il suo corpo si stava preparando per quando avrebbe incontrato una ragazza che gli piaceva tanto. Come la mamma, aveva detto.

Milo lasciò cadere a terra la sedia. Mentre correva via nella notte, la sentì atterrare al suolo.

Invece di rientrare in casa, corse intorno al cancelletto laterale e poi in garage. Strappò via il telo da sopra la bici di Natale-compleanno, la portò sul vialetto, saltò sul sellino e sfrecciò in strada come un missile.

31

Lou

Lou era nel dormiveglia sul suo letto alla *Nontiscordardimé*. Da qualche parte in fondo al cervello sentì la porta del garage che si apriva cigolando e il rumore di qualcuno che pedalava nel vialetto. E poi quel maledetto fischio, peggio del *jingle all the way* che risuonava al piano di sotto. Ma perché non poteva semplicemente chiudere il becco e andarsene a dormire come tutti i vecchi? Come se avesse sentito quel pensiero, il signor Overend si zittì.

Poi avvertì un ululato, forte come quello della sirena antinebbia a Inveraray.

E uno schianto.

E in soggiorno la musica che si interrompeva bruscamente su *jingle*.

La voce le tornò tutta insieme, liberandosi in un urlo, come se stesse aspettando quel momento da sessantadue anni.

«Milo!» gridò dalla stanzina sotto il tetto. «Milo!»

Ma nessuno la sentì. Nessuno a parte il signor Overend, che si sporse dalla finestra per guardare in strada.

Nei giorni seguenti Milo era rimasto in camera con lei, raccontandole quello che ricordava di ciò che aveva visto: suo padre e la donna da cui ora si faceva amare al posto di Sandy.

Lei gli aveva accarezzato i capelli, ascoltandolo e maledicendo Andrew. Quel bambino adorava suo padre, e lui come l'aveva ricambiato?

Lou spalancò gli occhi. Petros era seduto sulla sedia accanto al letto, il respiro incrinato da un leggero russare. Come poteva spiegare a Milo i sentimenti che provava per quel vecchietto comparso così nella sua vita?

La testa le ricadde in avanti mentre tornava a quella serata del Natale scorso. Un groviglio di pensieri.

«L'ho visto, nonna... Ho visto papà con un'altra persona...»

Lou riaprì gli occhi e si guardò intorno. Petros non c'era più, e la stanza era di nuovo deserta.

Dove si trovava?

Sul morbido interno delle cosce le premeva qualcosa di umido. Si comportava come una bambina spaventata.

«Permesso?»

Sulla soglia era comparsa una vecchia. I capelli bianchi le arrivavano fino alla vita, e sembrava un fantasma.

«Sono io, la signora Zimmer.»

Lou non l'aveva mai sentita parlare. Pensava che anche la signora Zimmer avesse perso la parola.

«Passavo di qui e ho sentito che aveva il sonno agitato.»

La signora Zimmer entrò e si sedette accanto a Lou sul lettino.

«Le dispiace? Sono sonnambula, ma ora mi ha svegliato. Sono un po' stanca.» Sbadigliò, si acciambellò nel letto e mormorò: «Credo di aver visto quella ragazzina, quella bambina, ma non sono proprio sicura...». Poi si riaddormentò.

Lou guardò le pareti bianche, le lenzuola bianche e la finestra che dava sui tetti grigi di Slipton.

Alla Nontiscordardimé, ecco dove mi trovo.

La sveglia sul comodino segnava mezzogiorno. Lou doveva essersi appisolata a metà mattina.

Sempre lo stesso sogno, quello sulla sera in cui Milo aveva sorpreso il padre e la segretaria nel capanno di Sandy. La sera in cui si erano accorti che gli occhi di Milo non funzionavano.

Guardò il viso della signora Zimmer, la bocca aperta. A ogni respiro emetteva un leggero grugnito.

No, da quella sera niente era più andato per il verso giusto.

32

Sandy

«Sarebbe dovuta venire a parlarci della situazione, signora Moon.» La signora Harris stava sorseggiando una tazza di tè nella cucina di Sandy.

Potrebbe essere mia madre, pensò Sandy. *Di sicuro mi parla come se fosse mia madre, insinuando che non so badare a mio figlio.*

Prima c'era stata la telefonata di Gina: Milo era andato a casa sua, e adesso quella donna si era presentata alla sua porta pretendendo di essere ricevuta.

«Mi hanno riferito che il padre di Milo ha chiamato la scuola, ed è lì che ho avuto il dubbio che qualcosa non andasse.» La signora Harris posò la tazza. «Mi pare di capire che si è trasferito all'estero.»

Mi pare di capire. Stava facendo passare un pettegolezzo per una dimostrazione del suo acume. A Sandy non erano mai piaciuti gli insegnanti, sempre a ficcare il naso negli affari altrui.

La signora Harris si schiarì la voce. «E quindi il disturbo che ha agli occhi, la ret… ret…»

«Retinite pigmentosa.»

«Esatto. Sarebbe il caso di collaborare per aiutare Milo. A scuola stiamo facendo il possibile, ma anche da casa deve arrivare un po' di sostegno.» Sandy fece scivolare un piede nudo fuori dalle ciabatte e si guardò le unghie dei piedi tutte sbeccate.

«Signora Moon?»

«Doveva farlo Andy. Mantenere i contatti con la scuola.»

Stava dando la colpa a Andy, ma in realtà la mancanza era stata sua, giusto? Lui non poteva mica intrattenere rapporti con le elementari di Slipton da Abu Dhabi.

Sandy si ricordò di quando si era seduta in quel seminterrato buio con tutte quelle lampade e quei macchinari e quelle tabelle, mentre il dottor Nolan le spiegava perché Milo era caduto dalla bici. Perché aveva sempre mal di testa, perché sobbalzava ogni volta che lei compariva all'improvviso da dietro le sue spalle.

«Deve immaginare di guardare il mondo da un piccolo foro» aveva detto il dottor Nolan.

E poi aveva aggiunto che quel foro si rimpiccioliva di notte o quando pioveva. E di come un giorno si sarebbe chiuso del tutto e il mondo di Milo sarebbe piombato nell'oscurità.

«Cure? Nessuna.» Il dottor Nolan aveva scosso la testa. «Ma può provare con la vitamina A, l'Omega 3, e i cibi ricchi di antiossidanti. Secondo alcune ricerche, questi integratori possono essere d'aiuto.»

Quando era stata l'ultima volta in cui aveva ricordato a Milo di prendere le pillole? Di mangiare quelle verdure a foglia che in teoria gli potenziavano la vista?

Sandy avrebbe voluto essere al suo posto, averli lei gli occhi malati, tanto sapeva già com'era quando il mondo ti spariva intorno.

Milo era rimasto sulla sua sedia con le gambe penzoloni. Ma aveva memorizzato ogni singola parola che aveva detto il dottore. «È come una luna arancione» le aveva spiegato in macchina sulla strada di casa. Poi aveva indicato la foto della sua retina che gli aveva dato il dottor Nolan: le parti bianche erano quelle danneggiate, la rete nervosa. «I miei occhi sono come un'eclissi di luna, mamma.» Da quel momento in poi, vedere un'eclissi era diventata per lui una vera ossessione.

E poi Andy gli aveva comprato la foto di una luna arancione

da appendere in camera da letto. «È che i tuoi occhi sono speciali, capisci?» gli aveva detto. Come se servisse a qualcosa.

Sandy lanciò un'occhiata alla pila di buste sul bancone: un messaggio dal direttore della banca, una lettera della compagnia di assicurazioni. Coprì tutto con una rivista. Più tardi le avrebbe spostate nel capanno, dove Milo non poteva trovarle.

«Sta incidendo sul suo rendimento, signora Moon.»

«Milo sta bene.»

«Temo di no. Agli ultimi test di matematica e inglese è andato male, le abbiamo inviato per posta un'analisi dettagliata.»

Sandy si sentì un peso sullo stomaco. «Dev'esserci un errore. Milo è molto intelligente, gli abbiamo fatto fare tutti i test.»

La signora Harris esaminò una traccia di cenere che aveva sul dito e poi arricciò il naso. Da qualche parte doveva esistere un *regolamento* che impedisse agli insegnanti di presentarsi a casa della gente senza avvertire, pensò Sandy.

«Signora Moon, sto solo cercando di dirle che magari questo disturbo, questo problema che ha con la visione periferica, sta ostacolando il suo apprendimento. Magari, avendo qualche informazione in più, riusciremmo ad aiutarlo...»

«Ha delle lenti speciali.» Sandy sentì un'ondata di nausea. Dov'erano quei dannatissimi occhiali? «Comunque, il medico ha detto che ci vogliono degli anni prima che diventi un vero problema. Se fosse peggiorato così tanto, Milo me l'avrebbe detto.»

La signora Harris incrociò le ginocchia grassocce. Sandy notò che dai collant color carne dell'insegnante faceva capolino qualche pelo nero.

«Ai bambini non piace essere diversi, signora Moon. Di solito fanno di tutto per mascherare un handicap.» Si fermò un secondo. «A scuola abbiamo un gruppo di recupero e del personale qualificato per insegnare agli allievi con difficoltà di apprendimento.»

Lo sfogo rosso sul collo di Sandy cominciò a bruciare. Se lo grattò ferocemente, sapendo che più tardi se ne sarebbe pentita.

La signora Harris proseguì. «Forse dovrebbe parlargli, chiedergli come gli sembrano i compiti a scuola.»

«Come, scusi?»

«A volte è utile sedersi a tu per tu e...»

«Ho sentito cosa ha detto, mi sto solo chiedendo dove diavolo prenda queste...»

«Signora Moon, il suo collo. Sta sanguinando.»

Il portone si aprì e si richiuse. Milo entrò in cucina. Aveva le labbra blu e la faccia grigia come il cielo.

La signora Harris si alzò.

Sandy gli corse incontro. «Milo...»

Milo si allontanò da entrambe. Strinse le braccia intorno alla forma bitorzoluta che si contorceva sotto il cappotto di lana. Ecco il contributo di Andy a tutta la situazione. Mentre Sandy passava il Natale trascinando Milo da un oculista all'altro, Andy si presentava con un poster e un maledettissimo maiale. Ah, già, gli aveva regalato anche una sorellina.

«Mi sembra che la tonsillite ti sia passata, Milo» disse la signora Harris.

Sandy fulminò la signora Harris con lo sguardo. Ma gli insegnanti in teoria non dovevano essere esperti di psicologia infantile? Puntargli il dito addosso appena entrato in casa non sembrava una cosa molto utile.

«Mamma, possiamo parlare? È importante.»

Sandy fece un sorriso stentato. «Certo, Milo. Ma perché non vieni a sederti un attimo con noi e racconti alla signora Harris tutte quelle cose difficili che fai con il computer?»

«Non posso parlarti se c'è lei.»

«Tesoro...»

«Mamma, è importante. Più importante di qualsiasi cosa ti abbia mai raccontato.»

«Va bene, allora fammi prima finire con la signora Harris...»

Milo girò i tacchi di scatto e se ne andò di sopra. Il rumore della porta che sbatteva fece tremare la casa.

Sandy si voltò verso la signora Harris con gli occhi in fiamme. «È che è troppo intelligente per i vostri stupidi test, tutto qui. Non ha bisogno del gruppo di recupero. Lo sa dove dovrebbe stare Milo? In una classe avanzata. Per studenti particolarmente dotati – così si dice, no? Uno pensa che gli insegnanti abbiano studiato per capire se un ragazzino si annoia. È che per lui sono troppo facili, non mi sorprende che sia svogliato.» Sandy riprese fiato.

«Stiamo solo cercando di aiutarla, signora Moon. Mi sembra molto stressata.»

«A me sembra che lei non sappia farsi i fatti suoi.» La pelle di Sandy stava andando a fuoco. Aprì il portone e porse il cappotto alla signora Harris.

33

Milo

La caccola-mobile fece marcia indietro sul vialetto. Milo guardò uno dei bisognini di Amleto scivolare dal tettuccio e cadere sul vetro posteriore.

Sollevò Amleto per fargli ammirare la scena.

«Le sta bene, così impara a presentarsi a casa nostra senza preavviso» mormorò Milo nell'orecchio nero del maialino. Aveva raccolto gli escrementi in una bustina apposita quando erano nel parco. Il permesso per tenere Amleto non gli era ancora arrivato, così Milo non voleva lasciare in giro nessuna traccia.

Sapeva che la mamma avrebbe avuto troppo da fare per ascoltarlo. C'era sempre qualcosa a distrarla.

«Domani vai a trovare la nonna» disse mentre Amleto nascondeva il musetto nell'incavo del suo braccio. «Ti ci porta Tripi. E dovrai aiutarci a scoprire cosa succede alla *Nontiscordardimé*, così tiriamo fuori la nonna e stiamo di nuovo tutti insieme.»

Qualcuno riaccese la TV a volume folle sopra la testa di Milo, e poi si aggiunse la musica heavy metal. Come si faceva ad ascoltare la televisione e la musica contemporaneamente?

Milo guardò il soffitto e pensò ad Al e a quando aveva fatto salire lui e Amleto sulla sua moto. Forse alla fine non era poi così male, ma rimaneva ancora il mistero di quelle foto. Prima di potersi fidare di lui, doveva scoprire cosa c'era sotto.

Mise giù Amleto, tirò fuori le foto dalla cartella e andò di sopra.

Bum! Bum! Bum! Bussò alla porta della nonna.

Nessuna risposta.

Strinse il pugno e bussò più forte. *Bum! Bum! Bum!*

La porta si spalancò.

«Ah, ciao.» Al sorrise a Milo, una reazione inaspettata dopo tutto quel bussare.

«Sto provando a fare i compiti, ma non riesco a concentrarmi.» Milo diede un'occhiata alla camera e alla grande TV che la illuminava. Chissà se Al guardava mai qualcos'altro, oltre al telegiornale.

«Oh, scusami, adesso la abbasso.» Al attraversò la stanza, puntò il telecomando alla TV e premette il bottone del volume finché le voci non si abbassarono. Poi prese un altro telecomando e fece lo stesso con lo stereo.

«Tutto bene quindi? Dopo stamattina, intendo» chiese Al.

«Più o meno.»

Gli occhi di Al si spostarono sulle mani di Milo. «Cos'hai lì?»

Milo sentì le dita che si riscaldavano e si appiccicavano alle foto. Si chiese se prendere la roba di qualcuno quando viveva a casa tua fosse lo stesso che rubarla nel mondo fuori.

Al continuava a sorridere.

Milo si sforzò per concentrare gli occhi sulla faccia di Al. I suoi capelli scuri e il suo naso grande e la sua pelle barbuta entravano e uscivano dalla sua messa a fuoco. Raccolse tutte le energie rimaste e disse: «La mamma non vorrebbe trovare roba del genere in casa sua». Gli porse le fotografie.

Al lo guardò per un attimo e poi scoppiò a ridere. Milo sentì la puzza di fumo nel suo alito.

«Perché non entri? Parliamo un attimo.»

Milo posò le foto sul comodino, ma lo mancò e si sparpagliarono sul pavimento. Di fronte agli occhi gli fluttuarono frammenti di seni e labbra provocanti e cosce ben in carne. Il viso gli divenne infuocato, proprio come lo sfogo sul collo della mamma.

Milo pensava sempre con ansia al giorno in cui avrebbe avuto una ragazza e avrebbe dovuto guardarla nuda. Magari si sarebbe avvicinata troppo e lui sarebbe riuscito a vedere solo dei pezzettini del suo corpo, e lei si sarebbe arrabbiata perché non sta bene fissare le parti intime di qualcuno.

«Che ne pensi?» Al aprì la finestra e accese una sigaretta.

«Sono... Sono...» Milo prese un bel respiro. «Non dovresti tenerle. È sbagliato.»

«Sono d'accordo con te, Milo.» Al fece un tiro di sigaretta, soffiò via il fumo da un angolo della bocca e domandò: «Posso chiamarti Milo?».

Milo annuì, pentendosene subito dopo. Non voleva che quel tizio lo chiamasse in nessun modo.

«Be', come sai il mio nome è Alasdair McCloud, ma puoi chiamarmi Clouds, come fanno i miei amici.»

Amici? Milo non era così sicuro di voler essere amico di uno che si era impossessato della stanza della nonna e l'aveva riempita di donne nude, frastuono e fumo.

Al diede un altro tiro alla sigaretta e si chinò a raccogliere le foto.

«Mi stavo proprio chiedendo dove fossero finite – senza prove, non posso fare un granché.» Con il fumo fece dei cerchietti che salirono verso il soffitto. Milo pensò che fosse strepitoso, ma poi si ricordò che era contrario al fumo nella stanza della nonna.

«Perché ci hai scritto dietro quei numeri?»

«È per il documentario.»

Milo sgranò gli occhi. «Non capisco.»

Al si sedette sul letto e diede un colpetto al materasso.

Milo scosse la testa.

«Come vuoi.» Rise di nuovo. «Sai cos'è un giornalista, Milo?»

Milo si girò a guardare la televisione col volume basso. «Certo che so cos'è un giornalista.»

«Ok, allora io sono un apprendista giornalista.»

Milo non capiva dove volesse arrivare, e neanche cosa c'entrasse quella storia con le foto delle donnine nude.

«Un tipo particolare di giornalista.»

«Uno che fa brutte foto?» Milo si sentì fiero della sua risposta pronta.

«Sì.» Al aspirò il fumo dalla sigaretta. «Uno che fa brutte foto.»

«Alla mamma non piacerebbe.»

«Mi stupirei del contrario.»

Milo alzò la testa. Finalmente stava ottenendo qualcosa.

«Devi fare brutte foto se vuoi arrivare alle brutte persone, Milo.»

«Quali brutte persone?»

«Persone che si approfittano di ragazze come queste. Persone coinvolte nel mercato del sesso.»

Milo non capiva cosa c'entrasse il sesso col mercato.

«Brutte persone che le costringono a stare nude?» chiese.

«Sì.» Al raccolse le foto e le infilò nel libro in cui Milo le aveva trovate, quello con la scritta arancione che diceva *Hell's Angels*. Anche quello, era sicuro, non sarebbe piaciuto alla mamma. «Sai cos'è un reporter sotto copertura?»

Milo annuì, ma in realtà non ne aveva la minima idea.

«È qualcuno che scopre dove stanno gli affari sporchi, che va nei posti e nota le cose che tutti gli altri ignorano, così la gente che compie reati viene arrestata.»

«Ma non dovrebbe essere una cosa che fanno i poliziotti?»

Al fece spallucce. «Sì, ma a volte sono un po' lenti. Noi acceleriamo il processo e possiamo far venire a galla le cose con metodi che la polizia non può utilizzare. Mettiamo le prove in televisione, su internet.» Al guardò Milo e sorrise. «Sai cosa? Penso che non te la caveresti male. Introdurti in case altrui, ficcare il naso dappertutto...»

«Ma... Non... Non è...»

«Non c'è problema, anzi, sono molto colpito. Pensavi che fossi un tipo cattivo, così sei venuto a cercare le prove: è la stessa cosa che faccio io.»

Milo andò a sedersi ai piedi del letto, mantenendo una certa distanza tra lui e Al. Pensò all'agente Stubbs e a come si era rifiutato di fare qualcosa quando gli aveva detto che l'infermiera Thornhill rubava tutti i soldi dei vecchietti. Al aveva ragione, erano lenti. Anzi, per come la vedeva Milo in quel momento, erano anche abbastanza inutili.

«E come fai a non farti scoprire quando raccogli le prove?»

«Per questo si dice "sotto copertura." Faccio finta di essere uno di loro.»

«Uno dei cattivi?»

«Esatto.»

La testa di Milo cominciò a macinare pensieri. Al aveva ragione, sarebbe stato bravo a lavorare sotto copertura e a trovare le cose.

«Secondo te, li prenderai quelli che hanno costretto le ragazze a stare nude?»

«Spero di sì, ci siamo quasi.» Al osservò Milo e sbatté le palpebre. Milo sapeva benissimo quello che avrebbe detto: aveva lo sguardo che hanno tutti quando si rendono conto che c'è qualcosa che non va. «Posso chiederti una cosa, Milo?»

A Milo non andava di parlarne, ma annuì. Al aveva risposto alle sue domande, quindi era giusto fare lo stesso.

«Vedi le cose in modo diverso dagli altri, vero?»

Come prevedeva, ecco il momento della compassione per la sua malattia.

«È che le guardi in modo strano, come se potessi vedere più di noi. Più a fondo, intendo.»

Milo si sentì avvampare. Escludendo il dottor Nolan, che la chiamava *patologia straordinaria*, nessuno gli aveva mai parlato della retinite pigmentosa come se fosse una cosa buona, e comunque il dottore non contava perché i medici venivano pagati per trovare interessante la gente malata.

Milo scosse la testa. «I miei occhi non funzionano.»

Al spense la sigaretta. «Be', per smascherare me hanno funzionato piuttosto bene.»

«Non riesco a vedere le cose nel loro insieme.»

Al si mise a ridere. «Quello capita a molte persone.»

Milo non capiva. Con l'indice e il pollice formò un cerchietto, si trascinò sul letto finché non arrivò vicino ad Al e poi glielo mise all'altezza degli occhi. «Guarda qui dentro.»

Al si piegò verso la mano di Milo, strizzando l'altro occhio.

«Ecco come vedo io. Una specie. Anche peggio.»

«Wow. Dev'essere incredibile.»

Milo alzò le spalle. «Insomma.»

«Voglio dire, ti fa concentrare meglio, no? Scommetto che vedi un sacco di particolari che agli altri sfuggono.»

Milo non ci aveva mai pensato in questi termini.

«Sì, ma mi perdo un sacco di altra roba, tutta quella che sta fuori dal foro.»

«L'altra roba è sopravvalutata, fidati. Se la possono vedere tutti, non è così speciale. Quello che vedi tu, invece, è quello che conta.»

Milo pensò ai dettagli che aveva notato alla *Nontiscordardimé* e a come fossero passati inosservati alle altre persone con gli occhi funzionanti. Forse Al aveva ragione, forse vedere tutto dal forellino era una specie di superpotere. O forse Al lo stava dicendo solo per farlo sentire meglio e distrarlo dall'idea di mostrare le sue foto alla mamma.

«Allora quando vedi che qualcosa non va, fai delle foto?» chiese Milo.

«Foto, o video. Qualsiasi prova che dimostri che quello che dico è vero.»

«E non ti metti nei guai se ti scoprono?»

«Fa parte del lavoro, Milo. La paura di essere scoperti ti manda in circolo l'adrenalina: è quello che ti dà la spinta.»

Milo si alzò e andò verso la porta. Afferrò la maniglia, ma poi si fermò. Una parte di lui avrebbe voluto girarsi e raccontare ad Al della nonna e di tutto quello che aveva visto alla *Nontiscordardimé* e convincerlo ad aiutarlo a raccogliere prove contro l'infermiera Thornhill, ma ancora non aveva deciso se quel tizio gli piaceva, né se poteva fidarsi di lui. Magari, come aveva fatto l'agente Stubbs, non l'avrebbe preso sul serio perché era un bambino. No, avrebbe aspettato un altro po', e nel frattempo avrebbe escogitato nuovi modi per raccogliere qualche prova per conto suo.

Milo si voltò. «Sei riuscito a vedere la nonna?»

Al annuì. «Certo che sta in un posto ben strano.»

Il cuore di Milo ebbe un leggero sobbalzo. Allora non era la sua immaginazione, anche Al se ne era accorto. Forse, se gli avesse raccontato quello che aveva visto, gli avrebbe creduto.

«Allora, ho superato l'esame?» chiese Al, stendendosi sul materasso. Gli dava ancora un po' noia, che si prendesse tutto lo spazio in camera della nonna.

«Forse» disse Milo, non riuscendo a trattenere un mezzo sorriso.

«Be', se dobbiamo diventare amici dovresti proprio chiamarmi Clouds. A casa mi chiamano tutti così.»

«A Inveraray?» Era il posto da cui veniva anche la nonna.

Al annuì. «Sì, a Inveraray.»

Milo pensò che forse «amici» era un po' esagerato, ma concluse che alla fine chiamarlo Clouds non faceva male a nessuno. Fece sì con il capo e disse: «Ok».

Più tardi, quella sera, mentre si stava per addormentare, Milo sentì gli stivali da motociclista di Clouds che scendevano le scale, e poi la sua voce che parlava alla mamma davanti al portone. Anche se la versione di Clouds sulle foto spiegava il fatto che guardasse sempre il telegiornale, il fatto che non avesse pantaloni o calzini o altri vestiti nell'armadio della nonna e non lavasse la roba in bagno restava un mistero. E anche il motivo per cui, quasi tutte le sere, Milo avvertiva il rombo della moto che si allontanava, per sentirla rientrare poi alle prime luci dell'alba. Aveva ragione a non fidarsi ancora di lui.

34

Tripi

Il quattordici dicembre, un venerdì, Tripi si stava trascinando lungo il corridoio con Amleto infilato sotto la divisa da chef e il cellulare di Milo che gli sporgeva dalla tasca.

Milo era passato da casa sua prima della scuola, con il fiatone, tutto emozionato perché un certo Al gli aveva dato un'idea su come scoprire se c'era qualcosa di losco alla *Nontiscordardimé*. Aveva lasciato a Tripi il maialino (per la signora Moon) e il telefono (per raccogliere prove). Tripi non era sicurissimo del piano, ma che male poteva fare ad aiutare quel bambino?

Così aveva fotografato le pillole che l'infermiera Thornhill dava ai pazienti – Milo aveva ribadito che era importante – e nonostante gli facesse un po' senso aveva chiesto alla signora Moseley di mostrargli i lividi che le segnavano il braccio, dove l'infermiera Thornhill l'aveva stretta per spingerla sotto la doccia fredda.

La signora Swift gli passò accanto e sorrise. Era incredibile come quelle anziane riuscissero a essere felici in un posto del genere.

«È molto bella stamattina, signora Swift» disse.

«Lo posso mettere anche a te, eh.» La signora Swift gli fece vedere un rossetto rosso. «In un programma alla televisione hanno detto che adesso anche gli uomini si truccano, si chiamano metrosessuali.»

«Grazie» rispose Tripi. «Ci penso.»

La signora Swift andò a bussare alla porta della signora Wong. «Pronta per il trucco?» le chiese.

Tutte le mattine la signora Wong si faceva fare un *make-over* completo – così lo chiamavano – dalla signora Swift. Poi andava in cucina a chiedere a Tripi se a pranzo poteva avere del riso, e lui era obbligato a dirle che non era nel menù. Il lunedì seguente l'infermiera Thornhill aveva preso un giorno libero: forse ne avrebbe approfittato per cucinare un po' di riso alla signora Wong.

Heidi stava guardando la bacheca degli annunci. A Tripi piaceva il suo sorriso dolce, anche se spesso gli ricordava un cagnolino, sempre a correre dietro all'infermiera Thornhill.

«Pare che sia stata selezionata.» Heidi sistemò sottobraccio il cesto dei panni e indicò un poster.

Premio Miglior casa di riposo, area di Londra. Sotto, l'elenco di tre case di riposo con il nome dei rispettivi direttori.

Prima della lista: *Nontiscordardimé, Slipton, Infermiera Thornhill.*

Tripi scosse la testa. C'era qualcosa che non andava in quel paese, anche peggio che in Siria.

«Com'è stata scelta?» chiese.

«Con i voti. Io ho votato per lei, e così la maggior parte dei pazienti. Ha organizzato tutto Petros.»

Heidi guardò il rigonfiamento sotto il cappotto di Tripi e aggrottò la fronte. Tripi trattenne il respiro e strinse Amleto più forte.

«Hai votato per l'infermiera Thornhill?»

Era davvero un cagnolino, allora. E Petros? Tripi voleva farselo piacere, soprattutto perché la signora Moon ci si era parecchio affezionata. Ma era sempre… Come diceva quella frase che Ayishah aveva imparato a scuola? *A leccare i piedi* della Thornhill.

«Ha detto che avrebbe scritto un buon giudizio per il mio corso.» Heidi guardò nuovamente il poster. «Lavora duramente, questo devi ammetterlo.»

Lavora duramente per rendere infelice la gente, pensò Tripi. *Per quello, dovevano darle un premio*. Ma poi gli venne un'idea. Infilò la mano in tasca e spostò il bottoncino rosso del telefono come gli aveva insegnato Milo.

«Allora, infermiera Heidi» disse forte e chiaro.

Heidi alzò le sopracciglia per quell'improvviso cambio di tono, ma Tripi non ci badò troppo: se eri un extracomunitario, la gente si aspettava che parlassi in modo strano. «L'infermiera Thornhill» continuò, scandendo perfettamente il nome e cercando di avvicinare la bocca al taschino. «L'infermiera Thornhill ti ha detto di votare per lei, quindi?»

Heidi aggrottò la fronte, ma annuì.

«Era un sì?»

«Abbassa la voce, Tripi.» Heidi ispezionò il corridoio. «Sì» mormorò.

Sperò che il telefono fosse riuscito a registrarla: sarebbe stata una buona prova per Milo. Amleto sbuffò. Come l'aveva chiamato Milo, maialino nano? A lui sembrava piuttosto un maialino ballerino.

«Cos'è quello?» Heidi fece cenno con il mento alla protuberanza sotto la divisa da chef di Tripi.

Proprio in quel momento, la sagoma bianca dell'infermiera Thornhill comparve svettando in fondo al corridoio.

Heidi impallidì. «Sono sicura che in questo posto ci siano delle telecamere a circuito chiuso.»

Era una buona battuta da registrare, pensò Tripi.

Amleto si lamentò.

Tripi guardò il cestino dei panni di Heidi. Puzzava di sonno e pipì. L'infermiera Thornhill aveva licenziato un addetto alle pulizie perché si soffermava troppo a parlare con le signore, quindi Heidi doveva svolgere anche il suo lavoro, oltre ai normali compiti che le erano assegnati. Tripi sollevò un lenzuolo sporco, mise Amleto nel cestino, lo ricoprì e si avvicinò a Heidi. «Portalo alla signora Moon e dille di nasconderlo.»

Gli occhi dell'infermiera stavano per uscire dalle orbite. «Eh? No. Mi farai finire nei guai, Tripi!» Spostava lo sguardo freneticamente dal cestino alla Thornhill, che adesso si stava avvicinando.

«Va bene, lo faccio io» ribatté Tripi, strappandole di mano il cestino.

«Che cos'è, il club del cucito?» chiese l'infermiera Thornhill, guardando prima Tripi e poi Heidi.

Tripi non sapeva cosa fosse un *club del cucito*, ma intervenne comunque: «Volevo dare una mano all'infermiera Heidi». Sollevò leggermente il cestino, pregando che Amleto rimanesse calmo. «A raccogliere il bucato. Mancano ancora trenta minuti all'inizio del mio turno.»

Heidi annuì con un po' troppa enfasi.

Lo sguardo dell'infermiera Thornhill si indurì, ma poi vide qualcosa dietro Tripi e una fila di denti immacolati le comparve tra le labbra.

«Ah, è arrivato il poster.»

«Sì, l'ho appeso io» disse l'infermiera Heidi.

Tutti e tre si girarono verso il manifesto con il nome dell'infermiera Thornhill scritto in grassetto.

«Gli ispettori del premio arriveranno martedì. Abbiamo tutto il fine settimana per tirare a lucido questo posto.»

Tripi sapeva cosa significava *tirare a lucido*: ordinare rose e tortine alla crema e sandwich al salmone affumicato, come quando aspettavano ospiti.

Dalla pila di panni scivolò una federa e cadde a terra volteggiando. La codina nera a cavatappi di Amleto sbucò dal cestino. Tripi si chinò a raccogliere la federa e la ributtò nel mucchio, ma mentre si piegava il cellulare gli scivolò dalla tasca e finì sul pavimento. Prima che potesse fare qualsiasi cosa, l'infermiera Thornhill lo raccolse.

«È tuo, Tahir?» chiese, rigirandosi il telefono bianco tra le lunghe dita. «Mi sembra un oggettino costoso.»

Un attimo prima era un terrorista, adesso era diventato un ladro.

Tripi annuì. «Me l'ha regalato un amico.»

Si sentiva come se avesse cinque anni.

«Ah, lo stesso amico generoso della casa?»

Tripi annuì, e reggendo il cestino con un braccio si riprese il telefono.

«L'hai lasciato acceso, Tahir» aggiunse l'infermiera picchiettando con l'unghia sulla lucina rossa in cima allo schermo. «Dovresti fare più attenzione.»

«Grazie.» Il cuore di Tripi martellava così forte che il petto gli sembrò sul punto di esplodere.

Heidi si era fatta piccola piccola dietro la Thornhill.

«Mi scusi?» disse una voce dal fondo del corridoio.

Tripi alzò lo sguardo e vide una donna con un completo rosa attillatissimo che camminava verso di loro. Quando si avvicinò, notò che aveva la pelle più scura della sua e dei peli neri sul labbro superiore. «Donne baffute» Ayishah rideva sempre quando le vedeva, e le indicava dicendo che se mai le fossero cresciuti i baffi, li avrebbe estirpati con tanta ferocia che non avrebbero mai osato ricrescere.

«Oh, signora Downe.» L'infermiera Thornhill sfoggiò di nuovo la dentatura. «Grazie per essere venuta. Andiamo nel mio ufficio, così possiamo fare una chiacchierata.»

Heidi le seguì a passo veloce. *Proprio come un cagnolino*, pensò Tripi. Aveva immaginato che le donne inglesi fossero più forti e coraggiose di così. Comunque, doveva ancora girare parecchi video per Al, almeno uno per ognuna delle vecchiette della *Nontiscordardimé*.

«Sono felicissima che finalmente abbia deciso di venire a trovarci» sentì che diceva l'infermiera Thornhill mentre camminava a fianco della donna. «Sua madre si è ambientata in modo straordinario.»

35

Lou

Sabato mattina, abbastanza presto, Milo era già sul tappeto della stanza della nonna alla *Nontiscordardimé* con la testa infilata nell'armadio.

«Mi sembra che gli piaccia qui, di sicuro più del garage. Mamma non si è nemmeno accorta che è sparito. Scommetto che pensa che lo nasconda in camera mia.»

A Lou bruciavano gli occhi. Quella notte si era alzata tre volte: una per ripulire i rigurgiti di Amleto (le patate che gli aveva dato per cena evidentemente avevano, sullo stomaco della bestiolina, lo stesso effetto che avevano sul suo), una perché lo aveva sentito lamentarsi (stava per strangolarsi con un laccio delle sue scarpe), e un'ultima volta quando, con tutte le forze che era riuscita a raccogliere, se l'era portato a letto. Stava combattendo con la gamba sinistra come se fosse una bambina che faceva i capricci, cercando di tenerla ferma al suo posto. In realtà tutto il corpo stava facendo i capricci, ignorando i messaggi del cervello e preferendo fare a modo suo.

Lou aveva impostato la sveglia in modo da fare in tempo a rimettere Amleto nell'armadio prima della visita mattutina dell'infermiera Thornhill.

Ma su una cosa Milo aveva ragione: Amleto le teneva caldo con quel suo corpicino rotondo che le si rannicchiava contro nelle prime ore del mattino.

«Sai, nonna, abbiamo un inquilino. Si chiama Al, anche se in realtà a lui piace essere chiamato Clouds. È il tuo pronipote. L'altro giorno è venuto a trovarti.»

Ma Lou continuava a guardare fuori dalla finestra, verso i tetti di Slipton. Alasdair. Era sempre stato un ribelle, fin da bambino, quando disobbediva alla mamma e si tuffava con Lou nel mare gelido di Inveraray.

«All'inizio volevo che se ne andasse perché fuma, è disordinato ed esce di nascosto nel cuore della notte senza che io sappia dove va, e poi perché quella camera è tua, non sua. Ma a parte questo, mi sembra a posto. Mi ha detto che fa il giornalista sotto copertura e mi ha fatto venire un'idea. Farò un documentario sulla *Nontiscordardimé*. Magari, quando torni a casa, Clouds può andare a stare con Tripi, perché adesso Tripi ha una nuova casa. Anche lui mi sta dando una mano per il documentario. Gli ho dato il cellulare che mi ha regalato papà, così può filmare tutto.» Milo si tirò su, sorridendo. «Vedrai nonna, ti tireremo fuori di qui.»

Tutta l'emozione di Milo fece palpitare il petto di Lou.

Il bambino si avvicinò e si mise accanto a lei. Lo osservò mentre inclinava la testa e posava lo sguardo sul suo braccio sinistro.

«Sta peggiorando, nonna?» Milo le prese delicatamente la mano tra le dita.

Lou scosse il capo e un ciuffo di capelli le sfiorò il mento. Sfilò la mano da quella di Milo, portandosela al viso. Sentì le dita contro la pelle, ma non riuscì a trovare la ciocca. Continuò a cercarla maldestramente accanto all'orecchio.

«Aspetta, faccio io.» Milo si avvicinò e le incastrò i capelli dietro l'orecchio con un solo, rapido movimento. «Vedi, nonna, che hai bisogno di me? Quell'orribile infermiera non ti aiuta per niente, vero? Adesso scoprirò anche cos'ha fatto con i tuoi soldi. Scommetto che li ha rubati. E poi anche io ho bisogno di te, a casa. Mamma ha perso tutte le clienti e si sta preoccupando per come vado a scuola;

poi continuano ad arrivare bollette e lei prova a nasconderle nel capanno, ma io lo so che sono bollette, basta guardare la forma delle buste quando il postino le infila sotto la porta.»

Povera Sandy, non aveva mai capito come fare economia. Lou avrebbe voluto che si lasciasse aiutare. Aveva qualcosina da parte, abbastanza per farle superare quel momento difficile.

«Vorrei che la mamma reagisse, che facesse qualcosa, ma non fa proprio niente, se ne sta seduta a mangiare biscotti e a guardare la TV. Stava meglio quando c'eri anche tu.» Milo tirò il fiato. «Stavamo meglio tutti quanti.»

Lou ripensò alla sua stanzina in cima alle scale. Le era mai piaciuta? Quelle ore passate per conto suo a guardare i tetti di Slipton?

Milo inclinò di nuovo la testa, stavolta verso la cornamusa appoggiata al muro. «Possiamo fare lezione? Voglio imparare la canzone del bisnonno.»

La nonna si guardò la mano tremante e il braccio smagrito. Che Milo si fosse dimenticato cos'era successo l'ultima volta? Quando aveva finito l'aria nei polmoni appena alla prima nota? Avrebbe dovuto chiedere ad Alasdair di insegnargli.

Un *rat-a-tat-tat* contro la porta, simile a un motivetto.

«Louisa! Oh, e Milo. Ciao Milo.»

Lou vide Milo oscurarsi: si girò dall'altra parte e tornò al guardaroba.

Petros entrò nella stanza con le sue ginocchia cigolanti e un braccio dietro la schiena.

«Ho una sorpresa» annunciò.

Lou percepì il peso sulle spalle incurvate di Milo e la pressione sulle sue palpebre mentre chiudeva gli occhi, stringendo Amleto al petto.

Le sarebbe piaciuto se avesse dato una possibilità, una sola, a Petros.

«Per una rosa inglese.» Petros si tolse il cappellino giallo e le porse un'unica rosa con i petali rossi sulle estremità, come se fosse emozionata.

«È scozzese» borbottò Milo.

Petros fece un piccolo inchino. «Mi scuso, allora. Una rosa scozzese.»

Lou la prese e ne respirò il profumo. Non era un odore artificiale: era fresco, vivo, di fiori appena colti. Ormai erano così poche le cose che riuscivano a conservare il loro profumo naturale.

«Ma non è sposato?» mormorò Milo guardando l'anello alla mano sinistra di Petros.

Petros si portò una mano all'orecchio. «Come?»

«Non dovrebbe portarli a sua moglie, i fiori?»

«Be', Milo, sarebbe un po' difficile. La sua tomba è molto lontana, in Grecia.»

A Milo le orecchie diventarono color peperone e ricominciò ad accarezzare Amleto.

Petros andò a prendere un bicchiere, lo riempì di acqua, tagliò lo stelo della rosa e la sistemò sul davanzale della finestra. Poi si avvicinò a Milo e si sporse a sbirciare nell'armadio. «In Grecia» disse «con i maiali ci facciamo il salame.» Riatterrò sui tacchi, si diede una pacca sullo stomaco e rise.

Che uomo sciocco, pensò Lou. *Sciocco e adorabile.*

Milo si alzò. «Mi sa che vado a casa, nonna.»

Lou allungò la mano buona, cercando di comunicargli un messaggio. *Resta, per favore*, gli sussurrò con il pensiero, ma Milo aveva già la testa altrove.

Il tremore della mano sinistra aumentò.

Milo si girò verso Petros e gli piantò gli occhi in faccia. «E comunque lei non sa proprio niente dei maiali. Sono puliti e intelligenti – molto più di lei – e la nonna adora Amleto, quindi, se sta provando a fare colpo, parlare di salame non funzionerà.» Poi andò al davanzale e osservò la rosa. «E la nonna preferisce le rose gialle. Un mazzo di rose gialle.» Si avvicinò a Lou, le sfiorò la guancia con un bacio e si diresse verso la porta.

Petros era rimasto in piedi accanto all'armadio e stava ancora sorridendo ad Amleto. Lou cercò di capire se avesse l'apparecchio acustico inserito. Per fortuna non le sembrò di vedere la voluta di plastica sopra l'orecchio. Forse quel giorno si era dimenticato di metterlo. E forse non aveva sentito proprio tutto quello che aveva detto Milo.

Lou percepì il musetto di Amleto che grugniva intorno alle sue scarpe. Conosceva quel verso, era lo stesso che aveva fatto durante la notte: stava cercando Milo. Era vero, erano intelligenti. E puliti, quasi sempre. E avevano bisogno di amore: anche quello li rendeva speciali.

Quando Andrew il giugno passato si era presentato a casa con Amleto, un maialino non più grande del palmo della sua mano, Lou gli aveva scritto un biglietto cercando di spiegargli che era troppo piccolo, che aveva ancora bisogno della mamma. E poi aveva visto Milo dargli il latte da una pipetta che aveva portato da scuola, e aveva capito che il maialino non poteva trovare madre migliore di quello scriccioletto.

«Amleto è perfetto, nonna» aveva detto Andrew. «Ha una buona visione periferica, ma non riesce a mettere a fuoco. Saranno un'accoppiata perfetta.» Lou gli aveva consigliato di tenersi quell'osservazione per sé. Sandy era già abbastanza arrabbiata.

«Domani ti aggiorno» disse Milo sulla soglia. «Su come va il piano. Abbiamo solo dieci giorni.»

Dieci giorni prima di Natale e del compleanno di Milo. Lou si afferrò la mano tremante e la strinse forte. Se solo fosse mancato di meno.

36

Milo

Mentre usciva dalla stanza della nonna, Milo sentì il rumore come di una caduta nella camera accanto.

La porta della signora Moseley era socchiusa e Milo poté dare una sbirciatina da quello spiraglio. La camera sembrava deserta, ma il trambusto divenne ancora più forte: un altro schianto, il suono dell'acqua che scorreva e poi un rantolo e qualcuno dalla voce profonda che parlava a tono alto. La riconobbe all'istante: «Non possiamo permetterci di farle il bagno due volte al giorno. E lavarle le lenzuola. E i vestiti. E lavare lei». Subito dopo, Milo vide l'infermiera Thornhill che trascinava la signora Moseley nella stanza da letto.

Milo focalizzò la scena. L'anziana non aveva il bastone, zoppicava un po', la camicia da notte era zuppa, le labbra blu. Batteva i denti e i capelli grigi sembravano un cespuglio incolto. Il suo viso somigliava a quello della nonna quando dimenticava dove si trovasse.

L'infermiera Thornhill le strappò di dosso la camicia da notte e la lanciò all'infermiera Heidi.

Adesso la signora Moseley era nuda in mezzo alla stanza. Dalle ascelle sbucavano dei peli nero-grigiastri e un piccolo groviglio dello stesso colore ricopriva le sue parti intime.

Milo sentiva gli occhi bruciare.

La giovane infermiera si avvicinò, vide Milo e chiuse la porta.

Sentì un colpetto sulla spalla.

«Milo? Sei ancora qui?»

Milo si voltò. Petros.

«Ha visto?» gli chiese.

«Visto cosa?»

«Quello che è successo lì dentro proprio adesso?» Milo indicò la porta con la testa. «Cos'hanno fatto alla signora Moseley?»

Petros mise un braccio intorno alle sue spalle. «Le cose non sono sempre... Come dite in inglese? Come si vedono.»

«Come sembrano» lo corresse Milo.

«Esatto, le cose non sono sempre come sembrano.»

Milo ripensò a quello che gli aveva detto Al. «Sono come sembrano, è lei che non le sta osservando bene.»

«Milo, per favore...»

«E lasci in pace la nonna. È innamorata di un'altra persona, una persona molto più carina di lei.»

Milo doveva andare a parlare con Al, raccontargli tutto quanto e reclutarlo nel piano per smascherare l'infermiera Thornhill. Sentì la voce di sua madre nella testa: *Non correre, Milo*. Ma la scacciò via, scattò sulle gambe e corse fuori dalla *Nontiscordardimé* più veloce che poteva.

37

Milo

Rientrato in casa, Milo andò dritto in cucina, mise quattro fette di pan carrè nel tostapane e accese il bollitore con il manico sciolto dal fuoco. Tirò fuori due tazze, versò del latte sul fondo di ognuna, aggiunse due cucchiaini di zucchero e una bustina di tè, le riempì, strizzò ben bene le bustine e le buttò nel lavandino; poi imburrò i toast, completando l'opera con la crema di Marshmallow. Sistemò piatti e tazze sul vassoietto che usava per portare le cose in mansarda alla nonna e poi si inerpicò lungo le scale.

Aveva notato che a Clouds piaceva dormire fino a tardi ed era un po' preoccupato che potesse irritarsi a essere svegliato, ma era un'emergenza, e almeno gli aveva preparato la colazione.

Milo bussò.

Nessuna risposta. La moto era fuori, quindi Clouds era sicuramente in casa. Bussò di nuovo.

Un gemito. Un tonfo di stivali sul pavimento. E poi Clouds aprì la porta.

Dal suo forellino Milo vide che indossava solo i boxer. Aveva i capelli neri tutti scomposti, un petto ampio e villoso e le gambe pelose, perfino sulle dita dei piedi c'era della peluria.

«Cristo santo, Milo, c'è un incendio?»

«Un incendio?»

«Non sono neanche le dieci.»

Milo gli porse il vassoio. «Ho pensato che magari avevi fame.»

Milo non aveva mai visto Clouds mangiare, ma anche se non aveva fame avrebbe sicuramente trovato uno spazietto per dei toast al Marshmallow e del tè dolce con il latte.

Clouds fece a Milo un sorriso stanco, sbilenco. «Be', ora che sono sveglio tanto vale mangiare qualcosa» disse, prendendo il vassoio.

Milo lo seguì nella stanza, si sedette sul bordo del letto e aspettò che bevesse qualche sorso di tè e desse un paio di morsi al toast.

«Buono» apprezzò Clouds, leccandosi un po' di quella dolcissima crema bianca da un angolo della bocca.

Milo gli raccontò tutto. Partì dal principio, dalla volta in cui si era reso conto che la casa di riposo era sempre freddissima, mentre l'appartamento della Thornhill era caldo e accogliente; che lei beveva champagne mentre agli anziani propinava quei ravioli viscidi e li puniva se si lamentavano del cibo; e poi di come avesse trovato i sonniferi tra le medicine della nonna e avesse scoperto che mancava il suo portafogli. E del colloquio con l'agente Stubbs, che non l'aveva ascoltato, non per bene almeno, e di come non fosse riuscito a dirlo nemmeno alla mamma; infine raccontò di poco prima, di quello che aveva visto fare dall'infermiera alla signora Moseley.

«Allora Milo, fammi capire: secondo te la Thornhill sta rubando i soldi agli anziani?» Clouds bevve un altro sorso di tè. «E...» Scosse la testa. «Tratta male le persone che vivono alla *Nontiscordardimé*?»

«Le tratta malissimo. E sicuramente si sta anche fregando i loro soldi. Perché altrimenti dovrebbe tenere tutti quei portafogli vuoti nel suo cassetto personale?»

Clouds andò ad aprire la finestra e prese un'altra sigaretta. Milo notò che dall'ultima visita la stanza era tenuta meglio: i vestiti erano piegati sulla sedia della nonna e sul davanzale non c'era nessun piattino pieno di mozziconi.

«L'agente Stubbs potrebbe avere ragione» disse Clouds.

«Cosa?» Milo sentì ancora una volta le guance infuocarsi per la rabbia. Fino a quel momento aveva pensato che Clouds fosse dalla sua parte.

«È importante guardare le cose da tutte le angolazioni, Milo. Magari è un modo per tenere i soldi al sicuro.»

Milo scosse la testa. «Non avrebbe mai un pensiero così gentile. E questo non giustifica tutte le altre cattiverie che fa.»

«Ok. E cosa ti ha detto l'agente Stubbs prima che te ne andassi?»

«Che l'avrebbe messo a verbale.»

Clouds si mise a ridere. «Sì, conosco bene questa risposta.»

Le spalle di Milo si incurvarono. «Dobbiamo fermarla.» Deglutì. «Altrimenti la farà franca.»

Clouds annuì e sorrise. «Non te ne perdi una, eh?»

Quando Clouds disse così, Milo sentì una vampata di calore nel petto, ma poi si ricordò che aveva avuto la stessa sensazione quando l'agente Stubbs gli aveva fatto i complimenti per aver capito cosa stava succedendo nel video dei ladri, e com'era finita?

Clouds spense la sigaretta sulla parte esterna del davanzale e poi la buttò nel cestino.

«Pare che ti sia trovato un bel caso, Milo.»

A Milo sembrò che il cuore gli si fosse fermato. «Davvero?» E in un impeto di sicurezza aggiunse: «È che ho pensato a quello che mi avevi detto, Clouds, sulla polizia che fa schifo…».

«Non è che fanno schifo, Milo. È solo che devono attenersi a un sacco di regole e procedure che rallentano tutto. E hanno anche altre questioni di cui occuparsi, tipo gli autovelox e gli incidenti di macchine e la gente che si ubriaca e fa a pugni di sabato sera, quindi ogni tanto perdono di vista cose importanti. È per questo che gli serve una mano.»

«Va bene, allora diciamo che cercano di fare le cose per bene. Ma il punto è che in questo momento non stanno muovendo un dito per quello che succede alla *Nontiscordardimé.*» Intravide le foto delle donne nude sul comodino di Clouds. «Come non muovono un dito per quelle donne che vengono trattate male, che poi è il motivo per cui tu stai investigando per conto tuo. Pensavo che potrei fare lo stesso per le signore della *Nontiscordardimé.* Ho già iniziato a raccogliere prove insieme a questo ragazzo fantastico, che si chiama Tripi, sicuramente ti piacerà. Ma non sappiamo se stiamo facendo le cose correttamente.» Milo si fermò per respirare. Sapeva che dalla reazione di Clouds alla frase che stava per dire sarebbe dipesa la sua decisione di fidarsi o meno di lui. «Potresti insegnarcelo tu. Potresti aiutarci a smascherare l'infermiera.»

«Una cosa alla volta, Milo. Prima di tutto, io non smascherero proprio nessuno, lo farai tu. I giornalisti sotto copertura non si pestano i piedi a vicenda. Poi, prima che tu ti butti a capofitto in questa storia per mandare in prigione l'infermiera Thornhill, devi capire se la tua teoria corrisponde alla verità. Devi investigare per bene.»

Milo guardò Clouds e tutta la rabbia che aveva provato per il fatto che fosse lì e stesse trasformando la stanza della nonna in un posto puzzolente e disordinato evaporò. Oltre a Tripi, era la prima volta, da quando si ricordava, che qualcuno l'avesse ascoltato sul serio, gli avesse creduto e volesse aiutarlo.

Proprio quando la mente di Milo era attraversata da questi pensieri, il signor Overend cominciò a fischiare dall'altro lato della strada. Per un attimo gli sembrò di essere tornato indietro nel tempo, a quando saliva in mansarda per parlare con la nonna.

«*Lui sì* che sarebbe un ottimo giornalista sotto copertura» disse Clouds affacciandosi alla finestra e salutando il signor Overend con la mano.

«Sul serio?»

Clouds annuì. «Pensa a tutto quello che deve vedere per la strada, un giorno dopo l'altro. Scommetto che non gli sfugge quasi niente.»

«Quindi mi insegni?» chiese Milo. «Voglio dire, a essere un vero giornalista sotto copertura. Come te.»

Clouds sorrise. «Certamente, Milo. Certamente.»

38

Sandy

Sandy si fermò di fronte al supermercato a guardare il modulo per la domanda d'assunzione. Le luci di Natale pendevano sopra di lei. Andy era riuscito a rovinarle anche quello: il periodo dell'anno che preferiva in assoluto, un momento che associava alla felicità che avevano condiviso dieci anni prima, quando era arrivato Milo. Come aveva detto il dottore, un miracolo.

Mentre le porte automatiche continuavano ad aprirsi e chiudersi, Sandy osservava le donne con il maglioncino di nylon verde e la camicia di poliestere nera. Non era sicura che sarebbe riuscita a sopportare quel *bip-bip-bip* nelle orecchie per tutto il giorno.

Prese un bel respiro e s'incamminò. Arrivata all'angolo con High Street, si accorse che nella casa rosa c'era la luce accesa. Il giardino era stato ripulito da tutta la spazzatura, le siepi ben potate. La finestra della cucina era oscurata dal vapore e un profumo dolce e caldo si levava nell'aria gelida di dicembre. E qualcuno stava cantando un motivetto vivace e brioso che le suonava stranamente familiare.

Forse il grande Mike era tornato dalla Thailandia con Lalana, la moglie di cui non riusciva a smettere di parlare ogni volta che andava al salone a farsi depilare le spalle. Aveva aspettato secoli che arrivasse il permesso di soggiorno e poi un giorno non ce l'aveva fatta più: si era licenziato, aveva fatto i bagagli e comprato un biglietto di sola andata per la Thailandia.

Il portone si aprì.

«Sono io, Tripi. Ci siamo visti l'altro giorno.»

Tripi?

Il ragazzo scese caracollando per i gradini della casa. Sandy non aveva mai visto nessuno con piedi tanto grandi e goffi. Quando arrivò da lei la squadrò e sorrise.

«Ho visto il mio k-way verde dalla finestra della cucina. Ti sta bene.»

«Non lo so.» Sandy guardò lo strato di nylon verde che si tendeva lungo la vita e le tirava sui fianchi. Quell'uomo con gli occhi marroni e le ciglia lunghe doveva essere alto il doppio di lei e pesare la metà.

«Il colore pistacchio» disse Tripi «s'intona con i tuoi occhi.»

«Oh.» Sandy non pensava ai suoi occhi da tantissimo tempo. Quando c'era una certa luce, da azzurri diventavano verdi. Come quelli di Milo.

«L'altro giorno, quando ci siamo conosciuti, non ho capito il tuo nome.»

«Mi chiamo Sandy» rispose lei porgendogli la mano bagnata di pioggia.

Tripi si mise a ridere e le fece vedere i palmi. «Scusami, ho le dita appiccicose, stavo preparando dei dolci.»

Un uomo che faceva i dolci? Sandy buttò uno sguardo alla casa. «Quindi vivi qui?»

Tripi diede un calcio a un gradino con il suo piedone. «Per adesso.»

«I tuoi dolci hanno un buon profumo.»

Il viso di lui si illuminò. «Sì, entra, entra, devi provarne uno.»

Sandy si guardò intorno. «Va bene» disse. «Solo un minuto.»

Era strano. Le cose di Mike erano ancora tutte in casa: le foto della Thailandia, l'attrezzatura da golf, la posta impilata sul tavolino dell'ingresso.

«Sei amico di Mike?» Sandy indicò una foto in cui Mike stringeva Lalana con un braccio bianchissimo.

«Sì, diciamo di sì» disse Tripi avvicinandosi al bancone della cucina e tirando fuori una spatola da un vaso pieno di utensili. La infilò sotto una distesa di quadratini dorati e appiccicosi e ne staccò uno.

«Be', sei proprio bravo a prenderti cura di casa sua.» Sandy lanciò un'occhiata oltre la porta del soggiorno. Non aveva mai visto quel posto così pulito. «Era disabitata da oltre un anno. Cominciavo a preoccuparmi che qualcuno la occupasse.»

Tripi fece cadere la spatola sul pavimento.

«Scusa» disse. «Sono un po' imbranato.»

«Anche io.» Sandy sorrise.

Il ragazzo prese uno dei quadratini dorati dalla teglia e lo avvicinò alla bocca di Sandy.

«Che cos'è?» chiese lei spostando leggermente la testa all'indietro. Si accorse che stava arrossendo.

«*Baklava*, il nostro dolce nazionale.» Tripi era raggiante. «Ho comprato gli ingredienti con la mia prima busta paga. I pistacchi sono cari nel vostro paese.» Fischiò tra i denti. «Com'è che si dice? "Mi hanno spennato".»

Sandy sentì il profumo del miele, dello zucchero, del burro e della pasta frolla, e osservò la granella di pistacchio che ricopriva il dolcetto; le sembravano piccole gemme verdi. Socchiuse le labbra e Tripi le appoggiò il quadratino sulla lingua. Chiuse gli occhi e lasciò che la pasta si squagliasse e che i sapori le inondassero la bocca.

«Ti piace?»

Annuì e si tolse una briciola di pistacchio dalle labbra. «Qualsiasi cosa dovrebbe avere questo sapore.»

«Quindi sei d'accordo anche tu!» Tripi sorrise. «Non come le vostre patate.»

«Le nostre patate?»

«Qui mangiate solo patate.»

Sandy scoppiò a ridere. «Forse hai ragione.»

Tripi sistemò qualche altro dolcetto su un piatto, versò del caffè nero in due bicchieri di vetro e mise tutto su un vassoio. Non sembrava affatto imbranato, non mentre faceva quell'operazione.

«Vieni.» Teneva il vassoio in alto, sopra la testa, come un cameriere. «Così ti asciughi dalla pioggia.»

Sandy appese il k-way verde alla spalliera di una sedia della cucina, mentre si pentiva di essersi messa i pantaloni della tuta per uscire. Si accorse di avere una piccola macchia di cioccolato sulla felpa.

«Vieni pure!» la chiamò Tripi.

Sandy tirò in dentro la pancia e lo seguì in soggiorno.

Lanciò un'occhiata in giardino e notò un tappetino rosa appoggiato alla porta di servizio.

«Quello è tuo?» Si avvicinò al tappetino e lo raccolse.

«Me l'hanno prestato.»

«Prestato?» Lo raccolse, lo srotolò sulla moquette e indicò le iniziali nell'angolo. «*S. M. Sandy Moon*. Sono io! Che ci fai con il mio tappetino da yoga?»

Gli occhi di Tripi cominciarono a guizzare in tutte le direzioni. «È che... Che... Come ho detto, me l'hanno dato, è un regalo.»

«Te l'hanno dato?»

«Un bambino, Milo. Ha detto che potevo tenerlo per le mie preghiere.»

«Le tue preghiere?»

«Ad Allah, il mio Dio. Sono musulmano. Era per non farmi pregare sul sacco a pelo.»

«Il sacco a pelo?» La testa di Sandy cominciò a vorticare. I*l suo tappetino da yoga? Milo?*

39

Milo

Mentre scendeva lungo High Street, a Milo gli occhi continuavano a bruciare. Forse prima o poi si sarebbero ridotti in cenere come la cucina di casa. Sbatté le palpebre, cercando di liberarsi dell'immagine della signora Moseley.

Luminarie, campanelle festive, decorazioni.

Perché sembravano tutti così felici? Non capivano cosa stava succedendo?

Rivide di sfuggita la pubblicità alla fermata dell'autobus, l'infermiera Thornhill che sorrideva con i suoi denti bianchi. Non gliene fregava niente se aveva avuto dieci fidanzati e tutti erano saltati per aria, nessuno poteva trattare la gente come lei. Alle persone succedevano cose brutte di continuo, e non per questo se la prendevano con gli altri.

Adesso che era un vero giornalista sotto copertura, doveva radunare le truppe, reclutare gente che appoggiasse la sua causa. Prima tappa: Villa Pelosetta. Non appena la signora Pelosetta avesse scoperto cosa stava succedendo alla sua mamma, avrebbe messo fine a quella storia.

Ma non ebbe bisogno di arrivare fin lì.

Al semaforo di fronte all'impresa di pompe funebri Tony Greedy & Figli, avvistò la signora Pelosetta che sfrecciava sulla sua Mercedes rossa.

«Alt!» urlò, saltando sul marciapiede con braccia e gambe aperte per attirare la sua attenzione.

Un coro di canti natalizi gli passò davanti.

«E vieni in una grotta, al freddo e al gelo...»

Non era poi così grave che Gesù avesse freddo? Con Dio dalla sua parte, era chiaro che non avrebbe avuto freddo tanto a lungo, no? E che dire della signora Moseley e della nonna e di tutte le altre vecchiette della *Nontiscordardimé*?

I piccoli cantori attraversarono la strada. La signora Pelosetta rallentò per farli passare.

«Permesso.» Milo si fece strada tra i ragazzini.

«A te che sei del mondo il Creatore, mancano panni e fuoco, oh mio Signore...»

«Scusate, devo passare.» Diede a qualcuno una gomitata nelle costole, ma non gl'importava. Doveva fermare la signora Pelosetta e raccontarle della signora Moseley.

«Ehi! Guarda dove vai.»

Si ritrovò faccia a faccia con Jill, una donna che, prima della partenza di suo padre e prima che tutti abbandonassero la mamma, si comportava come se fosse la sua migliore amica tanto da usare gratis il lettino della lampada del salone.

Milo fece finta di non vederla e proseguì.

La signora Pelosetta superò le strisce pedonali.

Milo si lanciò davanti alla macchina.

Lei strabuzzò gli occhi e sterzò a destra, finendo con il muso della sua Mercedes fiammante contro la colonnina spartitraffico posta di fronte a una caffetteria. Milo guardò la strisciata bianca sulla parte anteriore della macchina e la targa penzolante che sbatteva sull'asfalto.

La signora Pelosetta balzò giù dalla Mercedes.

«Che diavolo stai facendo?»

Milo aveva preso male le misure e si era avvicinato troppo alla macchina, senza contare che la signora Pelosetta aveva già preso velocità.

«Stai cercando di farti ammazzare?»

«Si tratta della sua mamma. Dobbiamo tirarla fuori dalla *Nontiscordardimé*.»

Le orecchie della signora Pelosetta divennero rosa acceso.

«Basta, mi hai stufato.» Si sporse a guardare la striscia bianca sul muso della macchina. «Farò avere il conto a tua madre.»

Il conto? La mamma non poteva permettersi di pagare i conti che già aveva, figuriamoci uno nuovo di centinaia di sterline. Ma non aveva importanza, non alla luce di quello che Milo doveva dire alla signora Pelosetta.

«Deve ascoltarmi.»

Clouds aveva detto di procedere con calma, di essere discreto, e Milo intendeva agire proprio così, ma incrociare la signora Pelosetta in quel modo nel bel mezzo di High Street aveva mandato a monte tutti i suoi piani.

Il coro, che aveva smesso di cantare quando Milo aveva rischiato di essere investito, si accalcò intorno alla macchina e ricominciò. Avvoltoi, era così che suo padre chiamava la gente che cercava di estorcerti dei soldi appena abbassavi le difese.

«Oh Dio beato...»

«Chiudete il becco, voi!» urlò la signora Pelosetta.

Milo annuì.

I coristi si zittirono, tutti tranne un vecchietto in fondo che non aveva sentito. «Ah, quanto ti costò l'avermi amato» gracchiò. Poi si interruppe, probabilmente perché qualcuno gli aveva assestato una gomitata. Il gruppo si scambiò qualche occhiata e poi si ritirò in buon ordine, scalpicciando.

Milo seguì la signora Pelosetta, che si stava rimettendo alla guida.

«Ho visto sua madre, la stavano trattando malissimo. Deve andare a salvarla.»

La signora Pelosetta continuava a ignorarlo. Si allacciò la cintura e abbassò il finestrino.

Poi si lasciò scappare un profondo sospiro. «Lo so che ti manca la nonna, ma non puoi andartene in giro come un pazzo a puntare il dito sulla gente.» Si sporse fuori, mentre il suo sguardo si ammorbidiva un po'. «Alla tua nonna ormai serve del personale qualificato. Tenerla a casa non faceva bene a nessuno. È meglio così, Milo.»

La signora Pelosetta non capiva niente. L'unico che sapeva come prendersi cura della nonna era Milo, e *il meglio* sarebbe stato farla tornare a casa.

«Per favore venga con me, le faccio vedere, non ci vorrà molto.»

«Sono in ritardo.» Avviò il motore.

Cosa mai poteva avere da fare di così importante da non trovare il tempo di vedere se la sua mamma stava davvero bene?

«Qualunque cosa sia, può aspettare.»

La signora Pelosetta sbuffò, come se fosse la cosa più sciocca che avesse mai sentito. «Ci sono persone che non si possono far aspettare, Milo.»

La signora Pelosetta chiuse il finestrino e fece per partire.

Milo prese a pugni il vetro. «La sua mamma è più importante del tè di qualsiasi stupidissima persona famosa.» Continuò a colpire il finestrino. «Ci sarà qualcuno che può sostituirla, deve venire con me...»

Ma la signora Pelosetta non lo sentiva più. Si era già staccata dalla colonnina spartitraffico. La targa, con un suono metallico, cadde sull'asfalto.

40

Milo

Milo si infilò nel buco della recinzione in fondo al giardino.

«Tripi!» urlò.

Percorse il prato a grandi passi ed entrò dritto in soggiorno.

Ma in soggiorno c'erano due persone, ed entrambe lo stavano fissando. Dal forellino intravide una serie di unghie con lo smalto rosa rovinato.

«Mamma?»

«Tu sei sua madre?» Tripi guardò prima lui e poi la mamma, infine si sedette sul divano e lasciò uscire un lungo, lento respiro.

Che ci faceva lì la mamma, si chiedeva Milo, e come faceva a conoscere Tripi?

«Certo che sono sua madre. Ma che diavolo ci fai qui, Milo?»

Milo vide improvvisamente tutto nero. Era stanco di guardare il mondo e di vedere solo cose brutte. A volte sperava quasi che i suoi occhi si sbrigassero a diventare completamente ciechi.

«Tripi è amico mio, sei tu che non dovresti essere qui» disse.

«Amico tuo? Ma cosa dici?»

Tripi si alzò. «Anche tua madre è mia amica, Milo.»

«Ah, sì?» lo interruppe Sandy girandosi verso di lui.

«Siete tutti e due miei amici.»

Dal cellulare di Milo partì la suoneria. Sandy si voltò a guardarlo, ma quando si rese conto che il rumore non veniva da lui, si rigirò verso Tripi.

«Perché Tripi ha il tuo telefono?» chiese.

Tripi gli fece vedere il cellulare. «È tuo padre, ti ha chiamato varie volte.»

«Mio padre?» Milo balzò in avanti e glielo strappò di mano.

Mentre aspettava una risposta, vide che la mamma abbassava la testa. Ogni volta che le chiedeva perché suo padre non chiamava mai, lei diceva che era troppo occupato a badare alla bambina. Si accorse che lo sfogo sul collo stava avanzando verso il viso. Quella mattina, l'aveva vista spalmarsi la lozione a base di calamina finché il collo non era sembrato appena uscito dal museo delle cere Madame Tussauds.

«Ha riattaccato» disse Milo guardando il telefono. Strisciò le dita sullo schermo. «E il numero è bloccato.»

«Richiamerà» disse Tripi. «Vuole parlare con te.»

«Hai parlato con papà?»

«Solo un attimo. Gli ho spiegato che ero un tuo amico e che avevo il tuo telefono, ma non credo che abbia capito.»

«Certo che non ha capito, maledizione! Amico di mio figlio? Ma quanti anni hai? Non dovresti certo andare in giro a raccattare bambini e portarli a casa tua. Lo sai che potrebbero arrestarti?» Intervenne Sandy. Lo sfogo rossastro si allargò alle guance.

«Mamma, Tripi non è così. Tripi è…»

«Non fa niente, Milo.» Tripi si alzò e si schiarì la voce. «Ho ventiquattro anni, lavoro alla *Nontiscordardimé* e conosco la signora Moon, la nonna, non te. È stato Milo a venire a cercarmi. Ma se non vuoi che siamo amici, lo capisco. Nel mio paese è la stessa cosa: le decisioni spettano alla madre.»

«No, non è vero. Lei non decide proprio niente.» Milo si strofinò gli occhi: erano infiammati e iniettati di sangue. Vedeva puntini rossi ovunque. «Ha fatto andare via papà e adesso non ha neanche un lavoro e non c'è nessuno che paga le bollette, e sono secoli che provo a dirle delle cose su quel posto orribile dove ha messo la nonna, ma non vuole ascoltarmi. Non ha mai tempo di ascoltarmi. Quindi adesso lei non decide proprio *niente.*»

La mamma indietreggiò.

Tripi restò a guardare Milo imbambolato.

«Io… Devo andare.» La mamma batté in ritirata, avviandosi verso la porta.

«Resta e prendi un altro po' di *baklava* e di caffè» le disse Tripi cercando di trattenerla. «Possiamo parlarne, tutti e tre insieme.»

Ma la mamma non lo ascoltò. Uscì dal portone e un attimo dopo era già sul marciapiede, sotto la pioggia. Il k-way verde era rimasto sulla spalliera della sedia, in cucina.

41

Tripi

Mentre Sandy usciva dalla porta principale, Milo spariva da quella sul retro. Tripi aveva fatto arrabbiare entrambi i suoi nuovi amici inglesi, anche se non capiva esattamente il perché.

«Milo» lo chiamò. «Per favore, resta.»

Quando Milo arrivò al buco nella recinzione si bloccò senza voltarsi.

«Non essere arrabbiato, Milo.»

Tripi si fermò dietro di lui. Voleva mettergli una mano sulla spalla, ma poi ripensò a quello che gli aveva detto la bella Sandy: che era troppo grande per avere un amico come Milo. Tripi aveva sentito un'ondata di nausea uguale a quella che gli saliva per le patate della *Nontiscordardimé*.

Non aveva mai pensato, nemmeno una volta, agli anni che li separavano: che lui ne aveva ventiquattro e Milo nove, e che la loro amicizia poteva essere guardata in modo strano. *Stai abbaiando all'albero sbagliato*, avrebbe voluto dire alla mamma di Milo. Ma a volte le persone non apprezzavano i suoi modi di dire, e comunque era già abbastanza arrabbiata con lui.

«Hai fatto le cose alle mie spalle» disse Milo rigirandosi una foglia d'alloro tra le dita finché la superficie verde non fu tutta rovinata e spiegazzata.

«Non capisco.»

«Sei come la signora Harris, sei andato a dire tutto alla mamma.» Milo lanciò la foglia sull'erba. «Non mi posso fidare di nessuno.»

Tripi sentì che la voce di Milo si incrinava, e nonostante parlasse in inglese riconobbe lo stesso tremolio che aveva la voce di Ayishah quando era agitata per qualche motivo.

«Ti prego, Milo. Non sapevo che fosse tua madre.»

Milo si girò. Piantò gli occhi in quelli di Tripi, con la sua piccola bocca serrata. «Quindi mi stai dicendo che il fatto che stavi prendendo un caffè con la mia mamma nella casa che ho trovato per te è solo una coincidenza?»

Tripi scrollò le spalle. «Allah lavora in modi misteriosi.»

«Be', non mi piace lo stile di Allah.»

Anche Ayishah gli aveva detto una cosa del genere, una volta. Quando i genitori le avevano spiegato che dovevano andarsene, che sarebbe stato Tripi a badare a lei finché non si fossero riuniti, le avevano detto di avere fede in Allah e che tutto si sarebbe risolto. Lei si era girata e gli aveva detto: «Se Allah fosse tanto grande, non sareste costretti ad andarvene».

A volte Tripi lottava con il suo destino, ma Allah era l'unica cosa buona che gli rimaneva, a cui poteva appigliarsi.

«Ho visto tua madre prima, era ferma sotto la pioggia a guardare questa casa. Ci siamo messi a parlare e l'ho invitata a entrare.» Tripi pensò che dire a Milo che si erano conosciuti qualche sera prima alla *Nontiscordardimé* avrebbe confuso ancora di più la situazione.

«Non sapevi che era la mia mamma?» Gli occhi e la bocca di Milo si ammorbidirono. «Davvero non lo sapevi?»

«Non lo sapevo davvero, Milo.» Poi un enorme sorriso si dipinse sulla faccia di Tripi. «Però, se mi avessi detto che avevi una mamma così bella...» Si concesse di scompigliargli i capelli.

Milo si grattò la testa.

«Vieni dentro, così puoi assaggiare i miei *baklava*. Alla tua mamma sono piaciuti, magari gliene puoi portare un po' a casa.»

Attraversarono di nuovo il giardino ed entrarono.

«Ho raccolto delle buone prove, sarai contento.»

«Registrate sul telefono?»

Tripi annuì.

«Tripi, oggi ho visto una brutta scena ai danni della signora Moseley. È stato terribile. Ne ho parlato con Clouds e ci insegnerà a diventare dei veri giornalisti sotto copertura. Quando avremo finito con lei, l'infermiera Thornhill scapperà a gambe levate dalla *Nontiscordardimé*.»

«L'infermiera Thornhill è stata nominata per il premio alla Miglior casa di riposo dell'area di Londra, e martedì verranno gli ispettori per raccogliere dati e aiutare i giudici nella scelta.»

Milo si voltò e il suo viso riprese vita tutto insieme. «Martedì vengono degli ispettori? Alla *Nontiscordardimé*?»

Tripi annuì.

«Ma è perfetto.» Cominciò a saltellare. «Possiamo fargli vedere com'è davvero, possiamo raccontargli dell'infermiera Thornhill e di quanto è orribile e far dire ai pazienti come sono trattati. Non potrà nascondersi! Dovranno portarla via! Dobbiamo fare subito un piano.»

«Un piano?»

«Decidere cosa devi fare per essere sicuri che la scoprano.»

«Io?»

«Io devo andare a scuola, Tripi. L'altro giorno non mi sono presentato e mi sono messo in guai seri. Ti darò una mano con i preparativi, ma quel giorno dipenderà tutto da te.»

Tripi si sedette sul divano e sorseggiò il caffè, ormai freddo.

«Quegli ispettori, Milo, sono tipo la polizia?»

«Una specie.»

Tripi si guardò i suoi grandi piedi e scosse la testa. «Allora non posso aiutarti.»

«Non sono una vera polizia. Ma hanno alcuni poteri, come quelli che vengono a scuola e se le maestre non stanno facendo bene il loro lavoro possono fare rapporto ai loro capi; la scuola poi riceve una specie di avvertimento e se è tanto tanto grave possono addirittura farla chiudere.»

A Tripi continuava a non piacere l'idea di dover avere a che fare con quelle persone.

«Io sono in una situazione delicata, Milo. Non posso perdere il lavoro. Se vuoi che faccia delle foto e dei video va bene, ma non posso andare oltre. Non posso farmi scoprire dalla polizia...» Aveva sperato di non doverlo dire a Milo, non voleva che il suo nuovo amico pensasse che fosse un criminale.

«Cosa dovrebbero scoprire, Tripi? Hai paura che ti credano un terrorista? Per gli zaini?»

Già essere un immigrato clandestino non era il massimo, ma addirittura un terrorista? E se l'infermiera Thornhill si fosse intromessa, anche ladro di cellulari.

«Posso dirgli io che sei un musulmano buono, che preghi per cose buone, per tua sorella e per la nonna e per me, e che non sei interessato a far saltare in aria gli americani.»

Di colpo Tripi si sentì molto stanco. Una parte di lui avrebbe voluto non aver mai incontrato Milo e la bella Sandy e la vecchia signora Moon, e aver continuato semplicemente a dormire nel parco, nel suo sacco a pelo. Le cose erano molto più facili, allora.

«Milo, ti devo raccontare un segreto, e devi promettermi che lo terrai per te.»

«Ok. Però se sei un terrorista lo devo dire a qualcuno, altrimenti possono arrestarmi per omissione d'informazioni.»

«Non sono un terrorista, Milo, sono un rifugiato. Credo che mi sia permesso stare qui perché nel mio paese c'è la guerra, ma non ho ancora compilato tutti i moduli. Non ho nemmeno il permesso di lavoro.»

«Ma lavori alla *Nontiscordardimé* e badi gli anziani, sei un bravissimo cuoco e sei gentile. Se vedono come sei, ti lasceranno restare.»

«Temo che non sia così facile, Milo. Se la polizia scopre che non ho rispettato le regole, può mettermi dentro o rispedirmi in Siria.»

«La polizia di Slipton non lo farebbe mai. Se spieghi cosa è successo, capiranno. E comunque non credo che se ne accorgerebbero, sono troppo occupati a riempire moduli per i loro schedari.»

«Non credo che la polizia di Slipton avrebbe molta scelta. È quella grossa, quella di Londra, la polizia che decide chi può restare in Inghilterra e chi se ne deve andare.»

Milo si andò a sedere sul divano e prese la mano di Tripi nello stesso modo in cui prendeva quella della signora Moon alla *Nontiscordardimé*.

«Be', allora dobbiamo essere sicuri che non lo scoprano, giusto?»

Tripi guardò l'espressione speranzosa di Milo e capì che non sarebbe riuscito a dirgli di no.

«Ok Milo, hai vinto. Ma devi fare attenzione.»

Pensò ad Ayishah e a quanto sperava che qualcuno laggiù la stesse aiutando come lui stava provando ad aiutare Milo. Credeva in queste cose, che ci fossero delle specie di fili che collegavano tutte le persone buone del mondo e che fosse compito di quelle persone rafforzare quei fili.

«Quindi mio padre ha chiamato davvero?»

«Sì. Non è normale?»

«Da quando è andato via non mi ha mai chiamato. La mamma ha detto che aveva da fare e che dovevamo dargli un po' di tempo.»

Tripi si ricordò che Milo gli aveva raccontato che suo padre viveva ad Abu Dhabi, non troppo lontano dalla Siria. Adesso tutto cominciava a tornare.

«Quindi tua madre e tuo padre non stanno più insieme?»

Milo scosse la testa. «È stata colpa mia.»

«Non credo che possa essere...»

Milo lo interruppe. «Ho sorpreso papà con un'altra persona e poi sono caduto dalla bici, quindi l'hanno scoperto tutti; quando i miei occhi si sono ammalati l'Amichetta di papà è rimasta incinta e lui è andato via. Se non ci fossi stato io, papà sarebbe ancora qui.»

Tripi trovava difficile seguire il ragionamento, forse per la lingua.

«Ti ha lasciato un numero?» chiese Milo.

Tripi ripensò alla bella Sandy, all'espressione triste che le era comparsa sul viso quando aveva detto della telefonata del signor Moon. Scosse la testa.

Milo si strofinò nuovamente gli occhi e tirò su col naso. Anche se a Tripi non piaceva l'idea che ci fosse un signor Moon, e anche se era molto lontano, si vedeva benissimo che a Milo mancava suo padre. Era una sensazione che poteva capire.

«Tuo padre voleva parlare del Natale.»

«Davvero?» La voce di Milo si animò.

«Sì. "Devo parlare con Milo del Natale." Ha detto così.»

Milo gli gettò le braccia intorno al collo e lo strinse così tanto che Tripi dovette allentargli le dita per riuscire a respirare.

«Andrà tutto bene» disse Milo prendendo un pezzettino di *baklava*. «Sarà il più bel Natale-compleanno del mondo.»

42

Lou

Gli occhi di Lou caddero sul calendario dell'avvento appoggiato al davanzale. Un regalo di Milo. «Un aiuto per ricordarti le date, nonna» aveva detto. «È uguale al mio. Così tu puoi aprirlo qui e io posso aprirlo a casa e sarà come se fossimo insieme.»

Quindi anche lui si era accorto che le date le stavano scivolando via dalla mente.

Lou allungò una mano. Con le dita tremolanti cercò di aprire la finestrina di cartone. Intorpidite o tremanti: non c'era via di mezzo. Piccole battaglie che si tenevano all'interno del suo corpo.

Ma non avere nemmeno la forza di aprire un calendario dell'avvento per bambini…

Ci provò di nuovo e il calendario cadde a terra con un rumore di plastica e cartone che sfregavano sulla moquette rasata.

Un tempo, Lou riusciva a trascinare reti per il doppio del suo peso, e a controllare saldamente la barca da pesca in mezzo ai venti che spazzavano la costa di Inveraray.

E adesso?

Si scrollò la mano cercando di farla funzionare. Le dita cominciarono a tremarle ancora di più. *Mi prendete in giro, eh?* Adesso entrambe le mani, come una coppia di comici; le mani ballerine di una vecchia.

Da quando Milo se n'era andato in quel modo, il giorno prima, non era riuscita a concentrarsi su niente. Aveva gli occhi così grandi e tristi. Come faceva a spiegargli che l'affetto che provava per Petros era distante anni luce dall'amore che sentiva per lui, il suo piccolo Milo, il suo soldatino coraggioso? Petros illuminava i suoi giorni, riscaldava quella stanza fredda. La faceva ridere. Se Milo gli avesse dato una possibilità, sarebbe piaciuto anche a lui.

Lou guardò la casellina del 17 dicembre.

Sotto di lei, in strada, qualcuno sbatté il portone.

Milo? Sei tu?

Si concentrò per fare forza sulle gambe – il sangue circolava così lento ultimamente – si tirò su e si affacciò al davanzale.

Da bianca, l'ombra si era scurita. Un lungo cappotto nero, un cappello nero calcato sui capelli grigi, un mazzo di gigli tra i guanti neri.

«Signora Moon?» Un colpo alla porta. «Signora Moon?»

L'infermiera Heidi comparve sulla soglia, entrò e poi si mise a guardare fuori.

«Oggi ci sono io a presidiare la "fortezza". L'infermiera Thornhill si è presa un giorno per andare a Londra.»

Lou prese il blocchetto.

«Dove va?» Con la testa indicò la finestra.

L'infermiera Heidi ebbe una piccola esitazione. «Da Harrods. Qualcuno a cui voleva bene è morto lì dentro, nell'attentato del 1983, credo. C'è una foto nel suo appartamento.»

Lou annuì. Ricordava di averlo letto sul giornale, da Londra le notizie arrivavano sempre a Inveraray: erano passati trent'anni. Chiuse gli occhi. Era l'articolo che aveva in mente? O stava confondendo tutto un'altra volta?

Sei vittime… Quello se lo ricordava.

«Credo si trattasse del suo fidanzato» disse l'infermiera Heidi.

Sì, sei vittime. E poi c'era una giovane infermiera in pausa pranzo che andava all'appuntamento con il suo ragazzo giornalista,

Philip May, ventiquattro anni. Aveva ben presente quella storia perché le riportava alla memoria David, e il fatto che anche lei aveva perso l'uomo che amava, che gli era stato promesso per la vita.

L'infermiera Heidi si sporse ancora di più. «Sembra quasi un corvo, vero? Con tutto quel nero?» Si mise a ridere e prese il braccio di Lou. «Comunque basta con questa depressione. Dobbiamo passare una bella giornata.» La accompagnò al guardaroba. «Troviamo qualcosa di colorato da metterci, qualcosa che faccia fare un bel sorriso al signor Spiteri.»

43

Milo

Il lunedì dopo la scuola Milo andò dritto alla *Nontiscordardimé*. A pranzo aveva chiamato Tripi dalla cabina davanti alla mensa per chiedergli quando sarebbe tornata la Thornhill da Londra, ma sembrava che non lo sapesse nessuno, nemmeno l'infermiera Heidi, quindi non potevano rischiare di perdere neanche un minuto. Sarebbe potuta ricomparire in qualsiasi momento, e prima Milo doveva essere sicuro che fosse tutto pronto per il gran giorno.

Quando Milo si avviò saltellando lungo High Street, era già buio. Dal forellino osservò la luna bianca, ormai quasi piena, e si sentì tutto scombussolato per l'eccitazione. Era come Guglielmo il Conquistatore che radunava le truppe prima della battaglia. Clouds gli aveva insegnato che doveva organizzare una sessione informativa: «Ognuno deve sapere qual è il suo ruolo». Aveva detto che «era fondamentale per la riuscita del piano». E Milo era deciso a farlo riuscire, quel piano. L'indomani a quell'ora gli ispettori avrebbero trascinato l'infermiera Thornhill fuori dalla *Nontiscordardimé*, e lei non sarebbe tornata mai più.

«Sicuro che è il posto migliore per parlare?» chiese Milo a Tripi mentre si guardava intorno nel magazzino freddo e buio dietro la cucina.

Tripi annuì. «Lei non viene mai qui. Il camion consegna la merce direttamente alla cucina e io la metto a posto sugli scaffali.»

Milo esaminò le polverose file di scatolette: agnello in scatola e manzo in scatola e piselli mollicci in scatola e carotine in scatola. Per forza il cibo nei piatti degli anziani sembrava tutto uguale! Le etichette erano in bianco e nero, e c'era scritto SOTTOCOSTO accanto al simbolo della sterlina. Niente colori, niente foto del cibo contenuto all'interno come in quei barattoli che la mamma comprava a poco al supermercato.

Milo si accorse che Tripi era arrossito e che si stava fissando i piedi.

«Faccio del mio meglio per preparargli dei buoni piatti, ma cosa posso fare? L'unico prodotto fresco in questa cucina sono le patate.» Lanciò un'occhiata ai grandi sacchi di iuta pieni di patate bianche. Anche lì era stampata la scritta SOTTOCOSTO.

Milo prese una delle grandi mani di Tripi e la strinse forte. «Non ti preoccupare, Tripi. A casa la mia mamma cucina solo cibi pronti nel microonde, che non è tanto meglio che mangiare scatolette. Comunque, appena ci sbarazziamo dell'infermiera Thornhill ti troviamo un lavoro vero in un bel ristorante. E un giorno, quando sarai uno chef famoso e avrai una cucina intera solo per te, potrai ordinare tutti gli ingredienti freschi che vuoi e la gente famosa verrà a mangiare le prelibatezze del tuo menù.»

Tripi alzò lo sguardo e fece un sorriso triste. «Dici le stesse cose della mia sorellina Ayishah.»

«Be', allora Ayishah ha ragione. Ma adesso pensiamo a radunare tutti per la riunione.»

Si divisero la lista delle vecchiette. Tripi andò a prendere la signora Turner, la signora Wong e la signora Swift, mentre Milo chiamava le altre.

«Ciao, Milo!» L'infermiera Heidi lo salutò dal fondo del corridoio.

Milo si bloccò mentre camminava a braccetto con la signora Moseley. Si voltò lentamente.

Heidi lo raggiunse. «Oggi tua nonna è in forma, sarà contenta di vederti.»

«Passo a trovarla più tardi» disse Milo.

«Dove stai portando la signora Moseley?»

Milo aveva dibattuto a lungo con Clouds se coinvolgere Heidi, ma alla fine avevano deciso che era troppo azzardato. Stava facendo il tirocinio da infermiera con la Thornhill, e probabilmente era più dalla sua parte di quanto facesse trapelare. Non potevano rischiare che andasse a spifferare il piano alla Thornhill e mandasse tutto a monte.

«La porto in soggiorno» disse Milo. «Mi aiuta a fare una ricerca sui Caraibi per la scuola.»

La signora Moseley alzò il mangiacassette. «Sì, sulla musica della Jamaica.»

«Non dimenticarti di andare a salutare la tua nonna.» L'infermiera Heidi sorrise e proseguì.

Milo e la signora Moseley aspettarono finché non fu scomparsa dietro la curva del corridoio, e filarono verso le cucine.

Milo e Tripi fecero sedere le vecchiette sulle cassette di plastica del magazzino.

«È come un bunker!» esclamò la signora Swift osservando i muri, il pavimento di cemento e la finestrella polverosa in cima alla parete.

Milo aveva imparato a scuola cos'era un bunker: era un posto in cui la gente si rifugiava durante la guerra per ripararsi dai bombardamenti.

Tirò fuori la lista che aveva compilato con Clouds.

«Allora, signora Turner, quando gli ispettori verranno a stringerle la mano, lei gli farà vedere le sue tasche.»

La signora Turner si alzò come se fosse in classe e si rivoltò una tasca. «Sono prontissima.»

Milo guardò la poltiglia grigia di piselli e pezzettini di patata e gli venne da vomitare. «Perfetto, grazie, signora Turner. Si ricordi di mettersi questo vestito anche domani.» Sperò che l'infermiera Thornhill non glielo facesse cambiare.

«Signora Wong, lei parlerà del menù e dirà che il riso non c'è mai anche se è il suo piatto preferito.»

La signora Wong annuì.

Milo aveva pensato che forse agli ispettori non sarebbe importato tanto di quella storia del riso, così aveva pensato di darle un ulteriore compito. «E si ricordi anche di far uscire la signora Foxton dalla stanza e di farle raccontare del conservatorio e del fatto che la Thornhill non l'ascolta mai.» Milo pensava che fare l'infermiera volesse dire ascoltare gli anziani, anche se i loro discorsi non avevano senso. Gli ispettori dovevano sapere che la Thornhill non aveva mai tempo per le vecchiette.

«Selvaggi!» esclamò la signora Foxton. «Mi hanno rotto le finestre. Hanno rubato le mie cose.» Agitò un pugno.

La signora Swift alzò la mano. A Milo ricordò un po' Nadja a scuola: voleva sempre fare tutto per bene. «E dirò agli ispettori che l'infermiera Thornhill mi ha rubato la trousse mentre mettevo l'ombretto alla signora Zimmer. Me l'ha strappata dalle mani.» La signora Swift si massaggiò il polso. «E ancora non me l'ha restituita.»

Oltre al dovere di ascoltare gli anziani l'infermiera Thornhill aveva anche quello di aiutarli a essere felici, e la signora Swift era felice quando poteva truccare le altre. Inoltre, non era affatto autorizzata a confiscare gli oggetti che appartenevano ai pazienti, se non avevano fatto niente di male. Milo aveva detto a Tripi di far vedere agli ispettori il cassetto PRIVATO, ma non voleva parlarne davanti alle vecchiette, nel caso le mandasse in agitazione.

«E gli dirò che mi ha rubato l'iPad» si intromise la signora

Sharp. «Ha detto che non ne poteva più di sentire la musichetta di Angry Birds, anche se di solito la tengo bassissima per non farla arrabbiare.» Anche quella era una cattiveria, perché l'iPad era un regalo del figlioccio, e giocare ad Angry Birds la rendeva felice come i trucchi rendevano felice la signora Swift.

La signora Zimmer, seduta sulla sua cassetta, si addormentava ogni due minuti. Era troppo insonnolita per parlare con gli ispettori, ma sarebbe stato Tripi a spiegargli che l'infermiera Thornhill non la svegliava sempre per i pasti, e che se ne stava seduta tutto il giorno a patire freddo nel salone senza riscaldamento. Milo aveva anche il sospetto che la Thornhill le desse un po' troppe pillole bianche e verdi.

Milo esaminò la lista. Presi da soli, tutti quei fatti non erano così gravi, ma quando la signora Moseley fosse uscita dalla stanza con il vestito bagnato e le ferite sui polsi non avrebbero più potuto fare finta di niente.

«Signora Moseley, è pronta anche lei?» chiese Milo.

La signora Moseley annuì. Aveva le guance lucenti.

«Gli racconterà dei bagni freddi?»

Nel forellino di Milo apparve l'immagine della signora Moseley in piedi, tremante, in mezzo alla sua stanza. Raddrizzò la schiena e fece un bel respiro.

«Dobbiamo far vedere agli ispettori com'è davvero la vita in questo posto, e come vi tratta l'infermiera Thornhill. Ma è molto, molto importante che non vi scappi niente con nessuno prima del loro arrivo.»

Le vecchiette guardarono Milo e annuirono.

«Dov'è Lou?» chiese Tripi. «E Petros?»

Milo buttò un'occhiata alla lampadina spoglia e polverosa che pendeva dal soffitto. Aveva sperato che nessuno si accorgesse della loro assenza.

Tripi e le signore guardarono Milo in attesa di una risposta.

«Hanno da fare» disse Milo. Ed era vero. La nonna era impegnata a sentire il profumo di quella stupida rosa e Petros era impegnato a fare il leccapiedi. Erano così presi da loro stessi che probabilmente non si rendevano conto di quello che accadeva intorno.

La signora Moseley ruppe il silenzio. «Domani facciamo una festa!» Alzò il volume del registratore. La voce di Bob Marley partì sparata. Era così solare e ritmata che perfino la signora Zimmer, nel sonno, sembrò oscillare a un ritmo diverso.

«Let's get together and feel all right.»

Milo sentì il cuore leggero. Erano tutti con lui: il suo piano sarebbe riuscito.

Poi Tripi incespicò fino alla porta del magazzino.

«Che c'è?»

Tripi si portò l'indice alla bocca. Milo si alzò e andò ad abbassare il volume del mangiacassette della signora Moseley.

Passi, veloci, stridenti.

«È l'infermiera Thornhill!» esclamò la signora Wong. «Sta venendo qui!»

La signora Swift sobbalzò.

La porta si spalancò.

La sagoma minuta dell'infermiera Heidi comparve sulla soglia.

Milo non sapeva se essere sollevato o no. Non era la Thornhill, ma se l'infermiera Heidi glielo avesse raccontato era lo stesso.

«Mi stavo chiedendo dove foste finiti tutti» disse Heidi. Richiuse la porta dietro di sé e andò a sedersi accanto alla signora Swift su una cassetta di pomodori pelati. «Allora, volete aggiornarmi sul piano?»

Per un attimo, nessuno parlò. Milo guardò Tripi per capire cosa pensasse. La sua bocca era piegata a metà tra un sorriso e una smorfia di preoccupazione, come se volesse credere che la presenza dell'infermiera Heidi fosse un buon segno ma non si fidasse completamente di quella sensazione.

«Vogliamo cacciare la strega» spiegò la signora Moseley. «Faremo vedere a quegli ispettori com'è davvero quella brutta strega bianca.»

Milo, Tripi e tutte le vecchiette guardarono l'infermiera Heidi, aspettando la sua reazione.

L'infermiera Heidi si rassettò la gonna della divisa, alzò lo sguardo e disse: «Quindi qual è il mio compito?».

44

Milo

Milo tirò fuori il cioccolatino dalla sua casella di plastica. Un disegno di Maria e Giuseppe che bussavano alla porta della locanda. La pancia di Maria era grande come quella dell'Amichetta prima che partisse con suo padre per Abu Dhabi.

Martedì 18 dicembre: sette giorni a Natale.

Preparò la cartella e scese le scale saltellando e fischiettando il motivetto della cornamusa del nonno.

«Sembri felice» disse la mamma mentre dosava i cucchiai di polverina gialla dal barattolo SlimFast.

Milo annuì e si sedette al bancone della cucina. Guardò la mamma mentre versava del latte scremato in uno shaker da cocktail.

«Ne fai uno anche a me?»

«Non è per bambini.»

«Sembra un frappè.»

«Più o meno. Ma questo è un frappè-medicina.»

Durante una delle loro discussioni, suo padre aveva detto alla mamma che l'Amichetta era una extra-small. «Ha un metabolismo straordinario» aveva continuato, come se fosse un talento. La mamma era uscita di corsa dalla stanza, in lacrime. Secondo Milo, extra-small non voleva dire nulla, come «taglia zero», che non aveva senso perché se qualcuno fosse stato taglia zero sarebbe stato invisibile. In ogni caso, da quel giorno la mamma si era messa a dieta. Prendeva pillole che la rendevano nervosa e beveva quei frappè, ma continuava a mangiare i soliti biscotti, quindi ovviamente la dieta non stava sortendo alcun effetto. Non entrava più in nessuno dei suoi vecchi vestiti e quando si sedeva sullo sgabello della cucina le cosce strabordavano fuori.

«Tieni, puoi spalmarti un po' di crema di Marshmallow sul toast.» La mamma piazzò il barattolo sul bancone.

Prima, quando c'era ancora suo padre, la nonna viveva al piano di sopra e gli occhi di Milo non si erano ancora guastati, la crema era riservata per le occasioni speciali perché faceva venire le carie.

«Oggi metti i tuoi occhiali, va bene? Così leggi meglio alla lavagna.»

Ne avevano già parlato il giorno prima.

«E se hai difficoltà lo dici alla signora Harris, ok?»

Milo bevve un sorso di succo d'arancia. «Ok.»

La mamma socchiuse gli occhi. «Tutto bene, Milo?»

«Sì.»

«Mi sembri un po'... Non so.» La mamma agitò lo shaker e poi versò il liquido schiumoso in un bicchiere.

C'era una parte di Milo che avrebbe voluto raccontare alla mamma del piano, di come oggi fosse un gran giorno, e che avrebbero beccato l'infermiera Thornhill con le mani nel sacco. Ma aveva paura che andasse a spifferarlo e rovinasse tutto. Comunque, lei era ancora un po' stranita da quella storia dell'amicizia con Tripi.

La mamma prese una sorsata di frappè e fece una smorfia, digrignando i denti come se avesse appena succhiato una fettina di limone.

«Vado» disse Milo saltando giù dallo sgabello.

«Aspetta un attimo.» La mamma lo raggiunse, gli sollevò il mento e lo guardò dritto negli occhi. «Non farti mettere nel gruppo di recupero. Ho chiamato il preside e mi ha fatto una promessa, ma quella maestra che avete...»

Aveva detto la stessa cosa il giorno prima.

Milo annuì. «Non ti preoccupare, andrà tutto bene.»

La mamma gli diede un bacio sulla fronte e disse: «Ti voglio bene».

«Anch'io, mamma.»

Al momento opportuno le avrebbe raccontato del suo lavoro sotto copertura alla *Nontiscordardimé*, ma prima voleva mettere a posto le cose. Quando si allontanò vide che la mamma aveva gli occhi lucidi. Forse vivere con lei non era così male, dopotutto.

Per tutto il giorno, Milo cercò di tenere a bada la sensazione di euforia che gli stava montando dentro da quando Tripi aveva parlato della visita degli ispettori. Avevano messo a punto un piano perfetto. Tutti sapevano cosa dovevano fare. Entro la fine della giornata, avrebbero cacciato l'infermiera Thornhill dalla *Nontiscordardimé*.

A scuola Milo indossò gli occhiali come gli aveva detto la mamma, e informò la signora Harris delle difficoltà che trovava con le addizioni o con qualche parola, e anche di quando aveva gli occhi troppo stanchi per continuare a leggere. Ma appena aveva un minuto libero, il cervello di Milo non faceva che immaginare quello che stava succedendo alla *Nontiscordardimé*.

Immaginava l'infermiera Thornhill in manette, che veniva trascinata fuori dalla porta principale mentre tutti applaudivano e dicevano «Bravo Tripi»; a Milo però non sarebbe importato, anche se il piano era stato un'idea sua e di Clouds. E immaginava che arrivasse la polizia con le sue luci blu intermittenti e che rimanesse così colpita da quello che Tripi aveva fatto da decidere di aiutarlo a trovare Ayishah.

Ci sarebbero voluti probabilmente un paio di giorni per mettersi in contatto con le famiglie delle vecchiette, ma poi sarebbero venute a prenderle. La signora Moseley sarebbe andata a vivere con la signora Pelosetta a Villa Pelosetta, quell'orribile casa di riposo avrebbe chiuso i battenti e la nonna sarebbe tornata a casa.

Non ci sarebbe più stato posto per Clouds, e Milo si sentì un po' in colpa, soprattutto perché adesso gli stava insegnando come diventare un reporter sotto copertura, ma finché non trovava un'altra casa poteva rimanere in camera con lui. E comunque di notte usciva sempre, quindi aveva di sicuro almeno un posto dove andare.

Alle tre e mezza, appena suonò la campanella, Milo si incamminò di buon passo verso la *Nontiscordardimé*.

L'infermiera Thornhill era immobile in cima agli scalini d'ingresso della casa di riposo, i denti bianchi e lucenti.

Milo si mise a guardare e ascoltare, accovacciato dietro l'inferriata.

«È stato un piacere» disse un uomo con un completo grigio e un cespuglio di capelli dello stesso colore.

«Se tutti fossero così fieri del loro lavoro, questo paese sarebbe un posto migliore» aggiunse un omino tracagnotto e calvo che stringeva in mano una cartellina.

«Ha ottime possibilità di vincere» concluse un terzo uomo con un completo nero scolorito e i capelli pieni di gel.

«Più che ottime» commentò quello con il cespuglio grigio.

«Forse non dovremmo dirglielo, ma il cavallo su cui tutti stanno puntando è lei» disse il pelato. «Nessuno è al suo livello, Ruth.» E poi le fece l'occhiolino.

L'infermiera Thornhill si portò le mani al petto e rispose: «Santo cielo... Sono davvero... Onorata». Si era rimessa la divisa bianca inamidata, aveva il rossetto, l'ombretto e il fard, e quando toccò il braccio al tizio con il completo nero arrossì leggermente.

«Le siamo molto grati» disse lui.

«No, sono io che devo ringraziarvi. Siete stati molto gentili a venire a trovare la nostra piccola famiglia.» La voce della Thornhill era insieme dolce e falsa, come i gelati confezionati, che ti si squagliano sulla lingua prima che tu possa sentirne il sapore.

«Sarebbe ottimo se potesse preparare un piccolo video in cui la casa di riposo appaia in tutto il suo splendore. Completo di interviste ai pazienti e cose del genere» intervenne il signore con il gel. «Se dovesse vincere, il video verrà proiettato alla cerimonia di premiazione.»

«Vedrò di trovare qualcuno che possa farlo.»

«Ci vediamo venerdì sera, allora» concluse il calvo. «Intanto dia gli ultimi ritocchi al suo discorso di ringraziamento.» Un altro ammiccamento.

Milo indietreggiò, gli faceva male la testa. Stava succedendo tutto al contrario: nel piano, dovevano metterle le manette e portarla via. E dov'era la macchina della polizia? E gli applausi? E dov'era finito Tripi?

L'infermiera Thornhill rientrò nell'edificio e Milo guardò l'auto con i tre uomini che si allontanava.

Entrando alla *Nontiscordardimé*, Milo sentì un profumo di rose e di deodorante per ambienti. Il riscaldamento era così alto che dovette subito togliersi il cappotto di lana. Andò dritto in cucina.

Milo lasciò cadere la cartella sul pavimento e sentì un rumore di vetri rotti. Gli occhiali. Se n'era andato così in fretta dopo l'ultima ora che si era dimenticato di rimetterli nella custodia.

«Che è successo, Tripi?»

Tripi si asciugò le mani sul grembiule bianco e scosse la testa. «Mi dispiace, Milo.»

«Che vuol dire che ti dispiace?»

«Il piano non ha funzionato.»

Tripi tornò al lavello per finire di lavare i piatti. Non aveva voglia di parlare con Petros. Non dire la verità agli ispettori era una cosa, ma mettersi a girare un video di propaganda per l'infermiera Thornhill era davvero troppo.

«Tripi? Non vuoi parlare alla telecamera?»

Tripi infilò le mani nell'acqua calda e scosse la testa, cominciando a scrostare una padella.

«Pensavo che fossimo amici. Siamo due stranieri, io e te, naufragati su una strana isola.»

Tripi si voltò verso di lui con il viso rosso per tutto quello strofinare.

«Davvero non ti rendi conto di quello che sta succedendo?» gli chiese. «Vuoi aiutare l'infermiera Thornhill?»

Petros lasciò andare la telecamera, che gli rimase appesa al collo. «Non è semplice come credi.»

Secondo l'esperienza di Tripi, quando la gente diceva così, di solito voleva dire che le cose erano molto semplici, ma che la semplicità non gli piaceva. Come quando Tripi aveva fatto vedere la foto di Ayishah ai soldati dell'Esercito Siriano Libero e li aveva supplicati di aiutarlo a ritrovarla. Come quando era andato negli uffici governativi e aveva ripetuto fino allo sfinimento che Ayishah era troppo piccola per andarsene in giro da sola, che con tutte quelle bombe si sarebbe spaventata a morte e che dovevano cercarla.

Ma i soldati non avevano nemmeno guardato la foto, e i funzionari statali l'avevano buttato fuori dal palazzo.

Entrambe le parti avevano detto la stessa cosa: avevano cose più importanti di cui preoccuparsi, non avevano tempo di cercare una ragazzina.

«Perfino Milo se ne accorge, Petros.»

«Milo è arrabbiato perché Louisa non è a casa con lui e perché io e lei siamo amici.»

Tripi cercò un segnale sul suo viso: non capiva che in gioco c'era di più di un bambino che voleva che la nonna tornasse a casa?

«Non sei un uomo coraggioso, Petros.»

Petros si tolse il cappellino giallo e si passò una mano sulla chierica. «Magari no. Oppure, magari, non ho scelta.» Si attorcigliò il cappellino tra le mani.

Per forza è tutto consumato, pensò Tripi, *se continua a massacrarlo in quel modo!* La gente quando è spaventata fa così, come quando Ayishah, sentendo i colpi di pistola nelle strade di Damasco, bucava con i pollici le maniche del maglione della scuola, oppure quando Milo tirava le bretelle del suo zainetto mentre parlava con la vecchia signora Moon, oppure quando la bella Sandy non sapeva se entrare in casa sua e tormentava l'orlo del k-way che le aveva prestato.

«Petros, hai paura?»

Petros raddrizzò le spalle e gonfiò il petto. «Paura? Perché mai un uomo greco dovrebbe avere paura?» E poi si incurvò di nuovo. «Te l'ho detto, Tripi. Non ho scelta.»

«C'è sempre una scelta, Petros. Sempre.»

«È facile dirlo per te, amico mio. Sei giovane, non dipendi da nessuno. Ma un giorno capirai come ci si sente.»

Tripi pensò che gli sarebbe piaciuto essere abbastanza vecchio da capire cosa provasse Petros. Molti, dalle sue parti, non sarebbero mai arrivati alla sua età. Alcuni bambini non avrebbero nemmeno finito la scuola.

Tripi distolse lo sguardo dall'espressione imperturbabile di Petros, e notò un'etichetta sulla cartella di Milo: *Milo Moon*, con il suo indirizzo, *7 Crescent Way*.

«Devo andare» disse, asciugandosi le mani a uno strofinaccio.

Mentre usciva dalla *Nontiscordardimé*, Tripi vide che l'infermiera Thornhill stava parlando con Heidi e si acquattò dietro un angolo a origliare.

«Ti avevo avvertita.» La Thornhill guardava Heidi dall'alto in basso, con le mani sui fianchi.

Heidi tirò su con il naso. Aveva gli occhi gonfi e arrossati. «Mi dispiace.»

Aveva forse scoperto che l'infermiera Heidi aveva partecipato alla riunione di lunedì?

«Oggi mi hai delusa» disse la Thornhill.

«Non volevo.» Le lacrime cadevano come pioggia dagli occhi e dalle guance di Heidi.

«Se per colpa tua mi sono giocata il premio...» L'infermiera Thornhill inspirò profondamente e trattenne il fiato.

«Posso spiegare agli ispettori che è stata colpa mia.» Heidi si pulì il naso con una manica.

«Dimenticare di lavarti le mani dopo esserti occupata di un cliente. Una cosa così fondamentale, Heidi. Hai visto che lo hanno segnato?»

«Magari può dirgli che sono una tirocinante, che è normale che faccia degli errori.»

«Sei la *mia* tirocinante» specificò la Thornhill alzando la voce. «Questo vuol dire che non puoi fare nessun errore.»

Tripi decise di cambiare direzione e si avviò verso la porta di servizio.

«Tahir?» La voce dell'infermiera Thornhill. «Tahir? Dove stai andando?»

Ma Tripi non si voltò.

46

Milo

«Devi pensare più in grande, Milo.» Clouds abbassò l'audio del telegiornale e si sedette sul letto. Aveva messo in fila sulla moquette le foto delle donne nude, con dei post-it sui capezzoli e sui peli pubici.

«Come faccio a pensare più in grande? Ormai è andato tutto a rotoli. Le daranno il premio, tutti crederanno che è bravissima e che la *Nontiscordardimé* è un posto magnifico; e la nonna dovrà restarci per sempre. Non che lei voglia tornare a casa ormai, quindi non so nemmeno perché mi preoccupo così.»

«Alla nonna piace prendere le sue decisioni da sola, sono sicuro che l'avrai già notato, Milo.»

Milo alzò gli occhi. «Ma il suo posto è qui.»

Clouds resse lo sguardo di Milo per un momento. «Ma non stai facendo questa cosa solo per la nonna, giusto? La stai facendo anche perché c'è una storia che dev'essere raccontata.»

Milo fece spallucce. «Ma non mi ascolterà nessuno.»

«Se lasci perdere non lo farà nessuno.»

Milo abbassò la testa.

«Vuoi ancora fare il giornalista sotto copertura, vero? Essere una persona che fa vedere la verità al mondo.»

«Credo di sì.»

«Allora devi insistere. Soprattutto se ti capita l'opportunità di far conoscere a tutti la tua storia.»

Milo alzò di nuovo lo sguardo. «Che vuoi dire?»

Clouds fece un cenno con la testa verso la televisione.

Un presentatore parlava di fronte a una mappa della Siria. Stava indicando una linea tratteggiata che partiva da Damasco, la città di Tripi, arrivava serpeggiando a un paese sul confine siriano e poi lo attraversava verso la Turchia. Poi mandò un video con dei bambini accovacciati sotto il filo spinato che separava i due paesi. Milo seguiva con la testa le scritte che scorrevano in basso: *migliaia di rifugiati hanno fatto questo percorso per scappare dal paese.*

Si chiese se Ayishah fosse ancora lì, e poi si sentì in colpa per aver urlato contro Tripi.

«Mi hai detto che l'infermiera Thornhill voleva fare un video della casa di riposo, per quando ritirerà il premio?»

Milo annuì. Uscendo dalla *Nontiscordardimé* aveva visto Petros che seguiva l'infermiera Thornhill con una videocamera in mano. Gli era sembrato un bassotto scodinzolante. Se solo la nonna fosse riuscita a vedere che stupido fosse…

«E hai le prove che ti ha procurato il tuo amico Tripi? Salvate sul telefono?»

Milo annuì.

«Allora sei a posto. Hai la strada spianata.»

«La strada spianata?»

«Puoi scambiare i video.»

47

Sandy

Un colpo alla porta. Sandy cercò di ignorarlo: se non avesse risposto, magari sarebbero andati via e l'avrebbero lasciata in pace.

Guardò la televisione. C'era una coppia che si baciava davanti alle cascate del Niagara. «La meta più romantica del mondo» diceva il presentatore.

Un altro colpo.

Le pareti della cucina tremarono: ossa fragili, come quelle di una vecchia. Magari prima o poi, al passaggio di qualche roboante Boeing 747, la casa si sarebbe aperta in due e sarebbe crollata con lei dentro. Se la immaginò, piatta come una scatola di mobili componibili in mezzo a Crescent Way. Uno spazio vuoto nella strada, come un dente mancante.

Non potevano pretendere che pagasse il mutuo di una casa franata, no? E comunque non l'avrebbero trovata mai più in mezzo alle macerie.

Sandy mise il silenzioso alla TV e andò verso la porta.

«Chi è?»

«Sono io.»

Era una voce conosciuta. Guardando dallo spioncino riconobbe i capelli neri, gli occhi marroni, le ciglia folte.

Come aveva fatto a sapere dove viveva?

«Non puoi stare qui» urlò da dietro la porta. «Chiamo la polizia.»

Lo sentì avvicinarsi.

«Mi dispiace disturbarla, giovane signora Moon, ma devo parlarle della vecchia signora Moon.»

Giovane? A ventisette anni Sandy si sentiva già decrepita. Aprì la porta.

Tripi entrò in casa e le porse la cartella di Milo. Indicò la targhetta con l'indirizzo. «Non sono, com'è che dite? Uno stalker.»

Guardando il modo in cui sorrideva, come se le stesse facendo un regalo, le venne da sorridere di rimando, suo malgrado.

«Lavoro in cucina» disse. «Alla *Nontiscordardimé*. È così che io e Milo ci siamo conosciuti.»

Sandy guardò la divisa bianca da chef. Pulita, stirata, immacolata. Più bella del maglioncino verde di poliestere e della gonna nera di nylon che le stringeva alla vita. Alla fine l'aveva fatto. Si era messa in lista per un lavoro al supermercato. Erano così disperati per la carenza di personale che le avevano fatto riempire un modulo immediatamente, poi l'avevano mandata alla toilette a mettersi l'uniforme nuova e l'avevano piazzata subito alle casse.

«Milo è venuto a trovarmi e si è dimenticato lo zaino.»

Mezz'ora prima Milo era andato di sopra come una furia senza dire una parola. Quella mattina Sandy si era illusa che avessero fatto un passetto avanti, ma adesso sembrava che avesse sbagliato di nuovo qualcosa nei suoi confronti. Per avere nove anni, si comportava già come un adolescente.

Tripi si guardò intorno in cucina. «Hai una bella casa.»

Sandy guardò le macchie scure sul linoleum, le tende bruciacchiate, le strisciate nere sul frigo, e non poté fare a meno di ridere. «Sì, una volta lo era.»

«Milo mi ha raccontato dell'incendio. Ha detto che la vecchia signora Moon ha avuto una piccola dimenticanza.»

«L'agenzia di assicurazioni non la pensa proprio così. A quanto pare ci pianteranno in asso con una cucina andata a fuoco.»

«Ah.» Tripi aggrottò la fronte. Poi venne distratto dallo schermo della TV. «Ti piacciono le vacanze?»

Sandy guardò la presentatrice con il suo bikini striminzito su una spiaggia bianca e lunga. Era un programma dedicato alle lune di miele.

«Sì. Mi piacciono le vacanze» rispose.

Tripi passò la mano su uno sgabello della penisola e poi si sedette. «Cosa sono queste?» disse prendendo un tubetto di pillole. «Vitamine?» Lesse l'etichetta ad alta voce: «Brucia velocemente i grassi».

Sandy gli strappò la confezione dalle mani e la infilò in fondo al cassetto dei coltelli.

«Vuoi bruciare i grassi?»

«Non è il desiderio di ogni donna?»

Tripi scosse la testa. «In Siria, se una persona è magra pensiamo che sia povera o malata.» La guardò dritto negli occhi. «Tu vai benissimo.» Disegnò in aria una silhouette tutta curve e poi arrossì. «Il cibo esiste per farti felice. Un giorno preparerò per te un banchetto.»

Sandy si sentì quasi svenire. Non mangiava niente dallo Slim-Fast del mattino, e la cintura dimagrante le pizzicava la pancia abbondante.

«Grazie per lo zaino. Glielo restituisco io.» Si avvicinò alla porta della cucina. «Purtroppo ho un sacco di lavoro.»

Un bel bagno, ecco di cosa aveva bisogno. Otto ore alla cassa vicino ai banchi frigo, e ancora non sentiva le dita.

«Milo non è felice» disse Tripi.

Sandy si strinse nelle spalle, scoraggiata. «No.»

«L'ho deluso.»

Sandy sorrise. «Be', direi che siamo in due.»

«Che cosa hai fatto?»

«Tutto. Tutto quello che una mamma può sbagliare, l'ho sbagliato.»

«Non ci credo.»

«Oh, dovresti. Chiedilo a lui.»

«Dovevo aiutare Milo a smascherare l'infermiera Thornhill.»

Sandy si chiese se Tripi avesse qualche difficoltà con la lingua. «Smascherarla?»

«Vuole che la *Nontiscordardimé* chiuda i battenti.»

«Cosa vuole?» Sandy barcollò un po'. Le pillole dietetiche stavano facendo effetto.

Sentì Milo sul pianerottolo al primo piano. Avrebbe riconosciuto il rumore dei suoi passi tra quello di mille persone. Camminava cauto, cercando di non inciampare negli oggetti che rimanevano fuori dalla sua visuale.

«Milo è un bambino sensibile, sa vedere le cose. Sa vedere qui dentro.» Tripi si indicò il cuore. «Non è contento di come trattano gli anziani alla casa di riposo, e nemmeno io. Sono venuti degli ispettori e io non ho detto loro la verità, ma adesso voglio aiutarlo. Milo aveva ragione e io avevo torto.»

Niente di tutto quel discorso sembrava avere un senso.

«Dobbiamo aiutarlo, signora Moon.»

«Ha ragione, mamma.»

Milo era apparso in fondo alle scale.

«Milo, se è un'altra delle tue idee pazze per riportare la nonna a casa...»

«No.» Milo entrò in cucina. «Cioè, un po' sì. La nonna dovrebbe vivere con noi, io so badare a lei molto meglio di una stupida casa di riposo, ma non è solo questo. Quel posto è orribile. Tu non hai visto com'è davvero, mamma. Quando abbiamo lasciato lì la nonna, l'infermiera Thornhill stava fingendo, come fa sempre quando ci sono dei visitatori.»

Sandy guardò Milo e poi Tripi. Il cuore le batteva sempre più veloce per via della caffeina contenuta nelle pillole. *Da assumere come integrazione di una dieta a restrizione calorica*… Per oggi era a 110 calorie, non male come restrizione.

«Stai bene mamma? Sembri un po'…»

Davanti agli occhi cominciarono a ballarle milioni di puntini bianchi. Sarebbe dovuta andare a trovare Lou, ma era davvero impossibile in quel momento.

«Mamma?»

La voce di Milo si affievolì.

Non riusciva a reggersi in piedi.

La casa non stava crollando; si stava staccando, sollevandosi dalle fondamenta come una marea. E Sandy non aveva mai imparato a nuotare.

«Signora Moon…» Quelle furono le ultime parole che sentì, in lontananza. Poi la caduta e un atterraggio morbido, più morbido di quanto il suo corpo si aspettasse. E infine, più niente.

«Signora Moon?»

«Mamma?»

Qualcuno le stava scuotendo un braccio.

«Sandy?»

Sandy alzò gli occhi e sbatté le palpebre.

Quell'accento scozzese. Al.

«Tieni, bevi questo.» Tripi le porse un bicchiere. «Tè con il miele.»

«Non capisco…»

«Pressione bassa, mamma, bevi.»

Si tirò su a sedere e sorseggiò il liquido caldo e dolce.

«In Siria, il miele è come una medicina» garantì Tripi.

«Ci hai fatto preoccupare, Sandy. Vero, amico?» Al diede a Milo una pacca sulla schiena.

«Devi mangiare, mamma. Cibo decente, non solo frappè e pillole.»

Non era riuscita a nascondergli nemmeno quelle, a quanto pareva.

«Adesso penserò io a farti da mangiare» disse Tripi.

«Mi sembra una buona idea» aggiunse Al. «In Medio Oriente ho mangiato alcuni piatti tra i più buoni al mondo.»

Lo sfogo rosso sul collo cominciò a pizzicarle. «Sto... Sto bene, grazie.» Sistemò la gonna nera di poliestere che le era salita su e poi si rese conto che la camicia e il maglioncino si erano sollevati lasciando intravedere la fascia nera della cintura dimagrante. Li tirò giù entrambi, si alzò e fece un bel respiro. «Sto bene adesso.»

«Piano» disse Al che, vedendola barcollante, la afferrò per un braccio.

Lei lo sfilò dalla sua presa e andò in cucina. «Davvero, sto bene, perché non tornate tutti a fare quello che...»

«Se stai bene, posso riaccompagnare Tripi?» chiese Milo. «Dobbiamo parlare del nostro piano.»

Le tornarono in mente alcuni frammenti di conversazione. Tripi sugli scalini di casa, un problema alla casa di riposo. Ma era troppo stanca per venirne a capo. Guardò fuori dalla finestra e vide che era già buio. «Non lo so, Milo. Al buio non te la cavi tanto bene.»

«Non ti preoccupare, mamma.»

«Va bene, però mettiti gli occhiali.»

Per mesi l'aveva lasciato uscire senza. Se n'era dimenticata. Non era innaturale che una madre dimenticasse i bisogni del figlio?

«La visione notturna è un vero problema per Milo. È sorprendente che se la sia cavata così bene» aveva detto il dottor Nolan, porgendole le lenti trasparenti che Milo doveva portare al posto degli occhiali da sole appena faceva buio. E poi la situazione era precipitata con Andy e Angela e il grande annuncio che presto sarebbe arrivata quella maledetta *habibti*.

«Me li sono scordati a scuola. Ma non c'è problema, mamma, va bene anche senza.»

«È meglio che me ne torni nel mio covo, ho del lavoro da finire.» Al fece l'occhiolino a Milo e cominciò a salire le scale.

Sandy si accorse che Tripi guardava Al con un'espressione triste e confusa dipinta sul viso. Non stava mica pensando che lei... E Al?

«Mamma? Allora, posso andare?»

«Vengo con te» disse lei. «L'aria fresca mi farà bene.» Mosse la testa all'indietro e finì di bere il suo tè, fino all'ultima viscosa goccia di miele.

48

Lou

«Mi fa piacere che si sia comportata bene con gli ispettori» disse l'infermiera Thornhill dando un pizzicotto al braccio di Lou mentre tendeva con forza le lenzuola intorno al suo corpo. «Non possiamo permetterci di avere delle grane, non prima della cerimonia di premiazione.» Si alzò e guardò verso la porta. «Cos'era quel rumore?»

Lou trattenne il respiro.

«Non si gira per i corridoi quando è l'ora di dormire. Quante volte lo dovrò ripetere a quella donna?» Si precipitò alla porta, si affacciò e urlò: «Signora Zimmer, gliel'ho già detto, non si gironzola quando è il momento di andare a letto». Poi si voltò verso Lou. «Se la becco...»

L'infermiera Thornhill spense la luce, lasciando Lou al buio, e si incamminò per il corridoio.

Lou attese qualche istante. E poi sentì i suoi passi, seguiti dal suo respiro.

«Louisa?» sussurrò Petros nell'oscurità della stanza. «Via libera, è rientrata nel suo appartamento.»

Lou capiva quando un uomo aveva paura, e anche quando era solo. Niente soldi, niente famiglia, gli stessi vestiti tutti i giorni.

Con passo stanco Petros si avvicinò alla finestra, sfilò la rosa dal vaso e la buttò di sotto. Poi ne tirò fuori un'altra da dietro la schiena, stavolta gialla, come gli aveva consigliato Milo. Andò verso il letto, stringendola nella dentiera. Poi la sputò via e urlò: «*'Na pari i eychi!* Dannazione!».

Amleto, che dormiva sotto le coperte, si svegliò, si drizzò su tutt'e quattro le zampe e con un guaito uscì arrancando da sotto le lenzuola.

«Una spina» disse Petros, toccandosi il labbro inferiore.

Che sciocco. Sciocco e premuroso. Lou diede un colpetto su letto di fianco a lei. Quanto tempo era passato dall'ultima volta che un uomo le si era seduto vicino o si era disteso con il corpo attaccato al suo?

Non era pronta, tutto qui. Ci vuole tempo per lasciar andare le cose, non tanto i ricordi, che non erano molti, piuttosto i sogni di quello che avrebbe potuto essere e non è stato.

«Stai di nuovo facendo dormire nel tuo letto il salamino?»

Lou annuì. Se avesse smesso di chiamare Amleto salamino, Milo avrebbe cominciato a volergli bene. Petros era abbastanza giovane da essere un bravo nonno e vivere a casa, nella sua piccola mansarda. Non era lì che doveva stare.

Petros si tolse le scarpe – era l'unico paziente che non usava le pantofole – e si infilò nel letto con Lou.

«Be', immagino che dovrei essere contento di non averci trovato la signora Zimmer.»

Ultimamente, la signora Zimmer aveva preso l'abitudine di dormire insieme a lei. Le piaceva andare a trovarla, ma poi appena arrivata diceva che era stanca e si stendeva per fare un riposino.

Petros accarezzò Amleto dietro l'orecchio bianco. «Lo vizi, Louisa.»

E vizio anche te, pensò lei. Un uomo che conosceva appena, ma che riusciva a ricordarle di essere ancora viva.

Petros spostò Amleto in fondo al materasso e raggruppò dei cuscini accanto a Lou, ma nel frattempo il maialino era già tornato in cima al letto. Premette il muso contro la mano di Petros e con il suo corpicino grasso si andò a piazzare proprio in mezzo a loro.

Lou si allungò e toccò la goccia di sangue sul labbro di Petros. *Sciocco e adorabile.* Come aveva fatto a dimenticarsi che una rosa ha le spine?

Spense la lampada del comodino e si distese a guardare il soffitto. Per fortuna era molto magra, altrimenti in quel lettino non sarebbero mai entrati tutti e tre: una vecchia, un porcellino obeso e un pittore greco con una pancia abbondante.

«Devo trovare il modo di conquistare Milo.» Petros appoggiò una mano sulla testolina di Amleto.

Lou gliela accarezzò. Non avrebbe mai immaginato che, a novantadue anni, sarebbe stata costretta a scegliere tra suo nipote e il suo amante.

E poi si sentiva attraversare da una serie di impulsi, come il mare illuminato dal fascio di luce del faro di Inveraray – il modo in cui qualche giorno prima gli aveva baciato la guancia e adesso il desiderio di andare oltre. Si avvicinò e gli prese il viso tra le mani con dita forti e salde, e poi premette le labbra sulle sue.

All'inizio si baciarono in modo goffo. Ma a un certo punto Lou si staccò da lui per un istante e lo guardò in faccia, notando il sangue sul labbro e i suoi occhi chiusi; poi si avvicinò di nuovo e si perse dentro di lui. Mentre la bocca di Petros premeva sulla sua e la sua mano le accarezzava il seno, sentì il corpo risvegliarsi da un lungo torpore.

«Amo il profumo della tua pelle» disse lui. «Simile a quello di un frutto...»

Albicocche. Il profumo che Milo le aveva regalato a Natale.

«Mmm... Caldo e dolce.» Petros accostò la guancia alla sua.

Lou sapeva che doveva agire in fretta, prima di perdere il coraggio. Allungò una mano verso il comodino, prese il blocchetto e la matita, scrisse qualcosa al buio e poi lo porse a Petros.

«Che cos'è? Un messaggio segreto dalla mia Louisa?» Petros se lo avvicinò al viso e strizzò gli occhi nella penombra.

E poi ci fu un silenzio così lungo che Lou pensò che il suo cuore si fosse fermato.

Petros sollevò Amleto dal letto, lo strinse al petto, gli baciò la testolina e poi guardò Lou con gli occhi più dolci e gentili che lei avesse mai visto.

«Vuoi sposarmi, Louisa?»

Lei annuì.

«Allora sei matta. Io non ho niente da darti.»

Lou scrisse un'altra cosa sul blocchetto: «Tu mi dai già tutto».

Le sembrò di vedere i suoi occhi brillare nella stanza buia. «Sei sicura, Louisa?» Gli tremava la voce.

La donna annuì di nuovo.

Lui chiuse gli occhi come se stesse pregando, poi li riaprì e la guardò intensamente. «Sì, Louisa. Ti sposerò. Anche se penso che prima dovremmo chiedere il permesso a Milo, non credi?»

Amleto grugnì dolcemente, con una specie di sorriso sul musetto.

Era stata una lunga giornata, gli ispettori che entravano e uscivano dalla stanza, Petros che correva dietro all'infermiera Thornhill con quella telecamera. Ma aveva sentito bene? Aveva detto sì? O stava di nuovo perdendo la testa?

Le dita di Lou cominciarono a tremare.

Stupide mani. Stupido corpo. Come poteva sposarlo? Una vecchia come lei?

«Stai bene, Louisa?»

Lou gli accarezzò il viso con una mano e fece segno di sì.

Per un attimo le dita si fermarono e il viso di Milo le comparve davanti, con quegli occhi grandi, concentrati e tristi.

49

Milo

«Allora, facciamo questo video e lo sostituiamo con quello che sta girando Petros, così quando l'infermiera Thornhill salirà a ritirare il premio lo proietteranno in sala e tutti vedranno com'è davvero la *Nontiscordardimé*; capiranno che è tutta colpa sua. Io e Clouds abbiamo pensato che sarebbe fantastico se venissero anche tutte le vecchiette, magari potresti portarle tu, mamma, in un pulmino, così potremmo fare irruzione nel salone della cerimonia, come per una sorpresa, e quando tutto si incasina...»

«Milo!»

«È così che ha detto Clouds.»

Milo saltellava di fronte alla mamma e a Tripi sul marciapiede scuro. Non gli importava del velo sgranato che aveva davanti agli occhi, perché quello che la sua immaginazione gli faceva vedere era molto meglio: il palco pieno delle anziane signore della *Nontiscordardimé*, che sorridevano e applaudivano mentre l'infermiera Thornhill veniva portata via dalla polizia. Tutto stava andando a posto.

«Be', non devi ripetere a pappagallo tutto quello che dice Clouds» lo riprese la mamma.

«Clouds è un mito.»

Tripi inarcò le spalle e si ficcò le mani nelle tasche. «Comunque, appena fatta fuori l'infermiera Thornhill, possiamo entrare tutti e i giornali locali possono fotografare il gruppo delle vecchiette;

io potrei fare un video con il telefono e mandarlo a Clouds, che lo metterà su internet insieme all'altro video che abbiamo girato e che lui avrà già messo in rete.»

Finalmente la mamma stava ascoltando; con lei al loro fianco potevano farcela davvero.

«Continuo a non capire perché non possiamo semplicemente chiamare l'amministrazione di Slipton o chiunque si occupi delle case di riposo da queste parti. Passare per vie ufficiali. Se dici la verità, basteranno un paio di reclami...»

«No, mamma. Avresti dovuto vedere gli ispettori con la Thornhill: pendevano dalle sue labbra. Credono che sia una specie di infermiera con i superpoteri. E secondo Clouds, visto che le autorità locali non vogliono pubblicità negativa, metterebbero tutto a tacere. Così invece avremmo la massima visibilità. E Clouds ha detto anche che farebbe nascere un dibattito più ampio, che poi sarebbe il risultato che vuole ottenere ogni reporter sotto copertura: trovi un caso di reato, ottieni le prove e così li costringi a esaminare anche altri casi. Probabilmente in Inghilterra questa non è l'unica casa di riposo orribile, mamma. Clouds ha detto...»

«Rallenta, Milo.»

Tripi si grattò la testa e chiese: «Possiamo fidarci di questo Clouds?».

«Certo» rispose Milo.

«Un tempo a Milo non piaceva Al, vero?»

«Ma quello era prima, mamma.»

Arrivarono su High Street, con le sue lucine di Natale appese.

«Ti piacciono, giovane signora Moon?» chiese Tripi.

«Per favore, chiamami Sandy. Te l'ho già detto l'altro giorno a casa tua.»

Era un buon segno, pensò Milo. Se alla mamma piaceva Tripi, avrebbero collaborato più facilmente.

«Sandy, come la sabbia dei posti da luna di miele del tuo programma, o come quella della Siria.»

La mamma sorrise. Milo non capiva di cosa Tripi stesse parlando.

«Sandy» ripeté, come se stesse imparando quella parola. «La mia domanda è: a te piace questo Al o, come lo chiama Milo, Clouds?»

«Milo è abbastanza bravo a capire le persone» ribatté lei.

Nonostante fosse contento di quello che aveva detto la mamma, Milo non pensava che il punto fosse se le piacesse Clouds o no. Perché i grandi dovevano sempre mescolare le cose? Erano una squadra adesso: Milo, la mamma, Tripi, Clouds e le vecchiette. Perfino l'infermiera Heidi era dalla loro parte. E appena si fossero resi conto di cosa stava succedendo, si sarebbero uniti al gruppo anche la nonna e Petros.

Insieme, avrebbero fatto chiudere per sempre la *Nontiscordardimé*.

Arrivarono alla fine di High Street e si fermarono di fronte alla casa di Tripi.

«Hai lasciato le luci accese?» chiese Milo.

«A quanto pare è tornato il grande Mike.» Sandy indicò l'auto grigia parcheggiata nel vialetto.

Tripi fece un profondo respiro.

«Sarà felice di vedere come ti sei preso cura della casa» disse Sandy.

Milo lanciò uno sguardo a Tripi. E così era quella la balla che aveva rifilato alla mamma.

Tripi si schiarì la voce. «Ehm… Sì. Spero di sì. Spero che sarà felice di essere a casa sua.»

Milo si accorse che, nonostante il freddo, sulla fronte di Tripi cominciavano a scendere delle gocce di sudore.

«Chissà se ha portato con sé anche Lalana» si domandò Sandy.

«È più di un anno che cerca di farle avere il permesso di soggiorno. L'ho vista solo in foto, ma è...»

«È meglio se entro» disse Tripi. «Devo parlare con l'Uomo... Con il signor Mike. Con permesso.»

Milo avrebbe voluto dire a Tripi di non preoccuparsi. Se avessero spiegato alla mamma che non aveva più una casa, l'avrebbe fatto dormire da loro. «Mamma, il fatto è...»

Tripi scosse la testa e lo supplicò così intensamente con gli occhi che a Milo venne in mente il musetto di Amleto quando aveva fame.

«Va bene, salutami Mike. Digli che se sua moglie ha bisogno di qualche trattamento di bellezza...»

«Devo andare.» La voce di Tripi suonò stanca.

Milo sentì le sirene della polizia in lontananza.

«Continuiamo domani.» Milo pronunciò molto lentamente quelle parole, per far capire a Tripi che avrebbero parlato anche del ritorno di Mike e del fatto che aveva bisogno di un nuovo posto in cui stare, oltre ai soliti discorsi sulla *Nontiscordardimé*.

Una macchina della polizia arrivò sgommando. Milo riconobbe l'agente Stubbs seduto davanti.

«Chissà che ci fa la polizia da queste parti» disse la mamma.

Gli occhi di Milo si spostarono dalla mamma a Tripi alla casa rosa alla macchina della polizia. Doveva portar via la mamma o avrebbe scoperto che Tripi aveva occupato la casa del grande Mike.

«Tripi, ti senti bene?» chiese la mamma. «Sei diventato bianchissimo.»

Tripi stava fissando la macchina della polizia.

«Credo di aver dimenticato qualcosa nella cucina della casa di riposo» rispose. «Scusatemi.»

Milo avrebbe voluto dirgli che sarebbe andato tutto bene, che non aveva fatto niente di male, o comunque niente che non potessero spiegare, ma aveva promesso di mantenere il suo segreto.

«Ci vediamo domani!» gli urlò dietro Milo.

Dal forellino, guardò il suo amico scappare via in quella scura notte di dicembre.

50

Lou

«Ma che diavolo…?» L'infermiera Thornhill attraversò la stanza a grandi falcate e aprì le tende con uno strattone.

Gli occhi di Lou combatterono con la luce del mattino.

Amleto stava masticando un pezzo di carta del blocchetto. «Sposami.» Lou lo nascose sotto la coperta.

«Sapevo che non ci si poteva fidare di voi due.»

Lou girò la testa. Petros stava russando sul cuscino accanto a lei, completamente vestito, il lenzuolo tirato sulla pancia.

«Signor Spiteri, si svegli!»

Doveva proprio urlare?

«Signor Spiteri!»

Il braccio di Petros fece uno scatto. Si girò dall'altra parte e continuò a russare.

Lou rimboccò meglio la coperta intorno al corpo di Amleto, pregando che non si muovesse o guaisse e che Petros non si svegliasse di colpo, disturbandolo.

«Questo non è un villaggio vacanze.»

Lou cercò di alzare le gambe a lato del letto, ma non riusciva a muoverle.

«Signora Moon, sto aspettando una spiegazione.»

Lou lasciò perdere le sue gambe e guardò l'infermiera Thornhill. Dentro di lei non poteva fare a meno di ridere: una donna di novantadue anni sorpresa a letto con un vecchio e un maialino.

L'infermiera digrignò i denti. «Ah, certo, dimenticavo... Sua maestà non parla.»

Girò intorno al letto e cercò di strappare la coperta dal corpo di Petros.

Petros la tirò di nuovo verso di sé, continuando a dormire.

La Thornhill tirò più forte.

Amleto sputò la proposta di matrimonio di Lou, balzò sulle zampe e cominciò a correre sul letto, emettendo guaiti.

«Per l'amor del cielo!» L'infermiera Thornhill si chinò per guardarlo meglio.

Petros si strofinò gli occhi.

«Heidi!» urlò l'infermiera Thornhill.

Dopo qualche istante accorse nella stanza.

«Cosa c'è? C'è qualcosa che non va con la signora Moon?»

Lou sorrise alla ragazza.

«Sì, qualcosa non va con la signora Moon. E con il signor Spiteri. E con questo animale che hanno fatto entrare nella stanza.»

«Un animale?» Gli occhi dell'infermiera Heidi si posarono sul letto. «Ah, il maialino.»

«"Ah, il maialino"? Tu lo sapevi?» chiese la Thornhill. «C'era per caso qualcos'altro che volevi far vedere agli ispettori?»

«No, sto solo...» Heidi guardò Amleto, poi Lou, poi Petros.

Vedendo Petros che si tirava su, Lou dovette trattenersi dall'allungare la mano e passare le dita tra le ciocche arruffate di capelli grigi.

Petros accarezzò la testolina di Amleto. «Ho detto all'infermiera Heidi che il nipote della signora Moon ha un maialino. Le abbiamo fatto vedere una foto, ecco perché l'ha riconosciuto.»

Amleto grugnì.

«Portatelo fuori. Subito!» L'infermiera Thornhill si mise una mano sulla fronte. «Se gli ispettori l'avessero visto... Dio solo sa...»

«Tutto bene qui?» La signora Moseley era sulla porta con la camicia da notte. Premette PLAY sul mangiacassette e lo avvicinò all'orecchio. «Così mi sembra più vicino» disse. «Caro Roland.» Le sue guance brune si illuminarono.

«Spenga quell'arnese e torni in camera sua, signora Moseley» intimò l'infermiera Thornhill.

Lou sentì i passi affrettati della vecchietta, in direzione opposta a quella della sua camera.

«Pensavo di potermi fidare di lei, signor Spiteri.» L'infermiera Thornhill si fermò un attimo. «Abbiamo un accordo. Venga nel mio ufficio, per favore.»

Heidi prese in braccio Amleto. «È più pesante di quanto possa sembrare, vero?» Lo portò con sé fino alla soglia. Lou allungò una mano verso Amleto.

«Non si preoccupi, signora Moon. Ci penso io.» L'infermiera Heidi sorrise.

«Smettila di fare la sdolcinata, Heidi. I maiali sono solo sporchi animali da fattoria, sbarazzatene.»

Petros, intanto, si era alzato in piedi e si dirigeva verso la porta, con le ginocchia più scricchiolanti che mai dopo aver passato la notte in quel letto stretto. «La prego, infermiera Thornhill, il maialino è di Milo, è il suo animaletto da compagnia. È molto intelligente ed è pulito, più pulito di noi. Non può portarlo via, Milo non lo perdonerebbe mai né a me né a Louisa.»

«È ridicolo. Heidi, vai!»

Improvvisamente, Amleto si divincolò dalle sue braccia, si buttò a terra in picchiata con un lamento. Tutti e quattro lo guardarono schizzare via nel corridoio, le orecchie all'indietro e la codina dritta verso il soffitto.

«Seguilo, Heidi.»

«Ooh, un maialino!» urlò la signora Swift dal corridoio.

Magari gli rifarà il trucco, pensò Lou.

L'infermiera Heidi si precipitò fuori dalla stanza.

La faccia della Thornhill era grigia, come pietrificata.

Petros tornò in camera di Lou.

«Si ricorda del nostro accordo, signor Spiteri?»

Le sue spalle larghe si abbassarono.

A Lou non piacevano tutti questi discorsi su accordi e patti speciali. Le faceva male la testa. Era così stanca. E stava scivolando via... di nuovo... Cosa ci faceva in quel posto? E dov'era Milo? Perché non era ancora arrivato?

«Non si è dimenticato, vero, signor Spiteri?» chiese l'infermiera Thornhill a Petros. «Che ha un impegno speciale con la *Nontiscordardimé*. E con me...»

Petros annuì.

E poi Lou si ricordò. Le labbra di Petros nel cuore della notte, la sua proposta di matrimonio.

Si sollevò a sedere sul letto e si schiarì la voce.

Petros e l'infermiera Thornhill si girarono a guardarla.

Lou tossì di nuovo e chiese: «Quale impegno?».

La stanza piombò nel silenzio.

Aveva parlato davvero? Quelle parole erano veramente uscite dal suo corpo?

«Ha detto qualcosa, signora Moon?»

«Louisa...?» Petros allungò la mano verso di lei.

Lou raddrizzò la schiena, si portò le dita alla gola e riprovò.

«Quale impegno?» La sua voce sembrava quella di una estranea.

L'infermiera Thornhill si sistemò l'uniforme. «E così ha ritrovato la sua voce, signora Moon. Be', temo che non siano affari suoi.»

Le parole si accalcavano per uscire dalla gola di Lou.

Lou pensava che forse la voce non le sarebbe più tornata, come un motore ormai freddo, invece eccola lì, che aspettava nella bocca, pronta a trasportare le sue parole.

Sessantatré anni di silenzio svaniti in un solo istante.

Si prese il collo tra le mani e ricominciò a parlare. «Ho t-tutti i diritti di e-essere informata. I-io e Petros ci sp-sposiamo.»

«Nonna!»

Milo era in piedi sulla porta. Aveva gli occhi sbarrati e iniettati di sangue, come quella notte di un anno prima in cui aveva scoperto suo padre nel capanno; la notte in cui era stato abbandonato dai suoi occhi ed era caduto dalla bici dritto nella traiettoria di un camion.

Se il guidatore non avesse alzato lo sguardo, se non avesse visto Milo e messo il piede sul freno…

Se non avesse sterzato verso il marciapiede al momento giusto…

51

Milo

Milo aveva incrociato le vecchiette in camicia da notte in corridoio. La signora Moseley gli aveva bisbigliato nell'orecchio: «Alla fine ci sono riusciti… Birboni…». E poi tutte l'avevano seguito fino alla stanza della nonna.

La signora Moseley faceva strada, sorreggendo la signora Zimmer che si era appena svegliata, e poi a ruota seguivano la signora Sharp, la signora Swift, la signora Foxton, la signora Turner e la signora Wong.

Quando sentirono che la nonna parlava, iniziarono a battere le mani.

La signora Moseley alzò il volume del mangiacassette e la voce di Bob Marley, riempì la stanza.

«Ti posso truccare io per il matrimonio» disse la signora Swift.

«Il mio Roland può venire a suonare con il suo gruppo» aggiunse la signora Moseley.

Milo le superò e andò verso l'armadio. Puntò lo sguardo verso le scarpe della nonna.

«Dov'è Amleto?»

Ormai non gli importava di nient'altro. Perché affaticarsi a cercare di far tornare a casa la nonna quando lei voleva solo sposare quello stupido greco e vivere con lui in quella pulciosa casa di riposo? Era arrabbiato perfino con Clouds, per avergli fatto credere che potesse diventare un reporter sotto copertura e migliorare davvero qualcosa. Non c'era speranza. Da allora in poi avrebbe lasciato che i grandi risolvessero da soli i loro problemi.

Avrebbe ripreso Amleto con sé, chiuso la porta della stanza da letto e impedito a chiunque di entrare. E si sarebbe rifiutato per sempre di andare a scuola o di fare qualsiasi cosa gli dicesse un adulto.

Si inginocchiò e ispezionò sotto il letto. Cercò di mettere a fuoco poco a poco e inclinò la testa un centimetro alla volta per non tralasciare nemmeno un millimetro di spazio. La penombra gli complicava le cose, ma sapeva che se Amleto fosse stato lì sotto avrebbe sentito i suoi grugniti.

«Milo...» Le dita della nonna si appoggiarono incerte sulla sua schiena. Era riuscita a tirarsi su dal letto. «Amleto non ci va lì sotto, non più.» Aveva la voce roca e gracchiante, come se avesse appena fumato una delle sigarette della signora Harris.

Ma lui non voleva che la nonna parlasse, voleva che le cose tornassero com'erano prima: lei con il suo blocchetto e la sua penna e i suoi disegnini. Voleva essere lui a badare a lei.

Milo si scostò dalla mano della nonna e si alzò in piedi.

«E allora dov'è?»

La mamma entrò nella stanza. Quel mattino voleva accompagnare Milo a scuola, per la prima volta dopo secoli. Erano usciti presto, così sarebbero potuti passare dalla *Nontiscordardimé*. Voleva fare un giro anche lei, vedere se quello che le avevano detto Tripi e Milo era vero.

E così anche la mamma aveva sentito: la nonna che parlava per la prima volta dopo tanto tempo e che diceva che avrebbe sposato Petros.

Tutti avevano sentito.

«Se si sta riferendo a quel sudicio maiale...» L'infermiera Thornhill si affacciò sulla soglia.

Petros si fece avanti. «È con l'infermiera Heidi. Gli sta facendo il bagnetto.» Si grattò sotto le ascelle sogghignando.

L'infermiera Thornhill guardò Petros e scosse la testa.

«Non ha bisogno del bagnetto» disse Milo.

«Be', Heidi ha pensato che gli sarebbe piaciuto un piccolo trattamento speciale.»

Perché Petros si stava mettendo in mezzo? E cosa ne sapeva lui di Amleto? Appena qualche giorno prima aveva insinuato che sarebbe diventato un buon salamino.

L'infermiera Heidi corse nella stanza. Aveva le guance in fiamme. «Permesso» disse, facendosi strada tra la signora Moseley, la signora Zimmer, la signora Sharp, la signora Swift, la signora Foxton, la signora Turner e la signora Wong. «Non lo trovo.»

Milo vide che Petros si portava un dito alla bocca, ma Heidi non se ne accorse.

«Sì, l'ho visto che filava via» si intromise la signora Swift. «È veloce come una saetta, quel maialino.»

«Che vuol dire che filava via?» chiese la Thornhill.

«Perché stavi inseguendo Amleto?» chiese Milo.

«Be', l'infermiera Thornhill mi ha chiesto di portarlo via...»

La stanza piombò nel silenzio.

«Quindi non gli stavi facendo il bagnetto» disse Milo.

La nonna si sedette sulla poltrona e si massaggiò la fronte. Petros si mise vicino a lei, con una mano sulle sue spalle.

«Il bagnetto?» L'infermiera Heidi spostò lo sguardo dalla Thornhill a Milo.

Milo si lanciò oltre l'infermiera Thornhill e la mamma e tutte le vecchiette, percorse l'intero corridoio e uscì dalla porta principale.

Nonostante fosse martedì mattina, lungo High Street fervevano gli acquisti di Natale. Tutti sembravano ridere di lui: le mamme che compravano i regali dell'ultimo minuto, i venditori dei banchetti del mercato che urlavano le loro offerte stracciate su petardi e bigliettini di auguri, i bambini piccoli con il cappello di Babbo Natale in testa e le bocche impiastricciate di cioccolato.

E poi le cose peggiorarono.

Milo passò davanti alla vetrina di una macelleria. Attaccati al vetro c'erano dei foglietti. *Liquidazione. Svendiamo tutto.* E un annuncio con disegnato a mano un bel cosciotto: *Un prosciutto per Natale!* Milo guardò il vivo colore rosa della carne esposta in vetrina. Fette di bacon e lardo, salsicce chiarissime e grossi pezzi di prosciutto affumicato.

Odiava il Natale.

Si concentrò sulla strada. Dove poteva essere andato Amleto? Chissà se era riuscito a scendere i gradini d'ingresso della *Nontiscordardimé*. E se l'avevano preso e portato a casa? La mamma diceva che i maialini nani erano cari e che suo padre non avrebbe dovuto spendere tutti quei soldi per un animaletto domestico. Magari qualcuno l'aveva rubato pensando di rivenderlo.

Milo si fermò all'ufficio della Protezione Animali. In vetrina c'era la foto di un cucciolo di Labrador così magro che le ossa gli uscivano dal petto, con delle piaghe sul dorso e gli occhi come due pozzi neri.

«Purtroppo non l'ho visto» disse la signora della Protezione Animali. Milo non sapeva come si chiamasse la donna che sedeva dietro il bancone. «Ma terrò gli occhi aperti. Perché non fai dei volantini e li attacchi in giro per Slipton? Se vuoi posso metterne uno qui.»

La signora della Protezione Animali era l'unica a capire quanto fosse importante Amleto. E aveva ragione: se non l'avesse ritrovato entro un'ora, Milo avrebbe stampato dei volantini. Poteva aggiungere anche una ricompensa. Aveva ancora la bici che suo padre gli aveva regalato a Natale: era rimasta nel garage ad arrugginirsi, e comunque non ci sarebbe mai più potuto salire, quindi avrebbe potuto venderla. Poteva fare delle fotocopie dal signor Gupta, come aveva fatto con le foto di Ayishah. *Ayishah*. Per la prima volta Milo si rese conto di quanto doveva essere triste Tripi. Aveva passato tutta l'estate a cercarla, e lei si trovava in un posto pericoloso, molto più pericoloso di quanto Slipton lo fosse per Amleto.

Chiuse gli occhi e li strizzò. *Amleto? Dove sei?*

Quando Milo parlava con il pensiero ad Amleto, sapeva che il maialino lo capiva perché smetteva di grugnire e i suoi occhi cambiavano forma. Anche la nonna comunicava con lui in quel modo. Ma non ci avevano mai provato quando Amleto era nella stanza con loro.

Ovunque tu sia, Amleto, stai alla larga dalla macelleria. E se qualcuno prova a prenderti, scappa.

Milo non sapeva dove andare. Senza Amleto o la nonna, casa sua non era più casa per lui.

Passò davanti alla villetta rosa e vide il grande Mike affacciato alla finestra della cucina che sorrideva verso la strada. Doveva aver trovato un modo per portare Lalana con sé.

E poi Milo pensò a Tripi e al fatto che avesse perso anche l'unico tetto che aveva trovato.

Ecco cosa poteva fare: cercare Tripi, la sola persona di cui poteva ancora fidarsi.

Milo abbandonò High Street e s'incamminò lungo il canale. Strisciò sotto la panchina per vedere se c'erano le cose di Tripi, ma poi si rese conto che probabilmente erano ancora a casa del grande Mike. E magari la polizia se le era pure portate via per ispezionarle. Il che voleva dire che Tripi doveva aver dormito senza sacco a pelo e senza la sua roba. E lo zainetto rosso di Ayishah? Tripi sarebbe impazzito se non l'avesse ritrovato.

Quando vide che nei pressi del canale non c'era, Milo tornò al parco in cui l'aveva visto pregare sull'erba per la prima volta. Ma Tripi non era neanche lì.

Poi gli venne un'idea.

Andò a una delle vecchie cabine su High Street. Odorava di birra, pipì e fumo stantio. Dopo aver inserito cinquanta centesimi, fece il numero del suo cellulare. Tripi aveva risposto quando aveva chiamato suo padre, magari lo avrebbe fatto anche adesso.

Milo contò ogni singolo squillo. Se Tripi non avesse risposto entro altri due squilli, sarebbe scattata la segreteria.

«Pronto?»

Sembrava parlare da chilometri di distanza.

«Tripi, sono io, Milo. Dove sei?»

Milo sentì un rumore di macchine che sfrecciavano in sottofondo. Il suono dei clacson. Lo sferragliare di un autocarro.

«Ti ho cercato dappertutto» disse Milo.

«Mi dispiace, mi sono tenuto il tuo telefono.»

«Eh? Non m'importa niente del telefono.»

«Non sapevo dove lasciarlo.»

«Dove sei? Ti devo parlare.»

Una pausa.

«Sto andando a Londra.»

«Che vuol dire che stai andando a Londra?»

«Sto facendo l'autostop.»

L'autostop era uno dei modi più pericolosi del mondo per andare in un posto, o almeno così aveva detto la signora Harris. Era come invitare un estraneo a imprigionarti nella sua macchina e rapirti.

«E cosa vuoi fare a Londra?»

«Quando l'Uomo con la moglie arrivata per posta è tornato non avevo più un posto dove stare, così mi si è accesa una lampadina.»

«Una lampadina? E che vuol dire?»

Milo sentì un altro autocarro che passava a gran velocità. Sperò che Tripi non stesse troppo vicino alla corsia dell'autostrada.

«Ho desiderato tanto che fosse Ayishah a trovarmi, ma non succederà mai. Ha dodici anni. Come può arrivare in Inghilterra da sola? Devo tornare in Siria a cercarla. Se vado a Londra posso guadagnare più in fretta e pagarmi il biglietto aereo.»

Milo alzò gli occhi al cielo e vide un aereo che saliva con il muso puntato verso le nuvole.

Ogni singolo pezzo della sua vita gli stava sfuggendo di mano. Non riusciva a tenere nessuno vicino. Né suo padre, né la nonna, né Amleto. E adesso anche Tripi se ne stava andando.

«E se poi non la trovi? Se muori di fame o ti ammali? E se ti fanno saltare in aria?» Milo ripensò alle immagini che aveva visto alla TV, da Clouds, la sera precedente. Una madre che portava in braccio un bambino della sua età con il petto squarciato da un proiettile.

«Non importa, Milo, io so solo che non dovrei essere qui, dovrei essere con Ayishah.»

«Per favore, Tripi, per favore torna qui e parliamo.» Il cervello di Milo stava mulinando vorticosamente. Doveva farsi venire in mente un buon motivo per fargli cambiare idea. «Clouds ha detto che può aiutarci. Ha visto Ayishah al telegiornale.» Deglutì, cercando di mandar giù anche la bugia.

«Ayishah?» Tripi abbassò la voce. «Ha visto Ayishah?»

Milo prese un bel respiro. «Guarda i notiziari dalla mattina alla sera. Gli ho fatto vedere una copia della sua foto.» Chiuse gli occhi e poi li riaprì. I numeri sulla tastiera cominciarono a confondersi. «Se torni, ti aiutiamo a trovarla.»

Milo era riuscito a mantenere altri segreti in passato, come portare Amleto nella mansarda della nonna mentre la mamma credeva che fosse ancora in garage, o che aveva preso un brutto voto ai test di matematica e inglese. Ma questa era la prima volta che diceva una bugia grossa, e ad alta voce.

«Ok» disse Tripi. «Ok. Ma se non la troviamo me ne vado, torno in Siria.»

«La troviamo. Promesso.»

52
Sandy

«M-Milo? Dov'è Milo?» disse Lou ad alta voce.

Sandy si svegliò di soprassalto e guardò dall'altra parte della stanza. Lou allungava il collo mentre parlava. Il lato sinistro del suo viso era un po' più basso del destro, e quando provò ad alzarsi il suo braccio cedette. In passato aveva avuto degli ictus, e i segni che le avevano lasciato sul corpo e sul volto si manifestavano in modo evidente quando era stanca o in apprensione.

Milo aveva ragione, da quando stava in quel posto era peggiorata: un'altra voce da aggiungere alla lista dei fallimenti di Sandy.

Si alzò dalla poltrona accanto alla finestra.

«Lou, hai bisogno di riposare.»

«Dov'è M-Milo…?»

«Va tutto bene, Lou.»

«E t-tu chi sei?» Il viso di Lou era attraversato dalle rughe.

«Sono io, Sandy.»

«Chi è Sandy?»

Bella domanda. Sandy fece un respiro. «Sono la mamma di Milo.»

«Angela?»

Per Sandy il fatto che Lou la stesse confondendo con l'Amichetta di Andy fu un colpo al cuore. Prima che partissero per Abu Dhabi, Andy aveva organizzato un incontro tra Angela e Lou alla caffetteria su High Street; Sandy aveva sperato che quel momento fosse evaporato dalla memoria di Lou.

«No, sono io, Sandy.»

«Dov'è Milo?»

«Al l'ha trovato che vagava per High Street e l'ha portato a casa.»

Lou sorrise appena e chiuse gli occhi. «Io...» Respirò. «Io pensavo che t-ti sarebbe piaciuto Alasdair.» Parlava piano e in modo confuso e ancora biascicava le parole, ma la voce le stava tornando, le sue corde vocali acquisivano sempre più forza. «Il p-piccolo Alasdair, che carino, nuotava nel mare insieme a me e non aveva mai paura del freddo. Mi ricorda Milo.»

Dopo essersi trasferito a sud, Andy aveva perso i contatti con i parenti in Scozia. I suoi genitori erano andati da lui due volte, una per il matrimonio e una alla nascita di Milo, ma poi il viaggio era diventato troppo faticoso per loro e Andy non aveva mai trovato il tempo di prendere la macchina per andare a trovarli. Comunque, a crescerlo era stata Lou: i suoi erano troppo occupati a lavorare e a vivere le loro vite a Glasgow. Non avevano mai desiderato dei figli, le aveva confidato una volta sua madre. «Non gli devo niente» era la risposta di Andy ogni volta che Sandy gli proponeva di andare a trovarli.

Lou si girò verso l'orologio a muro. «Quanto t-tempo ho dormito?»

Sandy guardò dalla finestra il cielo ormai scuro; le lucine di Natale lampeggiavano su High Street. «Hai dormito quasi tutto il giorno.»

Il suo viso si rannuvolò di nuovo. «D-dove mi trovo?»

Un secondo prima Lou era lucida, il suo cervello ben radicato nel presente, e poi, di colpo, scivolava via.

«Ci hai fatto prendere un colpo, Lou. Quando Milo se n'è andato ti è venuta la tachicardia, ho dovuto convincere l'infermiera Thornhill a chiamare il dottore. Tornerà anche più tardi.»

Tripi e Milo avevano ragione sulla Thornhill. Era quasi arrivata a insinuare che Lou si fosse affaticata troppo di proposito, come una bambina in cerca di attenzioni. Chissà per quale motivo una persona del genere aveva deciso di fare quel mestiere.

«D-dov'è Amleto?» chiese Lou. I suoi occhi si riempirono di lacrime. «Dov'è il piccolo Amleto?» Arricciò le labbra e fece dei versi, come se stesse chiamando un gatto. «Amleto?»

«Dio solo sa dove si trova Amleto, Lou. È da stamattina che non si trova: sembra che non vedesse l'ora di uscire di qui. E non lo biasimo.»

«Non è così male. Il soffitto perde un po' e devo aggiustare gli scalini del portico, il legno sta marcendo. Il mare sa essere cattivo, sai? Ma posso farmi aiutare da Petros, no? È un uomo così pratico. No, non è male.»

«Lou, ti trovi alla *Nontiscordardimé*. E a dire il vero è *male*, eccome. Milo mi ha raccontato delle cose che ha visto. Se avessi saputo...» Sandy si grattò una piccola escoriazione sul collo. Un tempo lo sfogo usciva fuori solo ogni tanto, ma adesso sembrava che non avesse più nessuna intenzione di andarsene. «Ci voleva un bambino per farmi rendere conto che c'era qualcosa che non andava...»

«Milo... Vede... Vede sempre tutte le cose.»

Sandy andò a sedersi sul letto accanto a Lou. «Mi dispiace.» Si guardò intorno. «Mi dispiace per tutto questo.»

Lou alzò una mano e la posò sulle dita di Sandy, lo sguardo di nuovo presente.

«Non avrei dovuto farti venire qui.»

«L'incendio...» iniziò a dire Lou. «Dovevi... La cucina.» Le guance le si arrossarono. Quanto si ricordava in realtà di quel giorno?

Usando una le parole, l'altra la penna, quel mattino si erano dette tutto. Che era tempo che Lou se ne andasse. Che Milo non poteva più prendersi il carico di badare a lei. Ma Sandy non aveva capito che Lou aveva intenzione di fare tutto da sola, di dar fuoco alla cucina e darle un motivo per cacciarla. Avrebbero potuto escogitare un piano diverso, qualcosa di meno pericoloso.

Lou accarezzò l'orlo del maglioncino verde di Sandy. «Hai una divisa?»

«Oggi dovevo andare a lavorare al supermercato, era il mio secondo giorno da cassiera. Immagino che mi licenzieranno per essere sparita così.»

«Il supermercato?»

Sandy annuì. «È una cosa provvisoria, finché non mi riassesto un po'.» Si mise a ridere. «Anche quando dormo sento il *bip* di quella stupida cassa. Penso sempre che sia la sveglia.»

«Io ho un po' di s-soldi…» Infilò in modo goffo una mano in tasca, come se stesse cercando delle monetine. «Abbastanza s-soldi per…»

Sandy afferrò la mano di Lou e la bloccò.

«Devo imparare a camminare con le mie gambe, non mi dici sempre così, Lou? Per dieci anni ho vissuto con i soldi di Andy, non ho intenzione di passare i prossimi dieci a chiedere soldi a sua nonna. Troverò un altro lavoro.»

Sandy non aveva molti princìpi, o almeno non molti da seguire alla lettera, ma non avrebbe mai e poi mai accettato soldi da Lou. Dopo decenni di intemperie e maree nell'Oceano Atlantico, Lou non era riuscita a dare a qualcuno il suo cottage, figuriamoci a venderlo. Alla fine l'avevano demolito per far spazio a delle cabine da spiaggia, e il costo della terra aveva coperto a malapena le spese di ristrutturazione della mansarda.

Inizialmente Sandy ci era rimasta male, si era chiesta perché non potessero essere i figli di Lou a badare a lei, ma poi aveva visto quanto quell'anziana signora fosse affezionata a Milo, e fin dal loro primo incontro era stato come se si conoscessero da sempre. E i legami di famiglia non seguivano traiettorie lineari, ormai l'aveva capito.

In ogni caso, qualsiasi somma le fosse rimasta non sarebbe stata più di qualche centesimo, giusto per la paghetta di Milo. No, Sandy non li avrebbe toccati.

«Andrew?» chiese Lou. «Lui ha dei s-soldi…» Scosse la testa. «Da bambino li metteva sempre da parte, conservava i centesimi in un barattolo di marmellata e ci si comprava i dolci…»

Sandy guardò la lampadina che scendeva spoglia dal soffitto. Con quello che costava la retta, ci si sarebbe aspettati che alla *Nontiscordardimé* potessero permettersi almeno un lampadario. Avrebbe dovuto dire a Andy che Lou non viveva più a casa, magari avrebbe dato un'occhiata al posto.

«Ha un nuovo figlio a cui pensare, e comunque adesso dipende tutto da me. Mi concentrerò sulle cose veramente importanti, per esempio assicurarmi che Milo sia felice e che tu abbia qualcuno che si prenda cura di te. Appena recuperi le forze ce ne andiamo di qui, Lou, ti trasferiamo in un bel posto.» Guardò l'esile mano di Lou sulle sue dita. «Ah, e se ho capito bene avrò un matrimonio da organizzare?»

Gli occhi di Lou si illuminarono e poi si rabbuiarono di nuovo.

«Milo?» disse.

«Milo si convincerà. Non è una delle lezioni che ci insegna la vita? Che dobbiamo condividere con gli altri le persone che amiamo?»

«N-non è stata colpa tua, Sandy.» Lou le accarezzò la mano. «Andrew… Se ne va… S-se ne va sempre…»

Sandy mosse indietro la testa per ricacciare le lacrime.

«Allora, credi che riuscirai a convincere Petros a rinunciare al suo cappellino?»

Lou fece una bella risata. «C-ci posso provare.» Poi si toccò la testa e i capelli un po' unti e schiacciati dal cuscino.

A casa era Milo a occuparsi del bagno alla nonna, di lavarle e asciugarle i capelli. Sandy gli lasciava fare troppe cose.

«È molto affezionato a te» disse Sandy. «Tripi ha dovuto trascinarlo per riportarlo a casa.»

«Tripi?» Il viso di Lou si accese.

«Sì, Tripi. È arrivato tardi al lavoro, ma è qui.»

«M-ma s-se n'era andato. Mi aveva s-salutato.»

Sandy sentì lo sfogo che le bruciava nuovamente sul collo. Tripi aveva programmato di partire?

L'infermiera Thornhill l'aveva minacciato di licenziarlo, ma Tripi si era sorbito tutta la sfuriata senza battere ciglio, e senza che un segno di rabbia o fastidio turbasse il suo volto. Sandy avrebbe voluto intervenire e difenderlo, dire alla Thornhill che non aveva nessun diritto di parlargli così. Che Tripi era suo... suo cosa? Suo amico? L'uomo che era stato gentile con suo figlio? Il primo uomo da quando Andy se n'era andato che l'aveva fatta sentire come se sotto quei cuscinetti di grasso ci fosse ancora una donna?

L'infermiera Thornhill doveva aver perso qualcuno, o magari era stata abbandonata come Sandy, ed era diventata rancorosa. Sandy si rifiutava di pensare che potesse succedere anche a lei: avrebbe dimenticato Andy. Si sarebbe innamorata di nuovo.

Sbatté le palpebre un paio di volte, cercando di scacciare quei pensieri. «Tripi sta raccogliendo delle prove, come gli ha detto di fare Milo. Immagino che ti avranno detto del video che stanno girando.»

Lou annuì e i suoi occhi guardarono lontano. «Alasdair sc-scatta sempre foto. Click, click, click. Una volta ha f-fatto cadere la macchina in mare, ha p-pianto per giorni.»

«Milo ti racconterà tutto domani. Non posso credere che un

bambino di nove anni stia facendo chiudere una casa di riposo, e che io glielo stia permettendo.» Sandy scoppiò a ridere. «Ma forse ci vuole proprio un bambino di nove anni per trovare il coraggio...» Sandy si alzò. «È meglio che vada a vedere se sta bene.»

«Petros?» disse Lou sgranando improvvisamente gli occhi.

«Che c'è?»

«Un im-impegno? Un impegno? Di cosa parlava? Digli di non p-preoccuparsi, digli che ci penso io, che quando s-saremo... Quando saremo...»

«Quando sarete sposati, Lou?»

Lou annuì e Sandy vide di nuovo le sue guance arrossire.

«Portalo a casa... Con te e M-Milo. Porta a casa Petros.»

«Se è quello che vuoi, Lou.» Sandy prese borsa e cappotto e andò verso la porta.

«Sandy?» Le mani di Lou iniziarono a tremare, poi anche la parte sinistra del viso e infine tutto il corpo. «Per lui è troppo tempo.» Guardò fuori dalla finestra. «Non sono... Non sono sicura di farcela. Ad arrivare a Natale, intendo.»

53

Tripi

Durante la pausa pranzo, Tripi andò a trovare la vecchia signora Moon per accertarsi che stesse bene. «Quando Milo se n'è andato si è agitata tanto» gli aveva detto l'infermiera Heidi. «Pensavamo che le stesse venendo un attacco, ne ha già avuto più di uno in passato, ma il dottore ha detto che è solo stanchezza. Starà bene.» Heidi aveva sorriso. «Si sta godendo il ritorno della sua voce.»

All'inizio, Tripi non capì la parola: pensava che *attacco* avesse a che fare con la guerra o, al massimo, con qualche arte marziale. Ma l'infermiera Heidi ne aveva parlato come di qualcosa che avviene in una persona, come se corpo e mente si mettessero a combattere.

Pensando al significato della parola, a Tripi venne in mente che tutte le sue cose, incluso lo zainetto di Ayishah e il suo dizionario tascabile, erano ancora a casa dell'Uomo con la moglie arrivata per posta. L'unica cosa che gli rimaneva era la foto di Ayishah a scuola, che teneva nella tasca posteriore dei pantaloni.

Magari più tardi, quando sarebbe passato da casa di Milo, avrebbero trovato un modo per recuperare tutto. Milo l'aveva di nuovo chiamato al cellulare e gli aveva detto che poteva stare da lui, che la sua mamma era d'accordo. Tripi si era sentito meglio pensando che la bella Sandy lo voleva a casa sua, anche se quel tipo, Al, viveva al piano di sopra.

Passando davanti alla stanza numero 7, Tripi sentì rumori di cerniere che si chiudevano e alcuni tonfi sul pavimento, poi la voce di Petros che parlava in greco con un tono molto simile a quello che avrebbe usato un siriano molto arrabbiato.

«Petros?» Aprì la porta e si affacciò nella camera.

Il letto era disfatto e in un angolo erano ammucchiate delle borse, mentre i quadretti della Grecia dipinti da lui erano stati staccati dalle pareti e appoggiati al cestino della spazzatura.

Petros era in piedi su una sedia e stava armeggiando con una valigia sopra l'armadio, che però cadde a terra con un gran botto.

«Che succede, Petros?»

Il vecchio respirava con affanno. I capelli gli si erano appiccicati sulla chierica come fili di paglia, e il cappellino giallo giaceva sul pavimento.

«Me ne vado» disse Petros.

«Perché?»

«All'infermiera Thornhill serve la mia stanza.»

«Ma è la tua, Petros. Sei un inquilino fisso della casa di riposo.»

Petros scosse la testa.

«Non capisco.» Tripi si avvicinò e lo aiutò a scendere dalla sedia.

«Mia figlia ha smesso di pagare.»

«Smesso di pagare per cosa?»

«Per farmi stare qui. Ha detto che era troppo caro e se n'è tornata a vivere in Grecia.»

«Ma non eri venuto in Inghilterra apposta per lei?»

Petros guardò il cappellino sul pavimento. «Pensava che per i bambini sarebbe stato bello avermi vicino. Invece a quanto pare non erano molto interessati a passare il loro tempo con un vecchio.»

«E l'infermiera Thornhill ti ha fatto rimanere? Senza pagare?»

Petros annuì. «Anche se per i miei nipoti sono ormai decrepito, per le signore che vivono qui sono giovane. E sono un uomo, quindi miglioro il profilo della *Nontiscordardimé*.»

Tripi ripensò a qualche giorno prima, quando l'aveva visto seguire la Thornhill con la telecamera in mano. Al fatto che sembrava non accorgersi mai delle cose brutte che lei faceva, o delle decisioni che prendeva e che non erano negli interessi delle anziane. Ma l'infermiera Thornhill doveva avere qualche altra ragione per lasciare che Petros rimanesse.

«Cos'altro c'è, Petros?»

Petros si sedette sulla sedia, si mise il cappello e abbassò la testa. «Le dico alcune cose.»

«Quali cose?»

«Informazioni sulle pazienti.» Incurvò la schiena. «E su altre persone.»

«Tipo me?»

Petros annuì.

«E l'infermiera Heidi?»

«Tutti.» Poi sollevò leggermente il cappellino e sorrise. «Be', non proprio tutti. Non su di me e Louisa, quello doveva essere un segreto.»

Tripi chiuse la porta. «L'infermiera Thornhill ti fa spiare gli altri?» mormorò.

Tutto cominciava a tornare. Il fatto che la Thornhill comparisse sempre al momento giusto. Il fatto che sapesse tutto quello che succedeva lì dentro. Tripi ripensò all'affermazione che Heidi aveva fatto qualche giorno prima: Petros era la telecamera a circuito chiuso della Thornhill.

«È come ti ho detto ieri in cucina, non ho scelta. Se non facessi quello che dice, diventerei un barbone.»

Com'ero io, pensò Tripi. Poteva capire che un uomo fosse disposto a qualunque cosa pur di avere un tetto sulla testa.

«E tua figlia?»

«Non mi chiama da mesi.» Petros alzò lo sguardo. «Non mi sono preso cura di sua madre come avrei dovuto, quando era malata. Non ci riuscivo, Tripi. Non riuscivo a stare seduto accanto a lei a guardarla morire.»

«Ma tua figlia capirà… se hai bisogno del suo aiuto.»

«Sono un uomo orgoglioso, Tripi, non voglio pregare nessuno.»

Tripi guardò la stanza spoglia. «Ma dove andrai?»

«Non importa.»

«Certo che importa. Tanto per cominciare, la vecchia signora Moon ti ama.»

Petros fece un sorriso sghembo. «Dici? Sì, forse un po'.»

«Forse un bel po'.» Tripi aveva sentito Milo che borbottava qualcosa su una proposta di matrimonio. Gli piaceva l'idea che due anziani si mettessero insieme; gli dava la speranza che un giorno anche lui avrebbe trovato qualcuno.

«Non vorrà più vedermi, non quando scoprirà quello che ho fatto.»

«La vecchia signora Moon è molto comprensiva, Petros. Ha vissuto a lungo, più di te. Sa che non è facile.» Aveva ascoltato, ascoltato senza mai dire una parola. «Non ti giudicherà, Petros.»

Petros scosse energicamente la testa. «Per favore, non dirle niente. Si fidava di me.»

Qualcuno bussò alla porta.

«Petros? Sei qui?»

Petros e Tripi si guardarono.

«Petros? Sono Sandy, la mamma di Milo.»

Tripi balzò in piedi appena in tempo per vedere la bella Sandy che entrava nella stanza.

«Tripi?» Quando pronunciava il suo nome, era come se un uccellino le volasse via dalle labbra.

Tripi guardò prima Sandy, poi Petros con le sue valigie e i suoi scatoloni, infine le pareti nude. Decise cosa doveva fare: un vecchietto non poteva dormire su una panchina o lungo un canale.

«Petros deve vivere con te» disse a Sandy.

«Ma...» iniziò a dire lei.

«Per me va bene, ho un altro posto dove andare. Petros deve venire a stare in Crescent Way.»

«Non capisco» rispose Sandy.

«L'infermiera Thornhill l'ha cacciato, è senza casa.»

«Perché? Cos'hai fatto, Petros?»

Gli occhi del vecchio si offuscarono.

Tripi intervenne al posto suo. «È per via della proposta di matrimonio.»

«Ma è ridicolo.»

«Ha detto che è la regola della casa di riposo.» Tripi aveva sentito uscire quella parola così tante volte dalle labbra dell'infermiera Thornhill che era sicuro che Sandy gli avrebbe creduto. Cercò di imitare il tono profondo dell'infermiera. «La regola è: "Niente coppie alla *Nontiscordardimé*". Solo single. Quindi, Sandy, deve per forza venire a casa tua.»

«Non le piace proprio che la gente sia felice, eh?»

Tripi guardò la bella Sandy e pensò che, in un'altra vita, gli sarebbe piaciuto fare felice lei.

Petros si sfilò il cappellino e se lo rigirò tra le mani. «Va bene così, grazie. Non mi serve un posto dove stare.»

«Non ascoltarlo, deve venire. Gli cedo volentieri il mio posto.»

«Il tuo posto?»

«Deve stare a casa tua in Crescent Way al posto mio.»

«E Lou? La nonna di Milo? Non posso lasciarla qui da sola» disse Sandy. «Ha bisogno di te, Petros.»

«Baderò io a lei, finché non avremo girato il video e incastrato l'infermiera Thornhill, poi andrà tutto a posto. E poi...» Improvvisamente gli mancò la voce. *E poi troverò Ayishah.*

La notte precedente, Tripi aveva dormito sulla sua vecchia panchina lungo il canale.

Non era riuscito a prendere sonno per ore, la temperatura era troppo rigida per un corpo ormai abituato al caldo di una casa. Ma si era detto che la sua vita adesso era così: non in una bella casa, sposato con un'adorabile inglese e con un lavoro da chef. Finché non avesse ritrovato Ayishah, non meritava nessuna di quelle cose. Quando alla fine riuscì ad addormentarsi, sognò quel caldo giorno di luglio in cui erano partiti, e le bombe che cadevano su Damasco.

«Dal Four Seasons a Buckingham Palace: siamo dei turisti di classe» aveva detto Ayishah.

Aveva disteso di fronte a loro i documenti: le loro nuove identità, una copia della lettera dello zio inglese che si erano inventati e la lettera di raccomandazione dello chef.

Tripi aveva sentito il cuore sprofondargli in fondo al petto. Per Ayishah era una grande avventura. A differenza di lui, il fatto che se ne stessero andando in tutta fretta, due settimane prima della data programmata, non la preoccupava. Non si era spaventata nemmeno per i tre giorni di bombardamenti appena passati, o quando l'autista che avevano pagato per farsi portare oltre il confine gli aveva detto che era l'ultima possibilità che avevano di scappare, e che lui non sarebbe tornato a Damasco.

«Sarà quel che sarà» aveva risposto lei, sorridendo per il modo di dire che aveva imparato a lezione d'inglese.

Colpi di pistola nella notte, la città illuminata come dai fuochi d'artificio. Tripi aveva guardato quegli occhietti luccicanti.

«E poi così arriveremo prima in Inghilterra» aveva detto Ayishah. «È una cosa buona.»

Un mezzo li avrebbe portati al confine con la Turchia. E poi oltre, verso l'Europa: Grecia, Italia, Francia. Se tutto fosse andato come doveva andare, sarebbero arrivati in Inghilterra prima della fine di settembre.

Si erano seduti vicini sul retro di un pick-up e si erano dati la mano, Ayishah perché era emozionata, Tripi perché non voleva lasciare la sua sorellina, non in mezzo a tutte quelle pistole e a quegli estranei. Il piccolo palmo di Ayishah si incastrava perfettamente nel suo. Si era ricordato di quanto le piacesse, da bambina, stringere le dita intorno alle sue, e di quanto piangesse quando la staccavano da lui, il suo fratellone.

«Stiamo stretti come sardine» gli aveva bisbigliato avvicinandosi. «Insieme ad altre sardine puzzolenti.» Aveva ridacchiato e si era turata il naso.

Uno di quegli estranei maleodoranti si era alzato in piedi e dal fondo del pick-up aveva urlato all'autista: «Ehi, perché stiamo andando ad Aleppo? Il programma era di dirigersi subito al confine».

«Dobbiamo passare a prendere altre persone» aveva gridato in risposta l'autista.

Farebbero di tutto per qualche soldo in più, aveva pensato Tripi. Per alcuni gli affari andavano meglio in tempo di guerra che in tempo di pace.

Un altro uomo aveva allontanato il cellulare dall'orecchio e si era messo a urlare: «Ad Aleppo la situazione è critica. Ho un amico che vive lì, dice di non entrare in città».

«Sto eseguendo degli ordini» aveva ribattuto l'autista.

«Non ho mai visto Aleppo» aveva esclamato Ayishah con gli occhi spalancati per il brivido della scoperta. «E poi è una cosa bella, no? Aiutare altre persone?»

Tripi aveva annuito e le aveva baciato la fronte. Ayishah riusciva sempre a scacciare i suoi pensieri egoisti. Passare a prendere qualcun altro gli era sembrato il modo di accumulare un ritardo inutile, un pericolo in più, ma come sempre la sua sorellina era riuscita a risvegliare la sua coscienza. Magari erano persone come loro, fratelli e sorelle, genitori e figli, che avevano bisogno di lasciare la città per iniziare una nuova vita.

La Toyota aveva attraversato scoppiettando le strade della seconda città della Siria e poi, di colpo, aveva inchiodato. Un rumore di aria che usciva, la macchina che si piegava da un lato sotto il pesante carico, una gomma a terra.

«Tutti giù» aveva detto l'autista. «Tutti giù.»

I proiettili rimbalzavano sui muri degli edifici. I due uomini che avevano urlato all'autista avevano ragione: non sarebbero dovuti entrare in città.

Per la prima volta gli occhi di Ayishah si erano oscurati.

«Tranquilla, Ayishah» l'aveva rassicurata Tripi. «Non ci fermeremo tanto.»

Dopo tre ore di attesa, l'autista non era ancora tornato con la gomma nuova. Tripi e Ayishah stavano giocando a scriversi lunghe parole in inglese una sul braccio dell'altro e a indovinarle. Avevano già usato quasi tutte le parole che sapevano, e Ayishah, stanca per tutte quelle emozioni, cominciava ad avere sonno. Lui l'aveva tirata a sé, sentendo il suo corpicino che si abbandonava con tutto il peso.

Sulla città era calato il buio. Le truppe si erano riversate per le strade. Qualcuno aveva sparato contro la fiancata del pick-up, senza un vero motivo.

Tra i passeggeri il brusio aumentava. Ayishah alzò lo sguardo e si strofinò gli occhi. Si erano messi ad ascoltare la gente che si confrontava su cosa fare:

«Ce ne andiamo a piedi?»

«Sì, dobbiamo uscire da Aleppo prima che ci facciano saltare in aria.»

«No, dobbiamo aspettare l'autista, abbiamo pagato un sacco di soldi.»

«Quanto è lontano il confine?»

«Le strade sono sicure?»

Alcuni se n'erano andati. Altri si erano seduti sulla strada ad aspettare l'autista.

Tripi avrebbe voluto tornare ai giorni in cui lavorava fino a tardi nelle cucine e Ayishah tornava da scuola piena di storie da raccontare e di nuove parole inglesi che aveva imparato.

«Cosa vuoi fare, Ayishah?» le aveva chiesto.

E poi l'aveva vista aprire la bocca, con quel carattere sempre più deciso del suo. Ma proprio mentre stava per parlare una nuvola di rumore e polvere si era alzata tra di loro.

Tripi si era alzato dal marciapiede con la testa che gli pulsava e schegge di vetro conficcate nei palmi delle mani. La testa gli faceva così male e il fumo era così denso e acre che aveva difficoltà a tenere gli occhi aperti. Sapeva a malapena dove si trovava. Il pick-up aveva preso fuoco.

«Ayishah?» aveva urlato. «Ayishah?»

Aveva percorso zoppicando tutta la strada. Alcuni passeggeri erano feriti ed erano stati scaraventati a terra come Tripi; altri se n'erano già andati. Quanto era passato dall'esplosione?

Sul ciglio della strada c'era un lenzuolo posato sopra un corpicino: dal cotone bianco cominciava a filtrare una rosa di sangue.

«Ayishah?»

Era quasi crollato in avanti e poi aveva visto una madre che piangeva accanto al corpo.

«Halim... Il mio Halim...» ripeteva.

«Ayishah!» aveva continuato a urlare con la voce roca.

Ormai era buio, e la strada si era fatta silenziosa. Lo scontro si era spostato altrove. Nessuna traccia di Ayishah.

Quando Tripi si era svegliato vicino al canale, era consapevole che avrebbe dovuto continuare a cercarla, che non avrebbe mai dovuto lasciare la Siria. Così si era incamminato, sperando di trovare un passaggio per Londra. Avrebbe trovato un lavoro e comprato un volo per casa. O, se non avesse funzionato, si sarebbe consegnato alla polizia.

Ma poi Milo aveva chiamato e l'aveva convinto a tornare, dicendogli che Al aveva visto Ayishah al telegiornale e che, dopo la cerimonia di premiazione, l'avrebbero cercata tutti insieme.

«Tripi? Tripi?» Sandy gli toccò il braccio. «Hai capito? Ho detto che va bene, Petros può stare da me. Se lo aiuti a raccogliere le sue cose, io intanto porto la macchina davanti all'ingresso.»

Tripi le fece un piccolo inchino. «Il tuo cuore è davvero in forma.» A volte gli piaceva inventarsi di sana pianta dei modi di dire. Voleva farle sapere che pensava che fosse molto gentile a farsi carico di Petros.

Lei gli sorrise, ma allo stesso tempo aggrottò la fronte, quindi alla fine non fu sicuro di aver detto la cosa giusta.

54

Milo

A Milo sembrava di essere seduto in giardino da ore. Stava aspettando che il grande Mike e Lalana si levassero di torno. Clouds era rimasto di vedetta sul marciapiede davanti alla casa. Milo aveva dovuto convincerlo ad andare con lui. «È un lavoro sotto copertura» aveva detto, e Clouds sembrava contento, anche se aveva precisato che dovevano essere veloci. La mamma gli aveva chiesto di fare da babysitter a Milo finché non fosse tornata dalla *Nontiscordardimé*, e non era sicuro che introdursi in casa di qualcuno fosse esattamente quello che lei aveva in mente.

Dopo aver infilato un bigliettino tra la posta della signora Pelosetta (delle scuse per essersi parato di fronte alla sua Mercedes e un invito alla cerimonia di premiazione. Se avesse visto il video che avevano girato, avrebbe dovuto credergli per forza), Milo e Clouds avevano attaccato i volantini con la foto di Amleto lungo High Street. Clouds li aveva stampati dal suo computer con la classica scritta «RICERCATO» per attirare l'attenzione della gente. Da ultimo si erano fermati a casa del grande Mike.

Milo aveva guardato il grande Mike che baciava Lalana con le sue labbra carnose.

Aveva visto il grande Mike sfilarle il maglione e stringerle i piccoli seni con le sue dita grosse e bianche.

Dopodiché, il grande Mike aveva sollevato Lalana da terra: rispetto a lui era veramente piccola, piccola quasi quanto Milo.

E poi aveva guardato il grande Mike mentre la faceva girare come facevano i ballerini dei talent show, ma non così bene.

Poi, finalmente, con il viso ormai congelato e gli occhi che gli bruciavano per la concentrazione, aveva visto il grande Mike che la portava in camera da letto, al piano di sopra. Sapeva cosa sarebbe successo dopo: il grande Mike si sarebbe adagiato sopra Lalana e avrebbero cominciato a strofinare i loro corpi l'uno contro l'altro e a fare dei rumori simili a grugniti, come Amleto quando doveva fare i suoi bisogni. Milo era un po' preoccupato perché temeva che Lalana venisse schiacciata dal peso del grande Mike, ma non si soffermò troppo su quel pensiero. Doveva concentrarsi su come entrare e uscire dalla casa senza che lui se ne accorgesse.

Visto che Tripi sarebbe andato a vivere con loro, Milo voleva che avesse le sue cose, come la foto della regina che piaceva ad Ayishah, il dizionario tascabile e il tappetino da yoga della mamma che gli serviva per pregare.

Milo aveva pensato di nascondere tutto in camera sua e poi fare una sorpresa a Tripi quando sarebbe tornato dal lavoro. Era il suo modo di ringraziarlo per essere tornato da Londra per aiutarlo a incastrare l'infermiera Thornhill.

Infilò la mano nel vetro rotto, girò la maniglia ed entrò in soggiorno.

La casa del grande Mike era un porcile, molto diversa da quando ci viveva Tripi. Costumi da bagno, creme solari, cappelli di paglia e asciugamani erano sparpagliati per tutto il soggiorno. Cereali, briciole e piccole pozze di latte erano sparsi sul bancone della cucina. Nell'ingresso c'era la valigia del grande Mike aperta, traboccante di vestiti. E poi, ammassate sotto le scale, le cose di Tripi. Milo fece un sospiro di sollievo vedendo che non le aveva prese la polizia.

Magari quando il grande Mike aveva visto com'era tenuta bene la casa aveva deciso di non sporgere denuncia. E comunque, probabilmente era troppo occupato ad accarezzare il piccolo seno di Lalana per preoccuparsi del resto. Milo pensò che sarebbe stato bello avere una cosa che lo rendeva così felice da fargli dimenticare tutte le cose che non andavano nella sua vita.

Si mise in spalla lo zainetto di Ayishah e inforcò quello di Tripi davanti, sul petto, infilò il tappetino da yoga della mamma sotto un braccio e il sacco a pelo di Tripi sotto l'altro e si diresse verso la porta.

«E tu chi diavolo sei?»

Milo sobbalzò e fece un giro completo su se stesso per poter controllare tutto l'ingresso. Ci mise un secondo a individuare la provenienza della voce.

Dei passi pesanti scesero le scale.

«Che ci fai a casa mia?» Il grande Mike si fermò in fondo alle scale. Aveva i boxer e la camicia aperta sulla pancia pelosa, la faccia rossa e sudata.

Milo strattonò la porta.

«Ehi! Ma io ti conosco! Sei il bambino...»

Ti prego, ti prego, non riconoscermi, pensò Milo. Era appena riuscito a coinvolgere la mamma nel piano; non poteva permettersi di cacciarsi in altri guai.

Milo spalancò la porta, ma sentì una mano pesante che tirava lo zainetto di Ayishah.

Se voleva scappare, sapeva che c'era una sola possibilità.

Fece scivolare le bretelle dalle spalle, lasciò cadere il sacco a pelo e il tappetino della mamma, spinse la porta e si buttò correndo giù per i gradini del portico, verso High Street.

Clouds e Milo tornarono a casa camminando velocemente.

«Hai fatto la cosa giusta» disse Clouds. «Non potevi rischiare di farti prendere.»

Milo scosse la testa. «La missione è fallita. Non ho preso le cose di Tripi e adesso scommetto che non le riavremo mai.»

«Hai fatto del tuo meglio, Milo. Tripi te ne sarà grato.»

Milo non ne era sicuro.

Quando imboccarono Crescent Way, Milo sentì il fischio del signor Overend e lo vide sporgersi dalla finestra a guardare casa sua come aveva fatto il giorno in cui Clouds si era trasferito.

Gli venne un'idea. Si piazzò sul marciapiede sotto la finestra del signor Overend.

«Dove stai andando?» gli chiese Clouds.

«Ti ricordi quando mi hai detto che il signor Overend sarebbe stato un ottimo giornalista sotto copertura? Be', vediamo se è davvero così bravo.»

Milo alzò la testa per direzionare la visuale del suo forellino verso l'alto.

«Signor Overend?»

Il signor Overend smise di fischiare.

«Ha visto il mio maialino, Amleto?»

Il signor Overend non rispose, restò lì a fissare la finestra della stanza da letto di Milo.

«Be', visto che guarda in strada tutto il tempo, potrebbe dirmi se lo vede passare? Magari riesce a trovare la strada di casa.»

Il signor Overend gli fece l'occhiolino e ricominciò a fischiare.

Che tipo.

Milo e Clouds entrarono in casa e si fermarono a riprendere fiato nell'ingresso. Milo sentì un odore strano, un odore decisamente fuori posto a casa sua.

Si guardò intorno. L'ingresso era ingombro di valigie marroni e scatoloni. C'era anche qualche quadro. Furono quelli a fargli identificare l'odore: era lo stesso che aleggiava intorno alla nonna da quando si era trasferita alla *Nontiscordardimé*. Limoni di plastica.

«Milo? Sei tu?»

La mamma era a casa. Milo si preparò per una bella sfuriata.

Sandy uscì dalla cucina e lo baciò in fronte senza dire assolutamente niente sul fatto che fosse fuori quando avrebbe dovuto essere in casa.

«Scusa, Sandy. Abbiamo fatto un giretto per Slipton per vedere se trovavamo Amleto» disse Clouds.

«Grazie, Al» rispose Sandy.

Mentre Clouds risaliva in camera sua, Milo vide Petros seduto al bancone della cucina. Stava bevendo del tè dalla tazza preferita di Milo, quella con i maialini volanti, abbinata al suo piattino.

Petros alzò la tazza nella sua direzione come se stesse brindando.

«Che ci fa lui qui?» chiese Milo.

La mamma gli diede un'occhiataccia come a dire: «Non essere maleducato». Poi rispose: «Petros starà da noi per un po'».

«Dov'è Tripi?»

«Tripi?»

«Ti ho lasciato un messaggio sul cellulare.»

«Ah, scusa, non ho avuto tempo di...»

Milo buttò a terra la cartella. Prese il telefono della mamma, digitò il numero della segreteria, aspettò che la voce elettronica smettesse di parlare e poi lo girò verso di lei. Il suo messaggio registrato risuonò per tutta la cucina.

«Mi dispiace di non averlo sentito, Milo.»

Milo vide la ferita sul collo della mamma: sulla sua pelle rosa si intravedevano delle gocce di sangue.

«Tesoro, non c'è posto per Tripi, non se c'è anche Petros.»

«Che c'è che non va nella stanza di Petros alla *Nontiscordardimé*?»

Per quel che aveva visto Milo, la stanza di Petros era più grande e più bella di tutte le altre.

«È complicato, Milo. Non sa dove altro andare.»

Tripi non sapeva dove altro andare. E *Tripi* era un amico. E *Tripi* non aveva provato a rubargli la nonna.

«Hai una stanza molto carina, Milo» disse Petros. Appoggiò le labbra rugose su uno dei maialini volanti sul bordo della tazza di Milo e risucchiò il suo tè. La nonna odiava chi non aveva buone maniere a tavola.

«L'hai messo in camera *mia*?»

La mamma cominciò a masticare l'unghia del mignolo e non rispose.

Milo si precipitò al piano di sopra e spalancò la porta della sua stanza da letto.

Girò la testa lungo l'intero perimetro della stanza e notò qualcosa sul suo letto: quello stupido quadro con la barchetta sballottata dalle onde che aveva già visto alla *Nontiscordardimé*.

Clouds non era ancora arrivato in cima alle scale della mansarda, così tornò indietro e si fermò anche lui sulla porta della camera di Milo.

«Vieni, Milo, lascia stare. Mettiamoci a lavorare sul video.»

Milo scosse la testa. Tolse il quadro dal letto e rimase a guardare la barchetta, poi si mise la tela sottobraccio, prese il piumone e il cuscino, spinse via Clouds, scese le scale come una furia, attraversò la cucina, buttò il dipinto ai piedi di Petros e uscì dalla porta di servizio.

Finché Petros fosse rimasto in casa sua, Milo avrebbe vissuto nel capanno. Tanto ormai era praticamente in disuso.

55

Milo

Ogni volta che Milo entrava nel capanno, c'era così tanto silenzio che sembrava che qualcuno gli avesse riempito le orecchie di ovatta. Suo padre aveva insonorizzato il capanno per non sentire il rombo dei motori degli aerei. «I clienti della mamma non possono essere disturbati» aveva detto, abbrancandole la vita e dandole un bacio. Quando la mamma e il papà si scambiavano sdolcinatezze, Milo si girava sempre dall'altra parte, ma adesso gli mancavano quei momenti.

Milo buttò a terra il piumone e il cuscino e accese la lampada della scrivania. Poi li raccolse e si raggomitolò accanto alla porta.

Passò in rassegna gli ultimi dodici mesi. Non riusciva a pensare a una sola cosa buona dallo scorso Natale in poi. A parte Amleto, e perfino lui adesso era scomparso.

Milo chiuse gli occhi e nella sua testa partì la melodia della cornamusa del bisnonno. Dopo un po' si addormentò.

Mentre Milo sprofondava nel sonno, la sua mente si avventurava nel mondo dei sogni. A mezzanotte, quando si alzò e aprì la porta del capanno, stava ancora sognando. Si stiracchiò e sbadigliò, poi alzò la testa verso il cielo nero: mancava solo un pezzetto perché la luna fosse piena.

La casa era buia e silenziosa.

Milo fluttuò fuori dal suo corpo, attraversò l'erba umida e uscì dal cancelletto laterale che dava su Crescent Way.

Si fermò in mezzo alla strada vuota e vide che il signor Overend non si era mai mosso dalla sua finestra: se ne stava lì, con il suo pigiama, a fischiare come quando Milo era tornato a casa.

Quando vide Milo sotto il lampione, smise di fischiare e sparì. Subito dopo ricomparve davanti alla porta con gli stivali di gomma e un cappotto sopra il pigiama.

«Ti stavo aspettando» disse il signor Overend. «Sei pronto?»

Milo fu sorpreso di sentirlo parlare. A parte il suo fischio, pensava che il signor Overend fosse muto come la nonna. O come la nonna prima che decidesse di avere ancora una voce e di usarla per annunciare il suo matrimonio.

«Pronto ad andare?» chiese il signor Overend.

Milo annuì.

Insieme si avviarono lungo Crescent Way percorrendo le strade ventose di Slipton fino al canale. Quando arrivarono alla fila di case galleggianti, il signor Overend indicò la panchina. Un fagotto scuro giaceva avvolto in un sacco a pelo.

«Avvicinati» disse il signor Overend.

Milo raggiunse il fagotto e vide il viso di Tripi. I capelli neri gli ricadevano sopra gli occhi, dormiva con gli angoli della bocca piegati in un leggero sorriso. La sua testa era appoggiata sulla borsa rossa di Ayishah. Come aveva fatto a riprendersi le sue cose?

«Vedi?» disse il signor Overend.

Milo annuì.

«Vieni, non abbiamo molto tempo.»

Milo seguì l'uomo lungo High Street fino ad arrivare alla *Nontiscordardimé*. Il signor Overend indicò la finestra della nonna. Le tende erano aperte e la luce della luna illuminava la sagoma della nonna seduta sulla poltrona. Aveva un'espressione pacifica.

Vicino a lei, in un piccolo vaso, c'era una rosa gialla. Evidentemente Petros aveva seguito il suo consiglio. Le curve dei petali dorati brillavano nella notte come la coda di una stella cadente.

«Vedi?» disse il signor Overend.

Milo annuì lentamente, anche se stavolta non avrebbe voluto vedere.

«È quasi ora di andare a casa.» Il signor Overend prese la mano di Milo e lo accompagnò verso il parco. Si misero a sbirciare dal cancello chiuso, e Milo sentì un fruscio nell'erba alta sulla riva del lago.

«Guarda» disse il signor Overend.

Milo inclinò la testa. E poi vide Amleto, più grande di come lo ricordasse, che annusava la terra.

L'orecchio nero e quello bianco erano drizzati, altissimi, e nei suoi occhietti neri brillava il riflesso della luna quasi piena. Per un attimo, Milo fu certo che Amleto stesse guardando proprio lui.

Milo si girò verso il signor Overend per dirgli grazie, ma era svanito. Quando tornò a guardare oltre il cancello, non c'era traccia neanche di Amleto.

Milo si svegliò di soprassalto, tremando. Dal forellino guardò la finestra del capanno: sul vetro si era formato un reticolato di ghiaccio.

Sentì un sommesso scricchiolio sull'erba del prato. E poi un colpo alla base della porta di truciolato seguito da un gemito e da un'imprecazione: «Stupida, stupidissima porta». E poi qualcuno che si allontanava.

Si alzò e socchiuse leggermente la porta. L'aria fredda entrò nel capanno, insieme al profumo dell'erba bagnata. La notte era di un freddo tagliente. La luna brillava come una grande moneta d'argento, ormai quasi piena. La luce di Clouds, su nella mansarda, era accesa, e dalla finestra del soggiorno arrivavano dei bagliori blu. E poi Milo vide qualcosa che si muoveva sul prato: era la mamma, che saltellava verso la porta sul retro.

Lo sguardo di Milo si abbassò sulla chiazza di erba ghiacciata di fronte al capanno e vide un piatto pieno di toast imburrati, zeppi di crema di Marshmallow fino ai bordi.

Sentì uno sfarfallio nel petto, vicinissimo al cuore, e poi la voce della nonna: «Dalle una possibilità, Milo. Solo una».

«Mamma!» urlò. Ma la sua voce suonava debolissima nella notte.

Sandy smise di saltellare verso la casa, si fermò e si voltò.

Per un attimo si guardarono attraverso il giardino. Nessuno dei due sapeva cosa dire.

Milo raccolse il piatto e lo sollevò. «Ne vuoi un po'?» le disse.

La mamma annuì e tornò lentamente verso il capanno.

Quando fu più vicina, Milo vide che aveva il mignolo del piede sporco di sangue.

«L'hai sbattuto di nuovo» disse Milo.

La mamma annuì.

«Ti fa male?»

Gli occhi della mamma diventarono lucidi. Si morse le labbra. «Un pochino.»

Quando il salone di bellezza lavorava a pieno regime, la mamma si faceva continuamente male alle dita dei piedi andando a sbattere sulla porta del capanno. Usava delle ciabatte con le dita scoperte per far vedere lo smalto che voleva vendere alle sue clienti: un colore nuovo ogni settimana. A volte lasciava che fosse Milo a metterglielo. Ma la parte inferiore della porta del capanno era più sporgente di quanto si potesse pensare a guardarla, e c'era uno spazio vuoto nel punto in cui avrebbe dovuto incastrarsi nella cornice. Quando inseriva la chiave nel lucchetto, la mamma se ne dimenticava sempre, e il mignolo le rimaneva incastrato nella fessura. Suo padre aveva promesso di aggiustarla, ma era prima che comparisse l'Amichetta.

Il fatto che gli avesse portato i toast dolci e che si fosse appena fatta male al dito del piede non voleva dire che Milo l'avrebbe perdonata. Ma sembrava infreddolita e aveva gli occhi stanchi e in quel piattino c'erano più toast di quanti potesse mandarne giù, così aprì la porta ancora un po' e la fece entrare.

Si sedettero sul pavimento con la schiena contro la parete del capanno a mangiare, e per qualche minuto l'unico rumore che si sentì fu quello delle loro mandibole.

«Non riuscivi a dormire?» chiese Milo pensando alle luci blu nel soggiorno.

La mamma scosse la testa. Fece pressione sul dito del piede per fermare il sangue. «Dev'esserci entrata una scheggia, perché non smette di sanguinare.»

Milo si alzò, prese il kit per le sopracciglia della mamma e sfilò le pinzette, quelle che avevano la lucina a batteria incorporata per scovare anche i peli più piccoli. Poi si sedette accanto a lei e le prese il mignolo del piede tra le mani. Mise a fuoco, accese la luce delle pinzette e si chinò. Proprio sotto l'unghia c'era una piccola scheggia marrone.

«Ti farà un po' male, mamma» disse Milo.

La mamma si mise a ridere, come se avesse appena detto una cosa divertente.

Appoggiò le pinzette sulla pelle e tirò via la scheggia sottile.

La mamma si lasciò uscire un piccolo gemito.

«Presa!» esultò Milo alzando le pinzette in alto per farle vedere.

«Forse dovresti rilevare il salone» disse la mamma guardandosi intorno. «Saresti bravissimo come depilatore di sopracciglia.» Sospirò. «Anzì, a dire il vero credo che saresti molto meglio di me a gestire tutta l'attività.»

«Ma, mamma, io voglio fare il giornalista sotto copertura, come Clouds.»

«Davvero?»

Milo annuì. Era la prima volta che lo diceva ad alta voce, come se fosse un vero progetto, che andava oltre l'assistenza delle vecchiette alla casa di riposo, come se fosse una cosa che voleva fare per tutta la vita. Per un attimo venne preso dal panico e desiderò non averlo fatto. Sapeva benissimo cosa stava pensando la mamma: che non era un vero lavoro, che era troppo pericoloso, che poteva mettersi nei guai con la polizia, che non gli avrebbe fatto guadagnare abbastanza e che i suoi occhi gli avrebbero dato problemi.

«Be', vorrà dire che insegnerò a qualcun altro a depilare la signora Pelosetta» disse lei. Entrambi scoppiarono a ridere e l'atmosfera tra di loro di colpo sembrò meno pesante.

«Ti manca papà?» chiese Milo.

La mamma andò a prendere un batuffolo di cotone da un barattolo di vetro sulla mensola e se lo avvolse intorno al dito. Senza girarsi, rispose: «Ogni giorno».

«Manca anche a me.»

«Lo so, Milo.» La sua voce si incrinò leggermente. «Lo so.»

«Sei arrabbiata con lui? Per Angela e perché se n'è andato?»

La mamma tornò a sedersi accanto a Milo.

«Per un po' di tempo sono stata arrabbiata. Ma adesso credo di essere solo triste.»

«Perché vorresti che tornasse?»

La mamma scosse la testa. «No. So che non succederà, ha una nuova vita e una nuova figlia. Ed è felice, Milo. Più felice di quanto non sia mai stato. Sono triste perché mi sarebbe piaciuto fare le cose in modo diverso. Più che altro per te.»

Milo non credeva che la mamma avesse mai preso in considerazione i suoi sentimenti in tutta quella storia. Pensava che riguardasse solo lei e il papà e il fatto che non sapeva come risolvere i problemi senza di lui. Era come se andando via si fosse preso le viti che la tenevano insieme, e adesso lei sapesse solo camminare tutta sbilenca seminando pezzi.

La mamma si fermò un momento e poi lo abbracciò con le sue braccia cicciottelle tirandoselo al petto. Milo sentì la morbidezza della sua pelle e il calore del suo corpo, e per una volta non gli diede fastidio quel profumo stucchevole che le restava appiccicato alla camicia da notte, anzi, gli piacque perché sapeva di casa. Aveva dimenticato quand'era stata l'ultima volta che la mamma l'aveva abbracciato.

Milo si sentì improvvisamente stanco, più stanco di quanto non fosse stato nelle ultime settimane. Il suo corpo si abbandonò contro quello della mamma.

«Perché hai fatto andare via la nonna?»

La sentì prendere un bel respiro e trattenerlo per un secondo, come se avesse paura di lasciarlo andare.

«Ha bisogno di cure specialistiche, Milo, che nessuno di noi è capace di darle. Non era giusto tenerla qui, stava diventando un peso per te.»

A Milo venne un nodo in gola. «Ma non era un peso. Mi piaceva averla qui, mi piaceva badare a lei.» La sua voce si ingrossò. «Andava tutto meglio quando era qui.»

La mamma gli accarezzò la nuca. «Lo so, caro. Lo so.»

Milo si ritrasse dalla mamma e la guardò negli occhi. «Ma non è andata bene, vero? L'abbiamo piazzata in quel posto orribile dove alla fine non le danno nessuna cura appropriata. Era meglio se restava a casa.»

Gli occhi stanchi della mamma si riempirono di lacrime e il suo naso diventò rosso. Chiuse gli occhi e due lacrimoni le scivolarono lungo le guance. Poi tirò su con il naso.

«Ho sbagliato un sacco di cose, Milo. Ma aggiusteremo tutto, te lo prometto.» Si passò l'indice sotto gli occhi per asciugare le lacrime. «E grazie a te miglioreremo le vite di altre persone, oltre a quella della nonna. Faremo un favore a tutte le vecchiette della *Nontiscordardimé.*»

«Credi che funzionerà?»

La mamma sorrise. «Certo che funzionerà.»

Milo esitò un istante e poi le chiese: «E mi aiuterai a trovare Amleto? Metteremo gli annunci in giro e faremo il possibile?».

Lei fece una risata leggera e gli baciò la testolina. «Sì, troveremo Amleto. Da adesso in poi andrà tutto bene, te lo prometto.»

56

Lou

L'espressione di Milo quando l'aveva sentita parlare... Per lui, il suo amore per Petros era un tradimento verso il nonno che non aveva mai incontrato. Un altro tradimento dopo quello del padre, che aveva negato il suo amore a Sandy.

Lou scosse la testa. Milo aveva ragione. Una vecchia sentimentale, ecco cos'era: innamorarsi di nuovo a novantadue anni, aggrappandosi all'ultima possibilità che le restava di avere quel matrimonio che aveva aspettato per tutta la vita.

Quasi tutte le sere Lou andava a letto con il reggiseno, le mutande e i collant. Senza l'aiuto di Milo c'erano troppi elastici e troppi gancetti difficili da gestire da sola. Andò verso l'armadio, trascinandosi dietro la gamba sinistra. Anche lei, la gamba, si era unita alla protesta portata avanti dal braccio sinistro e dalla parte sinistra del suo viso.

Prese il vestito che conservava per le occasioni speciali. Papaveri rossi su cotone bianco, il vestito che Milo le aveva fatto mettere al suo compleanno. Era strano come, man mano che invecchiava, i vestiti sembravano allargarsi finché non ci nuotava dentro e non finiva per perdersi nelle ampie volute del tessuto.

Lou voleva fare uno sforzo per Milo: Tripi le aveva detto della cerimonia di premiazione e di quanto fosse importante per lui. Doveva stare bene per quel giorno.

Con una mano s'infilò il vestito da sopra la testa, ma qualcosa si inceppò. Tirò più forte, il colletto si strappò e il braccio destro cedette.

«Milo, ho bisogno di te» mormorò.

Milo aveva sempre sentito quando aveva avuto bisogno di lui, ed era arrivato in mansarda salendo le scale di corsa per aiutarla ad alzarsi dal letto, riempirle il bicchiere d'acqua, legarle i capelli.

«Milo…»

«Ti serve una mano?» La signora Moseley comparve sulla soglia, sorretta dal bastone. Oggi aveva il vestito pulito, senza macchie.

«No, no, no.» L'infermiera Thornhill superò la signora Moseley e piombò nella stanza, infuriata come un ossesso. «Fa troppo freddo per mettersi questo.» Strappò il vestito dalle mani di Lou e lo ricacciò nel guardaroba. «Lei è come una bambina.» Scosse la testa. «Non ha guardato fuori dalla finestra? C'è il ghiaccio sui marciapiedi.» Tirò fuori un maglione e una gonna di lana dall'armadio.

«Potrebbe alzare il riscaldamento.» Le parole di Lou si accavallavano l'una sull'altra. Per anni si era chiesta che suono avrebbe avuto la sua voce se un giorno fosse tornata. Sarebbe suonata nuova e sconosciuta, quasi senza alcun legame con il suo corpo? Avrebbe ancora avuto il suo accento scozzese?

L'infermiera Thornhill la stava fissando. «Forse dovrebbe tornare muta.» Poi si voltò e chiamò l'infermiera Heidi dalla porta.

Si udirono i passi di Heidi nel corridoio. Poi si affacciò nella stanza.

«Buongiorno, signora Moon» salutò con la voce leggiadra di un uccellino.

«Heidi, dovresti riportare in camera la signora Moseley, per piacere.»

L'infermiera infilò un braccio sotto il gomito della signora Moseley e la accompagnò piano piano lungo il corridoio.

«E adesso si vesta, forza» disse la Thornhill rivolgendosi a Lou.

Sbatté la porta dietro di lei lasciando Lou in reggiseno, mutande e calze.

Milo... Scivolo via...

Lou guardò la finestra, le stelle di ghiaccio tra uno strato di vetro e l'altro, il freddo che filtrava nella stanza.

Sto scivolando via.

57

Milo

«È ora di svegliarsi Milo, o farai tardi a scuola.»

La mamma fece capolino dalla porta del capanno. Sorrise, entrò e gli baciò la fronte.

«Ecco la divisa. Mi sa che stamattina non c'è tempo per la doccia.»

Appoggiò il cambio pulito sul lettino da massaggio: una camicia, un paio di mutande, dei calzini, la cravatta, i pantaloni e il maglione.

Milo non avrebbe saputo dire quand'era stata l'ultima volta in cui gli aveva preparato i vestiti.

«La colazione è pronta, ma forse te la dovrai portare via. Meglio non dare alla signora Harris un altro motivo per lamentarsi.» Gli fece l'occhiolino.

Milo si accorse che si era messa un vestito nuovo e che era truccata e aveva lo smalto alle unghie. Si sentì improvvisamente più leggero. Forse era vero che tutto sarebbe andato per il meglio.

Quando la mamma rientrò in casa, si stiracchiò e si guardò intorno. E fu in quel momento che vide dei documenti che non sembravano i volantini della mamma e neanche pubblicità di vacanze e nemmeno le bollette che lei cercava di nascondergli per non farlo preoccupare dei soldi.

Scrutò l'intestazione:

Slipton Star, Assicurazioni per la Casa.
Gentile signora Moon…

Le parole ballavano di fronte ai suoi occhi stanchi e annebbiati. Ma c'era una parte che non gli diede nessun problema di lettura: era in grassetto, proprio in fondo.

I nostri periti hanno concluso che l'incendio che ha avuto luogo sabato 1 dicembre non rientra nella copertura della sua polizza di assicurazione. Possiamo provare che l'incendio sia stato di tipo doloso. Per questo motivo, lei non riceverà alcun indennizzo dalle Assicurazioni Slipton Star.

La mamma aveva detto che l'assicurazione avrebbe pagato per una cucina nuova, che era garantito dalla polizza.

Milo si strofinò gli occhi e si concentrò sulle righe seguenti:

Inoltre, avendo prove evidenti dell'intenzionalità dell'atto, le Assicurazioni Slipton Star condurranno un'indagine indipendente sull'accusa di frode.

Frode. Voleva dire mentire, imbrogliare, rubare. Ma l'incendio era stato un incidente. I periti dovevano solo andare a trovare la nonna e rendersi conto che dimenticava le cose, come il rubinetto aperto e il tappo sul bollitore e la morte del bisnonno.

La nonna non avrebbe mai dato fuoco alla cucina di proposito. Milo deglutì. Oppure sì?

Con la memoria ritornò al mattino dell'incendio. Ricordò di non aver sentito il solito sferragliare, quindi non stava preparando il tè con il bollitore, ma stava usando il fornello, e ricordò che per la prima volta ci aveva messo tanto tempo a capire che c'era un problema e che aveva bisogno di lui. Quando alla fine era arrivato la cucina era già avvolta dalle fiamme.

Sentì una fitta al petto e una fitta ancora più forte quando vide i vestiti tutti piegati sul lettino da massaggio. La festa di Natale, ecco quando erano iniziati tutti i problemi.

Quella sera aveva scoperto l'Amichetta di suo padre.

Quella sera Milo aveva rischiato di essere investito ed erano dovuti andare dal dottor Nolan, che gli aveva detto che i suoi occhi non funzionavano più.

Quella sera la mamma aveva smesso di dormire e aveva iniziato a guardare giorno e notte programmi TV sulle vacanze e a mangiare troppi biscotti al cioccolato. Il suo sfogo era peggiorato e i suoi clienti si erano dileguati.

Quella sera la nonna aveva iniziato a tremare, a dimenticare le cose e a parlare di Inveraray.

E a quella sera era seguito l'incendio e la nonna che doveva andar via e quell'orribile casa di riposo con la perfida infermiera Thornhill e quel bavoso di Petros.

La sera prima aveva tanto voluto credere alla mamma: che le dispiacesse, che le importasse di lui, che le cose si sarebbero aggiustate. Invece probabilmente stava mentendo di nuovo, proprio come aveva mentito sull'incendio, sulla nonna e sull'assicurazione.

Si infilò la divisa e attraversò il prato di corsa, abbassandosi quando arrivò nei pressi della casa per non farsi vedere dalla mamma. L'ultima cosa che gli andava di fare era mangiare la sua stupida colazione.

«Sei in ritardo, Milo» disse la signora Harris mentre lui urtava contro un banco in prima fila.

«Non me ne frega niente» mormorò tra sé.

Nadja, accanto a lui, sobbalzò.

Milo si buttò sulla sedia.

«Cos'hai detto, Milo?»

Dal forellino Milo guardò i denti gialli e storti della signora Harris.

«Ha detto che non gliene frega niente» annunciò Stan.

Milo chiuse gli occhi. Quanto ancora poteva peggiorare quella giornata?

«Mi dispiace» esclamò. Ma in realtà non gli dispiaceva affatto. Non gli dispiaceva più di niente.

«Bene, Milo, visto che oggi sei così di buon umore, perché non inizi tu?»

La signora Harris si sedette alla cattedra, tirò fuori il registro e aspettò.

«Cosa devo iniziare?»

Nadja lo fissava con gli occhi sgranati. Dal resto della classe arrivò qualche risatina.

«Se fossi arrivato in orario lo sapresti, tu che dici?»

Odiava quel modo di fare: quando facevi qualcosa che li infastidiva, gli insegnanti continuavano a parlarne per secoli e trovavano sempre nuovi modi per punirti.

«Il tuo animaletto preferito, Milo?»

Milo fu improvvisamente preso dal panico. Si sentiva come seppellito nel cemento, come se fosse in una di quelle buche in mezzo a High Street, e adesso non riusciva a respirare o a muoversi o a spostarsi.

Il discorso che doveva preparare per il test di ascolto e di esposizione orale. Quello con cui avrebbe dovuto riparare i brutti voti di inglese e matematica. Se n'era completamente dimenticato.

«Forza Milo, tira fuori i tuoi appunti, non abbiamo tutto il giorno.»

Milo si schiarì la voce. «Potrei parlarle in privato, signora Harris?» chiese.

Voleva spiegarle che non aveva avuto tempo. Con tutto quello che era successo a casa e alla *Nontiscordardimé*, era rimasto indietro con i compiti. Se gli avesse dato tempo fino all'indomani, si sarebbe potuto preparare durante la notte. Perfino lei, per una volta, avrebbe dovuto essere comprensiva.

«Non credo che ce ne sia bisogno, Milo. Puoi dire quello che devi dire anche qui.»

Stava continuando a punirlo per essere stato sgarbato quando era entrato in classe. Quanto avrebbe voluto rimangiarsi quelle parole e ricominciare.

«Ho bisogno di un po' di tempo in più» disse.

«Temo non sia possibile.»

«O magari potrei... Potrei scrivere una relazione al computer. Può essere anche il doppio della lunghezza. Mi impegnerò tantissimo. È solo che non ho avuto tempo...»

La signora Harris appoggiò i gomiti sulla scrivania e congiunse le mani come se dovesse pregare. Poi lo guardò dritto negli occhi e parlò molto lentamente.

«È arrivato il momento di prenderti le tue responsabilità, Milo. Non posso fare sempre strappi alla regola. Sarebbe poco corretto, non credi?»

«Ottima osservazione» si intromise Stan.

«Silenzio, Stanley» abbaiò la signora Harris, cosa che fece sentire Milo un briciolino meglio nonostante il guaio in cui si era cacciato.

«Sono sicura che hai moltissimo da dire sul tuo animaletto. Prendila come un'occasione per imparare a improvvisare.»

Nadja inclinò la testa di lato e lo guardò con degli occhi così tristi che sembrava sul punto di piangere. Probabilmente stava pensando a quanto si sarebbe sentita in ansia se avesse dovuto fare un discorso senza esserselo preparato.

Milo si alzò in piedi e andò a piazzarsi di fronte alla lavagna.

Tossì e cercò di mettere a fuoco qualcosa, ma dal forellino riusciva a vedere solo il gruppetto sfocato dei suoi compagni di classe, e anche quello era estremamente ridotto. Immaginò che tutti quelli che non vedeva stessero ridendo e facendo delle smorfie.

«Il fatto è...» esordì. «Il fatto è che non ce l'ho più, il mio animaletto.» Un'immagine di Amleto gli balenò davanti agli occhi: era seduto nella sua gabbietta, in garage, con l'orecchio nero e l'orecchio bianco ben dritti e la codina attorcigliata, e guaiva mentre dalla cucina entravano fumo e fiamme. Se quello che c'era scritto nella lettera dell'assicurazione era vero, se la nonna aveva appiccato l'incendio di proposito, Amleto sarebbe potuto morire. Se Milo non avesse trovato il telo ignifugo da usare per proteggersi e andare a prendere Amleto, avrebbe potuto finire carbonizzato. E tutto perché voleva andare in quella stupida casa di riposo. E adesso chi è che badava ad Amleto? Chi è che si preoccupava che non restasse intrappolato in un incendio o che non lo investisse una macchina o che qualcuno non lo facesse a pezzettini per farne salsicce?

Milo chiuse gli occhi e deglutì. Non voleva piangere, non lì.

«Che cosa c'è, Stan?» La voce della signora Harris arrivava da un lato dell'aula.

Milo si voltò. Stan aveva alzato la mano.

«Possiamo fare domande?»

«Non ancora. Fai prima finire Milo.»

«Mi stavo solo chiedendo come ha fatto a perdere un maiale.»

Milo strinse i pugni. «Non hai capito. Amleto... è... è...» cominciò a balbettare. «È scappato dalla *Nontiscordardimé*.»

«Hai portato un maiale in un ospizio?» Stan si fece una fragorosa risata. Altri lo seguirono.

«Silenzio, Stan. Ricordati che riceverai un voto anche per come hai ascoltato. Fallo continuare.»

Ma Milo non poteva continuare. Le parole gli si erano incastrate in gola, bloccate dal grande nodo che gli si era formato al pensiero di Amleto che correva tutto solo per le strade di Slipton.

Lasciò cadere la testa in avanti, abbassò le spalle e si mise a guardare per terra.

«Milo?» La voce della signora Harris si era un po' addolcita. «Milo?» Si alzò in piedi.

Milo tornò lentamente al suo banco e si buttò a peso morto sulla sedia. Credeva che la giornata non potesse peggiorare, ma era appena successo, ed era peggio di quanto avesse mai pensato possibile.

58

Tripi

Riflessa sulla superficie del forno, Tripi vide l'infermiera Thornhill che si strofinava le labbra una contro l'altra. Emanava ancora più chiarore, quel giorno. Anche i capelli sembravano più bianchi, ed erano legati così stretti che si intravedeva la cute rosa. E invece delle solite ciabatte portava ai piedi scarpe beige con il tacco.

Ripensò al lunedì, a quei vestiti neri che toglievano al suo viso qualsiasi parvenza di colore. *Avrà dei segreti*, pensò, *come tutti noi.* «La gente fa cose cattive quando è infelice» gli aveva insegnato suo padre. Capiva che l'infelicità potesse essere pericolosa, l'aveva vista per le strade di Damasco e ad Aleppo, in quella calda giornata di luglio in cui Ayishah era sparita tra i detriti. Aveva anche pensato che la tristezza gli stava strisciando sotto la pelle cambiandolo per sempre.

La divisa inamidata dell'infermiera Thornhill frusciava a ogni passo. Sperò che non controllasse il magazzino, dove aveva dormito durante le ultime notti. Sandy aveva provato a convincerlo a restare a casa sua, aveva detto che gli avrebbe preparato un letto sul divano, ma per lui il suo posto era lì, vicino agli anziani.

Tripi trasportò un pesante pentolone di patate fino al lavello e lo svuotò nello scolapasta. Si sentiva gli occhi addosso, e la pentola gli scivolò dalle mani. Una patata bianchiccia rotolò sulle mattonelle. Si asciugò il vapore dalla fronte, raccolse la patata e fece per buttarla nel cestino.

«Rimettila nel colapasta» disse lei.

«Ma è sporca.» Al Four Seasons, il capocuoco gli aveva spiegato che i turisti avevano lo stomaco delicato. «Dev'essere tutto pulito» aveva detto. «Così i nostri clienti non si sentiranno male.»

«Non possiamo permetterci di sprecare la roba, Tahir» insisté l'infermiera Thornhill.

Tripi sistemò il cellulare nella tasca per essere sicuro di inquadrare quelle labbra rosse. Aveva già una foto del magazzino, con tutto quel cibo in scatola da quattro soldi, e uno dei chiavistelli montati all'esterno delle porte dei pazienti. Adesso voleva registrare la Thornhill in persona.

«Starò via solo qualche ora, per qualsiasi cosa c'è l'infermiera Heidi. Non dimenticare di mettere poca carne, abbiamo tantissime patate.»

Tripi si chiese se l'infermiera Thornhill avrebbe mangiato alla cena a cui era stata invitata. La immaginò mentre si ficcava forchettate di carne in bocca, mentre il sughetto le colava giù per il mento.

L'infermiera raddrizzò la schiena e spinse in fuori il suo petto minuto.

«Domani potrebbero venire a fare delle foto.» Continuava ad aggirarsi per la cucina con il naso arricciato. «Cos'è quest'odore di dolci?» Storceva il naso come i ratti quando annusano i bidoni della spazzatura lungo il canale.

Tripi si era svegliato presto per infornare il *baklava*. Volevano dare una festa dopo la cerimonia di premiazione, un doppio festeggiamento per la dipartita dell'infermiera Thornhill e il fidanzamento della vecchia signora Moon con Petros. La bella Sandy aveva portato dello zucchero di canna, del miele, della pasta fillo e dei pistacchi. Era possibile che quegli ingredienti gli facessero sentire la mancanza di casa sua e di Sandy allo stesso tempo?

«Avrei voluto portarti al mio ristorante, a Damasco» le aveva detto. «Ti avrei preparato mille piatti del mio paese.»

Lei era diventata rossa e aveva tirato la pancia in dentro. «Prima devo mettermi a dieta.»

Lui aveva scosso la testa. «Niente dieta, niente dieta.» Non voleva che nel mondo esistesse neanche un centimetro in meno di Sandy.

Lei aveva allentato i muscoli.

Sandy gli aveva raccontato che lei e Milo avevano fatto pace, che avevano ripreso un po' di confidenza e che sarebbe andato tutto bene.

La bella Sandy aveva fatto uno dei suoi sorrisi. «È pronto per affrontare i problemi della vita. Ne ha passate tante, quel piccoletto, e in gran parte è colpa mia. Ma d'ora in poi gli starò sempre accanto.»

Tripi si era intristito perché capiva quanto Sandy ci tenesse a essere una buona madre. E poi perché gli era venuta in mente Ayishah e tutto quello che anche lei aveva dovuto sopportare, e pensò che forse, se si fosse preso più cura di lei, non sarebbero stati costretti a separarsi.

Non avrebbe mai dovuto rinunciare a cercarla. Due mesi, centinaia di chilometri, tutti i campi profughi sul confine turco, stringendo sempre in mano quella fotografia che nessuno voleva guardare. Tutti avevano visto troppe foto di bambini scomparsi.

E poi aveva avuto un'illuminazione: magari la sua sorellina, così intelligente, così piena di risorse, che riusciva a fare breccia nel cuore di chiunque, aveva attraversato l'Europa da sola. Aveva i documenti e conosceva la destinazione: Londra, Buckingham Palace.

Aveva passato ogni giorno di ottobre fuori dai cancelli della regina, esaminando tutte le bambine con i capelli ricci e neri, cercando gli occhi marroni di Ayishah.

Molto presto aveva finito i soldi. I poliziotti lo fermavano per la strada e gli chiedevano i documenti. E poi quell'annuncio per un lavoro alla *Nontiscordardimé*, in un paesino di nome Slipton, un posto dove avrebbe potuto nascondersi alle autorità.

Ma adesso c'era una speranza, giusto? Milo aveva detto che quell'uomo, Al, aveva visto Ayishah alla televisione, e che stava investigando. E poi, come un segno di Allah, aveva trovato le sue cose: il sacco a pelo e lo zainetto rosso della sorella accanto al cassonetto fuori dalla casa dell'Uomo con la moglie arrivata per posta.

«I miracoli accadono ogni giorno, Tripi.»

Sapere di avere una parte di Ayishah vicino mentre dormiva gli aveva permesso di sopportare il freddo durante la notte.

«Tripi? Ti ho chiesto cos'è quest'odore.»

«Forse è il detersivo. Ho ripulito tutte le superfici, come mi ha detto lei.» Alzò il flacone e lesse l'etichetta: «Lavanda e pino».

«È meglio che vada.» Sfregò di nuovo le labbra l'una contro l'altra e si passò le mani sul tessuto della divisa.

Tripi prese fiato. «Magari, con i soldi del premio, potrebbe comprare qualcosa di buono per le sue ospiti. Per festeggiare...»

«I soldi servono per cose più urgenti del cibo, Tahir.»

Per esempio a riempire il suo portafogli, pensò lui. L'infermiera Thornhill si sarebbe trovata benissimo nella Siria devastata dalla guerra, Tripi ne era sicuro: avrebbe fatto pagare ai feriti ogni benda e ogni foro di proiettile che avrebbe ricucito.

Tripi sapeva che per far funzionare il piano di Milo l'infermiera Thornhill doveva prima vincere il premio: doveva salire sul palco per ritirare il trofeo e fare il suo discorso. Dopodiché sarebbe stato proiettato il video. Ma quanto avrebbe voluto che – come aveva scritto la signora Moon sul blocchetto l'altro giorno? – *se ne andasse con la coda tra le gambe*. Sì, gli sarebbe piaciuto vederla andarsene con la coda tra le gambe, come un cagnolino.

Quando arrivò alla porta, l'infermiera Thornhill si voltò.

«Ah, Tahir? Dopo stasera dovremo rivedere il tuo contratto. Se miglioriamo il profilo della casa di riposo dovrò accertarmi che tu abbia i documenti a posto.»

Appena la Thornhill fu fuori dalla stanza, Tripi spense il telefono di Milo.

Le sue minacce non potevano più nuocergli.

Mezz'ora dopo, Tripi sentì un colpetto alla porta e una voce sommessa.

«Ehi, Tripi, hai il telefono?»

Gli occhi di Al perlustrarono tutta la cucina. A Tripi non andava ancora giù che quell'uomo vivesse in casa di Sandy.

Gli porse il cellulare.

«Ottimo, amico! Adesso lo carico.»

Un reporter sotto copertura, ecco come l'aveva chiamato Milo. E poi gli aveva detto che da grande avrebbe voluto fare quel lavoro, ma Tripi di avventure sotto copertura ne aveva passate anche troppe, nella sua vita. Voleva vivere in un mondo in cui tutto fosse allo scoperto, dove nessuno spiasse i propri amici o inventasse storie false.

«Sandy passerà a prenderti con il pulmino tra un'oretta.»

A Tripi non piaceva quando Al pronunciava il nome della bella Sandy. Si schiarì la voce. «Hai qualche novità?»

«Su cosa?» Al stava già esaminando il materiale video. «Roba buona, bravo.»

«Mi chiedevo se avessi qualche novità su mia sorella.»

«Hai una sorella?» Al alzò gli occhi dal telefono.

Tripi sentì un vuoto nel petto.

«Ayishah... Milo ha detto che l'avevi vista al telegiornale. Che potevi aiutarmi a localizzarla.»

Al si grattò la testa. «Non credo.» Poi ricominciò a guardare il telefono. Ogni volta che vedeva qualcosa che gli piaceva, alzava le sopracciglia. «E dov'è tua sorella?»

Tripi si sentì stringere la gola finché non diventò una fessura. Riusciva a malapena a farsi uscire le parole dalle labbra. «In Siria.»

Al alzò lo sguardo. «Ah, giusto, la ragazza della foto.»

«Quindi l'hai vista?»

«Vista?»

A Tripi tornò alla mente il viso di Ayishah un secondo prima dell'esplosione. Quale sarebbe stata la sua risposta? Che dovevano andar via da Aleppo e arrivare a piedi al campo profughi turco, oppure restare e aspettare l'autista? Se avesse potuto sentire le sue parole, forse l'avrebbe ritrovata.

Al infilò il telefono nella tasca della giacca di pelle. «È come cercare un ago in un pagliaio, amico. Ce ne sono milioni.»

«Ha dodici anni. Ed è sola.»

Al spostò il peso da un piede all'altro. «Va bene, riguarderò quella foto, vedrò che posso fare.»

Tripi chiuse gli occhi e immaginò la faccia della sorellina che gli sorrideva in mezzo ai detriti. *Ti troverò, Ayishah*, le promise. *Presto ti troverò.*

59

Sandy

Sandy guardò l'ultima pillola bianca e blu nel vortice dello scarico del water e sentì che i muscoli del petto si rilassavano. Voleva che Milo fosse fiero di lei. Da adesso in poi avrebbe fatto tutto per bene, anche le piccole cose. Avrebbero costruito una nuova vita insieme. Basta con le pillole, la dieta, basta pensare ad Andy o preoccuparsi dei soldi.

Si infilò il vestito che aveva comprato quel pomeriggio al negozio che raccoglieva fondi per la Protezione Animali. Era senza maniche, con lo scollo a barca, e quando se lo era provato nel camerino aveva volteggiato intorno al suo corpo mentre si girava per guardarsi allo specchio. Poi era arancione, il colore preferito di Milo, un arancione color pesca, come la luna speciale che aveva attaccato in camera sua. Mentre svolazzava per il negozio con il vestito nuovo, le era caduto lo sguardo sulla torcia di Milo e la donna le aveva spiegato che era andato a scambiarla con un bollitore da viaggio per sua nonna. Sandy aveva sospirato sul vestito arancione, aveva ricomprato la torcia e si era ripromessa di procurargliene una migliore appena avesse avuto più soldi: una di metallo, pesante, a lungo raggio.

Tirò l'acqua un'ultima volta per assicurarsi che le pillole fossero ormai un ricordo, poi scese in cucina e staccò la spina della TV. Basta anche con i programmi sulle vacanze. Basta sprecare la vita a sognare ad occhi aperti.

Si fermò nell'ingresso e si avvolse una sciarpa color crema intorno al collo. Magari, passato tutto quanto, sarebbe guarito anche lo sfogo sul collo.

«Sei bellissima.» Petros era in piedi in fondo alle scale, con una camicia bianca e una vecchia cravatta gialla di poliestere di Andy. Niente di logoro, a parte il cappellino calato fino alle orecchie.

«Anche tu sei molto bello» disse Sandy. «Lou sarà orgogliosa di averti al suo fianco.»

Petros si tolse il cappellino, lo strinse al petto e fece un inchino. «Vado a fare una passeggiata, prendo un po' d'aria.»

Sandy annuì. «Ricordati di tornare per le sei.»

Poi suonò il telefono, mentre Petros scompariva dietro la porta.

«Pronto?»

Un *clic* dall'altra parte.

«Milo? Sei tu?»

Il pianto di un bambino.

«Sono io.»

Sandy si portò una mano al collo. «Andy?»

«Prendila tu» lo sentì dire lontano dal ricevitore.

Il pianto si affievolì. Forse alla fine la *habibti* era diventata un demonio sul serio.

«Come stai, Sandy?»

Le venne da ridere. Come stava? Diceva sul serio?

«Ho da fare, Andy, non ho tempo di parlare in questo momento.» Si grattò la pelle arrossata sotto la sciarpa.

«Torno a casa.»

Per un attimo, il mondo si fermò. L'orologio sul microonde smise di ticchettare, il brusio del frigorifero cessò, la goccia che cadeva dal rubinetto si fermò a mezz'aria.

«Cosa?»

«Qui le cose non vanno bene.»

Sandy si aggrappò allo schienale di uno sgabello della cucina.

«Sandy? Sei ancora lì?»

Quanto aveva aspettato di sentire quelle parole? Sentirgli dire che aveva sbagliato, che tornava da lei, che era stato un imbecille a darla per scontata? Che gli mancava e che gli mancava Milo e che voleva che fossero di nuovo una famiglia. Lei gli avrebbe tenuto il muso per un po' e gli avrebbe reso la vita molto difficile, ma alla fine avrebbe ceduto, si sarebbe messa a ridere e gli avrebbe detto che lo amava e che sì, certo, poteva tornare a casa. Che lei e Milo lo aspettavano.

«Angela non riesce a imparare la lingua.» Fece una pausa. «E non si trova bene neanche con le usanze. È troppo dura per lei.»

«Cosa?»

«Le mancano i suoi amici.» Il mondo ricominciò a girare. La goccia cadde nel lavello. Il microonde riprese a lampeggiare.

«E vogliamo crescere Arabella in Inghilterra.»

Sandy si sedette sullo sgabello e scoppiò a ridere. Andy, Angela e Arabella.

«Che c'è da ridere?»

«Niente.»

«Vogliamo vendere la casa, Sandy. Abbiamo bisogno di soldi.»

Lo sfogo divenne sempre più rosso, sempre più irritato. Sangue sotto le unghie. «Non hai pagato niente da quando sei andato via.»

«Ho pagato il mutuo della casa in cui vivi da dieci anni.»

Il mondo scivola via. Ecco come Lou descriveva i momenti in cui sentiva di perdere la consapevolezza di ciò che aveva intorno.

La porta d'ingresso si aprì e si richiuse.

Milo entrò in cucina e buttò a terra la cartella della scuola.

«Perché hai tanto da fare?» chiese Andy.

«Oh, niente, stiamo solo facendo chiudere la casa di riposo di Lou.» Lanciò un'occhiata a Milo e gli fece l'occhiolino.

E poi si rese conto di quello che aveva appena detto.

«Di cosa diavolo stai parlando, Sandy? Perché la nonna è in una casa di riposo?»

Merda.

Milo alzò gli occhi. Aveva l'udito così sviluppato che sicuramente aveva sentito tutto.

«Sandy?»

«Oh, per l'amor del cielo, Andy, ma cosa ti aspettavi? Di volartene all'altro capo del mondo con la tua crisi di mezza età? Non riuscivamo più a seguirla.»

«Milo sapeva come...»

«Milo è solo un bambino!»

Milo era in mezzo alla cucina e la guardava. Sandy allungò una mano verso di lui. «Tesoro...»

Ma lui indietreggiò.

«È mia nonna, lo decido io dove va» ruggì Andy dal telefono.

«Tu non sei qui e non stai pagando le bollette, e Milo è troppo piccolo per badare a lei. È malata, Andy. Non c'è più con la testa.»

Milo raccolse la cartella da terra.

«Andy, devo andare.»

«Dobbiamo parlare di questa cosa. E del fatto che sto tornando.»

«Non me ne frega assolutamente nulla del fatto che stai tornando. Vattene a quel paese, Andy.» Sandy sbatté il ricevitore.

Milo era già arrivato alla porta sul retro.

«Milo, torna qui.»

Stava andando dritto verso il capanno.

Sandy gli corse dietro. «Milo!»

Non era così che dovevano andare le cose. Ecco come se le era immaginate: l'avrebbe aspettato al ritorno da scuola. Lui l'avrebbe vista con il suo nuovo vestito arancione e il trucco, i capelli tirati su per mettere in mostra il suo collo lungo, come piaceva a lui. E lei gli avrebbe raccontato com'erano andati tutti i preparativi.

Che Al era dalla sua ragazza a dare i tocchi finali al video.

Che la signora Harris aveva dato a Sandy il permesso di prendere il pulmino della scuola.

Che tutti erano pronti a partire per Londra.

Che dopo avevano organizzato una festa.

E gli avrebbe detto che Tripi le piaceva, e che era felice di averlo nella loro vita.

Soprattutto, l'avrebbe abbracciato stretto stretto e gli avrebbe detto che era molto orgogliosa che il suo piccolo Milo fosse un vero eroe.

Milo chiuse la porta del capanno.

Sandy rimase fuori, con l'erba che le bagnava le calze. Si inginocchiò con una mano sulla porta. «Milo, ascoltami, per favore. Non credevo che stessi sentendo.»

«Mi hai mentito» disse lui con la voce tremante. «Ieri sera quando sei venuta a parlarmi mi sono fidato di te, ma tu dici sempre bugie.»

«Cerco di proteggerti, tesoro.»

«Hai mentito quando mi hai detto che avevi raccontato a papà della casa di riposo, hai mentito sulla nonna e sull'incendio...»

«Sull'incendio?»

«Ho visto la lettera sulla tua scrivania. Quello che hai detto, che sapeva che era giusto andarsene, adesso ha un senso. Voleva andare via. L'ha fatto di proposito.»

Sandy prese fiato e lo trattenne per qualche secondo.

«La nonna sapeva che era il momento di andarsene, Milo.»

«Che intendi?»

«È come ti ho detto ieri sera. Non voleva più essere un peso. Per noi, ma soprattutto per te, Milo.»

Milo non rispose.

«Fammi entrare, ti prego. Possiamo parlare un po' come ieri sera. Ti posso spiegare tutto.»

«Così ha dato fuoco alla cucina per costringerti a mandarla via?»

Ci fu una lunga pausa. «A modo suo voleva farci capire che le serve più aiuto di quanto possiamo darle io e te. È stata una sua scelta, Milo.»

E Sandy era riuscita a fare confusione anche in quello.

«E continui a mandare via e a ospitare le persone senza chiedermi niente» disse Milo.

«Ho dovuto farlo. Mi dispiace.» Non le veniva in mente niente da dire per migliorare le cose.

«E la nonna... non mi avevi detto che era malata. Malata davvero, intendo.»

«Milo... è impossibile che non te ne sia accorto.»

«Se l'avessi fatta rimanere qui, sarebbe stata bene. Mi sarei occupato io di lei.»

Sandy si fermò un istante. Non poteva dire a Milo che era solo un bambino e che, anche con la buona volontà non poteva occuparsi di Lou.

«Milo, vieni fuori per favore.» Più di ogni altra cosa voleva abbracciarlo, fargli sentire che andava tutto bene, che se la sarebbero cavata, entrambi. «Ti prego, Milo. È quello che volevi, che la gente vedesse la *Nontiscordardimé* per quello che è in realtà. Vado ad aiutare l'infermiera Heidi a preparare le signore, torno a prenderti tra un'ora. Ti ho lasciato i vestiti di sopra, c'è la tua felpa preferita, quella arancione. Si intona con il mio vestito...»

«Non vengo.»

«Ma, Milo...»

«Ormai non ha senso.»

Sentì un colpo sulla porta e immaginò Milo con le gambe strette al petto, gli occhi chiusi contro i ginocchi.

Sandy respirò a fondo. «Per favore, vieni fuori.»

Nessuna risposta.

60

Lou

Sentì i suoi passi lungo il corridoio, il suo corpo che attraversava la stanza, lo scricchiolio delle ginocchia mentre si accovacciava di fronte a lei.

«Volevo rivederti» disse lui. «Volevo essere sicuro che la mia Louisa stesse bene.» Allungò una mano e le accarezzò una guancia. «E darti questo.»

Le porse un foglietto arrotolato.

Lou non aveva la forza di aprirlo o di parlare, così glielo aprì lui.

Guardò le linee di matita che componevano il suo viso, i suoi capelli, l'urgenza nel tratto, come se volesse finire prima che volasse via come sua moglie.

«Ti farò un ritratto, un dipinto» le promise. «Ma per ora ti do questo.»

Lei allungò una mano e gli toccò il braccio. La camicia bianca era nuova, niente polsini sfilacciati.

Facendo leva con il pollice, si sfilò l'anello di fidanzamento che portava all'anulare e lo fece cadere nella mano di Petros.

«Sposami» mormorò. «Sposami adesso.»

Lui prese l'anello, lo baciò e glielo fece scivolare sull'anulare dell'altra mano.

«La mano sinistra è per David, la destra è per me.»

Petros si alzò in piedi. «Devo trovare una persona prima della premiazione. Ci vediamo lì, Louisa.»

Lou annuì e lo seguì con lo sguardo mentre attraversava la stanza e usciva, sentì i suoi passi nel corridoio e oltre la porta d'ingresso, e poi guardò la sommità della sua testa che luccicava sotto i lampioni mentre si dirigeva verso il parco.

61

Tripi

Un'ora dopo, Tripi era in piedi fuori dal capanno insieme a Sandy.

«Milo, sono Tripi. Dobbiamo andare, abbiamo il video, è fantastico ed è tutto merito tuo. Dovresti essere fiero di te stesso e venire con noi.»

Silenzio.

«Al è andato in ufficio per caricarlo su internet subito dopo l'annuncio del premio.»

Ancora silenzio.

Tripi cercò di non prendersela con Milo per avergli mentito dicendogli che Al aveva trovato Ayishah. Il bambino stava solo cercando di salvare la vecchia signora Moon e di aiutare le altre anziane della *Nontiscordardimé*. Certo, gli sarebbe piaciuto non averci creduto subito, perché adesso si sentiva un cretino. «È facile dartela a bere, Tripi» gli diceva sempre Ayishah.

Ormai avrebbe dovuto sapere che le buone notizie non arrivano così facilmente.

«È tutto pronto, Milo. Ti piacerà.»

Ancora niente.

Sandy appoggiò una mano sul braccio di Tripi. «Non va bene.»

Sul collo le era caduta qualche ciocca di capelli, arricciati dall'umidità notturna. Con quel vestito arancione gli ricordava i tramonti della Siria. Un'ondata di nostalgia lo investì.

Tripi si ritrasse. Dopo quella sera sarebbe tornato a Londra.

Non aveva nessun diritto di creare dei legami che non avrebbe potuto mantenere.

La luce negli occhi di Sandy si spense.

Tripi tese le mani. «Se Milo vuole stare qui, non possiamo farci niente. Ma dobbiamo trovare Petros, o la vecchia signora Moon si arrabbierà.»

Dopo l'euforia per aver ritrovato la sua voce, la vecchia signora Moon era rimasta in silenzio per tutto il pomeriggio. L'aveva vista dormire nella poltrona del soggiorno per ben due volte. Non era così sicuro che volesse partecipare a quella premiazione.

«Credi che non lo sappia?» La voce della bella Sandy si incrinò.

L'aveva ferita, era stato indelicato a ritrarsi dalla sua presa.

«Mi dispiace, Sandy.»

Lei si allontanò e cominciò a piangere. «Era uscito per fare una passeggiata» disse, singhiozzando. «Gli avevo detto di tornare per le sei. E poi Andy...» Le parole si incepparono. «E poi Milo...»

Tripi non aveva mai visto una donna adulta piangere in quel modo, con tutte quelle lacrime. Il suo corpo era scosso dai singhiozzi, e lungo le guance le scorrevano rivoli di mascara. Si era vestita bene perché voleva far felice Milo e adesso invece stava piangendo, ed era tutta colpa sua.

Tripi si fece avanti e la prese tra le braccia. Tutti i muscoli di Sandy si rilassarono, e il suo corpo affondò nel suo petto.

«Va tutto bene» disse lui, accarezzandole la nuca. Con le dita, le sfiorò le ciocche di capelli alla base del collo. «Andrà tutto bene.»

Lei alzò la testa. Aveva gli occhi gonfi, la punta del naso rossa per il freddo. Si alzò in punta di piedi e lo baciò.

Tripi chiuse gli occhi e sentì il tocco delle sue labbra. Per un attimo il resto del mondo svanì.

Quando li riaprì, vide un sorriso farsi strada tra quei fiumi di lacrime.

Tripi si tirò indietro di colpo, sgranando gli occhi.

Guardò l'orologio. «Ok, andiamo. Dobbiamo trovare Petros lungo la strada.»

Attraversarono il prato in direzione della casa. Tripi la sorreggeva, mentre i suoi tacchi sprofondavano nell'erba morbida.

Prima di rientrare in cucina, diede un'ultima occhiata al capanno: il faccino di Milo faceva capolino dalla finestrella.

Il pulmino era al completo, l'aria era piena dei profumi delle vecchiette: rosa, lavanda e sapone. Con l'assistenza della signora Swift, Sandy aveva curato il trucco e i capelli di tutte.

La signora Zimmer era riuscita a star sveglia fino al momento di salire sul pulmino.

L'infermiera Heidi aveva recuperato l'iPad della signora Sharp dalla cassetta dei beni confiscati della Thornhill, così avrebbe potuto giocare ad Angry Birds fino a Londra.

C'era molto fermento per l'idea di poter finire al telegiornale, soprattutto da parte della signora Turner, che sosteneva che avrebbe mostrato alle telecamere tutto il cibo che si era stipata in tasca, e della signora Foxton, che accarezzava l'idea di chiedere al pubblico britannico se tra di loro c'era quello che aveva lanciato il mattone nel suo conservatorio.

Quanto alla signora Wong, sapeva bene che a Londra c'erano dei ristoranti cinesi, e per lei voleva dire solo una cosa: riso.

Fuori dal pulmino si sentiva un vecchio che fischiava alla finestra. Per qualche ragione, la signora Moseley riconobbe il motivetto e si unì a lui. Da quando erano partiti dalla *Nontiscordardimé* non aveva mai smesso di sorridere.

Sandy accese il riscaldamento, un po' spaesata di stare dietro al volante con quel suo corpo cicciottello.

«Sei sicura di voler guidare?» chiese Tripi.

Lei lo guardò come faceva Ayishah ogni volta che diceva qualcosa di stupido. Sandy premette sull'acceleratore e il pulmino si avviò sbandando per la strada.

62

Milo

Milo uscì dal capanno. La casa era completamente al buio, perfino la stanza della nonna. Guardò in alto e mise a fuoco la luna piena. Si sentiva come se dovesse chiederle scusa: l'aveva invocata e adesso eccola lì, pronta per la grande serata, e lui invece si era arreso. Ma non poteva presentarsi alla cerimonia di premiazione. Non dopo tutte quelle bugie. Gli aveva mentito perfino la nonna. Non gli aveva detto che aveva appiccato l'incendio di proposito. Non gli aveva detto che non voleva più che fosse lui ad accudirla.

E poi Tripi che baciava la mamma, proprio lì, nel cortile.

Si era fidato di lui, ma doveva essere amico suo, non della mamma. Si rendeva conto solo in questo momento che probabilmente Tripi era tornato da Londra solo per lei: perché voleva accarezzare il suo seno, come faceva il grande Mike con Lalana, suo padre con l'Amichetta e Petros con la nonna. Da grande, Milo non avrebbe mai baciato nessuno, né avrebbe trovato una fidanzata, né si sarebbe sposato.

Dopo quello che era successo a scuola, Milo avrebbe dovuto sapere che la giornata sarebbe finita male.

Infatti, arrivato a casa, aveva sentito la mamma che parlava al telefono con suo padre e tutte le bugie che aveva accumulato erano state svelate in un colpo solo, e la giornata era peggiorata ulteriormente.

Forse poteva fuggire e vivere come Tripi, con un sacco a pelo, uno zaino e nient'altro. Poteva lavorare in una cucina, lavare i piatti e guadagnarsi così i soldi per il tè e per qualche toast con la crema di Marshmallow.

O magari un giorno i suoi occhi sarebbero peggiorati ancora, più velocemente di quanto avessero previsto, e non avrebbe visto più niente, neanche un foro minuscolo, e il mondo sarebbe diventato nero e avrebbe potuto far finta di non esistere.

Milo sentì dei passi sul marciapiede di casa e poi vide qualcuno che camminava sul prato verso di lui. Un uomo con un cappellino giallo e un grosso fagotto bianco e nero tra le braccia.

«Milo?»

Milo fece qualche passo indietro verso il capanno.

«Milo, guarda cosa ho trovato.» Petros gli si piazzò davanti e gli mostrò Amleto. «È pesantissimo. Tieni, prendilo tu.» Glielo mise tra le braccia. Pesava così tanto che Milo quasi cadde all'indietro.

Amleto lo sniffò e grugnì, strofinando il muso bagnato sul suo mento. Milo lo strinse forte al petto e accostò il viso alla sua pelle, con un sospiro. «Pensavo di averti perso» continuava a dire. «Ma sei tornato. Sei tornato.» Respirò il profumo di Amleto: odorava di terra e foglie e di cielo notturno; perfino, pensò Milo, della luna tersa e luminosa che li stava guardando. «Sei tornato» ripeté, con la voce rotta.

«Ti stava cercando. L'ho trovato nel parco, mi ha detto che il parco ti piaceva e che sicuramente saresti andato a cercarlo lì.»

Milo non gli credette: Amleto non gli avrebbe mai parlato, mai e poi mai.

«Allora, sei pronto?»

«Se ne sono andati senza di noi» disse Milo.

«Lo so.» Petros gli fece vedere il suo cellulare. «Al mi ha dato questo prima di andare in ufficio. Mi ha chiamato per chiedermi dov'ero e io ho risposto che avevo da fare e di non dire niente a Lou, a Sandy e a Tripi.»

«Sei andato a cercare Amleto?»

Petros annuì.

«Ma hai detto che i maiali sono buoni solo per farci i salamini.»

Petros scoppiò a ridere. «Be', forse mi sbagliavo, o forse alcuni maiali sono diversi, come il tuo Amleto, anche se è diventato così grasso che sarebbe davvero ottimo come salame...»

A Milo non piacevano le battute di Petros, ma non aveva tutti i torti: Amleto stava diventando enorme, molto più grasso delle foto dei maialini nani adulti che aveva visto su internet. Seguendo le istruzioni trovate sul sito, Milo aveva chiesto a suo padre il certificato di nascita di Amleto per essere sicuro che il suo maialino nano provenisse da una buona cucciolata, ma lui si era messo a ridere e aveva detto che non ce n'era bisogno.

Petros fece una carezzina dietro l'orecchio nero di Amleto. «Allora Milo, vieni o no?»

«Non possiamo, te l'ho detto, se ne sono andati.»

«Ah, ma io possiedo un mezzo di trasporto che è molto, molto meglio di un pulmino.»

A Milo non piaceva che Petros desse per scontato che sarebbe andato con lui, quando in realtà non aveva ancora deciso.

«Vieni. Puoi portare anche Amleto, se vuoi.»

Petros s'incamminò sul prato, diretto al cancello.

«Vuoi sempre sposare la nonna?» gli urlò dietro Milo.

Petros si fermò e si voltò. «Con il tuo permesso, Milo, ne sarei molto felice, sì.»

Milo guardò Amleto e poi la luna su nel cielo e infine Petros. Pensò che non era neanche lontanamente bello come il bisnonno con la sua divisa dell'esercito. Ma rendeva felice la nonna, no? E la nonna non avrebbe lasciato che una persona qualsiasi la facesse felice, soprattutto perché era ancora innamorata del bisnonno. Anzi, sicuramente aveva chiesto il permesso prima a lui.

«Va bene, allora come ci arriviamo, a Londra?»

Milo non aveva mai avuto così tanto mal d'auto. Veniva scaraventato avanti e indietro, a ogni curva a gomito sbatteva contro la portiera, i dossi artificiali lo facevano sobbalzare, e poi c'erano tutte quelle partenze e quelle frenate, e il vecchio motore che sferragliava e la puzza di benzina e di gas di scarico.

«Ma quanto è vecchia questa macchina?» domandò.

Era passato accanto a quell'auto arrugginita un milione di volte, ma non aveva mai pensato che il signor Overend potesse guidarla.

«Avrà la mia età!» Il vecchio rise e si immise bruscamente in una strada laterale.

Il sogno che aveva fatto la notte scorsa. Il signor Overend che lo aiutava a trovare Amleto. Che veniva in suo soccorso. Tutto portava a quel preciso istante.

Con le pantofole ai piedi, il signor Overend non aveva molta aderenza sui pedali e continuava a mancare il freno e a premere invece l'acceleratore.

Milo si aggrappò alla maniglia, assicurandosi che Amleto fosse ancora protetto dalla cintura.

Suo padre si lamentava sempre degli anziani al volante. Diceva che il governo avrebbe dovuto sottoporre gli ultrasettantenni a un esame di guida ogni due o tre anni. A quei tempi Milo aveva trovato l'idea divertente, pensando a tutti i vecchietti che se ne sarebbero andati in giro sulle auto della scuola guida con la P di principiante attaccata dietro, ma forse dopotutto suo padre non aveva tutti i torti.

Quando si fermavano al semaforo la gente li fissava: squadravano il signor Overend in pigiama, accanto a lui Milo con Amleto in braccio e Petros con il suo cappellino giallo sul sedile di dietro.

E se fosse passato un poliziotto e li avesse arrestati perché sembravano dei pazzi e poi li avessero sbattuti in manicomio? Milo aveva visto un film in cui succedeva esattamente lo stesso, e più quelli che venivano rinchiusi cercavano di persuadere dottori, infermiere e polizia della propria sanità mentale, più apparivano fuori di testa, convincendo tutti della loro pazzia. Alla fine, dopo un po' di tempo passato in manicomio impazzivano veramente e dovevano rimanere lì per sempre a farsi friggere il cervello con gli elettrodi.

«Siamo arrivati!» Il signor Overend si fermò dietro il pulmino delle elementari parcheggiato nell'aria disabili del Prince Albert Hotel.

A quanto pareva il signor Overend aveva fatto il tassista a Londra e conosceva la pianta della città meglio dello stradario. Raccontò a Milo e a Petros che i tassisti londinesi erano le persone più intelligenti del mondo e che era stato provato che avessero il cervello più sviluppato della gente comune perché dovevano ricordarsi tutto in tre dimensioni. Adesso però, il navigatore aveva cambiato completamente le cose e i tassisti erano stupidi come gli altri. Inoltre alcune vie, rotonde e cartelli erano cambiati da quando il signor Overend percorreva le strade di Londra.

Milo scese dalla macchina insieme ad Amleto e a Petros, mentre il signor Overend disse che sarebbe tornato a Crescent Way e che aspettava il resoconto di tutto quello che sarebbe successo all'infermiera Thornhill. Prima di andarsene diede a Milo una busta piena di fotografie.

«Sono le foto della tua sorellina» disse. «Le ho trovate tra la mia immondizia.»

«Foto della mia sorellina?»

Il signor Overend annuì. «Ti somiglia, Milo.»

Milo si infilò la busta in tasca. Le avrebbe guardate dopo, e avrebbe anche scoperto come avevano fatto a finire nell'immondizia del signor Overend.

63
Milo

La hall del Prince Albert Hotel era piena di vecchiette della *Nontiscordardimé*. Con tutti quei pizzi e merletti, con il trucco e i capelli raccolti in crocchie o arricciati ad arte sembravano quasi persone comuni, anche se quasi tutte avevano ancora le pantofole ai piedi, proprio come il signor Overend. E la signora Moseley puzzava sempre di pipì, anche se sembrava più felice di quanto non fosse mai stata alla *Nontiscordardimé*. Mentre il signor Overend faceva inversione sulla via principale, lei lo salutò dalla finestra agitando il bastone. Le macchine gli sfrecciavano accanto strombazzando e la gente tirava fuori la testa dal finestrino urlando: «Levati di mezzo, nonnetto!». Ma il signor Overend sorrideva, e così la signora Moseley. Forse la nonna e Petros, il signor Overend e la signora Moseley avrebbero potuto fare un doppio matrimonio.

Comunque, il piano era questo: non appena l'uomo sul palco avesse annunciato il premio e i tecnici avessero fatto partire il video, la nonna, la signora Moseley, la signora Zimmer, la signora Swift, la signora Sharp, la signora Foxton, la signora Wong e Petros sarebbero entrati tutti insieme dalla porta sul retro e avrebbero indicato l'infermiera Thornhill, gridando qualcosa che Milo non aveva ancora ben chiaro, perché poi aveva deciso di restare nel capanno e se n'era dimenticato.

Non si accorsero immediatamente del suo arrivo, ma poi Amleto grugnì e tutti si voltarono. Amleto fece i suoi bisogni sul pavimento della hall e lo staff dell'hotel andò nel panico, ma niente di tutto questo aveva importanza, perché arrivò subito la nonna ad abbracciare Milo. Anche se camminava molto lentamente e aveva il viso di sempre, appariva leggermente cadente da un lato; mentre lo stringeva tra le braccia, Milo riconobbe l'odore di albicocca della sua pelle e pensò che forse alla fine era vero, si sarebbe aggiustato tutto.

«Sbrigati, Milo! Stanno per annunciare il vincitore.» Petros allungò le braccia in direzione di Amleto. «Ci penso io al tuo maialino.»

Milo lo strinse al petto.

«Siamo amici adesso, giusto Amleto?» disse Petros accarezzandolo dietro l'orecchio bianco. Amleto cominciò a dimenarsi: non sembrava molto convinto, ma Milo glielo lasciò ugualmente.

La mamma fece capolino dalla porta della sala conferenze e gli fece cenno di avvicinarsi.

La nonna gli strinse la mano. «Vai» lo spronò. «Coraggio.»

A Milo piaceva il suono della voce della nonna. E gli piaceva anche pensare che presto sarebbe tornata a casa e che avrebbe sentito la sua voce molto più spesso. Non sarebbero stati più costretti a scrivere tutto, adesso potevano avere delle vere conversazioni.

Milo non sapeva da che parte guardare. C'erano così tante persone ammassate, file interminabili di sedie e un palchetto pieno di adulti vestiti in modo elegante.

Le spirali rosse sulla moquette gli facevano girare la testa, il soffitto sembrava troppo basso e non c'erano finestre.

Allargò un po' il colletto della felpa arancione.

Tripi gli andò vicino e gli mise una mano sulle spalle. «Sono contento di vederti, amico mio.»

Milo annuì, ma non riusciva a guardarlo negli occhi, non con quell'immagine ancora piantata in testa: Tripi che baciava la mamma nel cortile.

Si girò verso di lui. «Hai dato alla regia l'altro video?»

«Certo. Siamo una squadra adesso, Milo, non ti deluderei mai e poi mai. L'infermiera Thornhill avrà una bella sorpresa.»

«Shhh!» brontolò una donna dall'ultima fila con dei capelli crespi di un colore tra il grigio e il violaceo.

Milo guardò la mamma con il suo vestito arancione e pensò che era bellissima, poi si ricordò l'abbraccio della sera prima nel capanno, e tutti i brutti pensieri si volatilizzarono. Andò da lei e la abbracciò all'altezza della vita. «Sei molto bella, mamma» disse.

«Dovevo vestirmi bene per il tuo gran giorno, Milo» rispose, poi chinò la testa sulla sua e lo strinse forte.

La mamma, Tripi e Milo si sedettero.

«E adesso, il momento che tutti aspettavate» annunciò un tipo con una toga nera e un sacco di medaglie d'oro al collo. «Rullo di tamburi, per favore» disse, ma non partì nessun tamburo: c'erano solo persone che si agitavano sulle sedie, tossivano e si soffiavano il naso, stanchi di aspettare.

Sullo schermo dietro di lui apparvero le foto delle tre infermiere: la Thornhill era al centro, con le rughe coperte dal trucco, ma con il suo solito sorriso ingessato.

«Al terzo posto...» L'uomo con le medaglie aprì una busta dorata come quella degli Oscar e lesse il nome: «La signorina Theresa Bone della casa di riposo *Bellosguardo*».

Milo pensò che *Bellosguardo* sembrava il nome di un albergo.

Esclamazioni di stupore, qualche applauso e poi una donna che sbucò dalla prima fila. Sorrideva, ma si vedeva che era un sorriso finto perché aveva le labbra troppo tirate. Milo pensò che doveva essere brutto per lei arrivare terza quando sperava di vincere, e avere tutti gli occhi addosso mentre saliva per ricevere un premio che non avrebbe mai voluto.

«Ci stiamo avvicinando» disse l'uomo. «Al secondo posto...» Strappò la busta. «Daphne ci ha messo un quintale di colla» scherzò, ridendo. Daphne doveva essere la sua segretaria. Forse anche lui era andato a letto con lei come il papà con l'Amichetta. «Al secondo posto... L'infermiera Thornhill della *Nontiscordardimé* di Slipton.»

Milo guardò la mamma e poi Tripi. Erano pietrificati. Tornò a guardare il palco e vide l'infermiera Thornhill che si alzava con un sorriso ancora più imbastito del solito e la faccia rossa come le spirali della moquette. Un po' gli dispiacque per lei, ma poi si rese conto che il piano era andato a rotoli.

«Stanno tutti puntando su di lei» gli aveva detto l'ispettore calvo il martedì prima. «Nessuno è al suo livello.» Perfino l'occhiolino, le aveva fatto.

Milo sentiva di dover fare qualcosa.

«Tripi, vai al banco luci e suoni e digli di mandare il video.»

«Ma non mi ascolteranno...»

«Sì che ti ascolteranno. Digli quanto è perfida e se si rifiutano digli che li paghi.»

«Milo...» disse la mamma.

«Va tutto bene, mamma, quando vedranno il video si scorderanno dei soldi.» Tripi si fece strada sbattendo contro le ginocchia degli spettatori, e incespicando riuscì a raggiungere la passerella e a uscire dal retro.

«Mamma, fai preparare tutti nella hall.»

«Milo... Sei sicuro?»

«Non volevi che lo facessi? Non è quello che hai detto prima, fuori dal capanno?»

La mamma si mise l'unghia del mignolo in bocca, annuì e seguì Tripi.

Milo prese un bel respiro e si fece avanti.

Davanti agli occhi si formò una nebbiolina gialla causata dal contrasto tra il buio della platea e i riflettori sul palco. Li chiuse per un attimo, poi li riaprì e cercò di concentrarsi.

La nonna aveva detto «coraggio», e Milo sapeva cosa voleva dire. Coraggio come quello che aveva avuto il bisnonno a combattere in Corea e a vincere la battaglia di Pakchon anche se il suo reggimento era piccolo e non aveva abbastanza armi. Anche se significava che per vincere dovevi morire.

La voce dell'uomo con le medaglie riecheggiò nella sala. «L'infermiera Thornhill ha condotto alla *Nontiscordardimé* un lavoro esemplare. È arrivata seconda per un soffio e dovrebbe essere assolutamente fiera del suo traguardo.»

L'ispettore calvo era seduto in prima fila e sorrideva. Milo capì che aveva detto la stessa cosa a tutte e tre le infermiere, cioè che tutti quanti puntavano su quella casa di riposo.

Milo salì sul palco e passò davanti alle file riservate alla gente importante, ma inciampò sul cavo di un microfono e si aggrappò alla gamba di una donna che indossava la stessa tunica nera e le stesse medaglie del presentatore. La signora sobbalzò, si ritrasse e Milo cadde a terra. Sentì dei mormorii levarsi dal pubblico e il tizio sul palco smise di parlare. Milo si rimise in piedi e inclinò la testa. Nel bel mezzo del suo forellino comparve la faccia paonazza dell'infermiera Thornhill.

«Giovanotto, non dovresti stare qui sopra» disse uno che non sembrava tanto importante, perché invece del completo o della toga con le decorazioni indossava dei jeans e una maglietta nera scolorita.

Milo riconquistò l'equilibrio e partì dritto verso il microfono. Sperò che la signora Harris vedesse il servizio al telegiornale locale con il registro vicino, perché una cosa era certa: non avrebbe ripetuto la scena di fronte a tutta la classe.

«Potrebbe prestarmi il suo microfono, per favore?» chiese all'uomo con le medaglie. «Vorrei dire una cosa sull'infermiera Thornhill e sulle case di riposo *Nontiscordardimé*.»

«Mmm...» Il tizio con le medaglie si girò a guardare le altre persone sedute sul palco, ma nessuno disse niente.

«È molto importante.»

L'uomo rimase imbambolato, ma poi qualcuno dal fondo si mise a urlare.

«Milo! Milo! Ascoltate Milo!»

La signora Pelosetta svettava sui suoi tacchi alti accanto alla signora Moseley, che iniziò ad applaudire e a gridare il nome di Milo.

Tripi si unì a loro dal banco della regia, e poi qualcun altro, con un accento straniero simile a quello di Tripi ma più morbido; e Milo riconobbe la voce di Petros e lo vide che sollevava in alto Amleto con le braccia. Anche Amleto grugniva come un pazzo, come se volesse far parte del coro.

Tutte le vecchiette della *Nontiscordardimé* fecero irruzione in sala dall'uscita di emergenza, e quando sentirono la signora Pelosetta, la signora Moseley e Petros cominciarono anche loro a incitarlo, battendo le mani. E poi gente a caso dal pubblico cominciò a chiamarlo, e improvvisamente tutta la sala stava urlando ed erano partiti i flash dei fotografi in prima fila. Milo si accorse che c'erano le telecamere e che stavano tutte zoomando sulla sua faccia.

L'infermiera Thornhill strattonò la tonaca del tizio medagliato.

«Lo faccia scendere dal palco» sibilò tra i denti stretti del suo sorriso ingessato.

Ma l'uomo non le diede ascolto. Porse invece il microfono a Milo e si sedette.

Milo era in piedi da solo su quel palco enorme. Prese un bel respiro. Non faceva così paura quanto aveva immaginato, perché quando guardava i riflettori tutto diventava sfocato, compreso il pubblico e la gente che era lì sopra, e lui poteva far finta di essere da solo, di parlare per conto suo o con la nonna.

«Ho un maialino che si chiama Amleto.»

Qualcuno si mise a ridere.

«Mio padre me l'ha regalato per tirarmi su quando hanno scoperto che avevo la retinite pigmentosa, cioè che i miei occhi non funzionano bene e che un giorno sarò cieco.»

Qualcuno, impressionato, soffocò un'esclamazione.

«E anche perché voleva chiedermi scusa per aver fatto sesso con la sua Amichetta e non con la mamma, e perché la sua Amichetta era incinta e stavano per trasferirsi ad Abu Dhabi, e quindi non lo avrei visto per tanto tempo.» Si fermò un istante.

Parecchi spettatori cominciarono a borbottare tra loro. La signora Harris diceva sempre che era maleducato chiacchierare mentre qualcuno stava parlando, così Milo aspettò che smettessero prima di continuare, che è quello che faceva la maestra quando voleva che la classe stesse attenta.

«Lasciate parlare il bambino!» urlò un uomo dalle ultime file.

Milo si avvicinò al microfono. «Amleto è l'animaletto più bello del mondo. Non è difficile da addestrare come un cane e non graffia come i gatti. E ascolta quello che gli dici, anche quando tutti gli altri hanno da fare.» Deglutì. «E poi è sempre caldissimo, quindi non c'è bisogno di prepararsi la borsa dell'acqua calda.»

Milo strizzò gli occhi per cercare di vedere Amleto, perché pensava che gli sarebbe piaciuto che centinaia di persone stessero ascoltando la sua storia.

«Ma quando Amleto viveva da noi, non era sempre felice.» Milo si sentiva in colpa a dire quello che stava per dire di fronte a tutte quelle persone, ma faceva parte del discorso e non poteva evitarlo. «Non era tanto contento perché la mamma lo faceva stare nel garage. E nel garage c'è molto freddo, soprattutto d'inverno, non c'è tanta luce e c'è puzza di benzina. Noi non abbiamo molti soldi, quindi non potevamo nemmeno comprargli i bocconcini costosi che vendono al negozio degli animali, ma solo del cibo economico, e si vedeva che non gli piaceva tanto, ma lo mangiava lo stesso perché capiva che non c'era nient'altro.»

Si fermò per prendere fiato. Aveva paura di star facendo quello che la signora Harris chiamava *andare fuori tema* e *perdere l'attenzione del pubblico*, così decise di arrivare al cuore della questione.

«Il punto è che io non mi ero accorto che fosse infelice, almeno all'inizio. Ma poi, quando l'ho fatto entrare in casa e ho visto che si infilava sotto il termosifone o nel mio piumone e gli ho dato gli avanzi della merenda, ho visto che il suo musetto diventava tutto rosa e bagnato, che secondo internet è un segno di buona salute. Poi mi ha sorriso, e lo so che ora penserete che i maiali non sorridono, ma invece io so che sorridono, perché l'ho visto. E non sorride mai quando è nel garage, sorride solo quando è dentro casa con me.» Milo sospirò. «Quello che voglio dire è che la *Nontiscordardimé* è come il garage e che l'infermiera Thornhill vuole che resti così perché costa meno, anche se gli anziani diventano tristi e hanno freddo e fame, e poi invece quando arrivano gli ispettori fa finta che sia bellissima e loro le credono perché non si sforzano di guardare bene.» Sapeva che la signora Harris avrebbe detto che ci aveva messo troppo ad arrivare al nocciolo del discorso, ma gli avrebbe dato un buon voto per la struttura del ragionamento, e soprattutto per aver messo la battuta a effetto alla fine, così tutti si sarebbero ricordati la cosa più importante. «E ho visto che il suo appartamento è lussuosissimo: secondo me ruba i soldi ai pazienti e li usa per le sue cose.»

L'infermiera Thornhill indietreggiò e cominciò a strabuzzare gli occhi, voltandosi in tutte le direzioni, come i pesci dei racconti della nonna, quando rimanevano impigliati nelle reti a Inveraray.

I flash ricominciarono e stavolta le telecamere puntavano tutte su di lei, non su Milo.

«E adesso vorremmo mostrarvi un video che abbiamo girato di nascosto, così potrete vederlo con i vostri occhi, perché di tutte queste cose abbiamo le prove e non è solo una mia opinione.» Raddrizzò la schiena e cercò di instaurare un contatto visivo con il pubblico, anche se riusciva a vedere solo un viso alla volta e comunque sfuocato, perché aveva gli occhi stanchi. «Quando avrete guardato il video e pensato a quello che vi ho raccontato, spero che capirete perché pensiamo che l'infermiera Thornhill non possa ritirare nessun premio e che dovrebbe andare in prigione, e che tutti gli anziani della *Nontiscordardimé* dovrebbero poter tornare dalle loro famiglie.»

Alzò un pollice verso Tripi, ma il fonico era già al lavoro. Lo schermo dietro Milo si animò.

Nella prima scena c'era la signora Moseley, con le sue belle gote splendenti e lucide come castagne. Stringeva il suo mangiacassette e ballava. Per un attimo Milo temette che stessero proiettando il video sbagliato, quello che faceva apparire la *Nontiscordardimé* come era nei poster pubblicitari. Ma poi la signora si girò e la telecamera fece uno zoom sulla parte posteriore del vestito. Sullo schermo la macchia sembrava più brutta del reale, c'erano strati diversi di un colore tra il marrone e il giallognolo, come se se la fosse fatta addosso più volte e nessuno si fosse mai dato la pena di ripulirla per bene. Milo sentì delle esclamazioni tra il pubblico.

Poi fu la volta di una scena nel corridoio buio su cui davano tutte le stanze degli anziani. La telecamera riprese tutte le chiavi infilate nelle serrature delle porte. Si sentiva la voce della signora Foxton che chiamava l'infermiera Thornhill da dentro la sua camera. «Dobbiamo chiamare la polizia, dobbiamo denunciare chi si è introdotto nel mio conservatorio...» E nell'ombra una figura bianca, alta e scheletrica, che dava un calcio alla porta. «Silenzio!» aveva sibilato, prima di allontanarsi.

L'inquadratura si spostava in soggiorno e si posava su una fila di piatti pieni di patate e di stufato colloso, qualche pezzettino sparuto di manzo grigiastro su ogni piatto. Poi un primo piano dettagliato del sorriso sdentato della signora Turner e un ingrandimento sulla sua tasca, tirata fuori per essere mostrata alla telecamera: piselli viscosi ricoperti di salsina marrone, spiaccicati sul tessuto del vestito.

Milo guardò il pubblico attraverso il forellino. Avevano tutti gli occhi incollati allo schermo, qualcuno teneva una mano davanti alla bocca. Non si sentiva volare una mosca, gli unici suoni erano il ronzio del proiettore e le voci delle vecchiette nel video.

«In piedi! In piedi!» La voce dell'infermiera Thornhill tuonò dallo schermo. L'inquadratura della telecamera barcollò. La signora Wong, che ripeteva continuamente di essere stata una ginnasta olimpica, provando a fare uno dei suoi esercizi era rimasta bloccata in posizione accovacciata e stava tendendo una mano. Qualcuno tra il pubblico si mise a ridere perché nonostante le urla dell'infermiera Thornhill era una scena divertente, ma le risate si smorzarono subito quando si vide l'infermiera afferrare la signora Wong da sotto le ascelle e tirarla su di forza, senza darle neanche il tempo di recuperare l'equilibrio. La Thornhill tirava così forte le braccia alla signora Wong, che Milo temette che si staccassero dal busto.

Qualcuno con una giacca di pelle entrò dalla porta in fondo alla sala. Clouds. Era venuto! Milo voleva dirgli che aveva fatto un montaggio straordinario per il video di Tripi, e che senza di lui non sarebbero mai riusciti a far vedere a tutti cosa succedeva alla *Nontiscordardimé*.

Dalla sala si levarono altre voci sgomente e Milo tornò con gli occhi allo schermo.

Un'altra passeggiata lungo il corridoio. Un primo piano del termostato dei radiatori, impostato sullo zero. Brina sul vetro interno delle finestre. La sala buona per i visitatori chiusa a chiave e buia. La signora Sharp con il suo iPad nel corridoio che urlava «Beccati!», e poi di nuovo quell'ombra bianca che glielo strappava di mano e un secondo dopo l'immagine del cassetto PRIVATO con dentro tutti i portafogli vuoti e anche l'iPad. Sulla maniglia del cassetto Milo riconobbe le dita delicate dell'infermiera Heidi. Doveva aver aiutato Tripi a girare il video.

Qualche altra inquadratura delle vecchiette. La signora Zimmer che dormiva sulla poltrona della sala, vicino a lei un mucchio di sonniferi bianchi e verdi in un bicchiere di plastica. L'infermiera Thornhill che sequestrava un rossetto alla signora Swift. La signora Moseley in mezzo alla sua stanza, tremante e con i capelli bagnati, che ripeteva: «Non voglio fare il bagno... Non voglio fare il bagno...» e infine una ripresa sulla stanza della nonna.

Milo guardò la mamma. Era in piedi e teneva una mano intorno al collo. Stavolta Milo era contento che ci fosse Tripi, che le stesse accanto e la cingesse con un braccio. La mamma si grattò la gola; Milo capì che, proprio come lui, anche lei sapeva benissimo cosa stava per vedere. Ripensò a tutte le volte in cui aveva provato ad andare a trovare la nonna, ma la *Nontiscordardimé* era blindata e poi, quando era finalmente riuscito a vederla, l'aveva trovata con i lividi sui polsi.

L'immagine sullo schermo tremolò per un momento.

La nonna era seduta sulla poltrona accanto alla finestra con un vassoio sulle ginocchia. Non aveva toccato cibo. Subito dopo, la voce dell'infermiera Thornhill uscì dallo schermo. «Forza, infermiera Heidi, se sua signoria non vuole mangiare dovremo darle un aiutino.» Il telefono con la videocamera doveva essere nascosto tra gli indumenti dell'infermiera Heidi, perché non sembrava ci fosse nessun altro nella stanza e le uniche persone sullo schermo erano la nonna e la Thornhill. La nonna scosse la testa. «Niente capricci!» gridò l'infermiera. Milo non riusciva a respirare. Pensò che non avrebbe mai dovuto lasciarla da sola, nemmeno per un secondo. La nonna cercò il blocchetto con le dita tremanti, ma l'infermiera Thornhill lo prese e lo fece volare dall'altro lato della stanza. Poi si piazzò davanti a lei. Le mise in mano una forchetta, strinse il suo polso magro, infilzò dei pezzi di cibo e guidò con forza la sua mano fino alla bocca. Ma la nonna continuava a tenere le labbra serrate. «Adesso mangi!» urlò la Thornhill.

Il pubblico era sbigottito. Il cuore di Milo batteva così forte da scoppiare. Ecco da dove venivano i lividi della nonna. L'infermiera le afferrò di nuovo il polso e ci riprovò. Stavolta cercò di infilarle il boccone in bocca, ma la nonna non mollava. Il cibo le colò sul mento e le macchiò il vestito. E poi lo schermo diventò nero.

Milo barcollò. Il silenzio gli sembrava pesantissimo. Il pubblico restò senza parole e lui temette di aver detto qualcosa di sbagliato nel discorso o di non essersi spiegato bene, o magari di essere andato fuori tema e di non essersi fatto capire da nessuno. Oppure non avevano colto il significato dei video o il perché li avessero girati.

Ma poi sentì una presenza dietro di lui, e quando si voltò vide la signora con la tunica e le medaglie alla cui gamba si era aggrappato quando era inciampato nel cavo. Stava applaudendo.

«Vi abbiamo beccati, bastardi!» urlò la signora Sharp dal fondo della sala. E la gente si mise a ridere perché si ricordava la sua voce dal video. E poi tutte le persone sul palco si unirono all'applauso della signora con le medaglie e in pochi minuti tutta la sala era in piedi, un'ovazione di applausi e piedi battuti per terra, un boato così fragoroso che Milo, per il mal di testa, quasi desiderò che smettesse, ma d'altra parte era anche un po' felice perché quando le persone si dimostravano coraggiose venivano acclamate, e la nonna gli aveva detto che doveva essere coraggioso. Chissà, magari anche il bisnonno sarebbe stato fiero di lui.

Poi però, mentre strizzava gli occhi e cercava di mettere a fuoco quello che vedeva nel suo forellino, si accorse che qualcuno stava camminando in senso opposto a tutti gli altri. Qualcuno che non stava applaudendo e non lo stava guardando: era l'infermiera Thornhill, che avanzava a fatica verso l'uscita di emergenza.

«Attenti!» urlò Milo. «Sta scappando!»

Un centinaio di teste si girò verso la direzione indicata da Milo con il braccio teso.

La signora Moseley si mosse zoppicando dal suo posto accanto alla signora Pelosetta, superò la mamma, la signora Zimmer, la signora Turner, la signora Swift, la signora Sharp, la signora Foxton, la signora Wong, Petros e la nonna e bloccò con il bastone l'uscita di emergenza. L'infermiera Thornhill cercò di passare con la forza, ma qualcuno dal pubblico la acciuffò da dietro; poi la folla la circondò e Milo la perse di vista. Ma ormai non importava più, perché sapeva che non l'avrebbero più fatta scappare.

64

Tripi

Le vecchiette scesero dal pulmino nel brusio generale. Petros stava cantando una canzone greca, originaria di Patitiri, e la signora Moseley stava insegnando alle altre la sua versione di uno dei pezzi di Bob Marley che preferiva, *I Shot the Sheriff*. Tripi pensò che doveva essere il suo modo di festeggiare la dipartita dell'infermiera Thornhill.

L'infermiera Heidi le aspettava sulla soglia, raggiante.

«Ce l'avete fatta!» disse tendendo le braccia verso gli anziani.

«Adesso è lei il capo» urlò Petros.

Gli agenti avevano chiesto se alla casa di riposo c'erano infermiere che potevano badare agli anziani, e loro gli avevano spiegato che l'infermiera Heidi li stava aspettando e che era più che capace di presidiare la «fortezza» fino al mattino. La «fortezza»: a Tripi piaceva l'idea della casa come luogo solido e sicuro. L'indomani sarebbe arrivato qualcuno del consiglio comunale di Slipton e avrebbe deciso cosa sarebbe successo alla *Nontiscordardimé* e ai suoi degenti.

La signora Pelosetta parcheggiò la Mercedes rossa davanti alla *Nontiscordardimé* e uscì dalla macchina. In mano aveva un'enorme portatorte di cartone con delle lettere dorate svolazzanti sul coperchio.

«Sandy mi ha detto della festa» disse sorridendo. «E dove lavoro io c'è sempre un po' di torta avanzata nelle cucine.»

Tripi guardò la signora Moseley che zoppicava verso la figlia con il suo bastone. Avevano lo stesso naso lungo e dritto e le stesse narici allargate. *Il sangue non mente*, pensò Tripi.

Mentre salivano i gradini d'ingresso, la bella Sandy abbracciò

Milo, gli scompigliò i capelli e lo baciò ripetutamente sulle guance.

In basso, più grasso che mai, Amleto correva in cerchio grugnendo e annusando dappertutto.

Anche Tripi voleva cantare quella canzone, oppure un'altra della Siria, magari perfino l'inno nazionale «Humat ad-Diyar», i Guardiani della Terra... *Il levarsi delle nostre speranze e il battito dei nostri cuori...* Era il suo verso preferito. Invece rimase lì a guardare e ascoltare. Voleva fissare quella scena nella sua memoria, prima di andarsene. Guardò in alto e vide un aeroplano che volava tra le nuvole.

Aiutò le vecchiette a scendere dal pulmino. Appoggiandosi alla sua mano, atterrarono con leggiadria sul marciapiede. Ormai sollevate e consapevoli che l'infermiera Thornhill non sarebbe mai più tornata, era come se avessero dimenticato di essere anziane.

Si sentì orgoglioso pensando che forse era anche grazie a lui che tutto era potuto accadere. E si sentì anche triste: i suoi nuovi amici gli sarebbero mancati. Ma avevano ancora quella sera e c'era il *baklava* in cucina e una torta e una festa di fidanzamento. Petros gli aveva detto che voleva sposarsi prima di Natale, per accogliere l'anno nuovo insieme a Lou. Su internet aveva trovato un posto che si chiamava Gretna Green. Potevano prendere un pullman, arrivare lì e sposarsi all'istante. Tripi aveva sorriso sentendo Petros parlare con l'entusiasmo di un giovincello.

«Tripi?» La signora Zimmer gli mise un foglietto in mano. Una delle fotocopie della foto di Ayishah che aveva fatto Milo. «Ha degli occhi gentili» gli disse.

Tripi annuì, *gentili e birichini*. «Amo questa foto» ammise Tripi, lisciandone le pieghe.

«No, non in foto.»

La signora Zimmer era sempre sul punto di addormentarsi, o addormentata, o appena sveglia. La sua mente non era mai lucidissima. «Cosa intende, signora Zimmer?»

«In televisione.»

Il cuore di Tripi accelerò. «L'ha vista in televisione?»

La signora Zimmer si stropicciò gli occhi. «Sì... Cioè... Non lo so. Milo ci ha detto di tenere lo sguardo vigile, quindi ho seguito sempre il telegiornale. Tutti pensano che io dorma sempre, invece tengo quasi sempre gli occhi socchiusi.»

«L'ha vista al telegiornale?» Tripi avrebbe voluto sollevare la vecchietta e farla girare. «Quando?»

«Stamattina. Ma non sono sicura che fosse lei, Tripi, non ci vedo più tanto bene e l'immagine è durata un secondo. Era sullo sfondo, mi pare. Forse non era lei... Però ho pensato che avresti potuto indagare, che non era una cattiva idea.» La signora Zimmer prese la fotocopia dalle mani di Tripi e la girò. «Ho annotato l'orario in cui ho visto la bambina sullo schermo.»

Tripi lesse le parole sbilenche che la signora Zimmer aveva scritto a matita:

Sorella di Tripi? BBC1. 8:03.

Il sangue gli salì al cervello. Poteva cercare quell'edizione del notiziario su internet. Poteva vedere con i suoi occhi se era Ayishah, se era viva. In cinque mesi nemmeno una pista, e adesso aveva una traccia: un bigliettino scarabocchiato da una vecchietta stanca.

«Come sapeva che la foto che le ha dato Milo era di mia sorella?»

La signora Zimmer sorrise. «Non siamo così stupide, Tripi. Un'amica di Milo? In Siria?»

No, non erano affatto stupide.

«La bambina che ha visto le sembrava in salute?»

La signora Zimmer esitò un attimo. «Era magrolina. Non credo che ci siano abbastanza patate in Siria.»

«E al TG... Hanno detto dov'era girato il video? In quale campo?»

«Non sono riuscita a sentirlo. Magari puoi fare una ricerca con il computer.» Piegò la fotocopia e la diede a Tripi. Poi gli strinse le mani. «Non voglio illuderti, non sapevo se dirtelo… Magari mi sbaglio…»

Ma Tripi non la stava ascoltando. Il suo cervello viaggiava a cento all'ora. Al. Al avrebbe sicuramente saputo come ritrovare quel filmato.

Tripi alzò lo sguardo verso il cielo nero e le stelle di Slipton. *Sì, Ayishah, avevi ragione tu: i miracoli possono accadere.*

Guardò la signora Zimmer che rientrava sbadigliando alla *Nontiscordardimé*. Doveva credere che quello che lei aveva visto fosse un messaggio di Allah, gli avrebbe dato il coraggio di tornare.

Stavolta non smetterò di cercare finché non ti troverò, Ayishah.

Tripi diede un ultimo sguardo al pulmino. Nell'ultima fila intravide una piccola sagoma scura.

«Vecchia signora Moon?» Percorse il corridoio del mezzo.

Lei aprì gli occhi. «Sono un po' stanca» disse con voce quasi impercettibile.

«Entriamo, c'è la sua festa.»

«Ho detto a Petros di cominciare a entrare. Vorrei dormire un po'.»

«Dormire? Qui?»

La vecchia signora Moon annuì. «Qui, sì.» Chiuse gli occhi. «Torna a prendermi tra un po', Tripi.»

A Tripi non piaceva per niente l'idea di lasciare la vecchia signora Moon da sola al buio, sul pulmino, ma se c'era una cosa che le vecchiette dovevano avere il permesso di fare adesso che l'infermiera Thornhill se n'era andata, era decidere di testa propria e non essere costrette a fare niente.

«Per favore» disse lei. «Vai e goditi la festa.»

Tripi si chinò, baciò la guancia della vecchia signora Moon e sussurrò: «Buonanotte».

65

Milo

Milo tornò dalla stanza della nonna con la cornamusa schiacciata sotto il braccio sinistro e il vaso con la rosa gialla di Petros nella mano destra.

Aveva il motivetto del bisnonno sempre in testa, come una marcia sommessa di vittoria.

Ce l'abbiamo fatta, bisnonno! Ce l'abbiamo fatta.

E poi Milo guardò la rosa gialla, e per qualche motivo sentì di averla già vista. Petros l'aveva ascoltato, quando gli aveva detto che le rose gialle erano le preferite della nonna. E aveva ritrovato Amleto. Magari alla fine dei conti non era tanto male.

Petros è a posto, bisnonno, pensò Milo. *Non ai tuoi livelli, ma secondo me riuscirà a far felice la nonna finché non vi ritroverete.*

Rimase un secondo sulla soglia della sala e inclinò la testa per guardare in ogni direzione. Appena qualche ora prima sarebbe stata fredda e silenziosa, con il ronzio del telegiornale in un angolo, l'aria impregnata dell'odore di pipì, di limoni di plastica e di patate fredde. Ma adesso aveva preso nuova vita.

La signora Sharp stava insegnando alla signora Wong come si giocava ad Angry Birds. Aveva scoperto che con un avversario era ancora più divertente che da soli.

La signora Moseley stava roteando il bastone come la protagonista di un musical del West End, e il volume del registratore era al massimo. Milo aveva sentito quella cassetta così tante volte che riconobbe immediatamente *Could You Be Loved*, una delle canzoni preferite dalla vecchietta.

La signora Foxton, la signora Turner e la signora Swift le saltellavano attorno, come se il centro della sala si fosse trasformato in una pista da ballo.

Perfino la signora Zimmer, seduta in poltrona a occhi chiusi, batteva il tempo con il piede. Povera signora Zimmer, quel giorno non aveva dormito granché.

La signora Pelosetta stava sistemando la torta sul tavolo del buffet.

Petros, con l'aiuto dell'infermiera Heidi, si era arrampicato su uno sgabello vicino alla finestra e stava attaccando dei palloncini al bastone della tenda. Milo voleva dargli la rosa, così avrebbe potuto porgerla alla nonna prima del discorso di fidanzamento. Petros l'aveva ripassato con Milo sulla strada di ritorno da Londra e a lui era sembrato un po' sdolcinato (*Il mio amore per te è incommensurabile, come la pioggia che bagna l'Inghilterra*, roba del genere), ma forse alla nonna sarebbe piaciuto.

Milo piegò nuovamente la testa. Tripi aveva sistemato un piccolo cestino di acciaio sul tavolino da salotto, poi aveva trascinato un gigantesco sacco di iuta dall'altro lato della stanza, ci aveva infilato dentro la mano, aveva preso una patata e la stava porgendo alla mamma. Lei si mise a ridere e arrossì come se fosse un dono prezioso e non una patata marrone e piena di solchi, poi la lanciò dall'altra parte della sala. La patata atterrò con un tonfo nel cestino di acciaio. Punto. Le vecchiette ballerine si girarono e applaudirono. La mamma fece un saltino e buttò le braccia al collo di Tripi.

Milo cambiò ancora la sua visuale spostando la testa. La televisione era accesa senza volume, e le immagini di quel posto lontano, la Siria, scorrevano sullo schermo. Edifici in rovina, lampi bianchi su una città buia.

Clouds era andato a prendere la sua fidanzata, l'avrebbe portata alla festa.

E la nonna? Perché non era lì? Tripi aveva detto che era stanca e voleva restare nel pulmino; sarebbe andato a prenderla tra un po'. A volte lo faceva anche a casa: se ne stava seduta in camera sua, al buio, a guardare Slipton.

Milo ruotò su se stesso per avere una panoramica completa della sala. No, proprio non era lì.

Uscì con la cornamusa e la rosa dalla porta d'ingresso e si fermò in cima agli scalini. Dal forellino vide una macchina che si fermava al semaforo in fondo alla strada. Era di un rosso molto più acceso della Mercedes della signora Pelosetta, ed era anche più lussuosa, così lussuosa che non aveva nemmeno la targa.

Milo scese i gradini e andò verso il pulmino delle elementari parcheggiato sul marciapiede. Alzò un secondo lo sguardo verso la luna piena.

«Grazie, Luna» mormorò. Un giorno avrebbe visto anche un'eclissi, ma per ora una luna piena bastava e avanzava.

Nel pulmino faceva freddo come quando l'infermiera Thornhill era alla *Nontiscordardimé*. Nell'aria aleggiava l'odore della lacca, del dopobarba limonoso di Petros e del fiato delle vecchiette. Ma soprattutto c'era il profumo all'albicocca della nonna. I lampioni arancioni contrastavano con la penombra del pulmino.

Percorse lo stretto corridoio spostando la testa da una parte all'altra per controllare tutti i sedili. Poi sentì qualcuno tirare su con il naso.

Accelerò e arrivò all'ultima fila.

In un angolo, con l'ombra di un lampione proiettata sul corpo magro, c'era la nonna che dormiva. Amleto era sulle sue ginocchia, caldo e un po' irrequieto. La nonna si stava rimpicciolendo sul serio: adesso non arrivava a toccare a terra con i piedi.

Quando vide Milo, Amleto alzò la testa verso di lui.

Milo appoggiò la cornamusa e si sedette accanto alla nonna. Le prese la mano e la accarezzò come faceva sempre quando voleva svegliarla senza farla spaventare.

«Nonna» bisbigliò. «Nonna.»

Ma lei non si mosse.

Milo guardò dal finestrino del pulmino e attraverso il piccolo foro vide la sala tutta gialla e illuminata, e i palloncini di Petros legati all'asta della tenda che andavano su e giù.

«Il mio coraggioso Milo.»

Milo si voltò verso la nonna. Aveva aperto gli occhi, le dita della mano sinistra che tremavano e un sorriso sul volto. Poi li richiuse.

«Nonna...» Milo le strinse la mano. «Nonna, sei sveglia?»

Ma i suoi occhi rimasero chiusi, il suo corpicino sprofondò ancora di più nel sedile e il tremore della mano si fermò.

Una motocicletta risalì la strada rombando e si fermò sferragliando accanto al pulmino. Milo si precipitò fuori.

Clouds era in piedi sul marciapiede e si stava togliendo il casco. Dietro di lui, una ragazza con i pantaloni di pelle e la giacca uguale a quella di Clouds stava scendendo dalla Harley.

«Ehi, Milo, che ci fai qua fuori?» gli chiese Clouds.

Milo non riusciva a rispondere, le parole gli si erano bloccate in gola.

«Questa è la mia ragazza, Kasia.»

Kasia si fece avanti. «Mi hanno detto che sei un piccolo eroe.» Si tolse un guanto di pelle e gli porse la mano.

Ecco dove se ne andava Clouds tutte le notti, ed ecco perché non teneva i pantaloni o lo spazzolino nella stanza della nonna.

Clouds cinse Kasia alla vita e guardò la finestra della sala. «Siamo nel pieno dei festeggiamenti, eh?»

Milo non riusciva a respirare.

«Stai bene, amico? Mi sembri quasi scioccato.»

«È la nonna.»

«Non ho capito.»

Milo si schiarì la voce. «La nonna è nel pulmino, e non respira.»

Il viso di Clouds si rabbuiò. Lasciò andare Kasia e balzò sul mezzo.

«È dietro» gli disse Milo, seguendolo.

Milo sollevò Amleto dalle ginocchia della nonna e lo abbracciò stretto. Clouds si sedette vicino a lei, le sollevò il polso scheletrico e le sentì il battito. Poi si piegò e avvicinò l'orecchio alla sua bocca. Nella luce smorzata del pulmino, Milo vide che agli angoli degli occhi gli erano spuntate delle grandi gocce. «Sono qui, zia Lou» ripeteva. «Sono qui.»

66
Sandy

Sandy vide arrivare lungo il corridoio Al con Lou in braccio, seguito da Milo, l'infermiera Heidi e una donna che risultò essere la fidanzata di Al. Petros rimase a guardare la scena dalle porte del salone.

«Devo andare a parlare con Petros» disse Sandy.

Tripi le allontanò il mignolo dalla bocca con gentilezza. «Andrà tutto bene, sono qui con te.»

Sandy strinse la sua mano, prese un bel respiro e tornò indietro verso la sala. Raggiunsero Petros, che si era seduto su una grande poltrona e stava fissando la rosa gialla che Milo gli aveva appena dato. Amleto era morbidamente adagiato ai suoi piedi e stava mangiando un pezzo della torta di Gina.

«Petros?» lo chiamò Sandy.

Petros si rigirò la rosa gialla tra le dita.

«Dobbiamo dirti una cosa» proseguì Tripi, inginocchiandosi di fronte a lui.

Petros continuava a tenere gli occhi bassi. Lo sapeva già, o no?

E poi Sandy udì un suono più alto della musica della signora Moseley e del chiacchiericcio delle vecchiette, un suono che in una casa di riposo era decisamente inusuale.

«L'hai sentito anche tu?» chiese a Tripi.

Lo sentì ancora: qualcuno che piangeva.

Sandy corse alla porta della sala.

Verso di lei, lungo il corridoio, avanzavano Andy e subito dietro di lui Angela con in braccio una *habibti* in lacrime.

Per mesi, dopo che l'aveva lasciata, la presenza di Andy era rimasta nell'aria, come piccoli fantasmi. L'odore del piumone mentre lo tirava fuori dall'asciugatrice. Le sue spalle larghe e rosa nel vapore del box doccia. Ogni volta che si guardava allo specchio vedeva il suo viso, la macchia rossa che gli compariva sulla tempia quando aveva troppo lavoro da fare. La consistenza dei suoi capelli sempre più radi tra le dita quando ogni mese gli dava una spuntatina. Dopo l'incendio, ripulendo la cucina, ne aveva trovato qualcuno annidato tra una mattonella e l'altra.

E adesso? Abbronzato, gli occhi di un azzurro ancora più intenso, peli biondi sulle braccia, jeans di un modello differente, più attillati.

Quasi stentava a riconoscerlo.

Andy si avvicinò con passo marziale. «Cosa diavolo succede?»

Le sue scarpe all'ultimo grido luccicavano. Abu Dhabi, il nuovo mondo.

«Un certo Tripi ci ha lasciato un messaggio in segreteria e poi mentre venivamo dall'aeroporto ho sentito la voce di Milo alla radio.»

Sandy sentì le porte della sala che si chiudevano con un fruscio, e subito dopo percepì la presenza di Tripi dietro di lei.

Andy si guardò intorno. «Quindi è questo il posto in cui hai piazzato mia nonna?»

La *habibti* continuava a sgolarsi. Perché Angela non la portava fuori ad aspettare in macchina?

«E tu che hai da guardare?» disse Andy rivolgendosi a Tripi.

«Lui è Tripi. È il mio...» Sandy prese fiato e guardò il viso gentile di Tripi. «È il mio compagno. Stiamo insieme.»

«Stai uscendo con lui?»

Sapeva benissimo quello che stava pensando Andy. Che stava uscendo con un uomo più giovane per vendicarsi. Ma quello che pensava non le importava più. Prese la mano di Tripi. «Sì, esco con lui. È stato molto vicino a Milo.»

Tripi deglutì e il suo pomo d'Adamo si spostò su e giù.

Andy si passò le dita tra i capelli. *Sempre più radi*, pensò Sandy, quello non era cambiato. Tripi aveva una buona attaccatura: salda, affidabile.

«Allora, dov'è la nonna?»

Petros si tolse il cappello, si fece avanti e gli porse la mano. Sui vecchi occhi azzurri si era steso un velo.

Tutto si fermò. La musica del mangiacassette della signora Moseley si affievolì dietro le porte chiuse della sala; sulle loro teste, la luce di un neon difettoso cominciò a pulsare.

Da dietro Sandy arrivò una vocina flebile.

«Non c'è più, papà.»

Milo era in piedi nel corridoio, gli occhi spalancati.

67
Milo

Alle tre del mattino Milo si raggomitolò sul letto senza lenzuola della mansarda della nonna. Amleto si accovacciò nell'incavo tra le ginocchia e la pancia di Milo; tornando a casa aveva vomitato la torta della signora Pelosetta sui sedili di dietro della macchina, e poi si era addormentato.

Milo si chinò e bisbigliò nell'orecchio nero di Amleto. «Lo sai che la nonna non c'è più?» Gli accarezzò la crestina di peli sulla testa. «Lo sapevi che se ne stava andando? Come quando capisci che sta per arrivare una tempesta?» Amleto arricciò il naso nel sonno, ma non aprì gli occhietti.

Le molle del letto premevano contro la coscia di Milo. Perché la nonna non gli aveva mai detto quanto era scomodo? Avrebbe potuto comprarle uno di quei materassi in *memory foam* che aveva visto alla pubblicità.

Scusami nonna, pensò, sprofondandoci con il naso, e inspirando l'odore delle sigarette di Al e, in fondo, il profumo delle albicocche. *Dovevo essere più bravo con te.*

Qualcuno bussò alla porta.

«Milo?» La voce di suo padre.

Milo non rispose.

Nelle ore che erano seguite alla festa, l'infermiera Heidi aveva chiamato il dottore e gli uomini dell'ambulanza avevano portato la nonna fuori dal pulmino. Clouds era andato a casa con la fidanzata e la mamma aveva dato il permesso al papà, all'Amichetta e alla piccola Arabella di tornare a casa con loro. In tutto quel tempo, suo padre aveva provato a iniziare una conversazione con lui, aveva cercato di accarezzargli la testa, gli aveva chiesto come stava. Ma ogni volta Milo si era scostato.

«Posso entrare?»

Suo padre socchiuse la porta e andò a sedersi in fondo al letto con la faccia gonfia e arrossata. Aveva Arabella in braccio.

«Volevo fare delle presentazioni ufficiali» disse, porgendo la bimba a Milo.

Arabella si dimenò e fece qualche smorfia, poi dalle piccole labbra rosa fece uscire una bollicina di saliva.

Milo si voltò verso il muro.

«Mi dispiace, Milo.»

Milo non rispose. Amleto si alzò sulle zampette e si avvicinò a suo padre e ad Arabella, poi emise uno dei suoi grugniti.

«Sembra che Arabella abbia fatto colpo» disse suo padre con voce gioiosa.

Chi gli dava il diritto di entrare e far finta di non avere colpe in quella storia? Di comportarsi come se andasse tutto bene? E comunque ad Amleto, Arabella non piaceva affatto, era solo curioso perché era rosa e rugosa e più piccola di lui.

«Milo, hai sentito quello che ho detto?» Andy si schiarì la voce. «Che mi dispiace?»

Milo raddrizzò la schiena e lo guardò dritto negli occhi. «Ma per cosa ti dispiace, papà?»

Il viso di suo padre diventò rosso come un peperone. Milo pensò che gli sarebbe dovuto venire lo stesso sfogo della mamma, così avrebbe capito com'era avere la pelle che ti va a fuoco.

«Mi... Mi dispiace per...»

«Per aver lasciato la mamma? Per non averci mandato soldi?

Per essertene fregato della nonna? O per non esserti fatto sentire fino a quando non hai parlato con Tripi qualche settimana fa? E poi, comunque, non hai più richiamato, no?»

«La mamma non ti ha dato le cartoline? E le foto?»

Milo ripensò alle foto che gli aveva dato il signor Overend e capì perché erano finite nel suo cestino.

Quando suo padre se n'era andato, Milo aveva dato la colpa alla mamma. Pensava che si sarebbe dovuta impegnare di più per tenersi suo padre. Perché era lui quello simpatico. Era lui che capiva quanto bene Milo volesse ad Amleto e il fatto che non voleva venire trattato in modo diverso per via dei suoi occhi e che preferiva passare il tempo con la nonna e non con i suoi coetanei. Aveva pensato che fosse la mamma, la vera colpevole. Ma adesso Milo capiva che le persone che ti amano davvero sono quelle che non se ne vanno mai.

«Hai scelto di partire, papà.»

«La faccenda è un po' più complicata, Milo.»

Milo tornò a fissare il muro.

«Ci fermiamo qualche giorno, fino a dopo il funerale.»

Milo non capiva perché la mamma avesse rifatto il suo letto per cederlo a lui e all'Amichetta, perché avesse aiutato l'Amichetta a costruire una culla posticcia per la *habibti* in un angolo, e addirittura avesse detto che avrebbe dormito sul divano. Si stava facendo mettere i piedi in testa. Non potevano andarsene in albergo e lasciare in pace Milo, la mamma e Amleto?

«Quando vuoi parlare, sono qui.»

«E dopo il funerale?» mormorò Milo rivolto al muro. «Torni ad Abu Dhabi? Ci lasci di nuovo soli?»

Andy si chinò e appoggiò una mano sulla spalla di Milo. Era come se lo stesse toccando un estraneo. Si divincolò da quella presa. Arabella tirava su con il naso come faceva a volte Amleto, e a Milo dispiacque un po' per lei perché stava in mezzo a tutta quella storia senza avere nessuna colpa.

«No, torniamo a Slipton. Troveremo una casa con una stanza per te e molto spazio per far correre Amleto in giardino.»

Papà stava tornando? Per sempre?

«So che ho sbagliato tutto e so che ci vorrà un sacco di tempo per farmi perdonare, ma ti prometto che rimedierò.»

Milo chiuse gli occhi e ascoltò l'acqua che scorreva nei tubi del bagno in camera della mamma. Forse l'Amichetta si stava lavando la faccia nel suo lavandino. Ascoltò il respiro di Amleto farsi sempre più pesante, prima che si addormentasse del tutto. Milo invocò il fischio del signor Overend o quantomeno un aereo che gli passasse sopra la testa a coprire la voce di suo padre.

Poi serrò gli occhi. *Nonna, vorrei che fossi qui.* E poi iniziò una melodia, prima bassissima e poi sempre più alta, come un cavallo che si avvicina al galoppo.

Il motivetto della cornamusa del bisnonno, solo che adesso erano in due a suonare.

Milo riaprì gli occhi e guardò la parete. «Hai chiesto scusa alla mamma?»

Sentì che suo padre spostava Arabella da un braccio all'altro.

«Non ne abbiamo ancora avuto la possibilità, Milo. Ma lo farò, certo che lo farò.»

Il duetto di cornamuse aumentò di volume nella testa di Milo.

«Bene, allora quando le avrai chiesto scusa potremo parlare.»

68
Sandy

Nel seminterrato dell'impresa di pompe funebri Tony Greedy & Figli, Sandy accarezzò la pelle di Lou. Fredda come il marmo, ma ancora morbidissima. Le pettinò le sopracciglia e le ripassò con la matita marrone. Sandy non le aveva mai viste sollevarsi, come se la vita avesse esaurito tutte le maniere di sorprendere Lou Moon.

Aveva chiesto a Lou il permesso di truccarla. Non voleva che fosse un'estranea a dipingerle la faccia.

Andy bussò alla porta aperta.

«Sei all'opera, Sandy?»

Sandy alzò lo sguardo. «Che ci fai qui?»

«Arabella si è finalmente addormentata.» Si schiarì la voce. «Grazie per averci dato la tua stanza.»

Sandy si era preparata il letto sul divano. Dopo la partenza di Andy ci aveva dormito così tante volte, con la televisione accesa fino all'alba e lo sguardo puntato sul capanno.

Andy si avvicinò e le posò una mano sul braccio.

Quanto tempo era passato dall'ultima volta in cui l'aveva toccata? Fece un passo avanti e seppellì il viso nel suo petto. Quell'odore così familiare, ma anche un altro, quello della sua nuova bambina.

Andy le accarezzò la nuca. Nonostante sapesse che doveva ritrarsi, Sandy voleva restare lì, anche solo per un momento.

«Mi dispiace, Andy. Mi dispiace di non averti detto di Lou.»

«Sono io che avrei dovuto essere qui.»

Esatto, bastardo egoista: non era questo che avrebbe dovuto rispondere? Eppure la sera prima, dopo che tutti erano tornati a casa e Milo le aveva dato la mano e le aveva detto per la prima volta da secoli che le voleva bene, era stato come se un nodo si fosse sciolto, qualcosa si fosse sbrogliato, e la rabbia che aveva provato per Andy si fosse volatilizzata.

Si ritrasse, sistemandosi i capelli.

«Averti vicino farà molto bene a Milo.»

Lui scosse la testa. «Mi odia, Sandy.»

Fino al giorno prima quelle parole le avrebbero fatto piacere: una piccola vittoria. Ma adesso no.

«Ne ha passate tante, immagino che potrai capirlo. Ma gli passerà. Ti vuole bene.»

Andy si avvicinò a Lou e le prese la mano. Sandy si mise accanto a lui.

«Andy, ho bisogno che ti prenda cura di Milo.»

«Ma certo…»

«Sono seria. Devi assicurarti che i suoi occhi non peggiorino, che a scuola si impegni, che sia felice. Deve farsi degli amici della sua età.»

«Lo faremo insieme, Sandy. Il fatto che adesso ci siano Arabella e Angela non cambia niente.»

Una nuova donna e una nuova bimba nella sua vita, e secondo lui non cambiava niente? Il solito ingenuo.

Andy arrossì. «Voglio dire, non deve per forza interferire con quello che faccio per Milo.»

Sandy scosse la testa.

Le era appena sorta un'idea, ma era già sicura che fosse la cosa giusta da fare.

Guardò Lou. Sembrava che stesse dormendo. Dove si trovava adesso? E cosa stava pensando, guardandoli da lì?

«Ho già avuto il mio grande amore» aveva detto Lou prima di addormentarsi il mattino in cui aveva chiesto a Petros di sposarla. «E adesso ne ho un altro. Magari, Sandy, per te sarà il contrario.»

«Ho bisogno che tu prenda il comando per un po'» disse Sandy. «Io devo fare una cosa, ed è molto importante.»

69

Tripi

«Puoi darlo a tua madre dopo il funerale?» Tripi prese la busta dallo zainetto di Ayishah e la porse a Milo. Era una lettera, in cui spiegava perché doveva andare via.

«Allora torni in Siria sul serio?»

«Non in Siria, non subito. Ma devo andarmene da Slipton. Vado a Londra. E poi in altre città. In Inghilterra ci sono delle persone che possono aiutarmi a trovarla, lei e altri bambini dispersi. Lotterò, come tu hai lottato per salvare le vecchiette della *Nontiscordardimé.*»

«Scusa se ti ho detto una bugia.» Milo strinse al petto Amleto e affondò il nasino nella sua pelle.

«Be', alla fine non hai detto una bugia, Milo. Al mi ha aiutato, mi ha dato delle idee, i nomi di alcune organizzazioni che mi ascolteranno e mi aiuteranno a trovare Ayishah.»

Che la bambina vista dalla signora Zimmer fosse proprio Ayishah o no, Tripi sapeva che comunque l'avrebbe trovata: o nel campo che avevano fatto vedere alla BBC, una dei 28.000 rifugiati di Ceylanpinar, oppure da un'altra parte. Ayishah era viva, lo sentiva.

Milo alzò lo sguardo. «E quando la trovi, poi torni?»

«Certo. Troverò un modo per portarla in Inghilterra. Diventerete buoni amici, ne sono sicuro. E Amleto le piacerà un sacco.» Tripi accarezzò la testolina di Amleto.

«Ma davvero non vuoi dirlo alla mamma?»

Tripi guardò Sandy, che stava accarezzando i capelli della vecchia signora Moon nella bara. Aveva in mano una boccetta di profumo: lo spruzzò dietro le orecchie di Lou e sul suo vestito. L'odore di albicocche invase la stanza.

«Non voglio disturbarla in un giorno come questo» disse Tripi. Ma era consapevole che c'era dell'altro. Se l'avesse detto alla bella Sandy, lei avrebbe cercato di convincerlo a restare e temeva che gli sarebbe mancato il coraggio di andarsene.

Milo infilò la lettera nella tasca dei pantaloni e tornò verso l'altare della piccola cappella. Diede Amleto a suo padre e poi si chinò ad accarezzare la testa della piccola Arabella. L'Amichetta di cui Sandy gli aveva parlato così spesso lo guardò con occhi gentili. Non sembrava così male, alla fine dei conti, ma ovviamente non poteva competere con la bella Sandy: era troppo magra.

Tripi rimase in fondo, a guardare tutti quanti mentre si sedevano.

Petros andò a mettersi accanto a Milo. Aveva una rosa gialla nell'occhiello della giacca, come se fosse il suo matrimonio.

Kasia, la fidanzata di Al, era seduta per conto suo. Che stupido era stato a pensare che Al fosse suo rivale nella conquista della bella Sandy. Al, un parente scozzese che Sandy non aveva mai visto. E aveva una ragazza polacca, una donna che, proprio come Tripi, era lontana da casa sua, ma aveva trovato un posto in Inghilterra. Come avrebbe fatto anche lui, un giorno.

La signora Moseley gli passò accanto zoppicando insieme a sua figlia, una donna che Milo chiamava signora Pelosetta. Per una volta, la signora Moseley non aveva nessuna macchia dietro il vestito. Era andata via dalla *Nontiscordardimé* e adesso viveva a Villa Pelosetta.

L'infermiera Heidi stava aiutando le altre vecchiette a prendere posto. Visto che Heidi non aveva ancora finito il tirocinio, avevano mandato un sostituto, ma Tripi era sicuro che un giorno avrebbe diretto una casa di riposo tutta sua e che sarebbe stata calda e accogliente, gli anziani sarebbero stati felici e nel menù non ci sarebbe stata traccia di patate.

E poi arrivò Al con il suo kilt e la cornamusa della vecchia signora Moon e cominciò a suonare. Milo mise Amleto sulla sedia, andò in fondo alla fila e diede la mano a Sandy. Le bisbigliò una cosa all'orecchio.

Amleto si alzò sulla sedia con un grugnito e tutti si alzarono in piedi.

Tripi si sentì pizzicare gli occhi. Non doveva farsi prendere dalle emozioni, doveva pensare ad Ayishah.

Si girò per andarsene.

«Tripi?»

Inciampò in una piega del tappeto.

«Dove stai andando?» Sandy aveva fatto il giro della stanza. Milo era accanto a lei, la sua mano ancora salda in quella della mamma.

Tutti si sedettero tranne Andy, che si avvicinò al microfono di fronte alla bara della vecchia signora Moon.

Tripi guardò Sandy e fece un respiro. «Hai fatto un ottimo lavoro con la vecchia signora Moon, sei un'artista.»

Sandy si mise a ridere. «L'avrebbe odiato. Credo che non si sia mai truccata in tutta la sua vita.» Sandy tirò su con il naso. «Ha sempre avuto una pelle così bella; liscia come un'albicocca, uguale a quella di Milo.»

Milo arrossì, ma Tripi sapeva che era felice di avere qualcosa della vecchia signora Moon.

«Secondo me dovresti dare alla mamma il tuo fazzoletto» disse Milo.

Tripi tirò fuori il fazzoletto dalla tasca e lo porse a Sandy.

«Forse l'ho fatto per me. Il trucco, intendo.» Sandy si soffiò il naso e si tamponò le guance. Poi guardò Tripi con gli occhi annebbiati. «Milo dice che te ne vai. Mi ha dato questa.» Gli fece vedere la lettera.

Tripi esitò un momento, pensò mille scuse da dire per svicolare con più facilità. Ma non sarebbe stato giusto.

«Volevo che lo scoprissi dopo, Sandy.» Guardò Milo, ma lui gli stava rivolgendo lo stesso sorriso compiaciuto di Ayishah quando sapeva di stare vincendo in una discussione. «Ma sì, me ne sto andando.»

«Vai a cercare tua sorella?»

«Sì.» *L'ago nel pagliaio*, pensò. Ad Ayishah sarebbe piaciuta quella frase.

Sandy gli mise una mano sul braccio. Si era tinta le unghie di un rosa pallido, e solo quella del mignolo sinistro era un po' scrostata.

«La mamma ti deve dire una cosa, Tripi» annunciò Milo.

Sandy fece un bel respiro e disse: «Portami con te». Lo guardò negli occhi. «Ti aiuterò a trovare Ayishah. Viaggeremo insieme per tutto il paese, busseremo a ogni porta e ci rivolgeremo a tutte le organizzazioni finché non l'avranno portata qui.» Il suo viso si illuminò. «Voglio fare una cosa importante. Voglio fare questo, Tripi.»

Andy terminò il suo discorso al microfono e si sedette. Partì la musica di un organo elettrico, tutti si rialzarono in piedi, aprirono i libretti e cominciarono a cantare.

«Resta con me, Signore, il dì declina...»

Che bello, pensò Tripi. «Resta con me.» Doveva trattarsi di un'altra espressione inglese.

«Ne abbiamo parlato e secondo noi la mamma dovrebbe venire con te. Ti prenderanno più in considerazione se ti presenti accompagnato da un'inglese.»

Sandy si avvicinò. «Io e Milo abbiamo avuto la stessa idea. A quanto pare non siamo così diversi, eh, Milo?»

Milo sorrise. «No, in questo no, mamma.»

«Ma chi baderà a Milo mentre non ci sei?» chiese Tripi.

«Non c'è problema» lo tranquillizzò Milo, mentre dagli occhi di Sandy scivolavano via due lacrime. «C'è papà. È il suo turno, giusto mamma? Non l'ho ancora perdonato perché secondo me se lo deve guadagnare, ma non mi dispiace vivere con lui. Andrò a trovare Petros e le vecchiette alla *Nontiscordardimé*. E poi Al dice che dopo aver passato il Natale in Scozia tornerà qui. E c'è sempre Amleto, lui si prende cura di me.»

«Ma, Sandy...» Tripi non riusciva a credere alle parole di Sandy. C'erano troppi ostacoli, no?

«Staremo via pochi giorni alla volta, al massimo una settimana. Torneremo spesso. Ne ho già parlato con Andy, mi ha promesso che si occuperà di Milo, e Milo gli farà mantenere la promessa, vero?»

Milo annuì. «E non ci metterai tanto, non con l'aiuto della mamma. E quando avrete trovato Ayishah, tornerete a casa e vivremo tutti insieme.»

Sandy come compagna di viaggio? Sandy che lo aiutava e gli teneva compagnia nella ricerca? Possibile?

«Devo andare» disse Milo, guardando la sedia vuota in prima fila accanto al padre.

Sandy e Tripi lo guardarono mentre percorreva il corridoio.

«Sei sicura che Milo starà bene?»

Sandy annuì. «Milo starà più che bene.» Gli ridiede il fazzoletto. «Allora, mi fai venire con te o no?»

Tripi si mise il fazzoletto in tasca e guardò tutta la congregazione, ancora in piedi.

«Resta con me, pietoso Redentor...»

Non credeva a quello che diceva la gente: Allah non era tanto diverso dal Dio dei cristiani.

Tripi guardò Milo mentre sollevava Amleto dalla sedia e si metteva accanto a suo padre. Il bambino si voltò inclinando la testa di lato e Tripi non era sicuro che potesse vedere lui e Sandy, ma i suoi occhi si illuminarono e sul suo volto comparve un sorriso. Poi si girò di nuovo.

«Pronto?» Sandy intrecciò le dita nelle sue.

Lui si portò la sua mano alle labbra e le baciò le nocche. Poi sussurrò: «Pronto».

70

Milo

«Posso tenerla per un po'?» chiese Milo al papà guardando il visetto piccolo e corrugato di Arabella.

Suo padre annuì, la prese dalla culla e la mise tra le braccia di Milo.

«Voglio presentarla alla nonna.»

Il papà lanciò un'occhiata ad Angela.

«Va bene, Andy.» Angela si voltò verso Milo. «Vai, ti aspettiamo fuori.»

Mentre tutti uscivano alla spicciolata dalla cappella, Milo portò Arabella vicino alla bara aperta della nonna.

«Alla nonna non piace il trucco» sussurrò Milo all'orecchio di Arabella. Guardò le labbra rosse della nonna. «Ma credo che la mamma volesse fare una cosa carina.»

Il rossetto era già un po' sbiadito ai bordi delle labbra. Si chiese quanto ci sarebbe voluto per far sparire anche il resto di lei.

«Nonna, ti presento Arabella.» Milo la allungò sopra la bara, così potevano vedersi bene. «Guarda, Arabella, è la nonna.» Arabella sbatté le palpebre. Aprì gli occhietti per un secondo e poi li richiuse. «Credo sia stanca, nonna, è stata una lunga giornata.»

Strinse Arabella tra le braccia e poi guardò di nuovo la nonna.

«Spero che ti piaccia dove sei ora, nonna» sussurrò. Sperava che fosse meno confusa di quando era con lui, sempre incapace di orientarsi nello spazio e nel tempo. Tutti continuavano a ripetere che era in paradiso, ma Milo voleva che fosse in un posto più concreto, un luogo che amava, come a Inveraray sulla sua barchetta da pesca o a nuotare in mare. E sperò che ci fosse anche il bisnonno.

«Mi prometti che continuerai a guardarci tutti come sempre?» chiese Milo. «La nonna vede ogni cosa, Arabella.» Asciugò un filo di bavetta sul mento della bambina. «Adesso che fai parte della famiglia, penserà anche a te.»

Era sicuro che, ovunque fosse, la nonna avrebbe vegliato su di loro, e avrebbe visto il mondo come lo vedeva lui: lampi di luce attraverso un piccolo forellino.

«La nonna vedrà tutto, Arabella. Tutto.»

Vedrà Villa Pelosetta, dove la signora Moseley ha acceso lo stereo della signora Pelosetta: insieme balleranno nell'ingresso di marmo, in mezzo alle palme di plastica.

Vedrà la *Nontiscordardimé*, dove l'infermiera Heidi servirà la cena di Natale insieme alla nuova direttrice, l'infermiera Barnett, che tutti chiamano Pam perché adesso è un posto informale e tranquillo.

I piatti delle vecchiette saranno pieni di ogni ben di Dio: tutto eccetto le patate al forno. I sacchi di iuta saranno misteriosamente spariti dalla dispensa.

Vedrà Petros che pianta un chiodo nella parete della sala, con il dipinto di una barchetta da pesca appoggiato a terra davanti a lui. E vedrà una nuova vecchietta, Susie, ottantaquattro anni, che si trasferisce in camera di Lou, dove la rosa gialla è ancora in fiore. Arriva uno spiffero dalla finestra, dovrà occuparsene Petros.

«Ti prometto che andrò a trovare Petros tutti i giorni» mormorò Milo con gli occhi ancora chiusi. «E verrà anche Arabella, vero?»

Dopodiché, la nonna vedrà la Harley che si inclina fino a sfiorare la strada mentre Clouds si immette nella A819 verso Inveraray. Passerà il Natale con la sua famiglia, vuole presentare a tutti Kasia.

Kasia sarà seduta dietro, abbarbicata ad Al, e respirerà l'aria di mare che le ricorda la Polonia. Magari Al la porterà a Inveraray anche in estate, e lasceranno i vestiti sulla spiaggia e andranno a nuotare nel mare scuro, come facevano la nonna e il nonno tanti tanti anni fa.

Vedrà la testa della mamma sulla spalla di Tripi mentre dormono, cullati dal movimento del treno che li porta da un attivista per i diritti umani che vive a sud. Forse, da lì, la nonna potrà sporgersi e toccarli. E continuerà a vegliare su di loro e ad assicurarsi che non gli succeda niente, che Tripi non venga cacciato. E li aiuterà a trovare Ayishah e li guarderà mentre la riportano a casa. Magari si sposeranno, come il grande Mike e Lalana, così Tripi e Ayishah potranno restare in Inghilterra per sempre. La nonna andrà anche al matrimonio, e farà da damigella alla mamma con un mazzo di rose gialle in mano.

E dopo qualche giorno, spente le candeline e la torta dopo che Milo avrà scartato un nuovo lettino a quadri per Amleto, la nonna lo guarderà prendere il maialino in braccio e portarlo su nella mansarda. Sul muro accanto al letto della nonna, vicino ai ritagli di giornale con il bisnonno in uniforme, Milo avrà attaccato le foto di Arabella neonata che gli aveva dato il signor Overend. Per un po' Milo se ne starà seduto accanto alla culla, a guardare il petto della sorellina che si gonfia e si sgonfia. Amleto annuserà in giro, farà qualche grugnito e spingerà il muso contro la culla. Alla fine papà avrà ragione: ad Amleto piace, quella bimba.

La nonna guarderà entrare Angela, e guarderà Milo che la aiuta a portare Arabella nel piccolo lavello del bagno della nonna, prendere l'asciugamano della nonna e passarlo sulla pelle della sua sorellina.

«Sei suo fratello» gli sussurra la nonna nel pensiero. «Adesso la proteggerai e poi, quando un giorno il mondo diventerà nero, lei ti presterà i suoi occhi.»

Una volta lavata e vestita Arabella, la nonna guarderà tutti e cinque – Milo, Arabella, Angela, papà e Amleto – mentre camminano verso la *Nontiscordardimé*, dove mangeranno il *pudding* di Natale con le vecchiette e Petros. La signora Zimmer si è affezionata ad Amleto: lo fa dormire sulle sue ginocchia mentre si appisola davanti al telegiornale.

«Mi sa che abbiamo dimenticato qualcuno» sussurra la nonna.

«Certo» dice Milo sorridendo.

Dopo il brivido della trasferta londinese, il signor Overend si annoierà a starsene sempre alla finestra, così la nonna lo vedrà aprire l'armadio, indossare il suo vecchio completo e le sue scarpe nere eleganti, salire sulla sua auto e uscire da Slipton.

«E dove se ne andrà, nonna?»

«E chi lo sa, Milo. Ma se chiudi gli occhi e ascolti attentamente, potrai sempre sentire il suo fischio. Io lo sento adesso...»

«Milo, vieni?» La voce del papà lo raggiunge dal fondo della cappella.

Milo non apre gli occhi. «Solo un minuto, papà.» Si stringe Arabella al petto.

Mentre guarda tutto attraverso gli occhi della nonna un'ultima volta, Milo vede il cielo notturno alla fine del tunnel, e una moneta di luce bianca e scintillante.

«Ciao, nonna» dice.

Il forellino comincia a chiudersi e la luna si restringe fino a diventare un puntino, la cruna scintillante di un ago, poi più niente.

Ringraziamenti

Alle 00:17 del 2 ottobre 2012 una giovane donna di eccezionale talento ha cambiato la mia vita: la mia meravigliosa agente, Bryony Woods. Bryony capisce l'essenza della mia scrittura meglio di chiunque altro, ha un occhio eccezionale per i dettagli, una mente fantastica per gli affari ed è più efficiente di Mary Poppins. Grazie di tutto, Bryony.

Il «Team Milo» ha magicamente dato vita a un ragazzino davvero speciale. Grazie a Manpreet Grewal, il mio eccezionale editor; Sophie Burdess che ha disegnato una strepitosa copertina; Thalia Proctor il cui occhio d'aquila mi ha aiutato a vivacizzare il personaggio di Milo; Kirsteen Astor ed Emma Williams, un fantastico team di pubblicità e marketing che è riuscito a dare una voce a Milo e a farla sentire tra mille frastuoni; l'ufficio diritti, che ha preso "per mano" Milo, portandolo in viaggio intorno al mondo e insegnandogli nuove e interessanti lingue.

Un personale ringraziamento al mio fantastico gruppo di scrittura creativa – uomini e donne – del Wellington College: il vostro incoraggiamento significa tanto per me. Continuiamo a fare scarabocchi! Grazie a Helen Dahlke, Liz Martinez, Joanna Seldon e Jane Cooper: i miei compagni di scrittura. Grazie alla mia mamma, che ha creduto nel mio talento di scrittrice dal primo momento in cui ho tenuto una penna in mano; ad Anna Holtz e Tata Suzanne che mi vogliono bene e sono la mia famiglia; a Windmill che mi aiuta ad andare avanti. E grazie anche a Viola e Sebastian, i miei amici gatti, per la loro calda, affettuosa e divertente compagnia durante le lunghe giornate passate a scrivere.

E, infine, un pensiero speciale al mio amato marito Hugh, anima gemella e primo lettore. Un giorno il mondo si accorgerà di quanto sei brillante.

MISTO
Carta da fonti gestite
in maniera responsabile
FSC® C023419
FSC
www.fsc.org

Stampato presso Lego S.p.A.
Stabilimento di Lavis